家藏文库

天工开物

〔明〕宋应星 著　　周松 注译

中州古籍出版社
·郑州·

图书在版编目（CIP）数据

天工开物 /（明）宋应星著；周松注译 . -- 郑州：中州古籍出版社，2024.8. --（家藏文库）. -- ISBN 978-7-5738-1452-4

Ⅰ . N092

中国国家版本馆 CIP 数据核字第 2024PJ0571 号

JIACANG WENKU:TIANGONG KAIWU

家藏文库：天工开物

选题策划	卢欣欣
约稿统筹	卢欣欣
责任编辑	刘　琳
责任校对	岳秀霞
美术编辑	王　歌
版式设计	曾晶晶

出 版 社	中州古籍出版社（地址：郑州市郑东新区祥盛街 27 号 6 层 邮编：450016　电话：0371-65723280）
发行单位	河南省新华书店发行集团有限公司
承印单位	河南新华印刷集团有限公司
开　　本	640 mm×960 mm　1/16
印　　张	23
字　　数	350 千字
印　　数	1—3000 册
版　　次	2024 年 8 月第 1 版
印　　次	2024 年 8 月第 1 次印刷
定　　价	89.00 元

本书如有印装质量问题，请联系出版社调换。

导读

宋应星，字长庚，明万历十五年（1587年）出生于江西南昌府奉新县北乡雅溪牌坊村（今宋埠镇牌楼村）。宋家虽然是官宦世家，但到宋应星的父亲宋国霖时，已经家道中衰。宋应星自幼天资聪颖，勤奋好学，万历四十三年（1615年）与胞兄宋应升一起在南昌府中举人，被时人赞誉为"奉新二宋"。1616年至1631年，宋应星、宋应升兄弟六次北上京师参加会试，但均未得中。崇祯七年（1634年），宋应星出任江西袁州府分宜县教谕一职。四年后的崇祯十一年（1638年），宋应星升任福建汀州府推官，两年后辞官还乡，崇祯十六年（1643年），升任南直隶凤阳府亳州知州。崇祯十七年（1644年）夏，明朝覆灭，清兵随即入关，宋应星拒不出仕，隐居乡里。他的卒年不载，潘吉星先生推测在康熙五年（1666年）前后（丁文江先生认为宋应星去世时间约在1661年）。

宋应星一生著述颇富，除《天工开物》和《野议》《论气》《谈天》《思怜诗》外，还有《画音归正》《卮言十种》《杂色文》《原耗》《美利笺》《春秋戎狄解》以及未刊的《观象》《乐律》等。《野议》是一部议论时局的政论著作，对明末政治、经济、军事、思想、文化等方面的腐败现象进行了揭露和批判，并且提出了一些改革主张。《思怜诗》包括"思美"诗十首，

"怜愚"诗四十二首，反映了作者愤世忧民的感情。《论气》和《谈天》是关于自然科学方面的著作，从这两篇的标题来看，很可能是《卮言十种》中的部分篇章。可见，宋应星的著作性质和研究领域遍及自然科学、人文科学的不同学科，他的代表性作品《天工开物》被誉为"中国17世纪的工艺百科全书"。要认识宋应星创作《天工开物》以及该书成为划时代的重要科技作品的原因，首先应该对那个时代中国社会经济发展的状况做些了解。

一、宋应星生活的时代

十六七世纪，在生产力水平提高、社会分工扩大和国内外市场开拓三大因素推动下，明代中国的商品经济取得了很大的发展。

首先，农作物产量提高，高产地区范围由长江三角洲扩大到长江中游一带。其次，普遍推广了经济作物的种植。棉花、番薯、玉蜀黍、烟草等农作物获得广泛种植。花生也由巴西传入我国，开始种植。太湖地区的蚕桑，闽广地区的甘蔗、蓼蓝、漆和各种油料作物，产量都得到了提高。农业经济作物的种植和推广，一方面为家庭副业和手工业提供了原料市场，另一方面缩小了粮食的种植面积，扩大了农作物商品化范围。

伴随棉织业和丝织业的发展，生产工具也在逐步改进。棉纺织业中出现的脚踏纺车和轧棉的搅车大幅提高了棉纱生产效率,产量是元朝的几倍。棉纺织业已成了农家的主业，甚至城内也兴起纺织业。江南有些地区的丝织业已经与原料生产分化，丝织品和原料都已成为商品。在湖州城内出现了专以机织为主的手工业者——机户，农民把蚕丝卖给机户，机户把蚕丝织成丝织品卖给商人，商人再到四方行销。至此家庭手工业已经实现了商品化。

明朝赋役制度的改变使得手工业工匠由服徭役改为征银，促进了民间独立手工业的发展。在采矿业中，民矿迅速发展，如门头沟的煤窑绝大部分都是民营。制瓷业中，民窑逐渐代替了官窑，景德镇的瓷窑中民窑有900座，占总窑数的93.95%。民营手工业的发展标志着商品经济的进一步繁荣。

许多以特色行业著称的城市涌现出来，如江西景德镇、江西铅（yán）山、广东佛山、湖广汉口分别以制瓷、造纸、冶铁、商业著称。江南地区苏州的盛泽镇、震泽镇，嘉兴的濮院镇、王江泾镇，湖州的双林镇、菱湖镇，都有发达的丝织业。特别是盛泽镇，从最初的五六十户人家变为拥有5万人口的大镇完全是丝织业发展的结果。松江的枫泾镇、朱泾镇、朱家角镇，都以棉织业闻名。

明末，商业城市集中于运河和长江两岸，北方少南方多，南北并不平衡。工商业的发展促使商人数量增加，商人在各地设立会馆（或同乡会馆），组成各种商帮，专门转运贩卖各类农产品和手工业品。在工商业发达的地区，有的商人直接投资手工业，收购大宗棉花、棉布、粮食、甘蔗、茶叶等原料进行加工，例如在湖州买丝，运到芜湖染色，带到福州织造。商业资本的出现标志着商品经济获得了进一步发展。

商业发展还表现为白银代替了钱钞成为市场流通的主要货币。江南地区，特别是苏、松、嘉、湖、杭地区商品经济明显发展，原来作为生产者的机户发生分化，开始形成机户与机工之间的雇佣、剥削关系，出现了萌芽状态的资本主义生产关系。例如，苏州就有了拥有二十余张或四十余张织机的机户，每家雇佣数十个机工从事织造生产，这种机户（作坊主）可以被视为最初的产业资本家。

尽管这些新的生产关系零星分布在苏州等江南地区的少数城市并且主要分布在丝织业等个别行业，经济力量非常微弱，但是，它毕竟昭示着某种新的社会变革希望已经出现，在中国长期存在的封建主义腐朽躯体上投射了一束未来社会的新曙光。可以说十六七世纪中国迎来了"天崩地解"的时代，生活在这个时代的思想家具有前所未见的特色，表现在从社会政治到自然科学领域，都呈现出求真务实的启蒙色彩。在自然科学领域中的李时珍、徐光启、宋应星等杰出的科学家，相继撰写了一批著名的总结性科学著作，为中国医药、农业、手工业及地理等领域的研究深入和发展做出了重要的贡献。

二、《天工开物》简介

宋应星接受的是传统正统教育，学习了大量古典典籍。在哲学上对他影响最大的人应该是北宋著名哲学家张载（1020—1077年）。张载关学中的唯物主义自然观浸染了宋应星的思想，可以说他对天文学、声学、农学和工艺制造等学问产生浓厚兴趣与此有关。

宋应星多次赴京考试的失败在某种意义上说，极大地强化了他与中国社会的广泛接触。他万里跋涉经过了今江西、湖北、安徽、江苏、山东、河北等省，大江南北的众多城市和乡村让他拓宽了眼界，扩充了社会见闻。宋应星已经认识到"为方万里中，何事何物不可见见闻闻"，于是他利用各种在田间地头、营造作坊的机会，逗留观察，直接接触广大一线生产者，耳濡目染，了解到不少农业、手工业方面的发展现状和生产技术知识，为后来写作《天工开物》等书奠定了基础。

既然科举之门不通，宋应星最终放弃科举，转向实学研究，开始了他一生中的重要转折，在担任江西分宜县教谕期间（1634—1638年）写成了《天工开物》这部宏伟的科学巨著。

《天工开物》的书名出自《尚书·皋陶谟》的"天工人其代之"以及《周易·系辞传上》的"开物成务"，可以理解为将"巧夺天工"和"开物成务"两句古成语合并而成。前一成语的意思是说，人们凭借自己的聪明才智和精湛技艺，可以生产出胜过天然形成的精美物品；后一成语的意思是说，如果掌握了事物发展的规律，就能办成事情。宋应星将这两个词结合在一起，借以表明以自然界的条件配合人类工艺技巧，就能够生产出超越自然之物的精美物品。

《天工开物》共3卷，原有20章，正式刊出时为18章（略去《观象》《乐律》），分别叙述了有关我国古代涉及生产生活的原料出产和制造过程，描绘了130多项生产技术和工具的名称、形状、工序，从生活资料到生产资料，从民用机械到国防武器，涵盖了国计民生的所有部门，应有尽有，内容广博，文字简洁，插图生动，别具一格。《天工开物》的每一章所叙述的内容编排并没有平铺并列，而是有主有次，把重点产品作为研究重点，突出先进地区的生产技术，全书各章各节都是如此。

上卷包括《乃粒》《粹精》《作咸》《甘嗜》《膏液》《乃服》《彰施》7章，记载了粮食作物的栽培和加工方法，制盐、制糖工艺，榨油方法以及蚕丝棉苎的纺织和染色技术。多数和农业有关，放在卷首，表明了宋应星提倡"贵五谷而贱金玉"，重视发展农业生产的思想。

《乃粒》记载谷类作物的栽培技术，主要论述稻、麦、黍、稷、粱、粟、麻、菽（豆类）等粮食作物的种植、栽培技术和包括各种水利灌溉机械在内的有关生产工具，介绍特别详细的是以江西为代表的南方水稻栽培技术。

《粹精》重点讲粮食的加工过程，叙述了稻、麦等的收割、脱粒和磨粉等农作物加工技术和工具，侧重于介绍加工稻谷用的风车、水碓（duì）、石碾、土砻、木砻和制面粉的磨、罗等工具。

《作咸》介绍海盐、池盐、井盐等盐产地和制盐技术，对海盐和井盐论述得比较详细。

《甘嗜》主要叙述甘蔗种植、制糖技术和工具，同时还论及蜂蜜和饴饧（yí xíng，麦芽糖）。

《膏液》主要讲植物油脂的提取方法，介绍了16种油料植物子实的产油率，油的性状、用途，还有用压榨法、水代法提取油脂的技术和工具，还谈到桕（jiù）皮油的制法和利用桕皮油制蜡烛的技术。

《乃服》叙述衣类原料的来源及加工方法，包括养蚕、缫（sāo）丝、丝织、棉纺、麻纺和毛纺等生产技术，还有上述生产工具、设备、操作要点，重点介绍了浙江嘉兴、湖州地区养蚕的先进技术和丝纺、棉纺，还有大提花机的结构图。

《彰施》介绍各种植物染料和染色技术，对于蓼蓝的种植和蓝靛的提取，及从红花中提取染料的过程叙述得比较详细，还涉及各种染料的搭配和媒染方法。

中卷有《五金》《冶铸》《锤锻》《陶埏（shān）》《燔石》，共5章，主要记载的是工业技术，内容包括金属矿物的开采和冶炼，金属的铸锻，砖瓦、陶瓷的制作以及煤炭、石灰、硫黄、白矾的开采和烧制等。

《五金》论述金属的开采和冶炼，具体谈到金、银、铜、铁、锡、铅、锌等金属矿开采、洗选、冶炼和分离技术，还有灌钢，各种铜合金的冶炼和珍贵的生产设备图。

《冶铸》记载金属用品的铸造及加工，是中国传统铸造技术论述最详细的记录，重点叙述铜钟、铁锅、铜钱的铸造技术和设备，包括失蜡、实模和无模铸造三种基本方法。

《锤锻》系统叙述铁器和铜器的锻造工艺，讨论范围从万斤大铁锚到纤细的绣花针，还有斧、凿、锄、锯等各种生产工具的制造、焊接、金属热处理等加工工艺。

《陶埏》记载砖、瓦、陶瓷的制作，叙述了建筑房屋用的砖瓦和日常生活用的陶器、瓷器（白瓷、青瓷）的制造技术和工具。重点是介绍景德镇生产民用白瓷的技术，从原料配制、造坯、过釉到入窑烧结，都有说明。

《燔石》论述烧制矾石、硫黄和砒石的技术，还记载了煤的分类、采掘和井下安全作业。需要特别强调的是，用砒石作为农药使用，这是中国农业技术史中的一大发明，这项发明正是靠了《天工开物》才得以记录下来。

下卷包括《杀青》《丹青》《舟车》《佳兵》《曲蘖（niè）》《珠玉》6章，记载的内容属于工业技术，涉及造纸、制作颜料的方法，车船、兵器的制造，酒曲的生产以及珠玉的采集加工等。

《杀青》论述造纸的方法，讲到纸的种类、原料和用途，详细地记载了造竹纸和皮纸的全套工艺技术和设备。

《丹青》主要叙述以松烟及油烟制墨及供作颜料用的银朱（硫化汞）的制造技术，产品都是文房用具。

《舟车》首先用数据标明了船舶和车辆的结构构件和使用材料，同时说明各种船、车的驾驶方法，详细介绍了大运河上航行的运粮船漕船。

《佳兵》介绍兵器的制造方法，即弓箭、弩、干等冷兵器和火药、火器的制造技术，包括火炮、地雷、水雷、鸟铳和万人敌等武器。

《曲蘖》讲做酒的方法，主要记述酒母、药用神曲及丹曲（红曲）所用原料、配比、制造技术及产品用途，其中红曲具有特殊性能，是宋朝以后才开始出现的新品种。

《珠玉》一章，宋应星本着轻视金银珠宝等奢侈品的指导思想，把它放于卷末。记载珠宝玉石的来源，叙述在南海采珠，在新疆和田地区采玉，在井下采取宝石的方法和加工技术，还谈到了玛瑙、水晶和琉璃等。

《天工开物》除文字叙述外，还附有123幅插图，展示工农业各有关生产过程和生产工具的具体构造，形象直观，克服了文字描述难以理解的弊病。

《天工开物》在中国历史上第一个从科学技术角度，对明代以前农业和手工业的18个生产领域中的技术知识进行了记载，比较全面、完整、系统，使之形成了一个科学技术体系。这是一项空前的创举。宋应星在《五金》《冶铸》《锤锻》三章专门叙述铁、铜、铅、锡、银、金、锌等金属及其合金的冶炼、铸造、锤锻技术，填补了我国古代一项重要的文献空白。

宋应星立足于我国东西南北各地的实际，用比较的方法来融会贯通地综合研究农业和手工业技术。他特别注重"实践"和"穷究试验"，注重时间、空间和比例的数量概念，对迷信和唯心谬论持怀疑批判态度，体现了近代科学启蒙者所具有的那种实证精神。

《天工开物》学术价值还具体表现在：

在生物学方面，记录了农民培育的水稻、大麦新品种，研究了土壤、气候、栽培方法对作物品种变化的影响，又注意到不同品种蚕蛾杂交引起变异的情况，说明通过人为的努力，可以改变动植物的品种特性，得出了"土脉历时代而异，种性随水土而分"的科学见解，将我国古代科学家关于生态变异的认识推进了一步，为人工培育新品种提出了理论根据。英国著名的生物学家达尔文称《天工开物》是"权威著作"，并把中国古代养蚕技术作为论证人工选择和人工变异的例证之一。

在物理学方面，《天工开物》中分散体现了中国古代物理知识，如在提水工具（筒车、水碓、风车）、船舵、灌钢、泥型铸釜、失蜡铸造、排除煤矿瓦斯方法、盐井中的吸卤器、熔融、提取法之中都有许多力学、热学等物理知识。在《五金》章中，明确指出，锌是一种新金属，并且首次记载了它的冶炼方法。

在历史长河中，伴随着科学技术的发展，传统工艺展现了人类社会在不同时代不同地域的文化多样性，有了文化多样性才能有良好的文化生态。《天工开物》中的传统工艺包含着丰富的科技文化信息，为历史学、考古学、民族学、民俗学、工艺学、科技史研究，提供了十分重要的"活化石"，是宝贵的历史文化遗产。

最后想说的是，读者如果准备更加详细地了解宋应星，我们在这里推荐潘吉星先生撰写的《宋应星评传》，南京大学出版社分别于1990年、2011年两次出版。

近年来，自媒体视频号遍地开花。令人感到欣喜的是其中个别视频的内容已经集中展示中国古代的工艺制作过程。这一直观的方式部分地解决了现代人对古代科技文献难理解、易误解的问题。联系我们这个译本，在深化文献解读方面，可能会克服个别译文词不达意，意思传达隔靴搔痒的弊病。我们认为中国古代科技自媒体视频现象值得肯定和重视。或许通过视频再现、AI人工智能技术还原，可以更好地向全中国人和世界人民展示中国古代科技文献，了解中国古代科技成就与进步，应该说是一个不错的选择。

这本《天工开物》的译注主要参考了潘吉星先生的《天工开物译注》（上海古籍出版社2013年版）、邹其昌先生整理的《天工开物》（人民出版社2021年版）和魏毅点校的《天工开物》（湖南科学技术出版社2018年版，此版本正是中国国家图书馆藏明崇祯十年刻本，也就是初刻本，版本价值很高)。插图采用日本内阁文库版本。书中的错误在所难免,恳请广大读者不吝指出批评。

译注者

2023 年 1 月

目录

天工开物序 …………………………………………………………… I

卷上

乃粒第一 ……………………………………………………………… 3
粹精第二 ……………………………………………………………… 33
作咸第三 ……………………………………………………………… 47
甘嗜第四 ……………………………………………………………… 58
膏液第五 ……………………………………………………………… 71
乃服第六 ……………………………………………………………… 81
彰施第七 ……………………………………………………………… 123

卷中

五金第八 ……………………………………………………………… 137

冶铸第九 …………………………………………… 169

锤锻第十 …………………………………………… 186

陶埏第十一 ………………………………………… 200

燔石第十二 ………………………………………… 222

卷下

杀青第十三 ………………………………………… 243

丹青第十四 ………………………………………… 254

舟车第十五 ………………………………………… 265

佳兵第十六 ………………………………………… 291

曲蘖第十七 ………………………………………… 315

珠玉第十八 ………………………………………… 323

天工开物序

　　天覆地载，物数号万，而事亦因之，曲成而不遗，岂人力也哉？事物而既万矣，必待口授目成而后识之，其与几何？万事万物之中，其无益生人与有益者，各载其半。世有聪明博物者，稠人推焉。乃枣梨之花未赏，而臆度楚萍①；釜鬻②之范鲜经，而侈谈莒鼎③；画工好图鬼魅而恶犬马④。即郑侨⑤、晋华⑥岂足为烈哉？

　　幸生圣明极盛之世，滇南车马纵贯辽阳；岭徼宦商横游蓟北。为方万里中，何事何物不可见见闻闻？若为士而生东晋之初、南宋之季，其视燕、秦、晋、豫方物，已成夷产，从互市而得裘帽，何殊肃慎之矢⑦也。且夫王孙帝子生长深宫，御厨玉粒正香而欲观耒耜；尚宫锦衣方剪而想象机丝。当斯时也，披图一观，如获重宝矣。

　　年来著书一种，名曰《天工开物》⑧卷。伤哉贫也，欲购奇考证，而乏洛下之资⑨；欲招致同人，商略赝真，而缺陈思之馆⑩。随其孤陋见闻，藏诸方寸而写之，岂有当哉？吾友涂伯聚⑪先生，诚意动天，心灵格物。凡古今一言之嘉，寸长可取，必勤勤恳恳而契合焉。昨岁《画音归正》⑫，由先生而授梓。兹有后命，复取此卷而继起为之，其亦夙缘之所召哉！

卷分前后，乃"贵五谷而贱金玉"⑬之义，《观象》《乐律》二卷，其道太精，自揣非吾事，故临梓删去。丐大业文人弃掷案头，此书于功名进取毫不相关也。

时崇祯丁丑孟夏月，奉新宋应星书于家食之问堂⑭。

[注释]

①楚萍：汉刘向《说苑·辨物》载："楚昭王渡江，有物大如斗，直触王舟，止于舟中；昭王大怪之，使聘问孔子。孔子曰：'此名萍实。'令剖而食之：'惟霸者能获之，此吉祥也。'"②鬵（xín）：大釜。③莒（jǔ）鼎：据《左传·昭公七年》载晋侯赐郑国公孙侨（子产）两只莒国（今山东莒县）所铸的方鼎。④这句话出自《韩非子·外储说左上第三十二》，原文为："客有为齐王画者，齐王问曰：'画孰最难者？'曰：'犬马最难。''孰易者？'曰：'鬼魅最易。'夫犬马，人所知也，旦暮罄于前，不可类之，故难。鬼神，无形者，不罄于前，故易之也。"⑤郑侨：即子产（？—前522年），春秋时期著名政治家、思想家。姬姓，公孙氏，名侨，字子产，又字子美，历史典籍以"子产"为通称。他是郑穆公之孙、公子发（字子国）之子，前554年为卿，前543年执政，先后辅佐郑简公、郑定公，卒于前522年。⑥晋华：即张华（232—300年），字茂先。范阳郡方城县（今河北固安）人。西晋时期政治家、文学家、藏书家，西汉留侯张良的十六世孙，编纂有中国第一部博物学著作《博物志》。⑦肃慎之矢：中国古代东北地区的少数民族肃慎曾经将本地特产木箭、石簇进贡给周成王。⑧《天工开物》："天工"出自《尚书·皋陶谟》："天工人其代之。""开物"出自《周易·系辞传上》："开物成务。"宋应星将这两个词结合在一起，借以表明以自然界的条件配合人类工艺技巧从自然界开发物产的意思。⑨乏洛下之

资：出自《三国志·魏书·夏侯玄传》注引《魏略》所载蒋济语："洛中市买，一钱不足则不行。"意思是手无分文。⑩缺陈思之馆：指曹操之子陈思王曹植（192—232年）延请文人学士的宾馆。⑪涂伯聚：即涂绍煃（1582？—1645年），字伯聚，号映蔽，江西新建人。万历四十七年（1619年）进士，先后出任都察院观政、四川督学、河南信阳兵备道、广西左布政使，是宋应星的友人和同学。⑫《画音归正》：宋应星所著音乐学著作，已亡佚。⑬贵五谷而贱金玉：《汉书·食货志》引晁错的《论贵粟疏》中明确提出："夫珠玉金银，饥不可食，寒不可衣……粟米布帛生于地，长于时，聚于力……一日弗得而饥寒至。是故明君贵五谷而贱金玉。"这一认识后来被贾思勰所继承。⑭家食之问堂：宋应星的书房名。出自《周易·大畜》："不家食，吉，养贤也。"意思是要给贤人官做，不让他们在自己家里吃饭。宋应星引用这个典故是反其道而行之，他主张在家中自食。"家食之问"指研究在家自食其力的学问，引申为研究工农业生产技术的学问。

[译文]

苍天笼罩之下，大地承载之上，其间物种类别成千上万，在此基础上由于事物之间的复杂联系而形成了千差万别的变化，不曾遗漏任何物类，这岂是仅凭人力所能造就的结果吗？事物名号、变化既然成千上万，如果仅仅依靠别人口头讲述和自己亲眼所见，然后才能了解，那样又能懂得多少呢？万事万物有用的、无用的，各占一半。世间那些心智聪明、见识广博的人无疑受到众人的推崇。但是有的人连枣、梨的花都分辨不出，却在想象楚王得到萍实的吉祥甘美；有的人连铸造釜鬵的范模都没有见过，却在奢谈莒国宝鼎的真伪形制；有的画师喜欢绘制没有见过的鬼形怪影，却不愿描绘随处可见的狗马实物。即使他拥有像郑国子产、晋朝张华那样的广博学识，又有什么值得称颂的赫赫美名呢？

我们有幸生活在圣明繁盛的时代，看到远在西南云南的车马，可以直接到达东北的辽阳；看到岭南边地的官员、商人，可以漫游到河北北部。在这万里一统的广阔疆域内，还有什么看不见、听不到的事物呢？如果是生活在东晋初年和南宋末叶的读书人，他们就会把河北、陕西、山西、河南的土产，看作殊方异域的珍贵物产，至于通过边关互市购得的皮帽，无疑被视为古时遥远肃慎进贡的弓矢那般稀罕。深宫中长大的天潢贵胄闻着御厨里飘出米饭的香味，不由得想瞧瞧种田农具的样子；宫娥剪裁华服美衣之际，自然想看看机杼织布的情形。在这个时候，如果能有此类图书阅看，就像得到珍宝一般稀奇。

近年来我写了部书，名叫《天工开物》。遗憾的是家境过于贫寒，虽然想搜集一些稀见的典籍作为参考，但苦于没有金钱购置；虽然想招聚志同道合的朋友讨论鉴别真伪，但没有合适的场所。于是只能凭借头脑中记忆的孤陋见闻加以撰述，这还能称得上稳妥吗？我的好友涂伯聚先生，心怀至诚，感动上天，全身心投入物质研究。他对于古往今来的优秀研究成果，只要有丝毫借鉴参考价值的，必定诚心实意地予以资助。去年，我撰写的《画音归正》一书，就由先生协助刊行。如今按照他的建议，又要拿我这部书继续出版，这或许就是我们前世今生深厚友谊所带来的结果吧！

本书每卷分前后两部分，是根据"贵五谷而贱金玉"的思想进行排列，其中《观象》《乐律》两篇，所蕴含的学理过于深奥，自我感觉难以胜任，所以在即将出版时最终删去。恳请那些追求科举大业的读书人索性将此书扔在桌子一边，因为这部书对于求取功名没有一点帮助。

时间在崇祯十年（1637年）四月，奉新人宋应星写于"家食之问堂"。

卷上

乃粒①第一

宋子②曰：上古神农氏③若存若亡，然味其徽号两言④，至今存矣。生人不能久生而五谷生之；五谷不能自生而生人生之。土脉历时代而异，种性随水土而分。不然，神农去陶唐⑤，粒食已千年矣。耒耜之利⑥，以教天下，岂有隐焉？而纷纷嘉种必待后稷⑦详明，其故何也？纨绔之子，以赭衣⑧视笠蓑⑨；经生之家，以农夫为诟詈⑩。晨炊晚饷，知其味而忘其源者众矣！夫先农而系之以神，岂人力之所为哉！

[注释]

①乃粒：这里指谷物。②宋子：宋应星的自称。③神农氏：传说中的上古农神。④徽号两言：指"神农"两字。⑤陶唐：即尧帝。⑥耒耜之利：上古时期的农具。⑦后稷：周人的始祖，传说为尧舜时期的农官。⑧赭（zhě）衣：古代的囚衣。这里指囚犯、罪人。⑨笠蓑（lì suō）：斗笠和蓑衣。借指劳动人民。⑩诟詈（gòu lì）：辱骂，责骂。

[译文]

宋夫子认为：对于上古时代的神农氏有的说实有其人，有的说凭空臆造，但是玩味这一称号的含义（蕴含着对创立农业先民的尊崇），则意味着神农确实存在。人要生存不能凭借自身，而是需要食用五谷才能活下来；五谷不能自行生长，而是需要人力种植才能生长。土质经过时间的流逝不断发生变化，农作物的种类、品质也会根据土壤、水分的不同而出现分化变异。否则，从神农时代到尧帝时代，人类食用粮食已经超过一千多年。农业生产技术传遍天下,难道还有什么不清楚的吗?但是非要等到后稷时代才能详细说明那些前人培育出的大量农作物优良品种,其原因是什么呢?富贵人家的子弟把劳动者视为罪囚;读书人把"农夫"当作骂人的话。饱食终日,只知道享受美味却忘记了食物从何而来的人真是太多了!所以说把上古时代从事农业生产的先民们尊奉为神圣,并非人为造神,而是自然而然的结果啊!

○总名

凡谷无定名,百谷指成数言。五谷则麻、菽①、麦、稷②、黍③,独遗稻者,以著书圣贤起自西北也。今天下育民人者,稻居十七,而来④、牟⑤、黍、稷居十三。麻、菽二者,功用已全入蔬饵膏馔之中,而犹系之谷者,从其朔⑥也。

[注释]

①菽(shū):豆类的总称。②稷(jì):粟,小米。③黍(shǔ):黄米。④来:小麦。⑤牟:通"麰",大麦。⑥朔:通"溯",指根源、本源。

[译文]

所谓"谷"并不是某种特定粮食作物的名称,百谷的意思是谷物种类繁多,是谷物总体的称谓。"五谷"是指麻、菽、麦、稷、黍,这里面唯独遗漏了稻子,原因在于著述农业书籍的圣贤们都出身于西北。如今全国人民食用的粮食中,稻子占了十分之七,小麦、大麦、黍、稷只占十分之三。麻和豆两类的作用已经完全体现在蔬菜、糕饼、油脂、饭食等,之所以还把它们归入五谷,只不过沿用了古时的说法而已。

○稻

凡稻种最多。不粘者，禾曰秔，米曰粳。粘者，禾曰稌，米曰糯。（南方无粘黍，酒皆糯米所为。）质本粳而晚收带粘（俗名婺源光之类）不可为酒，只可为粥者，又一种性也。凡稻谷形有长芒、短芒（江南名长芒者曰浏阳早，短芒者曰吉安早），长粒、尖粒，圆顶、扁面不一，其中米色有雪白、牙黄、大赤、半紫、杂黑不一。

[译文]

水稻的品种最多。不黏的稻子叫秔（jīng，粳稻），米叫粳米。有黏性的稻子叫稌（tú）稻，米叫糯米。（南方没有北方的黏黄米，酒都由糯米酿制。）有一种本来属于粳稻但却晚熟，还带有黏性的稻子（俗名叫"婺源光"一类的稻子），不能用来酿酒，只能煮粥，这是一个品种。稻谷从形状上看，有长芒、短芒（江南地区长芒的稻子叫浏阳早，短芒的稻子叫吉安早），长粒、尖粒，圆顶、扁粒的区别，其中稻米的颜色又分为雪白、牙黄、大赤、半紫、杂黑等。

湿种之期，最早者春分以前，名为社种①（遇天寒有冻死不生者），最迟者后于清明。凡播种，先以稻麦稿②包浸数日，俟其生芽，撒于田中，生出寸许，其名曰秧。秧生三十日即拔起分栽。若田亩逢旱干、水溢，不可插秧。秧过期，老而长节，即栽于亩中，生谷数粒，结果而已。凡秧田一亩所生秧，供移栽二十五亩。凡秧既分栽后，早者七十日即收获（粳有救公饥、喉下急，糯有金包银之类，方语③百千，不可殚述），最迟者历夏及冬二百日方收获。其冬季播种、仲夏即收者，则广南之稻，地无霜雪故也。

[注释]

①社种：古代将立春之后的第五个戊日称为春社。这里的意思是在春社日浸种。②稾：秸秆，也作"藳"。③方语：方言土语。

[译文]

浸种的时间最早在春分以前，称为社种（碰到天气严寒会出现被冻死无法生长的情况），最晚要在清明以后。播种时，先用麦草稻秆包裹好种子，在水中浸泡几天，等到种子发芽后，播撒到秧田里，幼苗长到一寸多，就是秧。稻秧在地里长到三十天就可以拔起分插。如果稻田遭遇干旱或者水涝，都不能插秧。一旦错过了育秧期而没有插秧，秧苗就会变老拔节，即使再栽进地里，最终也只能结几粒谷实。一般一亩秧田中育的秧，可以移插二十五亩。稻秧分插以后，早熟的品种七十天后即可收获（粳稻有"救公饥""喉下急"，糯稻有"金包银"等品种，各地区的叫法千差万别，无法一一叙述），最晚熟的品种要经历整个夏天直到冬天共二百天才能收获。那种冬天播种，在仲夏就能收获的品种是广东南部的稻子，因为那里全年没有霜雪的缘故。

凡稻旬日失水，即愁旱干。夏种冬收之谷，必山间源水不绝之亩，其谷种亦耐久，其土脉亦寒，不催苗也。湖滨之田，待夏潦已过，六月方栽者，其秧立夏播种，撒藏高亩之上，以待时也。南方平原，田多一岁两栽两获者。其再栽秧，俗名晚糯，非粳类也。六月刈①初禾，耕治老膏田，插再生秧。其秧清明时已偕早秧撒布。早秧一日无水即死，此秧历四五两月，任从烈日旱干无忧，此一异也。

凡再植稻遇秋多晴，则汲灌与稻相终始。农家勤苦，为春酒之需也。凡稻旬日失水则死期至，幻出旱稻一种，粳而不粘者，即高山可插，又一异也。香稻一种，取其芳气以供贵人，收实甚少，滋益全无，不足尚②也。

[注释]

①刈（yì）：割草。②尚：推崇，推广。

[译文]

稻田缺水十天，就担心有旱情。夏天下种、冬天收获的稻子必须栽种在位于山中并且水源持续供应的田亩里，这类稻种本身生长期较长，加上土壤温度较低，所以禾苗长势较慢。湖边的稻田要等到夏季汛期结束之后的六月份才能插秧，秧苗在立夏时节播种，要播撒在地势较高的秧田里，等待插秧时机的到来。南方平原的稻田基本都是一年两栽两熟。第二次插的秧俗名叫晚糯稻，不是粳稻之类。六月割完早稻，翻耕犁耙过稻茬田后，再插晚稻秧。这种稻秧在清明时就已经和早稻秧同时播种了。早稻秧缺水一天就死，晚稻秧经过四月、五月两个月，听凭烈日暴晒和干旱都不用担心，这是一种特别的稻种。

晚稻遇到秋季晴天过多的时候，要不断地浇水。农家如此辛勤的劳动是为了满足用稻米酿造春酒的需要。水稻缺水十天就离死不远了，但却培育变化出一种耐旱的稻种，属于粳稻，没有黏性，它甚至可以在高山上种植，这又是一种变异的稻种。还有一种香稻，由于香气突出，专门供给富贵人家享用，然而产量很低，没有为更多的人提供食物的好处，不值得推广。

○稻宜

凡稻，土脉焦枯则穗、实萧索①。勤农粪田，多方以助之。人畜秽遗，榨油枯饼（枯者，以去膏而得名也。胡麻、莱菔子②为上，芸薹③次之，大眼桐又次之，樟、柏、棉花又次之），草皮木叶，以佐生机，普天之所同也（南方磨绿豆粉者，取溲浆④灌田肥甚。豆贱之时，撒黄豆于田，一粒烂土方三寸，得谷之息倍焉）。土性带冷浆者，宜骨灰蘸秧根（凡禽兽骨），石灰淹苗足，向阳暖土不宜也。土脉坚紧者，宜耕垄，叠块压薪而烧之，埴垆⑤松土不宜也。

[注释]

①萧索：稀疏，不饱满。②莱菔（lái fú）子：萝卜籽。③芸薹：油菜。④溲（sōu）浆：发酵的液体。⑤埴（zhí）垆：指轻黏土和壤土。

[译文]

如果将稻子栽在地力贫瘠的稻田里，长出的稻穗稀疏，谷粒不饱满。勤劳的农民对稻田施肥，想尽各种方法促进稻子生长。人畜的粪便、榨油剩下的枯饼（称为"枯"是因为榨干了油脂才这样说的。芝麻籽、萝卜籽榨油后枯饼品质最好，油菜籽饼要差一些，大眼桐籽饼更差些，樟树籽、乌桕籽、棉花籽饼又要差些），草皮、树叶，都能促进水稻的生长，全国各地都使用这些肥料（南方磨绿豆粉的农民将研磨时滤出的浆液，经过发酵来浇灌稻田，肥效十分显著。碰上豆子价格便宜的时候，直接将黄豆粒撒在稻田里，一粒黄豆腐烂后可以肥土三寸见方，获得的收益是撒播黄豆成本的一倍）。对于经常受冷水浸泡的稻田，插秧时稻秧的根要蘸上骨灰（任何禽、兽骨都可以），再把石灰撒在秧苗根部，但这种方法对向阳的暖水地就不适用了。对土质坚硬密实的稻田，先要把它耕成垄，将土块叠起来，堆放在柴草上烧碎，但是轻黏土和土质疏松的稻田就不适合这样处理了。

○稻工（耕、耙、磨耙、耘、耔具图）

凡稻田刈获不再种者，土宜本秋耕垦，使宿稿化烂，敌粪力一倍。或秋旱无水及怠农春耕，则收获损薄也。凡粪田若撒枯浇泽，恐霖雨至，过水来，肥质随漂而去。谨视天时，在老农心计也。凡一耕之后，勤者再耕、三耕（图1），然后施耙（图2），则土质匀碎，而其中膏脉释化也。

凡牛力穷①者，两人以杠悬耜，项背相望而起土。两人竟日仅敌一牛之力。若耕后牛穷，制成磨耙，两人肩手磨轧，则一

图1 耕

图2 耙

日敌三牛之力也。凡牛,中国惟水、黄两种。水牛力倍于黄。但畜水牛者,冬与土室御寒,夏与池塘浴水,畜养心计亦倍于黄牛也。凡牛春前力耕汗出,切忌雨点,将雨则疾驱入室。候过谷雨,则任从风雨不惧也。

吴郡②力田者,以锄代耜,不借牛力。愚见贫农之家,会计牛值与水草之资,窃盗死病之变,不若人力亦便。假如有牛者,供办十亩。无牛用锄,而勤者半之。既已无牛,则秋获之后,田中无复刍牧之患,而菽麦麻蔬诸种,纷纷可种,以再获偿半荒之亩,似亦相当也。

凡稻分秧之后数日,旧叶萎黄而更生新叶。青叶既长,则耔③(俗名挞禾)可施焉。植杖于手,以足扶泥壅根(图3),并屈宿田水草,使不生也。凡宿田茵④草之类,遇耔而屈折。而稗、

图3 耔

图4 耘

稗⁵与荼、蓼⁶，非足力所可除者，则耘以继之（图4）。耘者苦在腰手，辨在两眸，非类既去，而嘉谷茂焉。从此泄以防潦，溉以防旱，旬月而"奄观铚刈"⁷矣。

[注释]

①牛力穷：缺少畜力。②吴郡：苏州一带。③耔(zǐ)：给庄稼的根部培土。④蔄(wǎng)：也称"水稗子"，田中杂草。⑤稊(tí)、稗(bài)：形似谷的草。⑥荼(tú)、蓼(liǎo)：泛指田野沼泽间的杂草。⑦奄观铚(zhì)刈：出自《诗经·周颂·臣工》。奄观，视察的意思。铚，农具，一种短小的镰刀。这句诗的意思是一同观看收割的场景。

[译文]

对收割后不再耕种的稻田，应该在当年秋季就将田土翻耕、开垦，让稻茬腐烂在地里，相当于得到粪肥一倍的肥力。假如秋天干旱没有降水，或是农人懒散错过了农时，等到第二年春天再翻耕的话，收获则要减少。在地里撒枯饼或是浇粪水给稻田施肥的时候，就怕连绵大雨到来，雨水冲流，肥质便随水漂走。所以要密切注意观察天气变化，做到这一点靠的是老农的经验智慧。稻田耕过一遍之后，有些勤快的农民还要耕上第二遍、第三遍，然后再来耙地碎土，如此一来土壤就粉碎得很均匀，同样土壤中的肥分也能均匀广泛地分布开来。

没有耕牛的农民家里，则要两个人扛着绑在犁铧上的木杠，一前一后推拉翻土。两人拼命干一整天，只能抵得上一头牛的劳动效率。如果耕地后缺少耕牛驱使，就会做一个磨耙，两人肩手并用，拉着耙碎土，这样干一整天相当于三头牛的劳动效率。我国中原地区只有水牛、黄牛两种。水牛力气要比黄牛大一倍。但是蓄养水牛，冬季需要有土屋来御寒，夏天还要放进池塘洗澡，养水牛比养黄牛所耗费的心力要多一倍。耕牛在春分之前用力耕地会出汗，这时一定要注意避免让耕牛淋雨，将要下雨时，就应赶快将耕牛赶进室内。等到过了谷雨以后，任凭风吹雨淋也不怕耕牛得病了。

苏州地区的农民用锄头代替犁，因此不使用耕牛耕地。我的看法是，贫苦的农家如果核算一下购买耕牛、添置水草饲料的费用，再考虑耕牛失窃、生病和死亡等意外变故，还不如用人力耕作更加划算。比如，有牛的农家耕种十亩地。没有耕牛用锄头耕作的农家辛勤劳动，能达到前者田数的一半。既然家里没有牛，那么秋收以后，也不必考虑在田里种喂牛的饲草，不必操心放牧的麻烦，就可以种植豆、麦、麻、蔬菜等各种作物，这样用二次收获来弥补少耕种的那一半田地的损失，似乎与有耕牛农家的收益差不多。

水稻插秧几天之后，旧叶会变得枯黄而长出新叶来。新叶长出来后，就可以籽田（俗名叫作"挞禾"）。用手拄着木棍，用脚把泥土培在稻秧根上，同时用脚把稻田里原来生出的水草踩弯，使其不能生长。那些稻田里原生的水稗子草之类的杂草，用这种方法踩折。但是稊、稗、荼、蓼等杂草靠脚踩无法清除，必须接着耘田，用手去除。耘田除草的人腰和手都很辛苦、劳累，仔细区分稻秧和稗草只能靠人双眼，杂草被清理干净，禾苗才能长得茂盛。此后，便是排水防涝，灌溉抗旱，经过一个月后，就像《诗经》里说的那样，要准备开镰收割了。

○稻灾

凡早稻种，秋初收藏，当午晒时烈日火气在内，入仓廪中关闭太急，则其谷粘带暑气（勤农之家偏受此患）。明年，田有粪肥，土脉发烧，东南风助暖，则尽发炎火，大坏苗穗，此一灾也。若种谷晚凉入廪，或冬至数九天收贮雪水、冰水一瓮（交春即不验），清明湿种时，每石以数碗激洒，立解暑气，则任从东南风暖，而此苗清秀异常矣。（崇在种内，反怨鬼神）

凡稻撒种时，或水浮数寸，其谷未即沉下，骤发狂风，堆积一隅，此二灾也。谨视风定而后撒，则沉匀成秧矣。凡谷种生秧之后，防雀聚食，此三灾也。立标飘扬鹰俑①，则雀可驱矣。凡秧沉脚未定，阴雨连绵，则损折过半，此四灾也。邀天②晴霁三日，则粒粒皆生矣。凡苗既函之后，亩土肥泽连发，南风熏热，函③内生虫（形似蚕茧），此五灾也。邀天遇西风雨一阵，则虫化而谷生矣。凡苗吐穑④后，暮夜鬼火游烧，此六灾也。此火乃朽木腹中放出。凡木母火子⑤，子藏母腹，母身未坏，子性千秋不灭。每逢多雨之年，孤野坟墓多被狐狸穿塌。其中棺板为水浸，朽烂之极，所谓母质坏也。火子无附，脱母飞扬。然阴火不见阳光，直待日没黄昏，此火冲隙而出，其力不能上腾，飘游不定，数尺而止。凡禾、穑叶遇之立刻焦炎。逐火之人见他处树根放光，以为鬼也，奋梃击之，反有"鬼变枯柴"之说。不知向来鬼火见灯光而已化矣（凡火未经人间传灯者⑥，总属阴火，故见灯即灭）。

凡苗自函活以至颖栗⑦，早者食水三斗，晚者食水五斗，失水即枯（将刈之时少水一升，谷数虽存，米粒缩小，入碾、臼中亦多断碎），此七灾也。汲灌之智，人巧已无余矣。凡稻成熟之时，遇狂风吹粒殒落，或阴雨竟旬，谷粒沾湿自烂，此八灾也。然风灾不越三十里，阴雨灾不越三百里，偏方厄难亦不广被。风落不可为。若贫困之家，苦于无霁，将湿谷升于锅内，燃薪其下，炸去糠膜，收炒糗⑧以充饥，亦补助造化之一端矣。

[注释]

①立标飘扬鹰佣：插上竹竿，在上面拴上可以飘扬的假鹰、假人。②邀天：期盼上天。③函：此指刚生出尚未展开的新叶。④吐穟：抽穗。⑤木母火子：宋应星按古代五行相生说，以为火生于木，故木为母，火为子。⑥人间传灯者：古时日常用火，多靠保存火种，日日相传，或从人家借火。⑦颖粟：生成稻穗并形成稻粒。⑧炒糗（qiǔ）：作为干粮的炒米。

[译文]

早稻稻种在初秋收藏时，如果正当午在烈日下暴晒，种子里会含有火气，把这样的种子收入谷仓后又马上封闭，导致稻种带有暑气（太勤快的农家偏偏遭受这一灾害）。第二年播种时，田里有粪肥，粪肥发酵使土壤温度升高，再加上东南风强化了暖热，整片稻禾如同被火烧过一样，给禾苗和稻穗造成严重的损害，这是稻子的第一种灾害。如果稻种在晚上凉爽时入仓，或者在冬至后的数九天收贮一缸雪水、冰水（立春之后这样做就没有效果了），到来年清明浸种时，每石稻种激洒几碗存水，就能立刻消除暑气，这样一来，播种之后不管东南暖风如何吹拂，禾苗都会长得极为茁壮、秀美。（这一灾害的根源在稻种里面，有人却埋怨鬼神作怪）

播撒稻种时，如果田里积水有几寸深，稻种还没有来得及下沉，突然刮起狂风，稻种就会被吹走堆积在秧田的一个角落，这是第二种灾害。所以密切注意在风停之后再来撒种，种子就能均匀地下沉，最终长成秧苗。稻种长成秧苗后，就怕鸟雀聚集啄食，这是第三种灾害。在稻田中竖立竹竿，悬挂假鹰、假人随风飘扬，可以驱赶鸟雀。移栽的稻秧没有完全扎根的时候，如果碰上连阴雨的天气，就会损伤超过一半，这是第四种灾害。只要盼得连续三个晴天，每株秧苗都能成活。秧苗返青长出新叶子后，土里的肥力不断散发，再加上南风带来的热气熏烧，稻叶上就会生虫（虫的样子像蚕茧），这是第五种灾害。盼望老天爷这时降下一场西风阵雨，害虫就被消灭，稻子也可以正常生长。稻禾吐穗后，夜晚被四处飘荡的鬼火烧焦，这是第六种灾害。所谓"鬼火"是从腐烂的木头里面散放出来的。木生火，木与火关系如同母与子，火藏在木头里，木头没有朽坏的时候，火也永远藏在木头里面并不消失。每每遇到多雨的年份，荒野中的坟墓常被狐狸挖穿塌陷。坟里的棺木被水浸泡完全腐烂，这就是所说的木质母体被毁坏了。木中蕴含的火失去依托，脱离母体四处飞扬。但是阴火总要避开阳光，只能等到黄昏时分太阳落山以后，这种阴火才能从坟墓的缝隙中冲散出来，但无法飞升，只能在几尺的范围内飘游不定。稻子的穗和叶碰到这种火马上就被烧焦。驱散阴火的人看到别处的树根有火光，便以为是鬼，举起棍棒用力击打，反而有了"鬼变枯柴"的说法。其实不明白历来鬼火一遇灯光就会自然消失的原理（此类没有由人点灯、烧薪点燃的火都属于阴火，遇到灯光马上熄灭）。

秧苗从返青到抽穗结实，早稻每蔸需要用水三斗，晚稻每蔸需要用水五斗，没有水就会枯死（快要收割前如果缺少一升水，谷粒数目虽然还有那么多，但米粒会缩小，用碾、臼加工的时候，多数容易破碎），这是第七种灾害。人们在引水灌溉稻田方面的聪明才智已经发挥到极致了。稻子成熟的时候，遇到狂风大作，稻粒则会被吹落，或者遇上十多天的连阴雨，谷粒被雨水沾湿又会自行腐烂，这是第八种灾害。但是风灾的范围超不过方圆三十里，连阴雨的范围也超不过方圆三百里，这些只是局部的灾害，影响的范围并不大。被风吹落的谷粒无法挽救。如果贫苦农家遇到阴雨不放晴时，可以把湿稻谷放进锅里，锅下燃火烧薪，炒离谷壳，做成炒米可以充饥，这也算是弥补天灾损失的一种办法。

○水利（筒车、牛车、踏车、拔车、桔槔皆具图）

凡稻防旱借水，独甚五谷。厥土沙、泥、硗①、腻②，随方③不一。有三日即干者，有半月后干者。天泽不降，则人力挽水以济。凡河滨有制筒车者（图5），堰陂障流，绕于车下，激轮使转，挽水入筒，一一倾于枧④内，流入亩中。昼夜不息，百亩无忧（不用水时，拴木碍止，使轮不转动）。其湖、池不流水，或以牛力转盘（图6），或聚数人踏转（图7）。车身长者二丈，短者半之。其内用龙骨拴串板，关水逆流而上。大抵一人竟日

图5　筒车

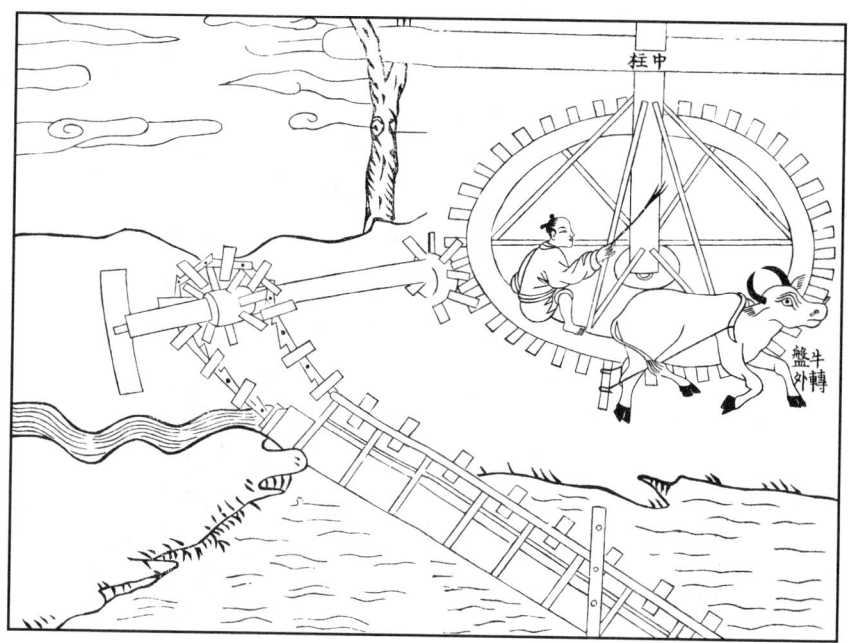

图 6　牛车

图 7　踏车

图 8 拔车

图 9 桔槔

之力灌田五亩,而牛则倍之。

其浅池、小浍⑤不载长车者,则数尺之车(图8),一人两手疾转,竟日之功可灌二亩而已。扬郡⑥以风帆数扇,俟风转车,风息则止。此车为救潦,欲去泽水以便栽种。盖去水非取水也,不适济旱。用桔槔⑦(图9)、辘轳⑧,功劳又甚细已。

[注释]

①硗(qiāo):土质硬而贫瘠。②腻:土质肥沃。③随方:根据位置、形势。④枧(jiǎn):同"笕"。引水的竹、木管子。⑤浍(kuài):田间的水沟。⑥扬郡:扬州地区。⑦桔槔(jié gāo):俗称"吊杆""称杆",一种原始的汲水工具。⑧辘轳(lù lu):利用轮轴原理制成的一种起重工具,通常安在井上汲水。

[译文]

在五谷之中，水稻最需要防旱，用水量最大。稻田的土质有沙土、泥土、瘠土、肥土的差别，每个地方的情况都不一样。有的稻田浇水三天后就干了，有的半个月以后才干。一旦天不下雨，就要靠人力引水浇灌来补救。靠近河边使用筒车的农家先筑堤坝阻挡水流，让水流冲击筒车下部的水轮，使其旋转，从而将水引进筒内，一筒筒的水自动注入引水槽中，再导流进田里。昼夜不停地引水，浇灌百亩稻田也不成问题（不用水时，可用木拴卡住水轮，使水轮不再转动）。在湖边、池塘边水不流动的地方，或者用牛力拉动转盘带动水车引水，或者几个人一起踩踏带动龙骨从而转动水车引水。水车车身长的有两丈，短的也有一丈。车内用龙骨拴接一块块串板，带动水流逆行向上。大概一人用水车干一整天能浇灌田地五亩，用牛力来干效率可以提高一倍。

对无法安放长水车的浅水池和小沟渠，则可使用几尺长的拔车，使用方法是一个人两手握住摇柄快速转动，劳动一天仅能灌溉两亩地。扬州一带则利用几扇风帆，靠风力转动水车，有风水车旋转，无风水车停止。这种拔车专门用来排涝，为的是排净积水便于栽种。因为拔车的作用是排涝而不是取水，所以不适于抗旱。使用桔槔、辘轳取水，工效就很小了。

○麦

凡麦有数种。小麦曰来，麦之长也；大麦曰牟、曰穬[①]；杂麦曰雀、曰荞，皆以播种同时、花形相似、粉食同功而得麦名也。四海之内，燕、秦、晋、豫、齐、鲁诸道，烝民粒食[②]，小麦居半，而黍、稷、稻、粱仅居半。西极川、云，东至闽、浙、吴、楚腹③焉,方圆六千里中种小麦者,二十分而一,磨面以为捻头、环饵、馒首、汤料④之需,而饔飧不及焉⑤。种余麦者五十分而一,间阎作苦⑥以充朝膳,而贵介⑦不与焉。

穬麦独产陕西,一名青稞,即大麦,随土而变。而皮成青黑色者,秦人专以饲马,饥荒,人乃食之(大麦亦有粘者,河洛用以酿酒)。雀麦细穗⑧,穗中又分十数细子,间亦野生。荞麦实非麦类⑨,然以其为粉疗饥,传名为麦,则麦之而已。

凡北方小麦,历四时之气,自秋播种,明年初夏方收。南方者种与收期时日差短。江南麦花夜发,江北麦花昼发⑩,亦一异也。大麦种获期与小麦相同,荞麦则秋半下种,不两月而即收。其苗遇霜即杀,邀天降霜迟迟,则有收矣。

[注释]

①穬:音kuàng。②烝民粒食:民众以谷物为食。③楚腹:今湖北、湖南,安徽及江西的一部。④捻头、环饵、馒首、汤料:大致相当于今天的花卷、面饼、馒头、汤面馄饨。⑤饔飧(yōng sūn)不及焉:早饭和晚饭常用的主食不包括面粉。⑥间阎(lú yán)作苦:平民百姓中做苦力的人。⑦贵介:富贵之家。⑧细穗:细小的麦穗。⑨荞麦实非麦类:麦为禾本科,荞麦属蓼科。宋应星已经发现它们的不同。⑩江南麦花夜发,江北麦花昼发:这种说法不很准确。

[译文]

麦类有好多种。小麦叫"来",是最主要的麦子品种;大麦有的叫"牟",有的叫"穬";其他杂麦有的叫"雀麦",有的叫"荞麦",因为它们都在同一时间播种,花的形状相似,全都磨成面粉食用,所以统称为麦。我国河北、陕西、山西、河南、山东各省老百姓吃的粮食中,小麦比重占了一半，而黍子、小米、稻子、高粱等合起来只占了一半。向西到四川、云南，向东到福建、浙江、江苏以及江西、湖南、湖北等中部地区，方圆六千里内，种植小麦的仅占二十分之一，将小麦磨成面粉做成花卷、面饼、馒头、面条之类食用，正餐都不用面食。种植其他麦类的只占五十分之一，民间贫苦百姓拿来当早餐吃，但富贵人家不会吃。

穬麦唯独出产在陕西一带，也叫青稞，就是大麦，随土质的不同形成相应的变种。陕西人专门将外皮青黑色的穬麦用来喂马，只有在闹饥荒时，人们才吃穬麦（大麦也有带黏性的品种，居住在黄河、洛水之间的人们拿它来酿酒）。雀麦的麦穗细小，每个麦穗中分长出十多个麦粒，这种麦偶尔也有野生的。荞麦实际上不属于麦类，由于人们也把它磨成面粉充饥，它就以麦的名称流传下来，因此姑且算作麦类吧。

北方小麦的生长期要经历秋、冬、春、夏四季的气候，秋天播种，到第二年初夏时节才会收获。南方的小麦从播种到收割的时间间隔短一些。江南麦子夜晚开花，江北麦子白天开花，这也算一件奇事。大麦的播种、收割的日期与小麦基本相同，荞麦则在中秋时播种，不到两个月就可收获。荞麦苗遇到霜就会冻死，所以希望老天降霜的时间尽可能晚些，这样才有收获。

○麦工（北耕种、耨具图）

凡麦与稻初耕、垦土则同，播种以后则耘、耔诸勤苦皆属稻，麦惟施耨①而已。凡北方厥土坟垆易解释②者，种麦之法耕具差异，耕即兼种③（图10）。其服牛起土④者，耒不用耜，并列两铁于横木之上，其具方语曰耩⑤。耩中间盛一小斗，贮麦种于内，其斗底空

图10 北耕兼种图

图11 北盖种图

梅花眼。牛行摇动，种子即从眼中撒下。欲密而多，则鞭牛疾走，子撒必多；欲稀而少，则缓其牛，撒种即少。既播种后，用驴驾两小石团压土埋麦（图11）。凡麦种紧压方生。南方地不同北者，多耕、多耙之后，然后以灰拌种，手指拈而种之。种过之后，随以脚根压土使紧，以代北方驴石也（图12）。

播种之后，勤议耨锄。凡耨草用阔面大镈⑥（图13）。麦苗生后，耨不厌勤（有三过四过者），余草生机尽诛锄下，则竟亩精华尽聚嘉实矣。功勤易耨，南与北同也。凡粪麦田，既种以后，粪无可施，为计在先也。陕、洛之间忧虫蚀者，或以砒霜拌种子，南方所用惟炊烬⑦也（俗名地灰）。南方稻田有种肥田麦者，不冀麦实⑧。当春小麦、大麦青青之时，耕杀田中，蒸罨⑨土性，秋收稻谷必加倍也。

凡麦收空隙可再种他物。自初夏至季秋，时日亦半载，择土宜

图12 南种牟麦图   图13 耨

而为之,惟人所取也。南方大麦有既刈之后乃种迟生粳稻者。勤农作苦,明赐无不及也⑩。凡荞麦,南方必刈稻,北方必刈菽、稷而后种。其性稍吸肥腴,能使土瘦。然计其获入,业偿半谷有余,勤农之家何妨再粪⑪也。

[注释]

①耨(nòu):锄草。②厥土坟垆易解释:其土质疏松易于分解。③耕即兼种:耕的同时也进行播种。④服牛起土:套上牛来翻地。⑤耩(jiǎng):北方又叫耧。⑥镈(bó):锄。⑦炊烬:灶中草木灰。⑧不冀麦实:不指望收获麦粒。⑨罨(yǎn):掩盖,覆盖。⑩勤农作苦,明赐无不及也:勤劳的农民付出了劳苦,大自然总是会给他相应的回报。⑪再粪:再次施肥。

[译文]

麦地的翻土整地和稻田工序相同,但播种以后,稻田还要多次进行耘、籽等勤苦的劳动，麦地只要锄草就行。北方土壤土质疏松容易打碎，所以种麦的方法、农具都与种稻有所不同，种麦过程中，耕和种同时进行。北方赶着牛翻土不用犁，而是用一根横木并排插两块尖铁，当地方言称为耩。耩的中间装个木斗，内盛麦种，木斗底部钻些梅花眼。牛走时摇动木斗，种子就从眼中撒下。想要种得又密又多，就赶着牛快走，种子就撒得多；想要种得稀些少些，就让牛慢走，种子就撒得少。播种后，用驴拖两个小石碌压土埋麦种。麦种只有在土压紧实后才能发芽。南方土壤与北方不同，南方麦田必须多次耕地耙土之后，用草木灰拌种，拿手指拈着种子点播。播下种子，随即用脚跟把土踩紧，代替北方用驴拉石碌子压土。

播种后要勤于锄草。锄草要用宽面大锄。麦苗生出来后，锄草越多越好（有锄三四次的），杂草锄尽不再生长时，田里肥分就都可以用来帮助结成饱满的麦粒。锄草的工夫花得越多，草就容易锄净，这在南北方都是一样的道理。麦田不要在播种后施肥，要做好计划在播种前施足基肥。陕西和洛水地区怕害虫蛀蚀麦种，有的用砒霜拌种，南方只用草木灰（俗称地灰）拌种。南方稻田有种麦子来肥田，并不希望收获麦粒。而是在春天小麦、大麦长得青绿时，就把它们耕翻，闷盖在田里，使其腐烂肥沃土壤，秋收时稻谷的产量一定能倍增。

麦收后的空隙可以再种其他农作物。从夏初到秋末，有近半年时间可以因地制宜地来选种其他农作物，这完全由农家来决定。南方有人在大麦收割后，再种植晚熟粳稻。农民辛勤劳动总会得到报酬。荞麦是在南方收割水稻后，北方收割豆、小米后才播种。荞麦的特性是吸收肥料较多，会使土壤贫瘠。但是算算它的产量抵得上原先收获谷物的一半还多，勤劳的农家又何妨再施些肥料呢。

◯麦灾

凡麦妨患抵稻三分之一。播种以后,雪、霜、晴、潦皆非所计。麦性食水甚少,北土中春再沐雨水一升,则秀华成嘉粒矣。荆、扬以南①惟患霉雨。倘成熟之时晴干旬日,则仓廪皆盈,不可胜食。扬州谚云"寸麦不怕尺水",谓麦初长时,任水灭顶无伤;"尺麦只怕寸水",谓成熟时寸水软根,倒茎沾泥,则麦粒尽烂于地面也。

江南有雀一种,有肉无骨,飞食麦田数盈千万,然不广及,罹害者数十里而止。江北蝗生,则大祲②之岁也。

[注释]

①荆、扬以南:荆,今湖北江陵;扬,今江苏扬州。泛指长江流域及以南地区。②大祲(jìn):大灾。

[译文]

种麦可能遭受的灾害只有种稻的三分之一。播种以后,基本不必顾虑遇上下雪、霜冻、晴热、洪涝的影响。麦子的特性是用水量很少,北方仲春时节只要有一场透雨,麦子就可开花,结出饱满的麦粒。荆州、扬州这些长江以南的地区最怕碰到霉雨天气。如果成熟期赶上十来个晴天,一定收获颗粒满仓的麦子,根本吃不完。扬州的谚语讲"寸麦不怕尺水",是说麦子刚成长的时候,任凭降水淹没都没有影响;"尺麦只怕寸水",则是说到了麦子成熟的时候,哪怕一寸深的积水也会泡软麦根,茎秆倒伏在泥里,于是麦粒也就都烂在地里了。

江南有一种鸟雀,有肉无骨,成千上万地飞来麦田啄食麦子,但范围不大,不过方圆几十里受灾而已。长江以北的地区一旦发生蝗灾,就会造成严重的灾患。

○黍稷、粱粟

凡粮食，米而不粉者种类甚多。相去数百里，则色、味、形、质随方而变，大同小异，千百其名。北人唯以大米呼粳稻，而其余概以小米名之。凡黍与稷同类，粱与粟同类。黍有粘有不粘（粘者为酒），稷有粳无粘。凡粘黍、粘粟统名曰秫，非二种外更有秫也。黍色赤、白、黄、黑皆有，而或专以黑色为稷，未是。至以稷米为先他谷熟，堪供祭祀，则当以早熟者为稷，则近之矣。

凡黍在《诗》《书》有虋①、芑②、秬③、秠④等名，在今方语有牛毛、燕颔、马革、驴皮、稻尾等名。种以三月为上时，五月熟；四月为中时，七月熟；五月为下时，八月熟。扬花、结穗总与来、牟不相见也。凡黍粒大小，总视土地肥硗、时令害育。宋儒拘定以某方黍定律⑤，未是也。

凡粟与粱统名黄米。粘粟可为酒，而芦粟一种，名曰高粱者，以其身高七尺如芦、荻⑥也。粱粟种类名号之多，视黍稷犹甚，其命名或因姓氏、山水，或以形似、时令，总之不可枚举。山东人唯以谷子呼之，并不知粱粟之名也。以上四米皆春种秋获，耕耨之法与来、牟同，而种收之候则相悬绝云。

[注释]

①虋（mén）：红色的粟米。②芑（qǐ）：白粱粟。③秬（jù）：黑黍。④秠（pī）：稃米。⑤宋儒拘定以某方黍定律：宋朝儒生刻板地用某一地区黍粒的大小为依据确定度量标准，见《宋史·律历志》。⑥芦、荻：芦

苇和荻草。

［译文］

各种粮食作物中只碾成米而不磨成粉的品种有很多。相距仅几百里地，这些粮食的颜色、味道、形状和质量就因各地土质的差异大不一样了，虽然大同小异，但作物名称却是成百上千。北方人只把粳稻叫大米，其余的都叫小米。黍与稷是同类，粱与粟也是同类。黍有黏的和不黏的（黏的可以酿酒），稷只有不黏的，没有黏的。黏黍、黏粟统称为秫，不是说除了这两种以外还有另外的秫。黍有红、白、黄、黑各色，有人专把黑色黍称为稷，这不正确。还有人说因为稷米比其他谷类要早熟，更适合祭祀使用，因此应将早熟的黍称作稷，这个说法还有些道理。

黍在《诗经》《尚书》中还有虋、芑、秬、秠等名称，现在的方言中也有牛毛、燕颔、马革、驴皮、稻尾之类的名称。黍最早在三月播种，五月成熟；稍晚是在四月播种，七月成熟；最晚是五月播种，八月成熟。黍开花、结穗的时间与小麦、大麦从不重叠。黍粒的大小完全由土地肥瘠、时令好坏所决定。宋朝儒生刻板地用某一地区黍粒的大小为依据确定度量标准，这一做法未必正确。

粟与粱统称为黄米。黏粟可拿来酿酒，有一种芦粟名叫高粱，是因为它的茎秆高达七尺，外形很像芦、荻而得名。粱粟的种类、名称纷繁复杂程度比黍稷还要高，它们的命名有的根据人的姓氏、山水名称，有的则根据形状、时令，总之无法一一列举。山东人不知道粱粟的名称，只统称为谷子。以上四种米都是春种秋收，耕锄方法与小麦、大麦相同，但播种和收割的时间却与麦子相差很远。

○麻

凡麻可粒、可油者，惟火麻、胡麻①二种。胡麻即脂麻，相传西汉始自大宛来。古者以麻为五谷之一，若专以火麻当之，义岂有当哉？窃意《诗》《书》五谷之麻，或其种已灭，或即菽、粟之中别种，而渐讹其名号，皆未可知也。

今胡麻味美而功高，即以冠百谷不为过。火麻子粒压油无多，皮为疏恶布，其值几何？胡麻数龠②充肠，移时不馁。粔饵③、饴饧得粘其粒，味高而品贵。其为油也，发得之而泽，腹得之而膏，腥膻得之而芳，毒厉得之而解。农家能广种，厚实可胜言哉！

种胡麻法，或治畦圃，或垄田亩，土碎、草净之极，然后以地灰微湿，拌匀麻子而撒种之。早者三月种，迟者不出大暑前。早种者花实亦待中秋乃结。耨草之功惟锄是视。其色有黑、白、赤三者。其结角长寸许，有四棱者房小而子少，八棱者房大而子多，皆因肥瘠所致，非种性也。收子榨油每石得四十斤余，其枯④用以肥田。若饥荒之年，则留供人食。

[注释]

①火麻、胡麻：火麻，即大麻，为中国原产。胡麻，即芝麻，又作脂麻，因据说是汉代张骞从西域引进，故称胡麻。但20世纪60年代，在浙江吴兴的钱山漾新石器时期遗址中发现了芝麻。②龠（yuè）：古代容量单位，等于半合。③粔（jù）饵：米糕。④枯：榨油剩下的渣滓。

[译文]

麻类中既可当粮食又可用来榨油的只有大麻和胡麻两种。胡麻就是芝麻，据说是西汉时期从中亚大宛国引入的。古时把麻列为五谷之一，如果说专指大麻，含义怎能说是恰当的呢？依我看《诗经》《尚书》中所说五谷中的麻，要么已经绝种了，要么就是豆、粟中的别种，只是名称逐渐被传错了，这都很难确定。

现如今，芝麻味道好，用途大，即使把它放在百谷的首位也不过分。大麻子榨不出多少油，麻皮织成的又是粗布，能有多少价值呢？只要肚子里有少量芝麻，很久都不感到饿。米糕、糖果上沾点芝麻，就会味道好、品质高。至于芝麻油的功效，搽发能使头发有光泽，吃进肚子能增加脂肪，香气能遮蔽一些食材的腥臊味，涂抹在毒疮上还能解毒。农家如果能广泛种植芝麻，好处真是说也说不完！

种植芝麻的方法，有的是在地里作畦，有的则是培垄，土块要尽可能粉碎，杂草要完全清除干净，然后用潮湿的草木灰拌匀芝麻种子，再来撒播。最早在初春三月下种，晚的也要在大暑前播种。早种的芝麻要到中秋才能开花结实。锄草全靠用锄。芝麻有黑、白、红三种颜色。所结的蒴果有一寸多长，外形呈四棱的果实小颗粒少，有八棱的果实大颗粒多，这都是土地肥瘠导致的结果，与品种没有关系。芝麻收子榨油，每石得油四十多斤，剩下的渣滓可以用来肥田。若遇上饥荒年份，还能留给人果腹。

○菽

凡菽种类之多，与稻、黍相等，播种收获之期，四季相承。果腹之功，在人日用，盖与饮食相终始。一种大豆有黑、黄两色，下种不出清明前后。黄者有五月黄、六月爆、冬黄三种。五月黄收粒少，而冬黄必倍之。黑者刻期八月收。淮北长征①骡马必食黑豆，筋力乃强。

凡大豆视土地肥硗、耨草勤怠、雨露足悭，分收入多少。凡为豉、为酱、为腐，皆于大豆中取质焉。江南又有高脚黄，六月刈早稻方再种，九、十月收获。江西吉郡种法甚妙：其刈稻竟不耕垦，每禾稿头中拈豆三四粒，以指扱②之，其稿凝露水以滋豆，豆性充发，复浸烂稿根以滋。已生苗之后，遇无雨亢干，则汲水一升以灌之。一灌之后，再耨之余，收获甚多。凡大豆入土未出芽时，防鸠雀害，驱之惟人。

一种绿豆，圆小如珠。绿豆必小暑方种，未及小暑而种，则其苗蔓延数尺，结荚甚稀。若过期至于处暑，则随时开花结荚，颗粒亦少。豆种亦有二，一曰摘绿，荚先老者先摘，人逐日而取之。一曰拔绿，则至期老足，竟亩拔取也。凡绿豆磨、澄、晒干为粉，荡片、搓索③，食家珍贵。做粉溲浆灌田甚肥。凡蓄藏绿豆种子，或用地灰、石灰，或用马蓼，或用黄土拌收，则四五月间不愁空蛀。勤者逢晴频晒，亦免蛀。

凡已刈稻田，夏秋种绿豆，必长接斧柄，击碎土块，发生乃多。凡种绿豆，一日之内遇大雨扳土，则不复生。既生之后，防雨水浸，疏沟浍以泄之。凡耕绿豆及大豆田地，耒耜欲浅，不宜深入。盖豆质根短而苗直，耕土既深，土块曲压，则不生者半矣。"深耕"二字不可施之菽类，此先农之所未发者④。

一种豌豆，此豆有黑斑点，形圆同绿豆，而大则过之。其种十月下，来年五月收。凡树木叶迟者，其下亦可种。一种蚕豆，其荚似蚕形，豆粒大于大豆。八月下种，来年四月收。西浙桑树之下遍环种之。盖凡物树叶遮露则不生，此豆与豌豆，树叶茂时彼已结荚而成实矣。襄、汉上流，此豆甚多而贱，果腹之功不啻黍、稷也。

一种小豆，赤小豆入药有奇功，白小豆（一名饭豆）当餐助嘉谷。夏至下种，九月收获，种盛江淮之间。一种稆（音吕）豆⑤，此豆古者野生田间，今则北土盛种。成粉、荡皮可敌绿豆。燕京负贩者，终朝呼稆豆皮，则其产必多矣。一种白扁豆，乃沿篱蔓生者，一名蛾眉豆。其他豇豆、虎斑豆、刀豆，与大豆中分青皮、褐色之类，间繁一方者，犹不能尽述。皆充蔬代谷，以粒烝民者，博物者其可忽诸！

[注释]

①长征：长途远行。②扱（chā）：古同"插"。③荡片、搓索：做成粉皮，搓成粉条。④潘吉星先生在北魏《齐民要术》所引用的西汉《氾胜之书》中已经发现大豆不用深耕的记载，可见宋应星这句话不太准确。⑤稆（lǔ）豆：一般指黑豆。

[译文]

豆子的种类与稻、黍的种类一样繁多，播种和收获的时间，连续分布在一年四季中。豆子是人们日常生活中常见的食物，它的主要作用始终与饮食密不可分。有一种大豆，有黑、黄两种颜色，播种期在清明节前后。黄豆有五月黄、六月爆和冬黄三种。五月黄产量低，冬黄产量要高出一倍。黑豆一定要到八月才能收获。淮北地区长途运输的骡马必须要吃黑豆，才能使其筋力强壮。

大豆收获的多少取决于土质的肥瘠程度、锄草频繁还是懈怠不勤、雨水充足与否。作豆豉、豆酱和豆腐都以大豆为原料。江南还有一种高脚黄的大豆，六月收割早稻以后才下种，九、十月便可收获。江西吉安一带大豆的种法十分巧妙：收割后的稻茬田不去翻耕，只在稻茬中用手指放入三四粒豆种，稻茬所凝聚的露水滋润着豆种，豆子发芽以后，又吸收浸烂稻根的营养。豆子出苗后，遇到干旱无雨的时节，需要浇灌一升水。浇水以后，再锄杂草，一定获得丰收。大豆播种后没发芽之时，要防备鸠、雀啄食危害，这只能靠人力驱赶。

一种是绿豆，像珍珠一样又圆又小。绿豆必须在小暑时播种，如果不到小暑就下种，豆秧就会蔓延生长好几尺长，结的豆荚却非常稀少。如果过了小暑甚至到了处暑时才播种，就会随时开花结荚，豆粒数目也很少。绿豆也有两个品种，一种叫作"摘绿"，先摘长老的豆荚，可以每天摘取。另一种叫作"拔绿"，要等全部成熟后整亩地摘取。把绿豆磨成粉浆，澄去浆水，晒干可制成淀粉，再做成粉皮、粉条，成为受到人们珍视的食品。做豆粉剩下的粉浆水用来浇灌田地，肥效很好。储藏绿豆种子，有的用草木灰、石灰，有的用马蓼，有的用黄土和种子拌匀，即使存四五个月也不必担心被虫蛀空。勤快的人碰到晴天，就将绿豆多次晾晒，同样也能避免虫蛀。

夏秋两季在已经收割后的稻田里种绿豆，必须使用接了长柄的斧头打碎土块，出苗才能稠密。绿豆播种的当天如果遇上了大雨，土壤板结，就长不出豆苗来了。出苗以后，要防止雨水浸泡，疏通沟渠，将田地里的水排出。在种绿豆和大豆的地里，使用耒耜农具操作要浅，不宜深入。因为豆子作物根短苗直，耕土过深会导致豆芽被土块压弯，会有一半长不出苗来。因此，"深耕"方法并不适用于豆类，这是以前的农民没有发现的。

一种是豌豆，这种豆有黑斑点，形状像绿豆那样圆，但比绿豆大。

十月播种,第二年五月收获。落叶较晚的树下也可以种植。一种是蚕豆,豆荚形状像蚕,豆粒比大豆要大。八月下种,第二年四月收获,浙江西部地区普遍在桑树下种植。原本有树叶遮盖,农作物就长不好,但蚕豆和豌豆到树木枝繁叶茂时,已经结荚,豆粒成熟了。在襄河和汉水上游地区出产的蚕豆很多,价格便宜,当作粮食来吃,作用并不比黍、稷小。

一种是小豆,其中红小豆入药疗效很好,白小豆(也叫饭豆)是可以混在主食里当饭吃的好东西。小豆夏至时播种,九月收获,长江、淮河之间广泛种植。一种是稆(音吕)豆,从前野生在田里,如今北方大量种植。用来做淀粉、粉皮可以比得上绿豆。北京的小商贩整天叫卖稆豆皮,它的产量一定很大。一种是白扁豆,它沿着篱笆蔓生,也叫蛾眉豆。其他如豇豆、虎斑豆、刀豆以及大豆中的青皮、褐皮等品种,只在个别地方集中种植,无法一一详尽叙述。这些豆类都是寻常百姓用来当作蔬菜,代替粮食食用的,见识广博的学者怎么能够忽视呢!

粹精①第二

宋子曰:天生五谷以育民,美在其中,有"黄裳"之意焉②。稻以糠为甲,麦以麸为衣,粟、粱、黍、稷毛羽隐然③。播④精而择粹,其道宁终秘也?饮食而知味者,食不厌精⑤。杵臼之利,万民以济,盖取诸"小过"⑥。为此者,岂非人貌而天者哉?

[注释]

①粹精:这里指粮食加工,使其更加纯粹。可译为米面。②有"黄裳"

之意焉：出自《周易·坤》。这里比喻粮食颗粒外有黄衣包裹，而精华蕴含其中。③毛羽隐然：毛羽，与前之"甲""衣"均指粮食颗粒的外壳。此指粟粱等为羽片状外壳所包裹。④簸：同"簸"。⑤食不厌精：《论语·乡党》："食不厌精，脍不厌细。"⑥杵臼（chǔ jiù）之利，万民以济，盖取诸"小过"："小过"为《周易》之卦名，其象"艮下震上"。艮为山，震为木，正是木杵捣石臼之形。

[译文]

宋夫子说：自然界生长各种谷物养活了人类，五谷中的精华部分都被包藏于美如金黄外衣的谷壳之下，有《周易》中"黄裳"的意味。稻谷以糠皮作为甲壳，麦子用麸皮当作外衣，粟、粱、黍、稷的子实都隐藏在毛羽之中。通过扬簸和碾磨等工序，将谷物中的精华提取出来，这些方法难道始终都是秘密吗？讲究饮食滋味的人从不停止对粮食精细加工的追求。加工谷物的杵臼，它的功用给人类带来了莫大的好处，大概是受到了《易经》中"小过"一卦的卦象启示。发明这些技术的人，怎能说是一般人而不是天降奇才呢？

○攻稻（击禾、轧禾、风车、水碓、石碾、臼、筛皆具图）

凡稻刈获之后，离稿取粒。束稿于手而击取者半，聚稿于场而曳牛滚石以取者半。凡束手而击者，受击之物或用木桶（图14），或用石板（图15）。收获之时雨多霁少，田稻交湿不可登场者，以木桶就田击取。晴霁稻干，则用石板甚便也。

凡服牛曳石滚压场中（图16），视人手击取者力省三倍。但作种之谷恐磨去壳尖减削生机。故南方多种之家，场禾多借牛

图14 湿田击稻

图15 场稻

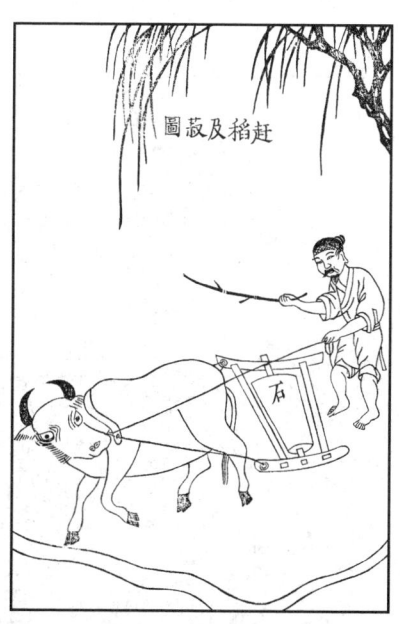

图16 赶稻及耱图

图17 木砻

力，而来年作种者则宁向石板击取也。凡稻最佳者九穰一秕①。倘风雨不时，耘耔失节，则六穰四秕者容有之。凡去秕，南方尽用风车扇去。北方稻少，用扬法，即以扬麦、黍者扬稻，盖不若风车之便也。

凡稻去壳用砻②，去膜用舂、用碾。然水碓主舂则兼并砻功，燥干之谷入碾亦省砻也。凡砻有二种：一用木为之，截木尺许（质多用松），斫合成大磨形，两扇皆凿纵斜齿，下合植桦穿贯上合，空中受谷（图17）。木砻攻米二千余石，其身乃尽。凡木砻，谷不甚燥者入砻亦不碎，故入贡军国漕储千万，皆出此中也。一土砻（图18），析竹匡围成圈，实洁净黄土于内，上下两面各嵌竹齿。上合筥空受谷，其量倍于木砻。谷稍滋湿者入其中即碎断。土砻攻米二百石其身乃朽。凡木砻必用健夫，土砻即孱妇弱子

图18 土砻

图19 风扇车

可胜其任。庶民饔飧皆出此中也。

凡既砻，则风扇以去糠秕，倾入筛中团转（图19）。谷未剖破者浮出筛面，重复入砻。凡筛大者围五尺，小者半之，大者其中心偃隆而起，健夫利用。小者弦高二寸，其中平洼，妇子所需也。凡稻米既筛之后，入臼而舂，臼亦两种。八口以上之家，掘地藏石臼其上，臼量大者容五斗，小者半之。横木穿插碓头（碓嘴冶铁为之，用醋滓合上），足踏其末而舂之。不及则粗，太过则粉③，精粮从此出焉。晨炊无多者，断木为手杵，其臼或木或石以受舂也（图20）。既舂以后，皮膜成粉，名曰细糠，以供犬豕之豢。荒歉之岁人亦可食也。细糠随风扇播扬分去，则膜尘净尽而粹精见矣。

凡水碓，山国之人居河滨者之所为也（图21）。攻稻之法省人力十倍，人乐为之。引水成功，即筒车灌田同一制度也。设臼多寡不一。值流水少而地窄者，或两三臼；流水洪而地室宽者，即并列十臼无忧也。江南信郡④水碓之法巧绝。盖水碓所愁者，埋臼之地卑则洪潦为患，高则承流不及。信郡造法即以一舟为地，搋桩维之。筑土舟中，陷臼于其上。中流微堰石梁，而碓已造成，不烦斫木壅坡

图20　舂

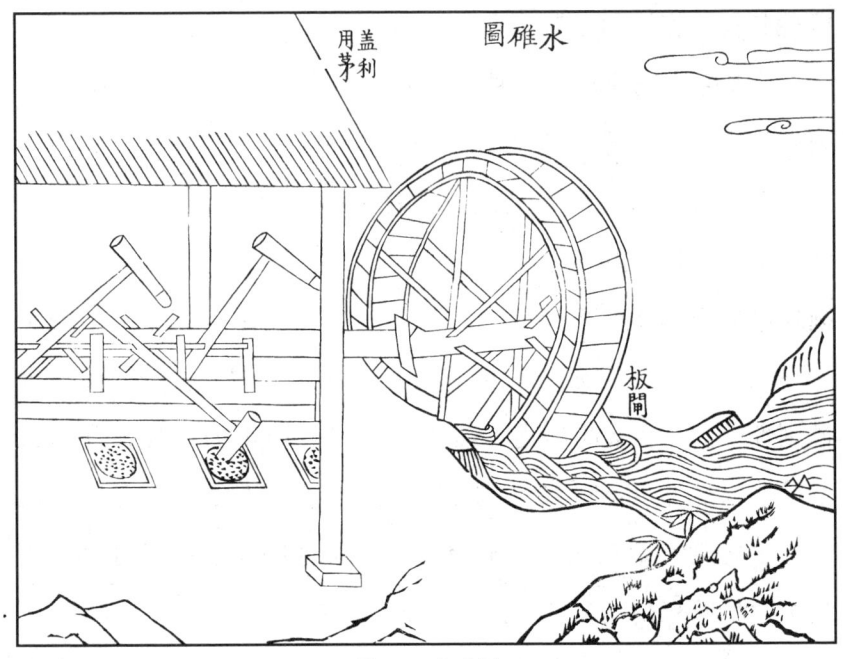

图 21 水碓图

之力也。又有一举而三用者,激水转轮头,一节转磨成面,二节运碓成米,三节引水灌于稻田,此心计无遗者之所为也。

凡河滨水碓之国,有老死不见砻者,去糠去膜皆以臼相终始,唯风筛之法则无不同也。凡碨砌石为之,承藉、转轮皆用石(图22)。牛犊、马驹唯人所使。盖一牛之力,

图 22 牛碾

日可得五人。但入其中者必极燥之谷，稍润则碎断也。

[注释]

①九穰（ráng）一秕：十个谷壳中九个饱满，一个空瘪。②砻（lóng）：破壳去谷的碾磨型农具。③不及则粗，太过则粉：用力不及则米粗，用力过大则米碎。④信郡：广信府，今江西上饶一带。

[译文]

稻子收割之后，就要脱秆取粒。用手握住一把稻秆通过摔打来脱粒的约占一半，把稻子铺在晒场上，用牛拉着石磙碾取脱粒的也占一半。手工脱粒是手握稻秆在木桶内缘或石板上摔打。收获时节如果遇上多雨少晴的天气，稻田和稻谷都很潮湿，不能把稻子放在晒场上脱粒时，则把木桶放在田间就地脱粒。如果遇上晴天稻子干爽，在石板上击取脱粒也很方便。

用牛拉石磙压场脱粒，比手工摔打脱粒要省力三倍。但是留着当稻种的稻谷，恐怕被磨掉稻壳尖而降低种子发芽率。因此南方种植水稻较多的农家多数借用牛力上场脱粒，但是留做种子的稻谷宁愿在石板上摔打脱粒。最好的稻谷有九成是饱满的谷粒，只有一成空秕。如果风雨不调，壅根拔草不及时，也可能出现只有六成饱满，四成空秕的情况。去掉秕谷的方法，在南方用风车吹去。北方稻子少，多用扬场的方法，也就是用扬麦子、扬黍子的办法来扬稻子，但不像风车那样方便。

稻谷用砻去壳，用舂或者碾去糠皮。用水碓来舂谷，也就兼具了砻的功用。干燥的稻谷用碾加工也可以不用砻。砻有两种：一种是用木头制成，截取一尺多长的原木（多数用松木），砍削拼合磨盘形状，两扇磨盘都凿出纵向的斜齿，下扇安装榫头穿接上扇，上扇中空以便稻谷从孔中注入。木砻磨米二千多石后，就磨身损坏不能使用了。使用木砻时，即便注入的是不太干燥的稻谷也不会被磨碎，因此上缴的军粮和官粮，以千万石计需要漕路运输或就地储藏的稻谷都要用木砻加工。另一种是土砻，破开竹子编织成圆筐，里面用干净的黄土填充压实，上下两扇都镶上竹齿。上扇安装竹篾漏斗来装稻谷，容谷量比木砻要多一倍。稻谷稍微潮湿时，在土砻中会被磨碎。土砻磨米二百石米就磨身损坏不能使用了。使用木砻的人必须是壮劳力，而土砻即使是体弱力小的妇女儿童也能胜任。老百姓日常吃米都用土砻加工。

经砻磨脱壳后，稻谷用风车吹去糠秕，再倒进筛子里团团筛转。没有脱壳的稻谷便浮出筛面，重新倒入砻中加工。大筛子周长五尺，小筛子有大筛子的一半大小，大筛子的中心稍微隆起，供壮劳力使用。小筛子的边高只有二寸，中心略微洼陷，供妇女儿童使用。稻米筛过以后，放到臼里舂捣，臼也有两种。八口以上的人家，一般是在地上挖坑埋放石臼。大臼的容量是五斗，小臼的容量约为大臼的一半。用一条横木插入碓头（碓嘴用铁铸造，用醋滓将横木和碓头黏合在一起），用脚踩踏横木的末端来舂米。舂得不够，米质粗糙，舂得太过，米会碎成粉，精米都是用臼加工出来的。吃粮不多的人家截取木头做成手杵，臼用木头或石头制成用来舂米。舂过后的稻谷皮膜都变成了粉，叫作细糠，可以拿来饲养猪狗。遇到灾荒年景，人也可以用来果腹。细糠被风车吹扇飘散分离后，糠皮、灰尘被去除得干干净净，剩下的就是精白的大米了。

水碓被住在山区靠近河边的人们所使用。其加工稻谷比人工省力十倍，因此人们都乐意使用水碓。利用水力推动水碓与利用筒车浇水灌田运用的是同样的原理。水碓上放置臼盘的数量多少不一。如果水流少而地方狭窄，就设置两三个臼；如果水流大而地方宽敞，即使并排设置十个臼也不成问题。江西广信府建造水碓的方法极其精巧。一般情况下，建造水碓的困难在于如果埋臼的地方地势低洼，容易被洪水淹没；地势太高，水又流不上去。广信府造水碓的方法是用一条船作为埋臼地，打桩把船围住。在船里填土埋臼。如果在河的中流筑小石坝，那么水碓也就建造成功了，打桩筑坡围堰的劳力也就节省下来了。此外，还有一身而三用的水碓，用水流冲击转动水轮，用第一节带动水磨磨面，第二节带动水碓舂米，第三节引水浇灌稻田，这是心思十分细密的人制造出来的机械。

河滨地区使用水碓的人有到死都没有见过砻的，稻谷脱壳、去糠皮始终都是用臼，唯独使用风车和筛子的方法各地都一样。碾则是用石头砌成，碾盘、碌都是用石头凿制。用牛犊或马驹来拉碾，随人自便。一头牛一天的劳动量，相当于五个人一天的劳动量。但是入碾的稻谷必须晒得非常干燥，稍微潮湿一点儿，米就被碾碎了。

○攻麦（扬、磨、罗具图）

凡小麦其质为面。盖精之至者，稻中再舂之米；粹之至者，麦中重罗之面也。小麦收获时，束稿击取，如击稻法。其去秕法，北土用扬，盖风扇流传未遍率土也。凡扬不在宇下，必待风至而后为之。风不至，雨不收，皆不可为也。

凡小麦既扬之后，以水淘洗尘垢净尽，又复晒干，然后入磨。凡小麦有紫、黄二种，紫胜于黄。凡佳者每石得面一百二十斤，劣者损三分之一也。凡磨大小无定形，大者用肥犍力牛曳转。其牛曳磨时用桐壳掩眸，不然则眩晕。其腹系桶以盛遗，不然则秽也。次者用驴磨，斤两稍轻。又次小磨，则止用人推挨者。

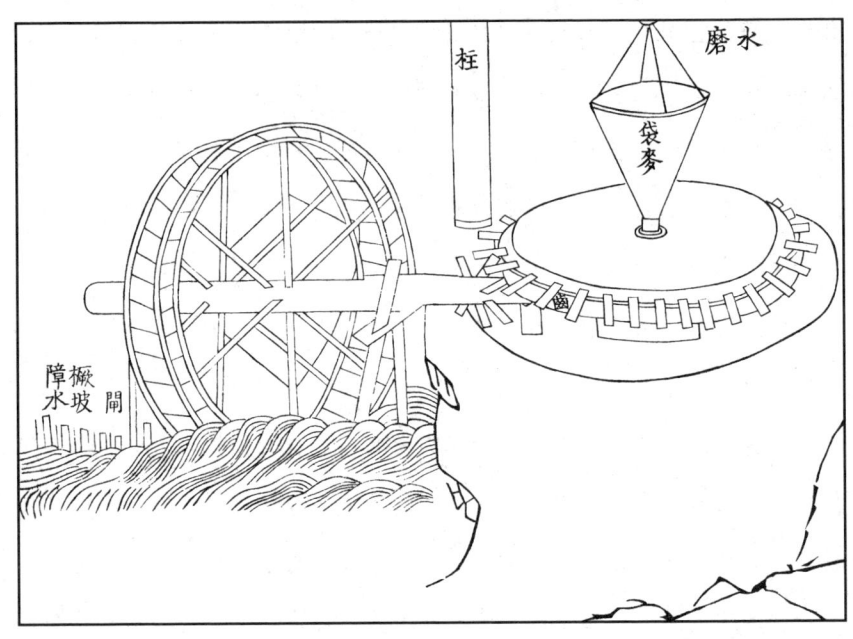

图 23　水磨

凡力牛一日攻麦二石，驴半之，人则强者攻三斗，弱者半之。若水磨之法，其详已载《攻稻·水碓》中，制度相同，其便利又三倍于牛犊也。凡牛、马与水磨，皆悬袋磨上，上宽下窄。贮麦数斗于中，溜入磨眼（图23）。人力所挨则不必也。

凡磨石有两种，面品由石而分。江南少粹白上面者，以石怀沙滓，相磨发烧，则其麸并破，故黑颣①参和面中，无从罗去也。江北石性冷腻，而产于池郡之九华山②者美更甚。以此石制磨，石不发烧，其麸压至扁秕之极不破，则黑疵一毫不入，而面成至白也。凡江南磨二十日即断齿，江北者经半载方断。南磨破麸得面百斤，北磨只得八十斤，故上面之值增十之二，然面筋、小粉皆从彼磨出，则衡数已足，得值更多焉。

凡麦经磨之后，几番入罗，勤者不厌重复（图24）。罗框之底用丝织罗地绢为之。湖丝所织者，罗面千石不损。若他方黄丝所为，经百石而已朽也。凡面既成后，寒天可经三月，春夏不出二十日则郁坏③。为食适口，贵及时④也。凡大麦则就舂去膜，炊饭而食，为粉者十无一焉⑤。荞麦则微加舂杵去衣，然后或舂或磨以成粉而后食之。盖此类之视小麦，精粗贵贱大径庭也。

图24 面罗

[注释]

①颣（lèi）：缺点，毛病。②池郡之九华山：今安徽贵池以南的九华山。③郁坏：受潮而变质。④及时：随吃随磨。⑤为粉者十无一焉：把大麦磨成面粉来食用的十中无一。

[译文]

　　小麦最主要部分是面。稻谷最精华的部分是舂过两次的精米；小麦最精粹的部分是经过反复罗过的小麦面。收获小麦的时候，用手握住麦秆摔打脱粒，和稻子手工脱粒的方法相同。去掉秕麦的方法，在北方用扬场，因为风车的使用还没有普及全国各地。扬场不能在屋檐下，而且一定要等到有风才能进行。风不来，雨不停，都不能扬麦。

　　小麦扬过后，用水将灰尘污垢完全淘洗干净，再晒干，然后入磨。小麦有紫皮、黄皮两种，紫皮的比黄皮的品质好。好的小麦每石能磨出面粉一百二十斤，差的所得要减少三分之一。磨的大小没有固定形制，大磨要用肥壮有力的阉牛来拉。牛拉磨时要用桐壳遮住牛眼，否则牛就会转晕。牛的腹部要系上一只桶用来盛装牛的排泄物，不然会把面粉弄脏。小磨重量相对较轻，用驴来拉。再小的磨则只需用人力来推。

一头壮牛一天能磨两石麦子，一头驴一天只能磨一石，强壮的人一天能磨麦三斗，体弱的人只能磨一斗半。水磨已经在《攻稻·水碓》节中详细讲述了，结构相同，但水磨的功效是牛犊的三倍。用牛、马拉磨和水磨磨面，都要在磨上方悬挂上宽下窄的袋子，里面装上几斗小麦，可以自动滑入磨眼。人力推磨时就用不着了。

造磨的石料有两种，面粉品质的好坏受磨石差异的影响而有所不同。江南很少产出精白的上等面粉，就是因为磨石里含有沙子，磨面时发热，导致黑色的麸皮破碎，与面掺和在一起，无法罗去。江北的石料性凉而且细腻，池州九华山出产的石料质地更好。用这种石头制成的磨，磨面时不会发热，麸皮虽然也轧得很扁但不会破碎，所以黑麸皮一点都不会混入面里，这样磨成的面粉就非常白了。江南的磨用二十天磨齿就断了，江北的磨用半年磨齿才断。南方的磨由于磨碎了麸皮，所以每石能磨得面粉一百斤，北方只能磨得面粉八十斤，所以上等面粉的价钱就要贵十分之二，但是从北方的磨里出来的麸皮还可提取面筋和小粉，所以磨面的总产量不低，获得的收益更多。

麦子磨过以后，还要多次入罗，勤劳的人们不怕重复入罗。罗筐底用丝织的罗地绢制成。用浙江湖州的丝织制成的罗地绢做罗底，罗一千石面也不破损。如果用其他地方的黄丝做罗底，罗过一百石面就坏了。面粉磨好以后，在冬季能存放三个月，春夏时节存放不到二十天就会受潮变质。为了使食物可口，就必须随磨随吃。大麦舂掉外皮后就能煮饭食用，如果把大麦磨成面粉不到原重的十分之一。荞麦用杵棒稍微舂一下去掉外皮，然后再舂或磨成荞麦面来吃。这些粮食与小麦相比，品质的精粗和价格的贵贱就差得太远。

○攻黍、稷、粟、粱、麻、菽（小碾、枷具图）

凡攻治小米，扬得其实，舂得其精，磨得其粹。风扬、车扇而外，簸法生焉。其法篾织为圆盘，铺米其中，挤匀扬播。轻者居前，揲弃地下；重者在后，嘉实存焉。凡小米舂、磨、扬、播制器，已详《稻》《麦》之中。惟小碾一制在《稻》《麦》之外。北方攻小米者，家置石墩，中高边下，边沿不开槽。铺米墩上，妇子两人相向，接手而碾之（图25）。其碾石圆长，如牛赶石，而两头插木柄。米堕边时，随手以小彗①扫上。家有此具，

图25 小碾图

图26 打枷图

杵臼竟悬②也。

凡胡麻刈获，于烈日中晒干，束为小把。两手执把相击，麻料绽落，承以箪席也。凡麻筛与米筛小者同形，而目密五倍。麻从目中落，叶残、角屑皆浮筛上而弃之。凡豆菽刈获，少者用枷，多而省力者仍铺场，烈日晒干，牛曳石赶而压落之。凡打豆枷（图26），竹木竿为柄，其端凿圆眼，拴木一条，长三尺许，铺豆于场，执柄而击之。凡豆击之后，用风扇扬去荚叶，筛以继之，嘉实洒然入廪矣。是故舂、磨不及麻，碨③碾不及菽也。

[注释]

①小彗：小笤帚。②悬：悬置而不用也。③碨（wèi）：石磨。

[译文]

小米加工时这样做：扬净得到实粒，舂捣得到小米，研磨得到米粉。除去风扬、车扇之外，还有用簸箕扬簸。簸法是用竹篾编成圆盘，把谷子铺在上面，均匀扬簸。轻的扬到簸箕前面，从箕口丢弃在地下；重的留在后面，都是饱满的实粒。加工小米所用的舂、磨、扬、播等工具，已经详述于《攻稻》《攻麦》两节中。只是小碾没有在《攻稻》《攻麦》两节中谈到。北方加工小米，在家里放置一个石墩，中间高，四边低，边沿不开槽。把米铺在墩上，妇女两人面对面相互手持石碌碾压。碾石是长圆形，好像牛拉的石碌，两头插上木柄。米碾到边沿时，随手用小笤帚扫上去。家里有了这种工具，就不需要杵臼了。

芝麻收割后，先在烈日下晒干，扎成小把。两手各拿一把相互击打，芝麻壳破裂，芝麻粒随之脱落，下面用席子承接。芝麻筛和小的米筛形状相同，但筛眼比米筛密五倍。芝麻粒从筛眼中落下，将浮在筛上的残叶、角屑等杂物扔掉。豆类收获后，产量少的用打枷法脱粒；产量大时，省力的办法还是铺在场上靠烈日晒干,用牛拉石磙来脱粒。打豆的枷用竹竿、木杆作柄,柄的前端钻个圆孔,拴上一条长约三尺的木棒。把豆铺在场上,手持枷柄甩打。豆子打落后,用风车吹走荚叶,接着过筛,得到的饱满豆粒便可以入仓了。所以说,加工芝麻用不着舂和磨,豆类用不着碾和碾。

作咸第三

宋子曰:天有五气,是生五味①。润下作咸②,王访箕子而首闻其义焉。口之于味也,辛酸甘苦经年绝一无恙。独食盐禁戒旬日,则缚鸡胜匹,倦怠恹然。岂非"天一生水"③,而此味为生人生气之源哉?四海之中,五服而外,为蔬为谷,皆有寂灭之乡,而斥卤④则巧生以待。孰知其以然?

[注释]

①天有五气,是生五味:按中国古代"五行说",东方木,味酸;南方火,味苦;西方金,味辛;北方水,味咸;中央土,味甘。②润下作咸:出自《尚书·洪范》,此篇记录了周武王伐商获胜,访问商臣箕子的对话。开篇就提到水既湿润又向下流动,有咸味,内含盐质。③"天一生水":出自《汉书·律历志》:"天以一生水,地以二生火。"④斥卤:盐卤。

[译文]

宋夫子说:自然界有五行之气,对应地形成五种味道。五行中,水性自身湿润向下渗透,从而具有咸味,周武王访问箕子后,才开始明白了这一原理。人们常吃的辣、酸、甜、苦四种味道的食物,长年缺少其中任何一种,人的身体都不会产生什么不良影响。唯独食盐,十天不吃,抓只鸡比抓捕牛马都困难,人就会无精打采、软弱无力。这不正好说明"天一生水",水中的咸味正是人生命力的源泉吗?不论是全国各地,还是僻远的边疆外境,到处都有不长蔬菜五谷的不毛之地,但食盐却能巧妙分布各处,供人享用。谁能知道这是什么原因呢?

○盐产

凡盐产最不一,海、池、井、土、崖、砂石,略分六种,而东夷树叶[①],西戎光明[②]不与焉。赤县之内,海卤居十之八,而其二为井、池、土碱。或假人力,或由天造。总之,一经舟车穷窘,则造物应付出焉。

[注释]

①东夷树叶:东北地区少数民族食用从分泌盐质的树叶上刮取的盐霜,即树叶盐。②西戎光明:西部少数民族食用的盐,无色透明。《本草纲目》认为这类盐可以"开盲明目"。

[译文]

食盐的来源很多,大体上可以分为海盐、池盐、井盐、土盐、崖盐和砂石盐六种,但是东北少数民族地区的树叶盐和西北少数民族地区出产的光明盐并没有包括在内。我国境内海盐的产量约占总产量的十分之八,井盐、池盐和土盐只占十分之二。这些食盐有的靠人工提取,有的是天然产出。总之,在那些交通不便、食盐难以运输的地方,大自然都会提供当地特色的食盐。

○海水盐

凡海水自具咸质。海滨地高者名潮墩,下者名草荡,地皆产盐。同一海卤传神,而取法则异。一法:高堰地,潮波不没者,地可种盐(图27)。种户各有区画经界,不相侵越。度诘朝①无雨,则今日广布稻、麦稿灰及芦茅②灰寸许于地上,压使平匀。明晨露气冲腾,则其下盐茅③勃发,日中晴霁,灰、盐一并扫起淋煎。

一法:潮波浅被地,不用灰压。俟潮一过,明日天晴,半日晒出盐霜,疾趋扫起煎炼。一法:逼海潮深地,先掘深坑,横架竹木,上铺席苇,又铺沙于苇席上。候潮灭顶冲过,卤气由沙渗下坑中,撤去沙、苇。以灯烛之,卤气冲灯即灭,取卤水④煎炼。总之功在晴霁,若淫雨连旬,则谓之盐荒。又淮场地面,有日晒自然生霜如马牙者,谓之大晒盐。不由煎炼,扫起即食。海水顺风漂来断草,勾取煎炼,名蓬盐。

凡淋煎法,掘坑二个,一浅一深。浅者尺许,以竹木架芦席于上。将扫来盐料(不论有灰无灰,淋法皆同),铺于席上。四围隆起,作一堤

图27 布灰种盐

垱形⑤，中以海水灌淋，渗下浅坑中（图28）。深者深七八尺，受浅坑所淋之汁，然后入锅煎炼。

凡煎盐锅古谓之"牢盆"⑥，亦有两种制度。其盆周阔数丈，径亦丈许。用铁者以铁打成叶片，铁钉拴合，其底平如盂，其四周高尺二寸。其合缝处一以卤汁结塞，永无隙漏。其下列灶燃薪，多者十二三眼，少者七八眼，共煎此盘（图29）。南海有编竹为者，将竹编成阔丈深尺，糊以蜃灰⑦，附于釜背。火燃釜底，滚沸延及成盐。亦名盐盆，然不若铁叶镶成之便也。凡煎卤未即凝结，将皂角⑧椎碎，和粟米糠二味，卤沸之时投入其中搅和，盐即顷刻结成。盖皂角结盐，犹石膏之结腐也。

凡盐淮、扬场者，质重而黑，其他质轻而白。以量较之，淮场者一升重十两，则广、浙、长芦者只重六七两。凡蓬草盐

图28 淋洗入坑

图29 海卤煎炼

不可常期，或数年一至，或一月数至。凡盐见水即化，见风即卤，见火愈坚。凡收藏不必用仓廪，盐性畏风不畏湿，地下叠稿三寸，任从卑湿无伤。周遭以土砖泥隙，上盖茅草尺许，百年如故也。

[注释]

①度：推测。诘朝：第二天。②芦茅：芦苇。③盐茅：盐像茅草一样丛生。④卤水：含盐分的水，除了氯化钠外，还有少量硫酸钙、氯化镁等杂质，因此发苦。⑤堤垱（dàng）形：堤坝的样子。⑥牢盆：形制在《本草纲目》中也有记载。⑦蜃灰：蛤蜊壳烧成的灰。⑧皂角：能发泡，可促进盐的结晶。

[译文]

海水本身含有盐分。海滨地势高的地方叫作潮墩，地势低的地方叫作草荡，这些地方都产盐。虽然同样盐都出自海中，但制取的方法却各不相同。一种方法：在海潮不能浸漫的高地上取盐。种盐户都有划定的地段和界线，互不侵占。估计第二天天气放晴，当天事先将稻、麦秆灰及芦茅灰遍地撒布，厚约一寸，压平保持均匀。到第二天早上，露气浓重弥漫之际，盐分就像茅草那样从灰层中长出来，到了中午，雾气消散天空放晴，就可以将灰和盐一起扫起来，拿去淋洗和煎炼。

另一种方法：在潮水很浅的滩地，不必撒灰覆压。只等潮水一过，第二天天晴，有半天时间就能晒出盐霜，然后赶快扫起煎炼。还有一种方法：将海潮引入深的地方，先挖一个深坑，上面横架竹、木条，上铺苇席，苇席上再铺沙。当海潮从深坑盖顶上冲过时，盐分便通过沙子渗入坑内，撒去沙子和苇席。用灯向坑里照射，当盐卤气大到能把灯冲灭的时候，就可以取卤水煎炼。总之，成功的关键在于天晴，如果阴雨连绵十多天，无法生产，就叫作"盐荒"。在淮安一带产盐的地方，靠日光暴晒自然凝结成马牙一样的盐霜，就叫作"大晒盐"。不需要煎炼，扫起来就可以食用。将海水中顺风漂来的海草捞起来煎炼，制出的盐叫作"蓬盐"。

淋洗和煎炼盐的方法是挖两个坑，一浅一深。浅坑深度一尺左右，上面架上竹、木条，再铺上芦席。将扫起来的盐料（不论是有灰、无灰，淋洗的方法都一样），铺在席子上。席子四周堆得高些，形成堤坝形，中间用海水淋灌，盐卤水便可以渗到浅坑中。深坑七八尺深，承接浅坑淋灌的盐水，然后倒入锅里煎炼。

煎盐的锅古代叫作"牢盆"，也有两种规格。牢盆周长有好几丈，直径也有一丈多。如果是用铁做的，把铁锤打成薄片，再用铁钉铆合，盆的底部像盂那样平，盆的边高一尺二寸。接缝处经过卤汁结晶堵塞，不会再漏。牢盆下面有一圈灶来烧柴，多的有十二三个灶眼，少的有七八个灶眼，同时烧火。南海地区还有用竹篾编成的锅，直径一丈、深一尺，在锅底糊上蛤蜊灰。锅下烧火使卤水沸腾，逐渐凝结成盐。这种盆也叫作"盐盆"，但不如用铁片做成的牢盆那样便利。煎炼盐卤汁时，如果没有马上凝结，可以将皂角捣碎，混合粟米糠一起投入沸腾的卤水里搅拌，立刻就会结晶成盐粒。加入皂角使盐结晶的原理如同做豆腐时用石膏一样。

淮安、扬州出产的盐又重又黑，其他地方出产的盐又轻又白。用重量作比较，淮安盐场的盐一升重十两，而广东、浙江、长芦盐场的盐只有六七两重。不能总指望能获得蓬草盐，有时好几年来一次，有时一个月就来好几次。盐遇到水就会溶解，遇到风会流盐卤，碰上火却更加坚硬。保存盐不必用仓库，盐的特性是怕风吹但不怕地湿，在地上铺三寸厚的稻草秆，即使地势低湿也不用担心。如果在周围砌上土砖，用泥封堵缝隙，上面盖上一尺多厚的茅草，即使保存一百年也不会变质。

○池盐

凡池盐宇内有二，一出宁夏，供食边镇；一出山西解池①，供晋、豫诸郡县。解池界安邑、猗氏、临晋之间，其池外有城堞，周遭禁御。池水深聚处，其色绿沉。土人种盐者池旁耕地为畦垄，引清水入所耕畦中，忌浊水掺入，即淤淀盐脉（图30）。

凡引水种盐，春间即为之，久则水成赤色。待夏秋之交，南风大起，则一宵结成，名曰颗盐，即古志所谓大盐②也。凡海水煎者细碎，而此成粒颗，故得大名。其盐凝结之后，扫起即成食味。种盐之人积扫一石交官，得钱数十文而已。其海丰、深州③引海水入池晒成者，凝结之时，扫食不加人力，与解盐同。但成盐时日与不借南风，则大异也。

[注释]

①山西解池：在今山西运城市。②古志所谓大盐：大盐出自《史记·货殖列传》之唐司马贞"索隐"，谓："河东大盐。"③海丰、深州：海丰即今广东海丰县。深州并非

图30 池盐

今河北省之深州也，存疑。

[译文]

我国有两处池盐产地，一处在宁夏，出产的食盐供边境地区食用；另一处在山西解池，出产的食盐供山西、河南各地食用。解池地处安邑、猗氏和临晋之间，四周筑有城墙用以保护盐池。池水深的地方，水呈深绿色。当地制盐的人在池旁将地耕成畦垄，把池内清水引入畦垄之中，但是要防止浊水混入，否则会淤积泥沙，堵塞盐脉。

引池水制盐的时间在春季，太晚了水就会变成红色。等到夏秋之交，南风劲吹的时候，一夜之间就能凝结成盐，这种盐名叫"颗盐"，也就是古书上所说的"大盐"。因为海水熬制的盐细碎，而池盐则是较大的颗粒，所以有了"大盐"的名称。池盐凝结成形后，扫起就可供人食用。制盐的人要将积扫的一石盐交给官府，自己只得到几十文铜钱而已。海丰和深州地区把海水引入池内晒成的盐，凝结后扫起来就可食用，不需要人力加工，这一点和池盐相同。但成盐的时间以及它不依靠南风这两点，就与池盐大不相同了。

○井盐

凡滇、蜀两省远离海滨，舟车艰通，形势高上，其咸脉即蕴藏地中。凡蜀中石山去河不远者，多可造井取盐。盐井周围不过数寸，其上口一小盂覆之有余（图31），深必十丈以外乃得卤信[①]，故造井功费甚难。其器冶铁锥，如碓嘴形[②]，其尖使极刚利，向石山舂凿成孔。其身破竹缠绳，夹悬此锥。每舂深入数尺，则又以竹接其身，使引而长。初入丈许，或以足踏碓梢，

图 31　蜀省井盐

如舂米形。太深则用手捧持顿下。所舂石成碎粉,随以长竹接引,悬铁盏挖之而上。大抵深者半载,浅者月余,乃得一井成就。

盖井中空阔,则卤气游散,不克结盐故也。井及泉后,择美竹长丈者,凿净其中节,留底不去。其喉下安消息③,吸水入筒,用长绠④系竹沉下,其中水满。井上悬桔槔、辘轳诸具,制盘驾牛。牛拽盘转,辘轳绞绠,汲水而上。入于釜中煎炼(只用中釜,不用牢盆),顷刻结盐,色成至白。

西川有火井⑤,事奇甚。其井居然冷水,绝无火气,但以长竹剖开去节,合缝漆布,一头插入井底,其上曲接,以口紧对釜脐,注卤水釜中。只见火意烘烘,水即滚沸。启竹而视之,绝无半点焦炎意。未见火形而用火神,此世间大奇事也。凡川、滇盐井逃课掩盖至易，不可穷诘。

[注释]

①卤信：盐层。②碓嘴形：打钻工具的钻头。③消息：类似阀门，俗称皮钱。④长緪（gēng）：长绳。⑤火井：天然气井，含有沼气或甲烷，易燃。

[译文]

云南、四川两省离海边距离很远，交通不便，地势很高，因此这里的盐脉就蕴藏在当地的地下。四川境内离河不远的石山大多可以凿井取盐。盐井的口径不过几寸，上口盖一个小盂都绰绰有余，但深度必须要超过十丈以上，才能到达盐层，所以凿井花费的时间很长，施工也很艰难。凿井的工具是铁锥，形状很像碓嘴，要把铁锥的尖端做得非常坚固锋利，保证能在石头上冲凿成孔洞。铁锥的锥身（锥柄）是用破成两半的竹片夹住，再用绳缠紧而成。每每钻入几尺深，就要用竹竿接长。起初凿的这一丈多深，可以像舂米那样，用脚踏碓梢挖凿。深度增大就须用双手举高铁锥用力下夯冲凿。石头被舂凿成碎粉，随时用长竹不断接长，前端捆上铁勺，把碎石挖上来。大约打一眼深井需要费时半年，打一眼浅井一个多月也就成功了。

所凿井口太大会使卤气流散，不能凝结成盐。当盐井凿到卤水层后，挑选一根长一丈的好竹子，将竹子的内节都凿穿，只保留最底下的一节不打穿。在竹节的下端安装能吸水的单向阀门以便汲取盐水入筒，用长绳拴紧竹筒沉入井中，筒内便会汲满盐水。井上安装桔槔、辘轳等提水工具，架起转盘，套上牛。用牛拉动转盘，进而带动辘轳绞绳，把井下的盐水汲上来。将盐水倒进锅里煎炼（只用中号锅，不能用大号的牢盆），很快就能结盐，颜色雪白。

四川西部还有火井，非常奇妙。火井里居然全是冷水，没有一点火气，只需把长竹子劈开，去掉竹节，再拼合起来用漆布缠紧，密封缝隙，将一头插入井底，另一头连接曲管，曲管口对准锅底正中，把卤水注入锅里。只见火焰猛烈,卤水立刻沸腾。打开竹筒一看,却没有一点烧焦的痕迹。火井中的气看不见具体形象，引燃后却起到了火的作用，这真是人世间一大奇事。四川、云南的盐井制盐很容易逃避官税，无法追查。

○末盐、崖盐

凡地碱煎盐，除并州①末盐外，长芦分司②地土人亦有刮削煎成者,带杂黑色,味不甚佳。凡西省阶、凤③等州邑，海井交穷。其岩穴自生盐，色如红土，恣人刮取，不假煎炼。

[注释]

①并州:今山西中部太原一带。产土盐。②长芦分司:明代在长芦（在今河北境内）设盐运使，并于沧州、青州设二分司。③阶、凤:阶州，今甘肃省陇南市武都区；凤州，今陕西凤县。

[译文]

用地碱煎熬的盐，除了并州的粉末盐（土盐）之外，在长芦盐场盐运使分司所在地的人也有刮取地碱熬成的盐，但是这种盐含有杂质，颜色比较黑，味道也不好。西部地区的阶州、凤州等地区，既没有海盐又没有井盐。但是当地的岩洞里却出产食盐，看上去像红土块，任凭人们刮取食用，不必通过煎炼得盐。

甘嗜①第四

宋子曰：气至于芳，色至于艳②，味至于甘，人之大欲存焉。芳而烈，艳而艳，甘而甜，则造物有尤异之思矣。世间作甘之味，十八产于草木，而飞虫竭力争衡，采取百花酿成佳味，使草木无全功。孰主张是，而颐养遍于天下哉？

[注释]

①甘嗜：出自《尚书·甘誓》，意思是喜欢甜味，此处指制糖酿蜜或泛指制糖。②艳（qìng）：青黑色。

[译文]

宋夫子说：芬芳的气味，美丽的颜色，甘甜的滋味，人们对这些东西始终怀有强烈的欲望。有些香气特别浓烈，有些颜色极为艳丽，有些滋味尤其可口，这充分展示了自然界安排的奇思妙想。世间有甜味的东西十有八成来自于植物，而蜜蜂竭尽全力与植物争夺在甘甜美味中的一席之地，它们采集百花的精华酿成甜美的蜂蜜，致使植物无法独占产出甜味的功劳。自然界中是哪种力量促使甘甜味道产生，而使普天之下都受益于它呢？

○蔗种

凡甘蔗有二种，产繁闽、广间，他方合并得其十一而已。

似竹而大者为果蔗，截断生啖，取汁适口，不可以造糖。似荻而小者为糖蔗，口啖即棘伤唇舌，人不敢食，白霜、红砂①皆从此出。凡蔗古来中国不知造糖，唐大历间，西僧邹和尚游蜀中遂宁始传其法②。今蜀中种盛，亦自西域渐来也。

凡种荻蔗，冬初霜将至，将蔗砍伐，去杪与根，埋藏土内（土忌洼聚水湿处）。雨水前五六日，天色晴明即开出，去外壳，砍断约五六寸长，以两节为率。密布地上，微以土掩之，头尾相枕，若鱼鳞然。两芽平放，不得一上一下，致芽向土难发。芽长一二寸，频以清粪水浇之。俟长六七寸，锄起分栽。

凡栽蔗必用夹沙土，河滨洲土为第一。试验土色，掘坑尺五许，将沙土入口尝味，味苦者不可栽蔗。凡洲土近深山上流河滨者，即土味甘，亦不可种。盖山气凝寒，则他日糖味亦焦苦。去山四五十里，平阳洲土择佳而为之（黄泥脚地，毫不可为）。

凡栽蔗治畦，行阔四尺，犁沟深四寸。蔗栽沟内，约七尺列三丛，掩土寸许，土太厚则芽发稀少也。芽发三四个或六七个时，渐渐下土，遇锄耨时加之。加土渐厚，则身长根深，蔗免欹倒之患。凡锄耨不厌勤过，浇粪多少视土地肥硗。长至一二尺，则将胡麻或芸薹枯③浸和水灌，灌肥欲施行内。高二三尺，则用牛进行内耕之。半月一耕，用犁一次垦土断旁根，一次掩土培根。九月初培土护根，以防砍后霜雪。

[注释]

①白霜、红砂：白绵糖、红砂糖。②这种说法出自宋人王灼的《糖霜谱》，只能说明遂宁地区甘蔗制糖法的起源。根据南朝梁人陶弘景《本草经集注》的记载，中国制作蔗糖时间应在南北朝时，远早于唐代。③胡

麻或芸薹枯：芝麻枯饼或油菜籽枯饼。

[译文]

甘蔗有两种，盛产于福建、广东一带，其他各地所种植的甘蔗总量合起来也只占这两地产量的十分之一。那种外形像竹子，长得又粗又大的甘蔗品种叫作果蔗，果蔗切断后可直接生吃，嚼出的汁液甜蜜可口，但这一品种并不适合造糖。另一种长得像芦荻那样细小的品种叫作糖蔗，生吃很容易刺伤嘴唇舌头，人们不敢生吃，可是，白绵糖和红砂糖都是用这种甘蔗制造出来的。中国古代最初还不懂得用甘蔗制糖的方法，唐朝大历年间，西域僧人邹和尚云游到四川遂宁县时，才开始传授了制糖法。现在四川大量种植甘蔗，也是从西域逐渐传来的。

种植荻蔗的时间在初冬快要降霜之前，先将荻蔗砍倒，除去梢和根，然后埋进土里（注意不能埋在低洼有积水潮湿的土里）。第二年雨水节气的前五六天，趁天气晴朗时，将荻蔗挖出，剥掉外壳，截成五六寸长的段，截断的标准是每段保留两个节。把荻蔗段紧密地排列在地上，上面稍微覆盖一点土，让它们像鱼鳞似的头尾相叠。每段荻蔗上的两个芽都要平放，不能一上一下，否则会导致向下的种芽难以萌发出土。荻蔗芽长到一两寸长的时候，要经常用澄清的粪水浇灌。等到长至六七寸长的时候，就可以挖出来移植分栽了。

栽种甘蔗必须使用沙壤土，靠近江河边的沙泥土最好。鉴别土质优劣的方法是挖一个深一尺五寸左右的坑，将坑里的沙土放入口中尝尝味道，味道苦涩的沙土不能用来栽种甘蔗。靠近深山的河流上游的河边土，即便是土味甘甜也不能用来栽种甘蔗。这是因为山地气候寒冷，将来制成的蔗糖味道也会焦苦。应该在距山四五十里，平坦宽阔且日晒充足的河边土地，选择最好的地段种植甘蔗（黄泥土根本不适合种甘蔗）。

栽种甘蔗时，先要整地造畦，每一畦形成行距四尺、深四寸的犁沟。把甘蔗种在沟里，大约每七尺长栽种三株，盖上一寸厚的土，如果培的土太厚，出芽就会减少。当每株甘蔗长到三四个或六七个芽的时候，就应逐渐将两旁的土堆进沟里，每次中耕锄草时都要培土。培的土不断增厚，甘蔗秆就会长得高，而根也就扎得深了，从而避免倒伏的危险。中耕锄草的工序不要嫌次数多，至于施肥多少则要看土地的肥瘠程度来定。等到甘蔗苗长到一两尺高的时候，需要将芝麻或油菜籽枯饼浸泡后，掺着肥水一起浇灌，要浇灌在行内。等到甘蔗苗长高到两三尺时，则要用牛进入行间进行耕作。每半个月犁耕一次，一次用来翻土同时切断旁根，一次用来培土保护根部。九月初还要培土保护甘蔗根，防止甘蔗砍收后的宿根被霜雪冻坏。

○蔗品

凡获蔗造糖，有凝冰①、白霜、红砂三品。糖品之分，分于蔗浆之老嫩。凡蔗性至秋渐转红黑色，冬至以后由红转褐，以成至白。五岭②以南无霜国土，蓄蔗不伐，以取糖霜。若韶、雄以北③，十月霜侵，蔗质遇霜即杀，其身不能久待以成白色，故速伐以取红糖也。凡取红糖，穷十日之力而为之。十日以前其浆尚未满足，十日以后恐霜气逼侵，前功尽弃。故种蔗十亩之家，即制车、釜一副以供急用。若广南无霜，迟早惟人也。

[注释]

①凝冰：冰糖。②五岭：指跨越今湖南、江西两省以及广东的五岭山脉。③韶、雄以北：广东的韶关和南雄以北，即五岭以北。

[译文]

用荻蔗造出的糖可分为冰糖、白糖和红糖三个品种。糖的品种差异由荻蔗蔗浆老嫩的不同所决定。荻蔗的外皮到秋天逐渐变成深红色，冬至以后就由红色转为褐色，最终呈现出白色。五岭以南属于无霜地区，把荻蔗保留在地里不去砍收，为的是制造白糖。至于广东韶关、南雄以北地区，十月份就会出现霜冻，遭遇霜冻，荻蔗的品质会受到破坏。在这些地区，就不能把荻蔗长时间留在地里等它变成白色，因此要赶紧砍收来制造红糖。制造红糖必须在霜降前十天之内全力完成。十天以前荻蔗糖浆还没有生长充分，十天以后又怕受霜冻的侵袭导致前功尽弃。所以种蔗面积多达十亩的人家就要造好榨糖的车和煮糖的锅以备急用。广东南部的无霜地区，收割荻蔗时间的早晚就听主人自行安排了。

○造糖（具图）

凡造糖车（图32），制用横板二片，长五尺，厚五寸，阔二尺，两头凿眼安柱。上笋出少许，下笋出板二三尺，埋筑土内，使安稳不摇。上板中凿二眼，并列巨轴两根（木用至坚重者），轴木大七尺围方妙。两轴一长三尺，一长四尺五寸，其长者出笋安犁担。担用屈木，长一丈五尺，以便驾牛团转走。轴上凿齿，分配雌雄，其合缝处须直而圆，圆而缝合。夹蔗于中，一轧而过，与棉花赶车[①]同义。

蔗过浆流，再拾其滓，向轴上鸭嘴扱入，再轧而三轧之，其汁尽矣，其滓为薪。其下板承轴，凿眼只深一寸五分，使轴脚不穿透，以便板上受汁也。其轴脚嵌安铁锭于中，以便捩转[②]。

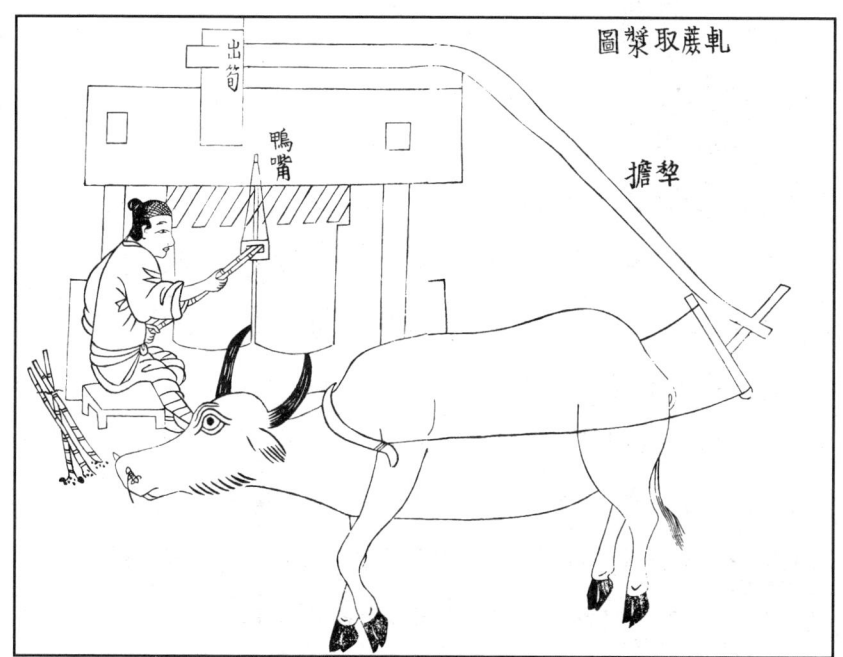

图32 轧蔗取浆图

凡汁浆流板有槽枧,汁入于缸内。每汁一石下石灰五合③于中。凡取汁煎糖,并列三锅如"品"字,先将稠汁聚入一锅,然后逐加稀汁两锅之内。若火力少束薪,其糖即成顽糖④,起沫不中用。

[注释]

①赶车:轧棉机。②捩(liè)转:转动。③下石灰五合:蔗汁内有杂质影响结晶,加入石灰可以使杂质沉淀。④顽糖:不能结晶的胶糖。

[译文]

造糖车(制糖用的轧浆车)的形制和规格如下,两块横板,长五尺、厚五寸、宽二尺,横板两端凿孔分上下安装在柱子上。柱子上端的榫头穿过上横板露出少许,下端的榫头穿过下横板露出二三尺,便于深埋入地下，固定车身安稳，不会摇晃。在上横板的中部凿两个孔眼，并排安放两根大木轴（用非常坚实的木料制成），做轴的木料周长大于七尺为最好。两根木轴中一根长三尺，另外一根长四尺五寸，长轴的榫头露出上横板用来安装犁担。犁担是用一根长约一丈五尺的弯曲木材做成，以便套牛轭使牛转圈走。轴端凿有相互配合的凹凸转动齿轮，两轴的合缝处必须又直又圆，这样缝才能密合得好。把甘蔗夹在两根轴之间一轧而过，这和轧棉花的赶车的道理相同。

甘蔗通过造糖车压榨便会流出糖浆水，再收集起蔗渣插入辊子上的鸭嘴处压榨第二次，同样压榨第三次，蔗汁就被榨尽，剩下的蔗渣可以当柴火用。支撑木辊的下横板在安装位置只需凿出一寸五分深的小孔，使得辊轴脚不能穿透横板，方便在板面上接受蔗汁。辊轴的下端要镶嵌安装铁锭子以便转动。蔗汁通过下横板上挖出的槽导流进入糖缸里。每石蔗汁中要加入五合石灰。榨取蔗汁熬糖时，把三口铁锅摆成品字形，先将熬稠的蔗汁集中在一口锅里，然后再逐步把稀蔗汁加入其他两口锅里。如果火力不够大，即使只欠一把火，也会把糖浆熬成顽糖，泛起泡沫不复使用。

○造白糖

凡闽、广南方经冬老蔗，用车同前法。榨汁入缸，看水花为火色。其花煎至细嫩，如煮羹沸，以手捻试，粘手则信来[①]矣。此时尚黄黑色，将桶盛贮，凝成黑沙[②]。然后以瓦溜[③]（教陶家烧造）置缸上（图33）。其溜上宽下尖，底有一小孔，将草塞住，倾桶中黑沙于内。待黑沙结定,然后去孔中塞草,用黄泥水淋下。

图33 澄结糖霜瓦器

其中黑滓入缸内,溜内尽成白霜。最上一层厚五寸许,洁白异常,名曰西洋糖(西洋糖绝白美,故名)。下者稍黄褐。

造冰糖者,将白糖煎化,蛋青澄去浮滓,候视火色。将新青竹破成篾片,寸斩撒入其中。经过一宵,即成天然冰块。造狮、象、人物等,质料精粗由人。凡冰糖有五品,"石山"为上,"团枝"次之,"瓮鉴"次之,"小颗"又次,"沙脚"为下。

[注释]

①信来:火候已到。②黑沙:黑色的糖膏。③瓦溜:类似漏斗的陶制分离工具。

[译文]

对于福建和广东南部田里越冬的成熟老甘蔗,通过糖车压榨制糖的方法与前面所讲述的一样。将榨出的蔗汁引流进入糖缸之中，熬糖时，通过观察蔗汁沸腾时的水花变化来掌握火候。一旦熬到水花呈细水泡状，好像煮沸了的羹粥那样的时候，拿手搓转一下，如果粘手就说明火候到了。这时的糖浆还是呈黄黑色，把它装在桶里，让它凝结成黑沙（黑色的糖膏）。然后把瓦溜（此物需请陶工专门烧制）放在糖缸上。瓦溜上宽下尖，底部留有小孔，用草塞住孔眼，把桶内的黑沙倒进瓦溜中。等到黑沙凝固以后，拔去塞孔的草，用黄泥水从上淋浇下来。瓦溜中黑色的糖浆母液流入缸内，留在瓦溜里的全是白糖。其中最上面的一层有五寸多厚，颜色极为洁白，称为"西洋糖"（西洋糖以洁白著称，因此得名）。下面的稍带黄褐色。

制造冰糖时，先将白砂糖加热溶化，用鸡蛋清澄清去除掉上面的浮渣，观察火候是否合适。把新竹破截成一寸长的篾片撒入糖液中。经过一夜就凝结成像天然冰块那样的冰糖。用来制作狮子、大象和人物等形状的糖，质地的粗细由人们自主决定。冰糖分为五等，石山是最上等，团枝略有逊色，瓮鉴再差一些，小颗更差，沙脚则是下等品。

○造兽糖

凡造兽糖者，每巨釜一口受糖五十斤，其下发火慢煎。火从一角烧灼，则糖头滚旋而起。若釜心发火，则尽沸溢于地。每釜用鸡子三个，去黄取清，入冷水五升化解。逐匙滴下，用火糖头之上，则浮沤[1]、黑滓尽起水面，以笊篱捞去，其糖清白之甚。然后打入铜铫[2]，下用自风慢火温之，看定火色然后入模。凡狮、象糖模，两合如瓦为之，杓泻糖入，随手覆转倾下。模冷糖烧，自有糖一膜靠模凝结，名曰享糖，华筵③用之。

［注释］

①浮沤（ōu）：泡沫。②铜铫（diào）：有柄的小铜锅。③华筵：隆重的宴席。

［译文］

制作兽糖时，在每一口大锅中放入五十斤白糖，锅底燃火慢慢熬煎。火要从锅的一角逐渐烧热，溶化的糖液于是翻滚涌起。如果要在锅底中心位置加热，糖液则会急剧沸腾，溢出糖锅，洒到地上。每一口锅要用到三个鸡蛋，去掉蛋黄只取蛋白，加入五升凉水化匀。将蛋白水一勺一勺滴在糖液的沸腾处，浮沫和黑渣全部浮在液面上，这时用笊篱捞去杂质，糖液就变得非常清亮洁白。然后把糖液盛到带手柄和开口的小铜釜里，下面用煤粉慢火保温，看到火候合适，就倒进糖模中。狮子和大象的糖模是由两半像瓦一样的模子合扣而成。用勺子把糖液倒进糖模中，随手翻转模子，倒出兽糖。因为糖模温度低，糖液温度高，在靠近糖模内壁的地方自然凝结成一层相应形状的糖膜，名叫"享糖"，盛大的宴会上会用到它。

○蜂蜜

凡酿蜜蜂普天皆有，惟蔗盛之乡则蜂蜜自然减少。蜂造之蜜出山崖、土穴者十居其八，而人家招蜂造酿而割取者，十居其二也。凡蜜无定色，或青或白，或黄或褐，皆随方土、花性而变。如菜花蜜、禾花蜜之类，百千其名不止也。凡蜂不论于家于野，皆有蜂王。王之所居造一台如桃大，王之子世为王[①]。

王生而不采花,每日群蜂轮值,分班采花供王。王每日出游两度(春夏造蜜时),游则八蜂轮值以待。蜂王自至孔隙口,四蜂以头顶腹,四蜂傍翼,飞翔而去。游数刻而返,翼顶如前。

畜家蜂者或悬桶檐端,或置箱牖下,皆锥圆孔眼数十,俟其进入。凡家人杀一蜂、二蜂皆无恙,杀至三蜂则群起螫之,谓之蜂反。凡蝙蝠最喜食蜂,投隙入中,吞噬无限。杀一蝙蝠悬于蜂前,则不敢食,俗谓之"枭令"。凡家畜蜂,东邻分而之西舍,必分王之子去而为君,去时如铺扇拥卫。乡人有撒酒糟香而招之者。

凡蜂酿蜜,造成蜜脾②,其形鬣鬣然③。咀嚼花心汁吐积而成,润以人小遗④,则甘芳并至,所谓"臭腐神奇"⑤也。凡割脾取蜜,蜂子多死其中,其底则为黄蜡。凡深山崖石上有经数载未割者,其蜜已经时自熟,土人以长竿刺取,蜜即流下。或未经年而扳缘可取者,割炼与家蜜同也。土穴所酿多出北方,南方卑湿,有崖蜜而无穴蜜⑥。凡蜜脾一斤炼取十二两。西北半天下,盖与蔗浆分胜云。

[注释]

①王之子世为王:这种说法并无根据。②蜜脾:蜜蜂所造酿蜜用的巢房。③鬣鬣(liè liè)然:如马鬃一样。④小遗:小便。⑤臭腐神奇:语出自《庄子·知北游》。但是,蜜蜂有时飞到粪便处,是为了获取盐分或水分,与酿蜜无关。⑥有崖蜜而无穴蜜:崖蜜是指野蜂在石崖中作巢产的蜜,也叫"石蜜"。穴蜜是指在土穴中作巢所产的蜜。

[译文]

酿蜜的蜜蜂天底下到处都有,唯独盛产甘蔗的地方蜜蜂自然减少。

蜜蜂酿造的蜂蜜，有十分之八出自山崖上和土穴里的野蜂酿造，出自人工养蜂的蜜只占十分之二。蜂蜜没有特定的颜色，有青色、白色、黄色、褐色，主要是根据各地方的环境、花性的不同而有所差异，如菜花蜜、禾花蜜之类，名目远不止成百上千。不论是野蜂还是家蜂，所有的蜂群都有蜂王。蜜蜂在蜂王居住的地方会筑一个如桃子般大小的台，蜂王之子世代为王。蜂王生来从不外出采花酿蜜，每天由群蜂轮流分班采集花蜜供蜂王食用。蜂王每天出游两次（在春夏造蜜的季节），出游时，有八只蜜蜂轮流伺候。蜂王爬到巢口时，就有四只蜜蜂用头顶着蜂王的肚子，另外四只蜜蜂在周围簇拥着飞翔而去。出游时间不长就会回来，还像出去时那样顶着蜂王的肚子，簇拥着把蜂王送进蜂巢里。

饲养家蜂的人会把蜂桶挂在房檐底下的一头，或者把蜂箱放在窗子下面，蜂桶或蜂箱上钻出几十个小圆孔，方便蜂群进入。养蜂的人弄死一两只家蜂没有什么问题，但如果弄死三只以上时，蜜蜂就会成群结队攻击螫人，这种情况叫作"蜂反"。蝙蝠最喜欢吃蜜蜂，一旦钻空子进入蜂巢，会吞噬蜜蜂无数。打死一只蝙蝠挂在蜂巢前面，其他蝙蝠就不敢再来吃蜜蜂了，俗话叫作"枭令"。家养的蜜蜂分群到另一处时，一定会分一个蜂王之子去做新的蜂王，届时蜂群排成扇形队形簇拥护卫新的蜂王飞走。农村中的养蜂人常常喷洒甜酒糟，用酒糟的香气来招引蜜蜂分群。

蜜蜂酿造蜂蜜，先要造出蜜脾，蜜脾的形状如同排列整齐的鬃毛。蜜蜂吸食咀嚼花心的汁液，一点一滴吐出来积累成蜂蜜，再用人的小便滋润，蜂蜜会特别甘甜、芳香，这便是所谓的"化臭腐为神奇"吧。割取蜜脾提取蜂蜜时，会有很多幼蜂、蜂蛹死在里面，蜜脾的基底层是黄色的蜂蜡。大山深处的崖石上，有多年都没有割取过的蜜脾，由于已经过了很长时间，其中的蜂蜜早已成熟，当地人只需用长竹竿把蜜脾刺破，蜂蜜就会自动流淌下来。如果是形成时间不到一年，而人又能爬上去取下来的蜜脾，提取割炼的方法与家养蜜蜂的方法一样。产自土穴中的蜜多在北方，南方因为地势低洼，气候潮湿，只有崖蜜而没有穴蜜。一斤蜜脾能够炼取十二两蜂蜜。西北地区蜂蜜的产量占了全国的一半，可以说能与南方出产的蔗糖相媲美了。

○饴饧

凡饴饧①，稻、麦、黍、粟皆可为之。《洪范》云："稼穑作甘。"及此乃穷其理。其法用稻、麦之类浸湿，生芽暴干，然后煎炼调化而成。色以白者为上，赤色者名曰胶饴，一时宫中尚之，含于口内即溶化，形如琥珀。南方造饼饵者谓饴饧为小糖，盖对蔗浆而得名也。饴饧人巧千方以供甘旨②，不可枚述。惟尚方用者名"一窝丝"③，或流传后代不可知也。

[注释]

①饴饧（yí xíng）：古时用麦芽或者谷芽熬成的糖。②人巧：技巧。以供甘旨：用来调制甜品。③一窝丝：用饴糖制成的拔丝糖，酥松可口。

[译文]

饴饧用稻、麦、黍、粟都可以制作。《尚书·洪范》说："用粮食可以制造出甜美的东西。"由此可以了解其中的道理。制作饴饧的方法是将稻、麦之类粮食泡湿，等到发芽后再晒干，然后加热熬制而成。白色的是上等品，红色的叫作"胶饴"，在宫中一时很受欢迎，这种糖含在嘴里很快溶化，外形如同琥珀。南方作糕点饼干把饴饧称为小糖，大概是以此区别于蔗糖而取的名字。人们用各种各样技巧、方法将饴饧制成各种美味食品，种类多得无法列举。只有官内食用的，称为"一窝丝"的品种，有没有流传到后世，就不得而知了。

膏液第五

宋子曰：天道平分昼夜，而人工继晷以襄事①，岂好劳而恶逸哉？使织女燃薪、书生映雪②，所济成何事也？草木之实，其中蕴藏膏液，而不能自流。假媒水火，凭借木石，而后倾注而出焉。此人巧聪明，不知于何禀度也。人间负重致远,恃有舟车。乃车得一铢而辖转，舟得一石而罅③完，非此物之为功也不可行矣。至菹④蔬之登釜也，莫或膏之，犹啼儿之失乳焉。斯其功用一端而已哉。

[注释]

①晷（guǐ）：日影。此处指时光。襄：帮助。②书生映雪：这一典故出自《文选注》引《孙氏世录》。晋人孙康家中贫穷，曾借雪的反光读书。③罅（xià）：缝隙。④菹（zū）：切碎。

[译文]

宋夫子说：自然规律将一天分为白昼与黑夜，然而人们却夜以继日，延长时间，辛勤劳动，难道真的就是偏爱劳动，厌恶闲逸吗？让纺织女靠着薪柴的火光织布，读书人借助雪地的反光读书，真的能够提高做事的效率吗？植物的果实蕴含着油脂，但它不会自动流出来。而要凭借水火的动力、木石工具的加工之后，才能倾注出油。这种人类的智慧和技巧，真不知是如何获取的。人们运输大批物资到远方，靠的是舟船和车辆。车轴只要抹上一点润滑油，轮子就能灵活转动，船身涂上一石的油灰，缝隙就能完全修复，如果没有油脂发挥作用，车和船也就无法运转了。至于把切碎的蔬菜倒进锅里烹调，如果没有油的辅助，如同婴儿没有奶吃而啼哭一样，根本不行。这只不过是油脂的功用的一个方面而已。

○油品

凡油供馔食用者，胡麻①（一名脂麻）、莱菔②子、黄豆、菘菜③子（一名白菜）为上。苏麻④（形似紫苏⑤，粒大于胡麻）、芸薹⑥子（江南名菜子）次之，㯽⑦子（其树高丈余，子如金樱子⑧，去肉取仁）次之，苋菜⑨子次之，大麻⑩仁（粒如胡荽⑪子，剥取其皮，为绠索⑫用者）为下。

燃灯则柏⑬仁内水油为上，芸薹次之，亚麻子（陕西所种，俗名壁虱脂麻，气恶不堪食）次之，棉花子次之，胡麻次之（燃灯最易竭），桐油与柏混油为下（桐油毒气熏人，柏油连皮膜则冻结不清）。造烛则柏皮油为上，蓖麻⑭子次之，柏混油每斤入白蜡结冻次之，白蜡结冻诸清油又次之，樟树子油又次之（其光不减，但有避香气者），冬青子油又次之（韶郡⑮专用，嫌其油少，故列次）。北土广用牛油，则为下矣。

凡胡麻与蓖麻子、樟树子，每石得油四十斤。莱菔子每石得油二十七斤（甘美异常，益人五脏）。芸薹子每石得油三十斤，其耨勤而地沃、榨法精到者，仍得四十斤（陈历一年，则空内而无油)。桇子每石得油一十五斤(油味似猪脂,甚美,其枯则止可种火及毒鱼用)。桐子仁每石得油三十三斤。柏子分打时,皮油得二十斤,水油得十五斤,混打时共得三十三斤(此须绝净者)。冬青子每石得油十二斤。黄豆每石得油九斤(吴下⑯取油食后,以其饼充豕粮)。菘菜子每石得油三十斤(油出清如绿水)。棉花子每百斤得油七斤(初出甚黑浊,澄半月清甚)。苋菜子每石得油三十斤(味甚甘美,嫌性冷滑)。亚麻、大麻仁每石得油二十余斤。此其大端,其他未穷究试验,与夫一方已试而他方未知者,尚有待云。

[注释]

①胡麻:即芝麻,胡麻科油料植物,所得为香油。②莱菔:即萝卜,十字花科。③菘菜:即白菜,十字花科芸薹属。④苏麻:即荏,唇形科。⑤紫苏:唇形科草本植物。⑥芸薹:即油菜。⑦桇:即油茶树。⑧金樱子:蔷薇科。⑨苋菜:苋科植物。⑩大麻:中国原产的大麻科植物。⑪胡荽:伞形科植物。⑫绋(yù)索:系船的粗绳。⑬桕(jiù):乌桕,大戟科木本植物。⑭蓖麻:大戟科植物。⑮韶郡:今广东韶关地区。⑯吴下:今江苏南部浙江北部地区。

[译文]

食用油的品质以胡麻(又名脂麻)油、萝卜子油、黄豆油、大白菜子油等为最高。苏麻(形状像紫苏,颗粒比脂麻粒大些)油、油菜子(江南地区叫作"菜子")油稍逊,茶子(茶树高有一丈多,子实像金樱子,去肉取仁)油又稍逊,苋菜子油更差,大麻仁(种子像胡荽子,剥取外皮可以搓制船缆)油最差。

点灯所用的油料以乌桕仁榨取的水油为最佳,其次是油菜子油,往下是亚麻仁油（陕西种植的亚麻俗名叫"壁虱脂麻"，气味难闻，不可食用），再往下是棉子油，更差的是胡麻子油（点灯最容易消耗），桐油和柏油的混合油最差（桐油有毒气熏人，榨出的柏混油连皮带膜，凝结之后浑浊不清）。制造蜡烛，最好用柏皮油，往下是蓖麻子油，再往下是每斤加了适量白蜡凝结成的柏混油，又往下是加了白蜡凝结的各种清油，再次一些是樟树子油（虽然点灯时亮度不差，但有人不喜欢它的气味），更差的是冬青子油（只有韶关地区使用，但嫌其含油量过少，因此列为次等）。北方蜡烛普遍使用牛油，是最下等的油料。

　　脂麻、蓖麻子和樟树子每石能榨油四十斤。萝卜子每石能榨油二十七斤（味道非常好，对人的五脏很有益处）。油菜子每石能榨油三十斤，如果多次锄草、土壤肥沃、榨油方法得当，也能榨出四十斤（如果放置一年以后，子实空秕无油）。茶树子每石能榨油十五斤（味道像猪油一样好，但榨完油的枯饼只能拿来引火或者药鱼）。桐子仁每石能榨油三十三斤。将柏树子核和外壳分开榨油时，就能得到皮油二十斤、水油十五斤；混和榨油时，则能得柏混油三十三斤（要求子、皮都必须干干净净）。冬青子每石能榨油十二斤。黄豆每石能榨油九斤（今江苏南部和浙江北部一带将榨取的豆油食用，豆枯饼则用作猪饲料）。大白菜子每石能榨油三十斤（油清澈得像绿水一样）。棉花子每一百斤能榨油七斤（刚榨出来时油色发黑，混浊不清，放置半个月后就清澈了）。苋菜子每石能榨油三十斤（味道甘美可口，但油性冷滑）。亚麻仁、大麻仁每石能榨油二十多斤。以上所说的只是大概的情况，其他油料、榨油率由于没有进行深入考察检验，或者有些在某个地方虽然试验过，其他地方还不了解的，有待以后补述。

◯法具

凡取油,榨法而外,有两镬煮取法以治蓖麻与苏麻。北京有磨法,朝鲜有舂法,以治胡麻。其余则皆从榨出也。凡榨,木巨者围必合抱,而中空之(图34)。其木樟为上,檀、杞①次之(杞木为者防地湿,则速朽)。此三木者脉理循环结长,非有纵直纹。故竭力挥椎,实尖其中,而两头无罅拆②之患。他木有纵纹者不可为也。中土③江北少合抱木者,则取四根合并为之,铁箍裹定,横栓串合而空其中,以受诸质,则散木有完木之用也。

凡开榨④空中,其量随木大小,大者受一石有余,小者受五斗不足。凡开榨,辟中凿划平槽一条,以宛凿⑤入中,削圆上下,下沿凿一小孔,削一小槽,使油出之时流入承藉器中。其平槽

图34 南方榨

天工开物 | 75

约长三四尺，阔三四寸，视其身而为之，无定式也。实槽尖与枋⑥惟檀木、柞子木两者宜为之，他木无望焉。其尖过斤斧而不过刨，盖欲其涩，不欲其滑，惧报转也。撞木与受撞之尖，皆以铁圈裹首，惧披散也。

榨具已整理，则取诸麻、菜子入釜，文火慢炒（凡柏、桐之类属树木生者，皆不炒而碾蒸），透出香气，然后碾碎受蒸。凡炒诸麻、菜子，宜铸平底锅，深止六寸者，投子仁于内，翻拌最勤（图35）。若釜太深，翻拌疏慢，则火候交伤，减丧油质。炒锅亦斜安灶上，与蒸锅大异。凡碾埋槽土内（木为者以铁片掩之），其上以木杆衔铁陀，两人对举而椎之。资本广者则砌石为牛碾，一牛之力可敌十人。亦有不受碾而受磨者，则棉子之类是也。既碾而筛，择粗者再碾，细者则入釜甑受蒸。蒸气腾足取出，以稻秸与麦秸包裹如饼形，其饼外圈箍，或用铁打成，或破篾绞刺而成，与榨中则寸相吻合。

凡油原因气取，有生于无。出甑之时包裹怠缓，则水火郁蒸之气游走，为此损油。能者疾倾、疾裹而疾箍之，得油之多，诀由于此，榨工有自少至老而不知者。包裹既定，装入榨中，随其量满，挥撞挤轧，而流泉出焉矣。

图35　炒蒸油料

包内油出滓存,名曰枯饼。凡胡麻、莱菔、芸薹诸饼,皆重新碾碎,筛去秸芒,再蒸、再裹而再榨之。初次得油二分,二次得油一分。若桕、桐诸物,则一榨已尽流出,不必再也。

若水煮法,则并用两釜。将蓖麻、苏麻子碾碎,入一釜中,注水滚煎,其上浮沫即油。以杓掠取,倾于干釜内,其下慢火熬干水气,油即成矣。然得油之数毕竟减杀。北磨麻油法,以粗麻布袋揉绞,其法再详。

[注释]

①檀:黄檀,豆科落叶乔木。杞:杞柳,杨柳科乔木。②璺(wèn)拆:开裂破散。③中土:中原。④开榨:制作榨具。⑤宛凿:弧形凿。⑥枋:四棱矩形木块,装入榨槽中间,用楔子打紧,从而可以挤压油料出油。

[译文]

制取油料除了压榨法之外,还有用两口锅煮,制取蓖麻油和苏麻油的方法。北京有研磨法,朝鲜用舂磨法来处理芝麻。其余的油料都采用压榨法。制作的榨具要用两臂合围才能抱住的巨大木材,将木材中间挖空。木料选用樟木最好,其次用檀木与杞木(杞木做的榨具怕地面潮湿,容易腐朽)。这三种木材的纹理都呈长圆形圈状,圈圈相绕,没有纵直纹。因此把尖楔子插入其中,全力舂打时,不会有木材两头开裂的担心。其他有直纹的木材不可使用。中原长江以北地区很少合抱的大树,则可以将四根木头拼合成榨,用铁箍箍紧,再用横栓串合起来,中间挖空,以便放进榨油原料,这样就可把散木当作完整的木材来使用了。

制作榨具时要把木料中间挖空,挖多少根据木料的大小来定,大的能装下一石多油料,小的装不了五斗。作油榨时,要在木料中空部分凿出一条平槽,用宛凿在木料内部削圆四周,再在下沿凿出小孔,再削一条小槽,使榨出的油能流入接受器中。平槽长三四尺,宽三四寸,根据榨身的大小确定,没有固定的形式。插入槽里的尖楔和枋木只能用檀木或者柞木这两种木料制作,其他木料不能用。尖楔用刀斧砍斫就行,不需要刨刮,目的就是要让它粗糙,不需要光滑,从而避免滑动。撞木和受撞的尖楔都要用铁圈箍住头部,以防木头散烂。

榨具准备好之后,就可以将各种麻子或菜子放入锅里,用文火慢炒(凡桕子、桐子这类木本植物的子实都不必经过炒制,只需碾碎后蒸熟即可),等到散发出香气时就取出来,碾碎再蒸。炒各种麻子、菜子时,用六寸深的平底锅比较合适,将油料子仁投入锅里,不断搅拌翻炒。如果锅太深,搅拌翻炒的次数又少,子仁会因受热不均匀,影响油品的产量和质量。炒锅应倾斜安放在灶台上,和普通蒸锅大不一样。碾槽埋在土里(木制的要用铁片包裹),上面用一根木杆穿个圆铁饼,两人对举一齐向前推碾。资本雄厚的则用石块砌成牛碾,一头牛拉碾的劳动效率抵得上十个人。也有些子实不需要用碾只用磨的,如棉子之类。碾过以后再筛,拣出粗的再碾,细的放入甑里蒸。当蒸气升腾,蒸够油料时取出,用稻秆或麦秆包裹成大饼的形状,饼外围的箍用铁打成,或者用竹篾交织而成,饼箍的尺寸要与榨中空槽的大小相符合。

油通过热蒸气从油料中提取出来,似乎有形(油)生于无形(气)。出甑的时候,如果包裹缓慢迟滞,就会使一部分闭结的高温湿气逸散,出油率随之降低。技术熟练的人倒得快、裹得快、箍得快,这才是出油多的诀窍,有些榨工从小做到老还不明白这个道理。油料包裹好了以后,就可以装入榨具中,根据槽的大小装满油饼,挥动撞木打击尖楔挤压,油就像泉水那样流出。包裹里油流出后,剩下的渣滓叫作枯饼。胡麻、萝卜子、油菜子之类的枯饼都需要重新碾碎,筛去茎秆、壳刺后,再蒸、再包、再榨。首榨得到一份油,二榨还能得到首榨油量的一半。如果是柏子、桐子一类的子实,在首榨时,油已全部流出,就不必再榨了。

用水煮法制油,需要同时使用两个锅。将蓖麻、苏麻子碾碎,放入一口锅中,加水煮沸,表面浮起的泡沫便是油。用勺子撇取,倒进另一口干锅中,锅下用慢火熬干水分,剩下的就是油。不过用这种方法得到的油量毕竟有所降低。北方用研磨法提取芝麻油,是把磨过的芝麻子装在粗麻布袋里扭绞,这种方法等到以后再详加讨论。

○皮油

凡皮油造烛,法起广信郡①,其法取洁净柏子,囫囵入釜甑蒸,蒸后倾于臼内受舂(图36)。其臼深约尺五寸,碓以石为身,不用铁嘴。石取深山结而腻者,轻重斫成限四十斤,上嵌横木之上而舂之。其皮膜上油尽脱骨而纷落,挖起,筛于盘内,再蒸、包裹、入榨皆同前法。皮油已落尽,其骨为黑子。用冷腻小石磨不惧火煅者(此磨亦从信郡深山觅取),以红火矢围壅煅热,将黑子逐把灌入疾磨。磨破之时,风扇去其黑壳,则其内完全白仁,与梧桐子无异。将此碾、蒸、包裹、入榨,与前法同。榨出水油清亮无比,贮小盏之中,独根心草燃至天明,盖诸清油所不及者。入食馔即不伤人,恐有忌者宁不用耳。

其皮油造烛,截苦竹②筒两破,水中煮涨(不然则粘滞),小篾箍勒定,用鹰嘴铁杓挽油灌入,即成一枝。插心于内,顷刻冻结,捋箍开筒而取之。或削棍为模,裁纸一方,卷于其上而成纸筒,灌入亦成一烛。此烛任置风尘中,再经寒暑,不敝坏也。

图 36　推柏子黑粒去壳取仁

[注释]

①广信郡：今江西上饶地区。②苦竹：禾本科竹类，呈圆筒形。

[译文]

　　用皮油制造蜡烛的方法源自江西上饶地区，具体做法是把洁净的乌桕子整个放入饭甑里蒸，蒸好后倒入臼内舂捣。臼有约一尺五寸深，碓身石制，不使用铁嘴。石料采自大山深处坚实而细滑的石头，琢成后重量限定在四十斤以内，石臼上部嵌在平放横木的一端，便可以舂捣了。乌桕子外核的油脂层全部脱落，捡起来，放入盘里筛过后，再蒸，包裹、入榨的方法与上面讲到的相同。乌桕子外壳的油脂质层脱落后，里面剩下的内核就是黑子。用不怕火烧的冷滑小石磨（这种作磨的石料也是从上饶的深山中找到），周围堆满烧红的炭火加以烘热，将黑子一把一把投入磨中迅速磨破。磨制时，用风扇吹掉黑壳，剩下的便全是里面白色的仁，像梧桐子一样。将白仁碾碎、上蒸、包裹、入榨，方法都与前面提到的一样。榨出的油叫作"水油"，清亮无比，放在小灯盏中，用一根灯芯草可以一直燃到天明，其他各种清油都比不上它。食用水油也不会伤害到人，但有些人不放心，宁可不吃。

用皮油制造蜡烛的方法是将苦竹筒竖直破成两半，放在水里煮涨（否则会粘带皮油）后，用小篾箍箍牢，拿尖嘴铁杓舀油灌入筒里，便做成了一支蜡烛。插进烛芯，蜡烛很快凝固，捋下篾箍，打开竹筒，将烛取出。还有的方法是把小木棒削成蜡烛形状的模型，裁一张纸，卷在上面成为纸筒，将皮油灌入纸筒，也能凝成一根蜡烛。这种蜡烛无论风吹尘掩，还是经历寒暑季节，都不会变坏。

乃服①第六

宋子曰：人为万物之灵，五官百体②，赅而存焉。贵者垂衣裳，煌煌山龙③，以治天下。贱者短褐④、枲裳⑤，冬以御寒，夏以蔽体，以自别于禽兽。是故其质则造物之所具也。属草木者，为枲、麻、苘⑥、葛⑦，属禽兽与昆虫者为裘、褐、丝、绵。各载其半，而裳服充焉矣。

天孙机杼⑧，传巧人间。从本质而现花，因绣濯而得锦。乃杼柚⑨遍天下，而得见花机之巧者，能几人哉？"治乱经纶"字义⑩，学者童而习之，而终身不见其形象，岂非缺憾也？先列饲蚕之法，以知丝源之所自。盖人物相丽，贵贱有章，天实为之矣。

[注释]

①乃服：梁周兴嗣《千字文》："乃服衣裳。"乃服，这里指衣服。②五官百体：人体的各种器官。③煌煌：鲜明的样子。山龙：绘绣在衣裳上的图案。④短褐：古代穷人穿的短粗毛衣。⑤枲(xǐ)裳：麻织的粗衣。枲，麻的一种。⑥苘（qǐng）：青麻。锦葵科青麻。⑦葛：豆科葛属藤本植物。⑧天孙：天上的织女，传说是天帝的孙女。机杼（zhù）：织机与梭。⑨杼柚：都是织机上的梭子。杼，持纬者；柚，受经者。⑩"治乱经纶"字义：治乱、经纶，都是治国的名词，其实由织布、治丝的本义演变而来。

[译文]

宋夫子说：人是万物之灵，器官与肢体生长得很完备。高贵的人穿着装饰有山形龙纹的华丽袍服统治天下。微贱的人穿着粗短的毛衫、麻衣，冬天御寒，夏天遮体，以此与禽兽相区别。所以说，衣服的原料都是自然界所提供的。衣料中来自于植物的有枲、麻、苘和葛，来自于禽兽与昆虫的有裘、褐、丝、绵。两类各占一半，够做衣服了。

天上织女般高超的纺织技巧早已传遍人间。人们把朴素的原料织成带有花纹的织物，又通过刺绣、染色得到华美的锦缎。尽管织布机已经遍及天下，但是真正见识过提花机巧妙运作的人又能有多少呢？像"治乱""经纶"这些词的原意都与纺织有关，读书人自小就学习过，但终其一生他们都没有见到织机样子、纺织的过程，这难道不是重大缺憾吗？让我们先来了解养蚕的方法，让大家明白丝的来源。正因为人和衣服相互配合衬托，高贵与低贱从服饰上就可以表现出来，这完全是上天的安排。

○蚕种、蚕浴、种忌、种类

蚕种：

凡蛹变蚕蛾，旬日破茧而出，雌雄均等。雌者伏而不动，雄者两翅飞扑，遇雌即交，交一日、半日方解。解脱之后，雄者中枯而死，雌者即时生卵。承藉卵生者，或纸或布，随方所用（嘉、湖①用桑皮厚纸，来年尚可再用）。一蛾计生卵二百余粒，自然粘于纸上，粒粒匀铺，天然无一堆积。蚕主收贮，以待来年。

[注释]

①嘉、湖：今浙江嘉兴、湖州一带。

[译文]

蚕由蛹变成蛾，需要经过十天才能破茧而出，雌蛾和雄蛾数目大致相同。雌蛾趴着不爱活动，雄蛾振动两翅飞翔扑动，遇到雌蛾就交配，交配时间长达半天甚至一天才结束。分开之后，雄蛾因体力枯竭死亡，雌蛾立即开始产卵。蚕卵用纸或布来承接，因地制宜（嘉兴和湖州地区使用桑树皮做的厚纸，第二年还能再用）。一只雌蛾可产卵二百多粒，产下的蚕卵自然粘在纸上，一粒粒均匀铺开，无须外力干预，不会堆积。养蚕人把蚕卵收藏起来，准备第二年使用。

蚕浴：

凡蚕用浴法①，惟嘉、湖两郡。湖多用天露、石灰②，嘉多用盐卤水③。每蚕纸一张，用盐仓走出卤水二升，掺水浸于盂内，纸浮其面（石灰仿此）。逢腊月十二即浸浴，至二十四日，计十二日，周即漉起，用微火烘干。从此珍重箱匣中，半点风湿不受，直待清明抱产。其天露浴者，时日相同。以篾盘盛纸，摊开屋上，四隅小石镇压。任从霜雪、风雨、雷电，满十二日方收。珍重、待时如前法。盖低种经浴，则自死不出，不费叶故，且得丝亦多也。晚种不用浴。

[注释]

①蚕用浴法：浴蚕是人工淘汰劣种蚕的办法。②石灰：用石灰既能消毒，又可杀死劣种。③盐卤水：制盐时产生的苦味溶液，可以消毒。

[译文]

只有嘉兴、湖州两个地方对蚕种进行浴洗处理。湖州多使用天然露水和石灰浴蚕，嘉兴则多采用盐卤水浴蚕。每张蚕纸用到从盐仓流出来的卤水约两升，盐卤水中掺水倒在盆盂内浸湿蚕纸，纸浮在水面上（石灰浴仿照此法）。每逢腊月十二日开始浸种，到二十四日为止，前后共浸浴十二天，到时捞起蚕纸，用小火烘干水分。然后小心仔细地保管在箱盒里，不让蚕种受半点儿风寒湿气的影响，直到来年清明节取出孵化。天露浴的时间与上述方法相同。将蚕纸摊开平放在屋顶的竹篾盘上，蚕纸四角用小石块压住。任凭它经受霜雪、风雨、雷电吹打，满十二天后再收起来。保存方法、待孵化时间与前述相同。因为孱弱的蚕种经过浴洗就会自然死亡不再孵化，最终不至于浪费桑叶，而且这样处理后蚕吐丝也多。而一年中孵化、饲养两次的晚蚕则不需要浴洗。

种忌：

凡蚕纸用竹木四条为方架，高悬透风避日梁枋之上。其下忌桐油、烟煤火气。冬月忌雪映，一映即空。遇大雪下时，即忙收贮，明日雪过，依然悬挂，直待腊月浴藏。

[译文]

用四根竹木棍做成方架支撑蚕纸，将方架和蚕纸挂在高处通风避阳光的梁枋上。方架下面忌讳桐油和烟煤烟熏火燎。冬季还要避免雪光映照，蚕卵一旦被雪光映照就会变成空卵壳。遇到下大雪时，要赶紧将蚕种收藏起来，等到第二天雪停以后，依旧把它悬挂起来，直到十二月浴种之后再收藏。

种类：

凡蚕有早、晚二种①。晚种每年先早种五六日出（川中者不同），结茧亦在先，其茧较轻三分之一。若早蚕结茧时，彼已出蛾生卵，以便再养矣（晚蛹戒不宜食）。凡三样浴种，皆谨视原记。如一错误，或将天露者投盐浴，则尽空不出矣。凡茧色惟黄、白二种。川、陕、晋、豫有黄无白，嘉、湖有白无黄。若将白雄配黄雌，则其嗣变成褐茧。黄丝以猪胰②漂洗，亦成白色，但终不可染漂白、桃红二色。

凡茧形亦有数种，晚茧结成亚腰葫芦样，天露茧尖长如榧子形，又或圆扁如核桃形。又一种不忌泥涂叶者，名为贱蚕，得丝偏多。凡茧形亦有纯白、虎斑、纯黑、花纹数种，吐丝则同。今寒家有将早雄配晚雌者，幻出嘉种，一异也。野蚕③自为茧，出青州、沂水④等地，树老即自生。其丝为衣，能御雨及垢污。其蛾出即能飞，不传种纸上。他处亦有，但稀少耳。

[注释]

①早、晚二种：早蚕为一年孵化一次的一化性蚕。晚蚕是一年孵化两

次的二化性蚕。②猪胰：从猪脂肪中提取的肥皂。③野蚕：即柞蚕。④青州、沂水：今山东青州、沂水。

[译文]

蚕分早蚕和晚蚕两种。晚蚕每年比早蚕先孵化五六天（四川的蚕不是这样），结茧时间也在早蚕之前，但晚蚕的茧比早蚕要轻三分之一。当早蚕结茧的时候，晚蚕已经出蛾产卵了，可以继续喂养（晚蚕的蚕蛹不能食用）。用三种不同方法浸浴过的蚕种，都要细心记清楚原来的标记。一旦弄错，例如将天露浴的蚕种放到盐卤水中进行盐浴，那么蚕卵就会全部变空，育不出蚕来。蚕茧的颜色只有黄色、白色两种。四川、陕西、山西、河南只有黄色茧没有白色茧，嘉兴、湖州有白色茧没有黄色茧。如果将白色茧的雄蛾和黄色茧的雌蛾相交配，它们后代就会结出褐色茧。黄色的蚕丝如果用猪胰漂洗，也能变成白色，但终究无法染成纯白和桃红色两种颜色。

茧的形状也有好几种，晚蚕结成束腰的像葫芦形状的茧，经过天露浴的蚕结出又尖又长，很像榧子形的茧，也有扁圆像核桃形的茧。还有一种不怕吃带泥土桑叶的蚕，名叫"贱蚕"，吐丝反而更多。蚕的皮色有纯白、虎斑、纯黑、花纹几种，吐丝都是一样。现在的贫寒农家有用雄性早蚕蛾与雌性晚蚕蛾相交配而培育出的良种，真是令人惊奇。野蚕（柞蚕）无须人工饲养管理而能自行结茧，多产于青州及沂水等地，当树叶枯黄时，自然就会长出柞蚕蛾。用柞蚕丝织成的衣服既能防雨而且耐脏。柞蚕蛾钻出茧子就能飞行，它们不在蚕纸上产卵传种。其他地方也有野蚕，但数量稀少。

○抱养、养忌、叶料、食忌、病症

抱养：

凡清明逝三日，蚕妙①即不偎衣衾暖气，自然生出。蚕室宜向东南，周围用纸糊风隙，上无棚板者宜顶格②，值寒冷则用炭火于室内助暖。凡初乳蚕，将桑叶切为细条。切叶不束稻麦稿为之，则不损刀。摘叶用瓮坛盛，不欲风吹枯悴。

二眠以前，腾筐③方法皆用尖圆小竹筷提过。二眠以后则不用箸，而手指可拈矣。凡腾筐勤苦，皆视人工。怠于腾者，厚叶与粪湿蒸，多致压死。凡眠齐时，皆吐丝而后眠。若腾过，须将旧叶些微拣净。若粘带丝缠叶在中，眠起之时，恐其即食一口则其病为胀死。三眠已过，若天气炎热，急宜搬出宽凉所，亦忌风吹。凡大眠后，计上叶十二餐方腾，太勤则丝糙。

[注释]

①蚕妙（miáo）:幼蚕。②顶格:以木为格，扎于屋顶，糊纸。③腾筐:指为清除蚕筐中的蚕粪及残叶，而将蚕移入另一筐内，保持清洁。这项操作还被称为"除沙"。

[译文]

清明节过后三天，不必依靠衣、被的遮盖来保暖，幼蚕就能自然生出了。蚕室的位置应当面向东南，周围四壁透风的缝隙要用纸糊好，室顶上如果没有棚板就要装上顶棚，遇到天气寒冷的时候，蚕室内还要燃烧炭火来加温。喂养初生的幼蚕时，要把桑叶切成细条。切桑叶的砧板则用稻麦秸秆捆扎而成，不会损坏刀口。摘回来的桑叶要用瓮、坛子盛放,以免被风吹干了水分。

蚕在二眠以前,腾筐的方法都是用尖圆的小竹筷子把蚕夹过去。二眠以后就用不着竹筷子,直接用手捡。腾筐次数的多少取决于人勤劳与否。腾筐次数太少,堆积的残叶和蚕粪过厚,就会变得湿热,常常会把蚕压死。蚕总是先吐丝,然后一齐睡眠。此时腾筐,需要把残叶拣得一干二净。如果残留有粘着丝的旧叶,蚕醒之后,哪怕只吃一口也会得病胀死。三眠过后,如果天气十分炎热,就应该尽快搬到宽敞凉爽的地方,但还要避免风吹。大眠之后,要喂食十二次桑叶再腾筐,腾筐次数太多,蚕吐的丝就会粗糙。

养忌:

凡蚕畏香复畏臭。若焚骨灰、淘毛圊①者顺风吹来,多致触死。隔壁煎鲍鱼、宿脂②亦或触死。灶烧煤炭,炉爇沉檀③亦触死。懒妇便器摇动气侵,亦有损伤。若风则偏忌西南,西南风太劲,则有合箔皆僵者。凡臭气触来,急烧残桑叶烟以抵之。

[注释]

①毛圊(qīng):粪坑。②宿脂:放置时间过长而变质的猪油。③沉檀:沉香、檀香。

[译文]

蚕既怕香味又怕臭味。如果烧骨头或淘厕所的臭味顺风吹来,接触到蚕,往往会把蚕熏死。隔壁煎咸鱼或不新鲜油脂的气味也能把蚕熏死。灶里烧煤炭或香炉里燃沉香、檀香,这些气味也会使蚕致死。懒女人摇动便桶时散发出的臭气,同样会损伤蚕。如果是刮风,蚕只怕西南风,西南风太猛时,整筐的蚕都僵死。遇有臭气袭来,要赶紧燃烧残桑叶,用烟来抵挡。

叶料：

凡桑叶无土不生。嘉、湖用枝条垂压，今年视桑树傍生条，用竹钩挂卧，逐渐近地面，至冬月则抛土压之，来春每节生根，则剪开他栽。其树精华皆聚叶上，不复生葚与开花矣。欲叶便剪摘，则树至七八尺即斩截当顶，叶则婆娑可扳伐，不必乘梯缘木①也。其他用子种者，立夏桑葚紫熟时取来，用黄泥水搓洗，并水浇于地面，本秋即长尺余。来春移栽，倘浇粪勤劳，亦易长茂。但间有生葚与开花者，则叶最薄少耳。又有花桑，叶薄不堪用者，其树接②过，亦生厚叶也。

又有柘③叶一种，以济桑叶之穷。柘叶浙中不经见，川中最多。寒家用浙种，桑叶穷时仍啖④柘叶，则物理一也。凡琴弦、弓弦丝，用柘养蚕，名曰棘茧，谓最坚韧。凡取叶必用剪，铁剪出嘉郡桐乡者最犀利，他乡未得其利。剪枝之法，再生条次月叶愈茂，取资既多，人工复便。凡再生条叶，仲夏以养晚蚕，则止摘叶而不剪条。二叶摘后，秋来三叶复茂，浙人听其经霜自落，片片扫拾以饲绵羊，大获绒毡之利。

[注释]

①缘木：爬树。②接：嫁接。③柘（zhè）：桑科柘树，又称黄桑，叶可饲蚕。④啖（dàn）：喂养。

[译文]

桑树在哪里都能种植。浙江嘉兴、湖州用压条法繁殖桑树，选当年桑树上长的侧枝用竹钩拉下来，使其逐渐接近地面，到了冬天就用土压住枝条，第二年春天每节树枝都生根，这时便能剪开再行移植了。用这种方法栽植的桑树，养分全都聚集在叶片上，不再开花结果。为了便于剪摘桑叶，等到桑树长到七八尺高的时候，就砍去树顶，以后枝叶就会披散下来，不必登梯爬树，可随手扳摘、采叶。此外，还可以用桑树种子种植，等到立夏时，摘下熟透了的呈紫红色的桑葚，用黄泥水搓洗，连水一块浇灌在地里，当年秋天就可以长到一尺多高。第二年春天再进行移栽，如果浇水施肥较频繁，枝叶很容易长得茂盛。但其中也有开花结果的，那样叶子就会又薄又少。还有一种桑树名叫花桑，叶子太薄不能用，但通过嫁接也能长出厚叶。

另外还有一种柘树叶子，可以弥补桑叶的不足。柘树在浙江并不多见，但四川最多。穷苦人家饲养的浙江蚕种在桑叶不够吃时，还可以吃柘树叶，道理是一样的。琴弦和弓弦都是用吃柘叶的蚕吐的丝做成，这种蚕茧名叫"棘茧"，据说蚕丝最为坚韧。采摘桑叶必须用剪刀，嘉兴府桐乡县出产的铁剪刀最为锋利，其他地方的剪刀都比不上。剪枝得法，新生枝条第二个月就会长出许多叶子，如此得到的桑叶更多，还不费人工。再生枝条的桑叶，农历五月份便可用来喂养晚蚕，那时就只采摘桑叶而不能剪枝了。第二茬的桑叶摘取以后，到秋天第三茬叶子又茂盛起来，浙江人听凭桑叶经霜打自然凋落，将全部落叶收拾起来饲养绵羊，剪取更多羊毛，获得更加可观的收益。

食忌：

凡蚕大眠以后，径食湿叶。雨天摘来者，任从铺地加餐；晴日摘来者，以水洒湿而饲之，则丝有光泽。未大眠时，雨天摘叶用绳悬挂透风檐下，时振其绳，待风吹干。若用手掌拍干，则叶焦而不滋润，他时丝亦枯色。凡食叶，眠前必令饱足而眠，眠起即迟半日上叶无妨也。雾天湿叶甚坏蚕，其晨有雾切勿摘叶。待雾收时，或晴或雨，方剪伐也。露珠水亦待盱干①而后剪摘。

[注释]

①盱（xū）干：晒干。

[译文]

蚕经过大眠以后，就能直接吃潮湿的桑叶。下雨天摘的叶子，也可以随便摊开在地上让蚕吃；晴天摘来的叶子，还要用水淋湿后再去喂蚕，这样吐出的丝更有光泽。但在没有大眠的时候，雨天摘来的桑叶要用绳子悬挂在通风的屋檐下，经常抖动绳子，让风吹干。如果用手掌拍干，叶子焦枯而不会新鲜滋润，将来蚕吐的丝也就没有什么光泽。喂蚕的时候，一定要让蚕吃饱吃够以后再入眠，蚕醒之后，即使晚半天喂桑叶也不会有什么影响。雾天里的潮湿桑叶对蚕危害很大，早晨有雾的时候一定不要去采摘桑叶。等到雾气散尽，无论晴天或是雨天都可以剪摘桑叶。带露水的桑叶要等到太阳晒干露水后再进行剪摘。

病症：

凡蚕卵中受病，已详前款。出后湿热、积压，防忌在人。初眠腾时，用漆盒者不可盖掩逼出气水。凡蚕将病，则脑上放光，通身黄色，头渐大而尾渐小。并及眠之时，游走不眠，食叶又不多者，皆病作也。急择而去之，勿使败群。凡蚕强美者必眠叶面，压在下者或力弱或性懒，作茧亦薄。其作茧不知收法，妄吐丝成阔窝者，乃蠢蚕，非懒蚕也。

[译文]

蚕卵期受到的病害已经在前面谈过了。蚕孵化出来后遇到湿热、堆压,全要靠养蚕人防治。在蚕初眠腾筐时,如果用漆盒装,就不要盖上盖子,便于水分蒸发。蚕要发病的时候,脑部透明发亮,全身发黄,头部渐渐变大而尾部慢慢变小。而且该入眠时仍然爬来爬去不肯入眠,吃的桑叶又不多,这都是病态的表现。应该将这些病蚕立即挑拣出来扔掉,以免传染蚕群。身体健康、色泽美好的蚕一定会在叶面上睡眠,压在桑叶下面的蚕,不是身体羸弱,就是性情怠惰,结出的蚕茧也很薄。那种结茧、吐丝都不得法,而是胡乱吐丝结成松散丝窝的蚕是不健康的蚕,而不是懒惰的蚕。

○老足、结茧、取茧、物害、择茧

老足:

凡蚕食叶足候①,只争时刻。自卵出蚵多在辰、巳二时,故老足②结茧亦多辰、巳二时。老足者喉下两胸通明。捉时嫩一分则丝少,过老一分又吐去丝,茧壳必薄。捉者眼法高,一只不差方妙。黑色蚕不见身中透光,最难捉。

[注释]

①足候:成熟的时候。②老足:发育成熟的蚕。

[译文]

蚕吃够了桑叶并且成熟的时候,要抓紧时间捉蚕结茧,不能耽误。蚕卵孵化多在辰(上午7点至9点)、巳(上午9点至11点)这两个时段,所以发育成熟的蚕结茧也多在这个时候。老熟的蚕喉下两颊透亮。捉蚕时,如果捉的蚕不够成熟的话,吐丝就会少些;如果捉的蚕稍过老熟,由于它已吐掉一部分丝,所结的茧壳必然薄些。捉蚕的人一定要善于分辨蚕的成熟程度,能够做到一只都不捉错才是高手。黑色的蚕老熟时,身体不够透明,因此最难分辨捉取。

结茧:

山箔具图。凡结茧必如嘉、湖,方尽其法。他国①不知用火烘,听蚕结出,甚至丛秆之内、箱匣之中,火不经,风不透。故所为屯、漳②等绢,豫、蜀等䌷,皆易朽烂。若嘉、湖产丝成衣,即入水浣濯百余度,其质尚存。其法析竹编箔,其下横架料木约六尺高,地下摆列炭火(炭忌爆炸),方圆去四五尺即列火一盆(图37)。初上山③时,火分两④略轻少,引他成绪⑤,蚕恋火意,即时造茧,不复缘走。

茧绪既成,即每盆加火半斤,吐出丝来随即干燥,所以经久不坏也。其茧室不宜楼板遮盖,下欲火而上欲风凉也。凡火顶上者,不以为种,取种宁用火偏者。其箔上山用麦稻稿斩齐,随手纠捩成山,顿插箔上。做山之人最宜手健。箔竹稀疏用短稿略

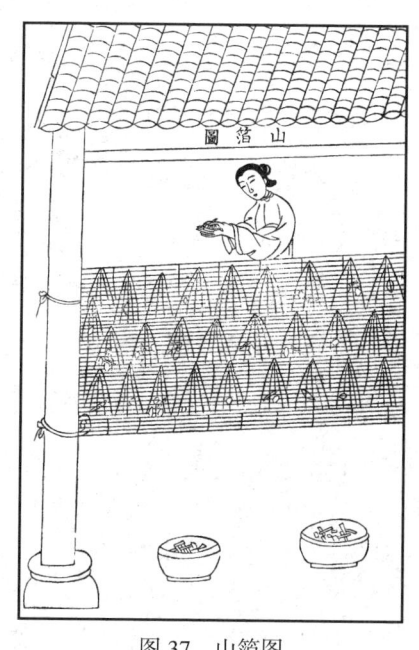

图37 山箔图

铺洒，防蚕跌坠地下与火中也。

[注释]

①他国：其他地方。②屯、漳：屯溪、漳州。分别在今安徽、福建。③上山：将成熟的蚕引上结茧的箔或筛上。④分两：这里指火力大小。⑤成绪：吐出丝缕的头绪。

[译文]

山箔见附图。应对蚕茧时，必须要仿效嘉兴、湖州的方法，才最完善。其他地方都不懂得用火烘烤，任由蚕随便结茧，导致蚕茧有时结在丛秆当中或者箱匣里面，不用火烘，也不透气。因此，用这种蚕丝织成的屯溪、漳州的绢，河南、四川等地的绸都容易朽烂。如果用嘉兴、湖州产的蚕丝做衣服，即使在水里洗上百次，丝质依旧完好。嘉兴、湖州的做法是削竹篾，编成蚕箔，蚕箔下面用木料搭个架子，离地约六尺高，地面放置炭火（注意防止炭火爆裂），前后左右每隔四五尺摆放一个火盆。蚕开始上山结茧时，火力稍小一些，吸引蚕吐丝，蚕喜欢暖和，马上开始结茧，不再四处爬行。

蚕茧结成后，每盆炭火再添上半斤炭，蚕吐出的丝随即干燥，这样丝能够保持长时间不坏。蚕室不应当用楼板遮盖，因为结茧时下面要用火烘，上面则需要通风。凡是位于火盆正上方的蚕茧不能用作蚕种，取种宁可选择离火盆稍远的蚕茧。蚕箔上的山簇是用切割整齐的稻、麦秸秆随手扭结而成，垂直插在蚕箔上。做山簇的人最好手艺纯熟。如果蚕箔编得比较稀疏，可以用些短稻草秆略微补密，以防蚕掉到地下或火盆中。

取茧：

凡茧造三日，则下箔而取之。其壳外浮丝，一名丝匡者，湖郡老妇贱价买去（每斤百文），用铜钱坠打成线，织成湖绸。去浮①之后，其茧必用大盘摊开架上，以听治丝、扩绵。若用厨箱掩盖，则浥郁②而丝绪断绝矣。

[注释]

①去浮：清除浮丝。②浥（yì）郁：受潮，霉湿。

[译文]

蚕结茧三天之后，就能从蚕箔上摘下取茧了。蚕茧壳外面的浮丝叫"丝匡"（茧衣），湖州的老年妇女用低价买回丝匡（每斤一百文钱），下坠铜钱做纺锤打成丝线，织成湖绸。去掉浮丝后的蚕茧，必须摊铺在大盘子里，放在架子上，准备缫丝或者造丝绵。如果用橱柜、箱子装盖起来，蚕茧会因湿气郁结、通风不良而造成断丝。

物害：

凡害蚕者有雀、鼠、蚊三种。雀害不及茧，蚊害不及早蚕，鼠害则与之相终始。防驱之智是不一法，唯人所行也（雀屎粘叶，蚕食之立刻死烂）。

[译文]

危害蚕的动物有麻雀、老鼠、蚊子三种。麻雀危害不到蚕茧，蚊子危害不到早蚕，老鼠的危害自始至终存在。防害除害的办法多种多样，人们根据碰到的危害相机处理（麻雀屎粘在桑叶上，蚕吃了立即死亡、腐烂）。

择茧：

凡取丝必用圆正独蚕茧，则绪不乱。若双茧并四五蚕共为茧，择去取绵用。或以为丝，则粗甚。

[译文]

缫丝时必须选用外形圆滑端正的独头茧，这样丝绪就不会散乱。如果有双宫茧（两条蚕共同结的茧）或由四五条蚕结在一起的同宫茧，就要挑出来造丝绵。如果用来缫丝，丝则太粗而且容易断头。

○造绵

凡双茧并缫丝锅底零余，并出种茧壳，皆绪断乱不可为丝，用以取绵。用稻灰水煮过（不宜石灰），倾入清水盆内。手大指去甲净尽，指头顶开四个，四四数足，用拳顶开又四四十六拳数，然后上小竹弓。此《庄子》所谓"洴澼绒"[1]也。

湖绵独白净清化者，总缘手法之妙。上弓之时惟取快捷，带水扩开。若稍缓水流去，则结块不尽解，而色不纯白矣。其治丝余者名锅底绵，装绵衣、衾内以御重寒，谓之"挟纩"[2]。凡取绵人工，难于取丝八倍，竟日只得四两余。用此绵坠打线织湖绸者，价颇重。以绵线登花机者名曰花绵，价尤重。

[注释]

①洴澼绒（píng pì kuàng）：出自《庄子·逍遥游》。这里指在水中漂洗绵絮。②挟纩（kuàng）：指装有丝绵的衣服或被子。

[译文]

双宫茧和缫丝后残留在锅底的碎丝断茧以及种茧壳，丝绪全部断乱，无法继续缫丝，却能用来造丝绵。将这些残留物用稻灰水煮过（不宜用石灰）之后，倒入清水盆内。先把大拇指的指甲修剪干净，用指头顶开四个蚕茧，套在其余四个指头上，每个手指连续套入四个蚕茧，再用两手拳头把它们一组一组地顶开，这样每一次用一只手的四个指头就可以顶开十六个蚕茧，然后套上小竹弓。这就是《庄子》里所说的"洴澼絖"吧。

湖州丝绵特别洁白、纯净的原因是造丝绵的人手法非常巧妙。往竹弓上套时，靠的是动作敏捷，带着水拉开丝绵。一旦动作稍有迟缓，水已流去，丝绵就会结块不能完全散开，颜色看起来也不够纯白。缫丝剩下的残丝叫作"锅底绵"，把它们装入棉衣、被子里用来抗御严寒，叫作"挟纩"。制作丝绵耗费的工夫要比缫丝多八倍，劳动一整天一个人也只能制得四两多丝绵。用这种绵坠打成线织成的湖绸，售价很高。用这种丝绵线在提花机上织出来的产品叫作"花绵"，价钱更贵。

○治丝（缫车具图）

凡治丝，先制缫车①，其尺寸、器具开载后图（图38）。锅煎极沸汤，丝粗细视投茧多寡。穷日之力，一人可取三十两。若包头丝②，则只取二十两，以其苗长也。凡绫罗丝③，一起投茧二十枚，包头丝只投十余枚。凡茧滚沸时，以竹签拨动水面，丝绪自见。提绪入手，引入竹针眼④，先绕星丁头⑤（以竹棍做成，如香筒样），然后由

图38 治丝图

送丝竿⑥勾挂，以登大关车。

断绝之时，寻绪丢上，不必绕接。其丝排匀、不堆积者，全在送丝竿与磨不⑦之上。川蜀缫车制稍异，其法架横锅上，引四五绪而上，两人对寻锅中绪，然终不若湖制之尽善也。凡供治丝薪，取极燥无烟湿者，则宝色不损。丝美之法有六字：一曰"出口干"，即结茧时用炭火烘。一曰"出水干"，则治丝登车时，用炭火四五两盆盛，去车关五寸许。运转如风时，转转火意照干，是曰"出水干"也（若晴光又风色，则不用火）。

[注释]

①缫车：原文为"丝车"，根据标题径改。②包头丝：用来织造包头丝巾的丝。③绫罗丝：用来织造绫罗衣料的丝，比包头丝要粗。④竹针眼：将多个茧的绪聚集起来的部件。⑤星丁头：导丝用的滑轮。⑥送丝竿：移丝杆。⑦磨不（dǔn）：使移丝杆摆动的脚踏板。

[译文]

缫丝前先要制作缫车，缫车的尺寸、部件构造详见后面的插图中。缫丝时先将锅内的水烧得滚开，把蚕茧投入锅中，丝的粗细取决于投入锅中蚕茧的多少。一个人辛苦工作一整天，只能缫丝三十两。如果缫织造头巾用的包头丝，只能得到二十两，这是因为那种丝比较细长。缫织造绫罗衣料用的丝，一次要投进去二十个蚕茧；缫包头丝，只需投入十几个。当煮蚕茧的水滚沸之时，用竹签拨动水面，丝头自然露出。用手捏住丝头引入竹针眼，先绕过星丁头（用竹棍做成类似香筒形状的部件），然后钩挂上送丝竿，再连接到大关车上。

丝断的时候，只需找到丝头搭上去，不必绕结原来的丝。要让丝在大关车上排列均匀，不堆积在一起，全靠送丝竿和磨不密切配合。四川缫车结构稍有不同，缫丝的方法是把缫车横架在锅上，两人面对面站在锅旁寻找丝头，一次能牵引四五缕丝上车，但到底不如湖州缫车的结构完善。缫丝所用的柴火，要非常干燥且没有烟湿气，这样就不会破坏丝的色泽。要让丝保持质量上乘的办法是六个字：一叫"出口干"，是说蚕结茧时用炭火烘干；一叫"出水干"，是说把丝绕上大关车时，用盆盛装四五两炭火，放在离大关车五寸左右的地方。当大关车飞快旋转时，丝借助火温边转边被烘干，这就是所说的"出水干"（如果是晴天又有风，就不必火烤了）。

○调丝、纬络、经具、过糊

调丝：

凡丝议织时，最先用调①。透光檐端宇下以木架铺地，置竹四根于上，名曰络笃（图39）。丝匡竹上，其傍倚柱高八尺处，钉具斜安小竹偃月挂钩，悬搭丝于钩内，手中执篗②旋缠，以俟牵经、织纬之用。小竹坠石为活头③，接断之时，扳之即下。

[注释]

①调：即绕丝。②篗（yuè）：

图39 调丝

络丝的用具。③活头：即"活套"，见图。

[译文]

将要织丝前，首先要绕丝。绕丝要在光线明亮的屋檐下，将木架平放在地上，木架上竖立起四根竹竿，叫作"络笃"。丝围套在四根竹竿上，在络笃旁边立柱上方八尺高的地方，用铁钉固定一根斜放的小竹竿，竹竿上面装一个半月形的挂钩，将丝悬挂在钩内，手里拿着篗旋转绕丝，以备牵经和卷纬时用。小竹竿的另一头垂挂一个小石头块为活头，需要连接断丝时，一拉小绳，挂钩就降落下来了。

纬络（纺车具图）：

凡丝既篗①之后，以就经纬②。经质用少，而纬质用多。每丝十两，经四纬六，此大略也。凡供纬篗，以水沃湿丝，摇车转锭而纺于竹管之上（竹用小箭竹）（图40）。

[注释]

①既篗：用绕丝棒绕完丝。
②经纬：卷绕供织丝用的经纬线。

[译文]

丝绕在篗上绕好以后，就可以做经纬线了。经线用的丝少，纬线用的丝多。每十两丝，大概要用经线四两、纬线六两。卷纬线的篗上的丝，先要用水湿浸，再摇动卷纬车转动锭子，把丝缠

图40 纺纬

绕在竹管上（竹管用小箭竹制成）。

经具（溜眼、掌扇、经耙、印架皆附图）：

凡丝既𥯤之后，牵经就织。以直竹竿穿眼三十余，透过篾圈，名曰溜眼。竿横架柱上，丝从圈透过掌扇，然后缠绕经耙之上。度数既足，将印架捆卷。既捆，中以交竹二度，一上一下间丝，然后扱于筘①内（此筘非织筘）（图41）。扱筘之后，然的杠②与印架相望，登开五七丈。或过糊者，就此过糊。或不过糊，就此卷于的杠，穿综③就织。

[注释]

①筘（kòu）：织筘为织机的部件，呈梳状，将经线穿入梳齿，使其按一定宽度排列，以控制织品的宽度，又称定幅筘。②的杠：织机上卷绕经

图41 牵经工具

线的经轴。③综：织机上使经线上下交错以受纬线的部件。

[译文]

丝线绕上篗以后，就可以牵拉经线准备织造了。在一根直竹竿上钻出三十多个小孔，孔内穿上小竹圈，叫作"溜眼"。把这根竹竿横架在柱子上，丝线通过小竹圈后，再穿过掌扇（分丝筘），最终缠绕在经耙（牵纬架）上。当达到足够的长度时，丝线就用印架（卷经架）卷好、系好。卷好后，中间用两根交竹（经线分交棒）把丝线分成一上一下两层，然后插入梳丝筘里（这个筘不是织机上的织筘）。穿过梳丝筘之后，把的杠与印架相对拉开五丈到七丈远。如果需要浆丝，这时就可以进行。如果不需要浆丝，就直接卷在的杠上，之后就可穿综筘而投梭纺织了。

过糊：

凡糊用面筋内小粉为质。纱、罗所必用，绫、绸或用或不用。其染纱不存素质者，用牛胶水为之，名曰清胶纱。糊浆承于筘上，推移染透，推移就干（图42）。天气晴明，顷刻而燥，阴天必借风力之吹也。

[译文]

浆丝用的糊以面筋里的小粉为原料。织纱、罗的丝必须浆过，织绫、绸的丝可以浆也可以不浆。

图42 过糊

用染过色的丝织纱，由于失去了原来的特性，就要用牛胶水来浆，这种纱称作"清胶纱"。浆丝的糊料要放在梳丝箔上，来回推动梳丝箔使丝线浆透，一边推动上浆，一边自然风干。如果天气晴朗，丝马上就干，阴天时还要借助风力把丝吹干。

○边维、经数

边维：

凡帛不论绫、罗，皆别牵边①，两傍各二十余缕。边缕必过糊，用箔推移梳干。凡绫、罗必三十丈、五六十丈一穿，以省穿②接繁苦。每匹应截画墨于边丝之上，即知其丈尺之足。边丝不登的杠，别绕机梁之上。

[注释]

①牵边：织边。②穿：穿箔。

[译文]

丝织品不论是厚的绫还是薄的罗，纺织时都要另外织边，两个边要分别牵引经丝二十多根。边经丝必须要上浆，用箔推移梳干。绫、罗的经丝每三十丈或五六十丈则要穿一次箔，以此减少穿箔的繁杂、辛苦。每织够一匹就应该用墨在边丝上留个记号，从而掌握织物的长度是否达到要求。边丝不必绕在的杠上，而是另外绕在织机的横梁上。

经数：

凡织帛，罗、纱箔以八百齿为率①，绫、绢箔以一千二百齿为率。每筘齿中度经过糊者，四缕合为二缕，罗、纱经计三千二百缕，绫、绸经计五千、六千缕。古书八十缕为一升②，今绫、绢厚者，古所谓六十升③布也。凡织花纹必用嘉、湖出口、出水，皆干丝为经，则任从提挈，不忧断接。他省者即勉强提花，潦草而已。

[注释]

①率：标准。②《仪礼·丧服》："缌者十五升。"郑玄注："以八十缕为升。"③六十升：应为2.2尺的幅宽内有4800根经线。

[译文]

织造较薄的罗、纱的筘以八百个齿为标准，织较厚的绫、绢的筘以一千二百个齿为标准。从每个筘齿中穿入上过浆的经线，把每四根合成两股，罗、纱的经线共计三千二百根，绫、绸的经线总计五六千根。古书上说过每八十根为一升，现在较厚的绫、绢相当于古时所说的六十升布。织带花纹的丝织品必须用浙江嘉兴、湖州两地在结茧和缫丝时都用火烘干的丝作经线，这类丝可以随意提拉也不怕断头。其他地区的丝，即使能勉强当作提花织物，也较为粗糙不够精致。

○花机式、腰机式、结花本（具图）

花机式：

凡花机①通身度长一丈六尺，隆起花楼②，中托衢盘③，下垂衢脚④（水磨竹棍为之，计一千八百根）。对花楼下掘坑二尺许，以藏衢脚（地气湿者，架棚二尺代之）。提花小厮坐立花楼架木

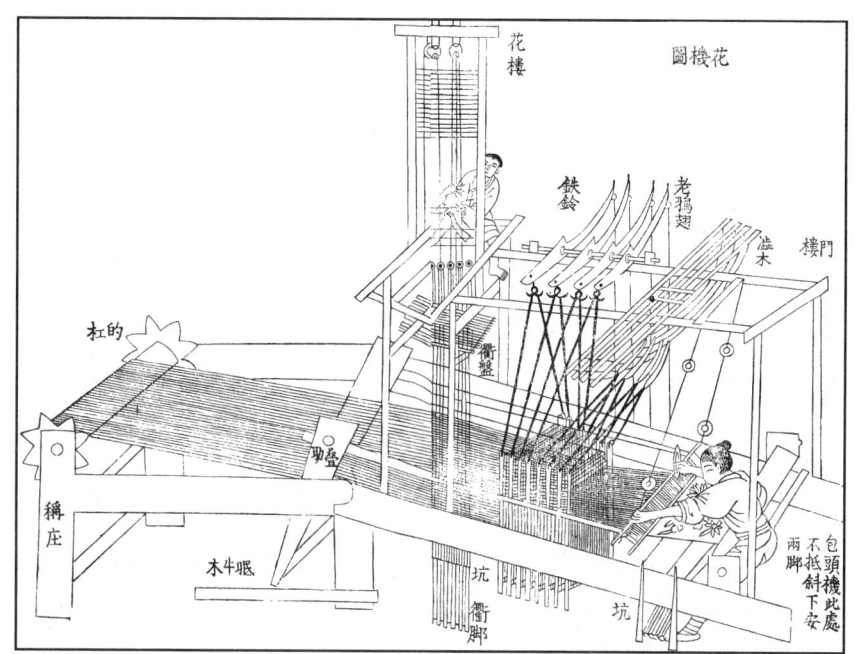

图43 花机图

上（图43）。机末以的杠卷丝，中用叠助木两枝直穿二木，约四尺长，其尖插于筘两头。

叠助，织纱罗者视织绫绢者减轻十余斤方妙。其素罗不起花纹，与软纱绫绢踏成浪、梅小花者，视素罗只加桄⑤二扇。一人踏织自成，不用提花之人闲住花楼，亦不设衢盘与衢脚也。其机式两接⑥，前一接平安⑦，自花楼向身一接斜倚低下尺许，则叠助力雄。若织包头细软，则另为均平不斜之机。坐处斗二脚，以其丝微细，防遏叠助之力也。

[注释]

①花机：提花机。②花楼：控制提花机上经线起落的机件。③衢盘：调整经线开口部位的机件。④衢脚：使经线复位的提花机部件。⑤桄

（guàng）：义同"框"。⑥两接：两截。⑦平安：水平安装。

[译文]

提花机全长一丈六尺，高高隆起的部分是花楼，中间托举的是衢盘，下面垂吊着的是衢脚（衢脚用加水磨光滑的竹棍做成，共一千八百根）。在花楼的正下方挖两尺深的坑，用以容纳衢脚（如果地下潮湿，可架两尺高的棚来代替）。提花的小徒坐在花楼的木架子上。花机的末端用的杠来卷丝，中间用两根叠助木（打纬用的摆杆）垂直穿接两根长约四尺的木棍，木棍尖端插入织筘的两端。

织纱、罗的叠助木最好比织绫、绢的轻十多斤。织素罗不必起花纹，要在软纱、绫、绢上织出波浪、梅花等小花纹，只需比织素罗的情况多加两片综框。由一个人踏织就可办到了，不用提花的人闲待在花楼上，也不用设置衢盘、衢脚。花机的形制分为两部分，前一部分水平放置，自花楼朝向织工的一段向下倾斜一尺多，这样叠助木的力量会更大些。如果织包头纱一类的细软织物，就应重新安放一个不倾斜的花机。在人坐的地方装上两个脚架，这是因为织包头纱的丝很细，要防止叠助木的力量过大。

腰机式（具图）：

凡织杭西、罗地等绢，轻、素等绸，银条、巾、帽等纱，

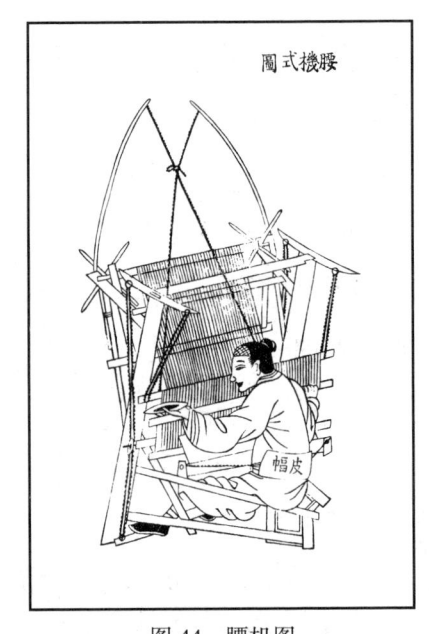

图44　腰机图

不必用花机，只用小机（图44）。织匠以熟皮一方置坐下[1]，其力全在腰尻[2]之上，故名腰机。普天织葛、苎、棉布者，用此机法，布帛更整齐坚泽，惜今传之犹未广也。

[注释]

①置坐下：放在座位下。②腰尻（kāo）：腰部和臀部。

[译文]

织造杭西、罗地之类的绢，轻、素等绸，银条、巾、帽等纱，不必使用提花机，只用小织机就能胜任。织匠用一块熟皮当作靠背，操作时全靠腰、臀部用力，所以叫作腰机。各地织葛、苎麻、棉布都用这种织机，织出的布、帛更加整齐结实，富有光泽，可惜至今没有得到普遍流传。

结花本：

凡工匠结花本[1]者，心计最精巧。画师先画何等花色于纸上，结本者以丝线随画量度，算计分寸秒忽[2]而结成之。张悬花楼之上，即织者不知成何花色，穿综带经，随其尺寸、度数提起衢脚，梭过之后居然花现。盖绫绢以浮经而现花，纱罗以纠纬而现花。绫绢一梭一提，纱罗来梭提，往梭不提。天孙机杼，人巧备矣。

[注释]

①结花本：挑结花本。按照画稿花纹图案，用经纬线交织挑制出花纹，其中最重要的工序是挑花。②秒忽：极小，甚微，这里指计算精确。

[译文]

负责织造花纹的工匠心思最为精细巧妙。无论画师先将什么样的图案画在纸上，工匠都能用丝线按照图样仔细量度，精确计算、分毫不差地编结出图纸上的纹样来。图纸花样挂在花楼上，即便织工不知道会织成什么样的花纹,只要经过穿综带经,严格按照纹样的尺寸、度数,提起衢脚,穿梭织造,图案居然完整呈现出来。绫绢的花纹靠突起的经线来显示,纱罗的花纹以纠集纬线来显示。因此,织绫绢是投一次梭子,提一次衢脚;织纱罗是来梭时提花,回梭时不提。天上织女绝妙的纺织技术,现在人间的能工巧匠都能全面掌握了。

○穿经、分名、熟练

穿经:

凡丝穿综度经,必用四人列坐。过筘之人手执筘耙先插,以待丝至。丝过筘,则两指执定,足五、七十筘,则绦结之。不乱之妙,消息全在交竹①。即接断,就丝一扯即长数寸。打结之后,依还原度,此丝本质自具之妙也。

[注释]

①交竹:将丝上下分开不致紊乱的工具。

[译文]

将经线穿过综和织筘,要用四个人并排坐着操作。穿织筘的人手持筘钩先插入筘齿中,等另一人把丝递过来。等丝经过筘后,就用两个手指捏住,每穿好五十到七十个筘齿,就把丝编结起来。丝之所以不会散乱的诀窍全在将丝上下分开的交竹上。要接断丝,把丝一拉就能伸长几寸。打好结后又会缩回到原有长度,这种良好的弹性是丝本身具有的特质。

分名：

凡罗，中空小路以透风凉，其消息全在软综①之中。衮头②两扇打综，一软一硬。凡五梭、三梭（最厚者七梭）之后，踏起软综，自然纠转诸经，空路不粘。若平过不空路而仍稀者曰纱，消息亦在两扇衮头之上。直至织花绫绸，则去此两扇，而用桄综③八扇。

凡左右手各用一梭交互织者，曰绉纱。凡单经④曰罗地，双经曰绢地，五经⑤曰绫地。凡花分实地与绫地，绫地者光，实地者暗。先染丝而后织者曰缎（北土屯绢，亦先染丝）。就丝绸机上织时，两梭轻，一梭重，空出稀路者，名曰秋罗，此法亦起近代。凡吴越秋罗，闽广怀素⑥，皆利缙绅当暑服，屯绢则为外官、卑官逊别锦绣用也。

[注释]

①软综：以软线制成，用来织平纹，也叫绞综。②衮（gǔn）头：即织地纹的提花杠杆，也叫老鸦翅。③桄综：辘踏牵动的综，八扇桄棕，此起彼伏，可织成花纹。④单经：经线单起单落叫单经。⑤五经：经线每隔四根提起一根，叫五经。⑥怀素：熟罗。

[译文]

罗一类的丝织物有排成一列的小纱孔，便于透风取凉，织造的关键全在用软线制成的软综上。打综使用两扇衮头，一软一硬。通常织过五梭、三梭（最厚能织七梭）之后，踏起软综，自然就会使两股经丝绞成纱孔，不会密合从而形成清晰的网眼。如果照此一直织下去，不起条纹而普遍带孔的织物，叫作纱；织造的关键也在绞综的两扇衮头上。直到织造其他织花绫绸时，就要去掉两扇衮头，改用八扇桄综。

左右手各持一梭交互织成的织物叫作绉纱。经线单起单落织成的叫作罗地；双起双落织成的叫作绢地；每隔四根提起一根经线织成的叫作绫地。提花织物分平纹实地和斜纹绫地两种，绫地光亮，实地发暗。先染色后纺织的较厚织物，叫作缎（北方叫作屯绢，也是先染色）。如果在织机上织两梭平纹，一梭起绞综，形成一排排沙孔横路的，叫作秋罗，这个织法近代才出现。吴越地区的秋罗，闽广地区的熟罗，都是供高官们做夏服用的衣料；屯绢则供地方官、小官使用，因为他们没有资格穿锦绣。

熟练[①]：

凡帛织就犹是生丝，煮练方熟。练用稻稿灰入水煮。以猪胰脂[②]陈宿一晚，入汤浣之，宝色烨然。或用乌梅者，宝色略减。凡早丝为经、晚丝为纬者，练熟之时每十两轻去三两。经、纬皆美好早丝，轻化只二两。练后日干张急，以大蚌壳磨使乖钝，通身极力刮过，以成宝色。

[注释]

①熟练：用草木灰煮练，可除去丝胶等杂质的过程。②猪胰脂：从猪脂肪中提取的肥皂。

[译文]

丝织品织成后还是生丝，要经过煮练才能成为熟丝。煮练的方法是将生丝用稻秆灰加水一起煮。还要用猪胰脂浸泡一晚，再放进开水中洗濯，这样丝色就很鲜亮。如果用乌梅水煮，丝色就要差一些。用早蚕蚕丝为经线、晚蚕蚕丝为纬线织的织物，煮过之后，每十两会减轻三两。

如果经纬线使用上等早蚕丝，只会减轻二两。煮过之后要晒干绷紧，然后拿磨光滑的大蚌壳用力将织物全面刮磨，使它呈现出光泽。

○龙袍、倭缎

龙袍：

凡上供龙袍，我朝局在苏、杭。其花楼高一丈五尺，能手两人扳提花本，织过数寸即换龙形。各房斗合，不出一手。赭黄亦先染丝，工器原无殊异，但人工慎重与资本皆数十倍，以效忠敬之谊。其中节目微细，不可得而详考云。

[译文]

上供给皇帝穿用的龙袍由本朝（明朝）设在苏州和杭州两地的织造局制作。生产龙袍的织机花楼高达一丈五尺，由两个技术精湛的织造能手拿着花样提花，每每织成几寸以后，就变换提织另一部分的龙形图案。一件龙袍要由机房内几部织机分段织造加以拼合而成，不是由一个人完成。所用的丝要先染成赭黄色，织造工具倒没有什么特别之处，唯有工匠须加倍小心，工作繁重，人工和成本比普通织物要增加几十倍，以此表示对皇上忠诚敬重的心意。织造过程的细节繁多，无法详细叙述。

倭缎：

凡倭缎①制起东夷，漳、泉海滨效法为之。丝质来自川蜀，商人万里贩来，以易胡椒归里。其织法亦自夷国传来。盖质已先染，而斫线夹藏经面，织过数寸即刮成黑光。北房②互市者见而悦之。但其帛最易朽污③，冠弁之上顷刻集灰，衣领之间移日损坏。今华夷皆贱之，将来为弃物，织法可不传云。

[注释]

①倭缎：这里指带有金属线的天鹅绒，也称漳绒。制法是否源自日本，现存疑。②北虏：北方少数民族。③朽污：污损，毁坏。

[译文]

倭缎的制作方法源自日本，漳州、泉州等沿海地区也加以仿造。织倭缎的丝来自于四川，商贩们把丝从遥远的地方贩运过来，换成胡椒回去出售。倭缎的织法也是从外国传来。先将丝染色作为纬线，再与剪断的铜线一起织入经线之中，织成几寸以后，就用刀将织物刮成黑光。北方少数民族在互市时看见，非常喜欢。但是这种织品最容易弄脏，戴着倭缎做的帽子很快便会积满灰尘；用它织成的衣服，衣领用不了几天就会破损。因此，现在我国各地都不看重倭缎，将来必然会被抛弃，织造方法可能也流传不下去了。

○布衣、枲著、夏服

布衣（赶、弹、纺具图）：

凡棉布御寒，贵贱同之。棉花古书名枲麻①，种遍天下。种有木棉、草棉②两者，花有白、紫二色。种者白居十九，紫居十一。凡棉春种秋花，花先绽者逐日摘取，取不一时。其花粘子于腹，登赶车而分之（图45）。去子取花，悬弓弹化（图46）（为挟纩温衾、袄者，就此止功）。弹后以木板搓成长条以登纺车（图

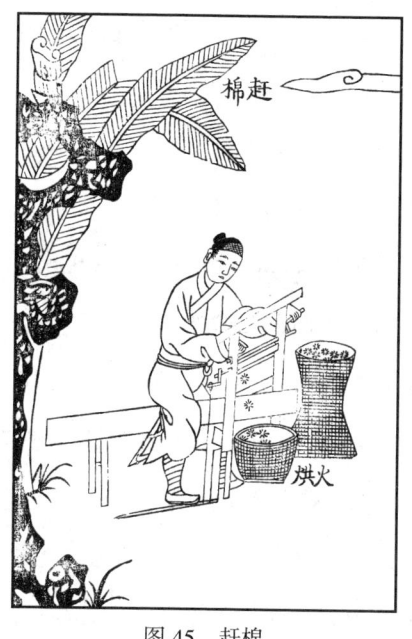

图 45　赶棉

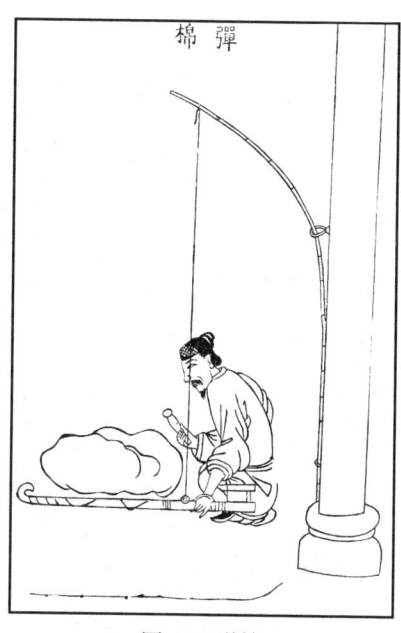

图 46　弹棉

图 47　擦条

图 48　纺缕

47），引绪纠成纱缕（图48）。然后绕篗、牵经就织。凡纺工能者一手握三管纺于锭上（捷则不坚）。

凡棉布寸土皆有，而织造尚松江，浆染尚芜湖。凡布缕紧则坚，缓则脆。碾石取江北性冷质腻者（每块佳者值十余金），石不发烧，则缕紧不松泛。芜湖巨店首尚佳石。广南为布薮，而偏取远产，必有所试矣。为衣敝浣，犹尚寒砧捣声③，其义亦犹是也。外国朝鲜造法相同，惟西洋则未核其质，并不得其机织之妙。凡织布有云花、斜纹、象眼等，皆纺花机而生义。然既曰布衣，太素足矣。织机十室必有，不必具图。

[注释]

①枲（xǐ）麻：大麻的雄株，与棉花无关。古代称棉为白叠、吉贝，当指木棉。②木棉、草棉：木棉，木棉科树棉；草棉，锦葵科棉属草本植物。③为衣敝浣，犹尚寒砧捣声：布衣穿旧浣洗时，还习惯在性冷的石头上捣衣。宋应星认为，这与染布用碾石也有关。

[译文]

用棉衣御寒，不论穷、富，人都一样。棉花在古书中被称为"枲麻"，全国各地都在种植。棉花分为木棉、草棉两种，花有白色、紫色两种颜色。种白棉花的占十分之九，种紫棉花的占十分之一。棉花都是春天播种，秋天结花，首先裂开的棉桃最先摘取花絮，不是同时摘取。棉桃里棉籽和花絮粘在一起，需要轧花、脱籽的赶车才能将二者分开。棉花去籽后，用悬弓弹松（制作棉被、棉衣的棉絮，加工到这一步就结束了）。棉花弹松后用木板搓成长条，再上纺车牵引棉絮纺成棉纱。然后绕上篗子，便可牵经织造了。熟练的纺工一人手握三个纺锤，把三根棉纱纺在锭子上（纺得过快，棉纱就不结实了）。

全国各地都能生产棉布，但织造技术最好的是松江，浆染最好的是芜湖。棉纱纺得紧，棉布就结实耐用；纺得松，棉布就不结实。浆染棉布时用的碾石选择江北出产石性冷、质地细密的石头（好碾石每块值十多两银子）。用这种碾石碾布，石头不容易发热，棉纱紧密不会松散。芜湖的大染店特别注重用这种好碾石。广东南部是棉布的集中产区，却偏好用远方出产的碾石，一定是因为试用过效果后才做出这样的选择。人们把穿旧的衣服浆洗时，也习惯放在性冷的石板上捶打，和上面提到的浆染道理一样。国外朝鲜棉布的织布方法与我国相同，只是对西洋布还没有研究其原料，也不了解其纺织工具、技术上的特点。棉布可以织出云花、斜纹、象眼等花纹，都是仿照织造丝织品的花机原理织出的。但既然叫作布衣，织成最普通的平纹也就足够了。每十户人家必定有一架织机，织机在民间十分普遍，也就没有必要附图了。

枲著：

凡衣、衾挟纩御寒，百有之中，止一人用茧绵，余皆枲著①。古缊袍②，今俗名胖袄③。棉花既弹化，相衣、衾格式而入装之。新装者附体轻暖，经年板紧，暖气渐无，取出弹化而重装之，其暖如故。

[注释]

①枲著：麻布衣。宋应星误认为枲是棉的古称。这里译为棉袄。②缊（wēn）袍：古代贫者所穿用乱麻作絮的袍子。③胖（pàng）：同"胖"。

[译文]

做棉衣和棉被御寒，装入填充物时，只有百分之一的人装丝绵，其余都用棉絮。古代的缊袍，现在俗名叫作胖袄。棉花弹好后，根据衣服、被子的式样将棉花装填进去。新做的衣服、被子穿盖在身体上感到又轻又暖，用过几年以后，就会紧实板结，逐渐不再保暖。这时再将棉花从衣服、被子中取出来弹松软，重新装入，又会像原来那样暖和了。

夏服：

凡苎麻①无土不生。其种植有撒子、分头两法（池郡②每岁以草粪压头，其根随土而高。广南青麻③撒子种田茂甚）。色有青、黄两样。每岁有两刈者，有三刈者，绩为当暑衣裳、帷帐。凡苎皮剥取后，喜日燥干，见水即烂。破析时则以水浸之，然只耐二十刻，久而不析亦烂。苎质本淡黄，漂工化成至白色（先取稻灰、石灰水煮过，入长流水再漂，再晒，以成至白）。纺苎纱能者用脚车，一女工并敌三工，惟破析时穷日之力只得三五铢重。织苎机具与织棉者同。凡布衣缝线、革履串绳，其质必用苎纠合。

凡葛④蔓生，质长于苎数尺。破析至细者，成布贵重。又有苘麻⑤一种，成布甚粗，最粗者以充丧服。即苎布有极粗者，漆家以盛布灰，大内以充火炬。又有蕉纱，乃闽中取芭蕉⑥皮析绩为之，轻细之甚，值贱而质枵⑦，不可为衣也。

[注释]

①苎（zhù）麻：荨麻科苎麻属。②池郡：今安徽贵池。③青麻：苎麻的一种，并非苘麻。④葛：豆科藤本植物，茎纤维可织布。⑤苘（qǐng）麻：锦葵科一年生草本植物。⑥芭蕉：芭蕉科芭蕉属。⑦质枵（xiāo）：质地空松。

[译文]

苎麻随处可以生长。种植的方法分撒种、分根两种（池郡地区每年用草粪堆在苎麻根部，麻根顺着压土长高。广东的青麻是把种子撒在田里种的，长得非常茂盛）。苎麻有青、黄两种颜色。有每年收割两次的，也有收割三次的，织成布后用来做夏天的衣服和帐幕。苎麻皮剥下来后，最好在太阳下晒干，否则浸水就会腐烂。苎麻皮撕成纤维时要用水浸泡，但是也只能浸泡二十刻（5个小时），浸得时间长了不撕也会烂掉。苎麻本来是淡黄色的，经过漂洗会变成白色（先用稻草灰、石灰水煮过，然后在流水中漂洗，晒干后会变得特别白）。纺苎纱的能手使用脚踏纺车，一个女工能达到三个普通纺工的效率。但是将麻皮撕成纤维的工作，干一整天也只能得到三五铢重的麻纤维。织苎麻布的机具与织棉布相同。缝布衣的线、绹皮鞋的串绳都用苎麻搓成。

葛是蔓生植物，它的纤维比苎麻要长好几尺。撕出的纤维非常细，用葛纤维织成的布很贵重。另外，还有一种苘麻，织成的布很粗，最粗的布用来做丧服。即使是苎麻布也有很粗的，漆工用来蘸油灰擦磨漆器，皇宫里用它作火把。还有一种蕉纱，是福建人将芭蕉的外皮破析纺织成的织物，极为轻盈纤弱，不值钱而且质地稀疏，不能做衣服。

○裘

凡取兽皮制服，统名曰裘。贵至貂[①]、狐，贱至羊、麂[②]，值分百等。貂产辽东外徼建州[③]地及朝鲜国。其鼠好食松子，夷人夜伺树下，屏息悄声而射取之。一貂之皮方不盈尺，积六十余貂仅成一裘。服貂裘者立风雪中，更暖于宇下。眯入目中，拭之即出，所以贵也。色有三种，一白者曰银貂，一纯黑，一黯黄（黑而长毛者，近值一帽套已五十金）。凡狐、貉[④]亦产燕、齐、辽、汴诸道。纯白狐腋裘价与貂相仿，黄褐狐裘值貂五分之一，御寒温体功用次于貂。凡关外狐，取毛见底青黑，中国者吹开见白色，以此分优劣。

羊皮裘母贱子贵。在腹者名曰胞羔（毛文略具），初生者名曰乳羔（皮上毛似耳环脚），三月者曰跑羔，七月者曰走羔（毛文渐直）。胞羔、乳羔为裘不膻。古者羔裘为大夫之服，今西北缙绅亦贵重之。其老大羊皮硝熟⑤为裘，裘质痴重，则贱者之服耳。然此皆绵羊所为。若南方短毛革，硝其鞟⑥如纸薄，止供画灯之用而已。服羊裘者，腥膻之气习久而俱化，南方不习者不堪也。然寒凉渐杀，亦无所用之。

麂皮去毛，硝熟为袄、裤，御风便体，袜、靴更佳。此物广南繁生外，中土则积集楚中，望华山为市皮之所。麂皮且御蝎患，北人制衣而外，割条以缘衾边，则蝎自远去。虎豹至文，将军用以彰身。犬豕至贱，役夫用以适足⑦。西戎尚獭⑧皮，以为毳衣领饰。襄黄⑨之人穷山越国射取而远货，得重价焉。殊方异物如金丝猿⑩上用为帽套，扯里狲⑪御服以为袍，皆非中华物也。兽皮衣人，此其大略，方物则不可殚述。飞禽之中有取鹰腹、雁胁毳毛，杀生盈万，乃得一裘，名天鹅绒者，将焉用之？

[注释]

①貂：紫貂，哺乳纲鼬科，毛皮非常珍贵，分布在中国东北等地。②麂（jǐ）：黄麂，哺乳纲鹿科动物。③建州：明奴儿干都司的建州女真，地在今东北吉林、辽宁境内。④貉（hé）：狗獾，哺乳纲犬科，外形像狐狸。⑤硝熟：用石灰、芒硝鞣制皮革。⑥鞟（kuò）：皮革去毛以后称鞟。⑦适足：做成皮靴。⑧獭：水獭，哺乳纲鼬科，毛皮珍贵。⑨襄黄：可能指今湖北

之襄阳一带，襄阳、房县，古称黄棘，或以襄黄称之。有人认为是女真镶黄旗，恐误。⑩金丝猴：哺乳纲疣猴科，毛皮珍贵。⑪扯里狲：即猞猁狲、猞猁，哺乳纲猫科动物。

[译文]

　　用兽皮为原料制成的衣服统称为"裘"。最贵重的兽皮如貂皮、狐皮，最便宜的如羊皮、麂皮，按价格划分的等级有上百种之多。貂出产于辽东关外的建州地区以及朝鲜国一带。貂喜欢吃松子，当地的少数民族猎人夜里悄悄躲藏在树下守候，寻找机会射杀。一张貂皮不到一尺见方，积攒六十多张貂皮才能做成一件皮衣。身穿貂皮衣的人站立在风雪中，比待在屋里还觉得暖和。灰沙进入眼睛时，用貂皮毛一擦就带出来了，这是它十分贵重的原因。貂皮的颜色有三种，一种白色的叫作"银貂"，一种是纯黑色的，一种是暗黄色的（近年来一顶黑色、毛长的貂皮帽套，价格高达五十两银子了）。狐狸和貉也产于北方的河北、山东、辽宁、河南等地。纯白色狐腋皮衣和貂皮衣价格相仿，黄褐色的狐皮衣价钱仅为貂皮衣的五分之一，御寒保暖的功效比貂皮要差一些。关外出产的狐皮拨开毛能看到露出的皮板呈青黑色，内地出产的狐皮吹开毛露出的皮板则呈白色，靠这种方法来区分皮质的优劣。

　　羊皮衣服中，老羊皮的价格低而羔皮衣价格昂贵。孕育在腹中尚未生出的羊羔叫作"胞羔"（皮上略微有些毛纹），刚刚出生的叫作"乳羔"（皮上的毛卷得像耳环的钩脚一样弯曲），三个月大的叫作"跑羔"，七个月大的叫作"走羔"（毛纹逐渐变直了）。用胞羔、乳羔的皮制成的皮衣没有羊膻气。古时候，羔皮衣只有大夫才能穿，而今西北的地方官员、土豪也能穿羔皮衣了。老羊皮经过芒硝鞣制之后制成的皮衣很笨重，是下层人的衣服。然而这些皮衣都是用绵羊皮做的。南方的短毛羊皮，经过芒硝鞣制之后，皮板薄得像纸一样，只能用来做画灯皮影。穿羊皮衣的人对于羊皮的腥膻气味，穿的时间一长就习惯了，南方不习惯这种气味的人就受不了。当然，越往南气候越温暖，皮衣也没什么用处了。

麂皮去了毛，经过芒硝鞣制之后做成袄、裤，穿在身上轻便又暖和，制成鞋、袜就更好了。这种动物广东有很多，中原地区则集中于湖南、湖北一带，望华山是买卖麂皮的市场。麂皮还有防御蝎子蜇人，北方人除了用麂皮做衣服之外，还会把麂皮剪成长条镶作被子边，这样蝎子就不敢接近。虎、豹皮的花纹最美丽，将军们用它来装饰自己，显示威武。猪、狗皮最不值钱，脚夫苦力用来做鞋子穿。西北少数民族最看重水獭皮，用来装饰细毛皮衣的领子。襄黄地区的人翻山越岭去猎取水獭，贩卖到遥远的地方，可以谋得厚利。异域他乡的珍奇物产，如金丝猴的皮用来做皇帝戴的帽套，猞猁狲皮用来做皇帝的御用皮袍，这些都不在内地出产。以上是人类用兽皮做衣服的大致情形，各地的特产不能一一详述了。有人将飞禽中鹰腹部、大雁腋下的细毛拔下来做衣服，杀上万只积聚的细毛才能做一件衣服，这就是所谓的天鹅绒衣服，又有什么意义呢？

○褐、毡

凡绵羊有二种，一曰蓑衣羊①，剪其毳②为毡、为绒片，帽、袜遍天下，胥此出焉。古者西域羊未入中国，作褐为贱者服，亦以其毛为之。褐有粗而无精，今日粗褐亦间出此羊之身。此种自徐、淮③以北州郡，无不繁生。南方惟湖郡饲畜绵羊，一岁三剪毛（夏季希革不生）。每羊一只岁得绒袜料三双。生羔牝牡合数得二羔，故北方家畜绵羊百只，则岁入计百金云。

一种矞芳羊④（番语），唐末始自西域⑤传来，外毛不甚蓑长，内氍细软，取织绒褐，秦人名曰山羊，以别于绵羊。此种先自西域传入临洮，今兰州独盛，故褐之细者皆出兰州。一曰兰绒，番语谓之孤古绒，从其初号也。山羊氍绒亦分两等，一曰搊⑥绒，用梳栉搊下，打线织帛，曰褐子、把子诸名色。一曰拔绒，乃氍毛精细者，以两指甲逐茎拃⑦下，打线织成褐。此褐织成，揩面如丝帛滑腻。每人穷日之力打线只得一钱重，费半载工夫方成匹帛之料。若搊绒打线，日多拔绒数倍。凡打褐绒线，冶铅为锤，坠于绪端，两手宛转搓成。

凡织绒褐机大于布机，用综八扇，穿经度缕，下施四踏轮，踏起经隔二抛纬⑧，故织出纹成斜现。其梭长一尺二寸。机织、羊种皆彼时归夷⑨传来（名姓再详），故至今织工皆其族类，中国无与也。凡绵羊剪氍，粗者为毡，细者为绒。毡皆煎烧沸汤投于其中搓洗，俟其粘合，以木板定物式，铺绒其上，运轴赶⑩成。凡毡绒白、黑为本色，其余皆染也。其氍毹⑪、氆氇⑫等名称，皆华夷各方语所命。若最粗而为毯者，则驽马诸料杂错而成，非专取料于羊也。

[注释]

①蓑衣羊：即蒙古羊，在我国广泛分布的绵羊品种，外毛披散。②氍（cuì）：细羊毛。③徐、淮：徐州及淮河流域。④矞芳（yù lè）羊：应作"羭䍽羊"，就是羖䍽（gǔ lì）羊。⑤西域：指今新疆境内。⑥搊（chōu）：同"揫"或搊。用手指（或带齿的东西）在物体上划过。⑦拃（xián）：撕，扯；拔（毛发）。⑧踏起经隔二抛纬：每踏起两根经线，过一根纬线。⑨归夷：归化之夷，即内附的少数民族。⑩赶：擀。⑪氍毹（qú shū）：毛织或毛与其

他材料混织的毯子。⑫氆氇（pǔ lu）：藏语音译，为我国西北少数民族手工生产的一种羊毛织品。

[译文]

绵羊有两种，一种叫蓑衣羊，将它的细毛剪下可以制成毛毡、绒片，全国各地的绒帽、绒袜子等都以这种羊的毛为原料。古时候西域的羊还没有传入内地之前，穷人用来制作粗陋外衣的毛布，就是这种羊毛制作的。毛布的质地粗糙不够精细，现在的粗毛布有的也是用这种羊毛织成的。这类羊在徐州、淮河以北各地区大量饲养。南方只有湖州饲养绵羊，一年剪三次羊毛（绵羊夏季毛稀，不长新毛）。每只羊一年剪的毛够做三双绒袜的原料。能下崽的公母羊交配后能生两只小羊，所以北方人家如果饲养一百只绵羊，一年便能收入一百两银子。

另外一种羊叫作"矞芳羊"（西部民族的语言），唐代末年才从西域地区传入，这种羊外毛没有披散，不长，内毛非常细软，可以用来织绒毛布，陕西人叫作山羊，以此区别于绵羊。这种羊最先从西域地区传到临洮，现在唯独兰州最多，所以细软的毛布都产自兰州。因此又叫"兰绒"，西北少数民族把它叫作孤古绒，这是沿用了它最早的名字。山羊的细毛绒也分为两种：一种叫"挡绒"，是用梳子从羊身上梳下来的毛，打成线，织成的绒毛布被称为"褐子"或"把子"等各种名目；另一种叫"拔绒"，属于细毛中更加精细的部分，要用两个手指甲逐根拔下细毛，打成线，织成绒毛布。这样织成的毛布用手摸感觉像摸在丝织品上那样光滑柔软。每人辛苦打线一天也只能得到一钱重的毛料，花费半年工夫才能凑齐够织成一匹毛布的原料。如果是用挡绒法打线，每天能比拔绒法多好几倍。打绒线的时候，用铅锤坠在线端，两手相互转动，揉搓成线。

织绒毛布的织机比普通织机要大，用八扇综片，让经线由此通过，下面安装四个踏轮与之相连,每踏起两根经线,才过一次纬线,因此织成斜纹。梭子长一尺二寸。机器织造的方法、羊的品种都是由当时内附的少数民族传来(姓名还有待查考),所以直到现在,织布工匠还全是那个民族的人,没有内地人从事这一行业。从绵羊身上剪下的细毛,粗的作毡,细的作绒。作毡时,要将羊毛放到烧开的沸水中搓洗,等到相互黏合后,才铺在相应样式的木板上,用转轴擀轧制成。毡绒的本色只有白色、黑色,其他颜色都是染上去的。"氍毹""毾㲪"等说法都是各地方言或少数民族语言的称呼。最粗劣的作毯子的毛里面掺杂着各种劣种马的毛,并没有全部取料于羊毛制成。

彰施第七

宋子曰:霄汉之间云霞异色,阎浮①之内花叶殊形。天垂象而圣人则之②,以五彩彰施于五色③,有虞氏岂无所用其心哉④?飞禽众而凤则丹,走兽盈而麟则碧。夫林林青衣望阙而拜黄朱也,其义亦犹是矣。君子曰:"甘受和,白受采。"世间丝、麻、裘、褐皆具素质,而使殊颜异色得以尚焉。谓造物不劳心者,吾不信也。

[注释]

①阎浮:佛教术语,也译作阎浮提或南赡部洲。这里指人世间。②天垂象而圣人则之:出自《周易·系辞上》。"天垂象"在这里指云霞、花叶等自然形成的图像。③以五彩彰施于五色:出自《尚书·益稷》。意思是

用各种颜色在衣服上染绘出各种图案。④有虞氏岂无所用其心哉：指上面引自《尚书·益稷》中虞舜对大禹所说的话。

[译文]

宋夫子说：天空中的云霞五彩斑斓，大地上的花叶千姿百态。自然界呈现绚烂多彩的景象，于是圣人便遵循模仿，依照自然界的色彩将衣服染成青、黄、赤、白、黑五种颜色穿在身上，怎能说虞舜当初没有刻意留心呢？众多飞禽中只有凤凰以丹红之色超越群鸟，遍地走兽中唯独麒麟以青碧之色力压群兽。平民百姓身穿青衣眼望宫阙，向穿红戴黄的帝王将相虔诚膜拜，也是同样的道理。有君子说："甜味容易调和各种味道，白底容易染绘多种色彩。"世上的丝、麻、皮料、粗布原本都是素白的底料，由于被染上各种绚丽的色彩而受人珍视。如果说这不是自然界的精心巧妙安排，我是不相信的。

○诸色质料

大红色：其质红花饼①一味，用乌梅②水煎出，又用碱水澄数次。或稻稿灰代碱，功用亦同。澄得多次，色则鲜甚。染房讨便宜者先染芦木③打脚④。凡红花最忌沉、麝⑤，袍服与衣香共收，旬月之间其色即毁。凡红花染帛之后，若欲退转⑥，但浸湿所染帛，以碱水、稻灰水滴上数十点，其红一毫收转，仍还原质。所收之水藏于绿豆粉内，放出染红，半滴不耗。染家以为秘诀，不以告人。

莲红、桃红色、银红、水红色：以上质亦红花饼一味，浅深分两⑦加减而成。是四色皆非黄茧丝所可为，必用白丝方现。

木红色：用苏木⑧煎水，入明矾、棓子⑨。

紫色：苏木为地，青矾尚之。

赭黄色：制未详。

鹅黄色：黄檗⑩煎水染，靛水盖上。

金黄色：芦木煎水染，复用麻稿灰淋，碱水漂。

茶褐色：莲子壳⑪煎水染，复用青矾⑫水盖。

大红官绿色：槐花⑬煎水染，蓝淀盖，浅深皆用明矾。

豆绿色：黄檗水染，靛水盖。今用小叶苋蓝⑭煎水盖者名草豆绿，色甚鲜。

油绿色：槐花薄染，青矾盖。

天青色：入靛缸浅染，苏木水盖。

葡萄青色：入靛缸深染，苏木水盖。

蛋青色：黄檗水染，然后入靛缸。

翠蓝、天蓝：二色俱靛水分深浅。

玄色：靛水染深青，芦木、杨梅皮⑮等分煎水盖。又一法，将蓝芽叶水浸，然后下青矾、棓子同浸，令布帛易朽。

月白、草白二色：俱靛水微染，今法用苋蓝煎水，半生半熟染。

象牙色：芦木煎水薄染，或用黄土。

藕褐色：苏木水薄染，入莲子壳、青矾水薄盖。

附：染包头青色。此黑不出蓝靛，用栗壳⑯或莲子壳煎煮一日，漉起，然后入铁砂、皂矾锅内，再煮一宵即成深黑色。

附：染毛青布色法。布青初尚芜湖千百年矣，以其浆碾成青光，边方外国皆贵重之。人情久则生厌。毛青乃出近代，其法取松江美布染成深青，不复浆碾，吹干，用胶水参豆浆水一过。

先蓄好靛，名曰标缸，入内薄染即起。红焰之色隐然，此布一时重用。

[注释]

①红花饼：菊科红花制成的饼，可染红色。②乌梅：酸梅，蔷薇科植物，果汁煮后呈酸性，可以除去红花中的黄色素。③芦木：漆科植物，可染黄色。④打脚：打底色。⑤沉、麝：沉香、麝香。⑥退转：还原本色。⑦分两：分量。⑧苏木：豆科木本植物，根可提取黄染料，枝干可提取红染料。⑨梧（bèi）子：即五倍子、没食子，寄生在漆科盐肤木上的虫瘿，可作媒染剂。⑩黄檗（bò）：芸香科黄柏，内皮含黄色染料。⑪莲子壳：睡莲科的莲果皮，水煮后与媒染剂染成茶褐色。⑫青矾：绿矾、皂矾，媒染剂。⑬槐花：豆科槐树的花，可染黄色。⑭小叶苋蓝：中国原产的蓼科植物。⑮杨梅皮：杨梅科杨梅树的皮，能够固色。⑯栗壳：壳斗科板栗的壳。

[译文]

大红色：染色原料只有红花饼一种，用乌梅水煎煮红花饼出来颜色后，再用碱水澄清几次。如果用稻草灰代替碱水，效果也一样。多次澄清以后，颜色特别鲜艳。有些染房贪图便宜，会先将织物用芦木水染上黄底色，再用红花水染。红花最怕与沉香、麝香相遇，如果红色衣服与此类熏衣的香料放在一起，一个月内衣服就会褪色。用红花染过的丝织物，如果要退回到原来的颜色，只需把染过的丝织物浸湿，再滴上几十滴碱水或者稻灰水，红色就会完全褪去，从而恢复本色了。将洗下来的红色水倒在绿豆粉内收藏，下次还能拿它来染红色，一点损失也不会有。染坊把这种方法作为秘方，不肯外传。

莲红色、桃红色、银红色、水红色：染以上四种颜色所用的原料也是红花饼，颜色的深浅根据所用红花饼的多少而定。这四种颜色不能黄茧丝来染，只有白茧丝才能呈现不同色红色。

木红色：用苏木煮水，再加入明矾、五倍子染成。

紫色：用苏木水染上底色，再用青矾作配料一起染成。

赭黄色：制法不了解。

鹅黄色：先用黄檗煮水染上底色，再用蓝靛水套染。

金黄色：先用芦木煮水染上底色，再用麻秆灰淋洗，然后用碱水漂洗定色。

茶褐色：用莲子壳煮水染上底色，再用青矾水媒染。

大红官绿色：先用槐花煮水染色，再用蓝靛套染，不论颜色深浅都需要用明矾来进行调节。

豆绿色：用黄檗水染上底色，再用蓝靛水套染。现在用小叶苋蓝煎水套染的叫作草豆绿，颜色非常鲜艳。

油绿色：用槐花稍微染一下，再用青矾水媒染。

天青色：放在靛缸里稍微染一下，再用苏木水套染。

葡萄青色：放进靛缸里染成深蓝色，再用浓苏木水套染。

蛋青色：用黄檗水染，然后放入靛缸中再染。

翠蓝、天蓝色：这两种颜色都是用蓝靛水染成，只是深浅不同。

玄色：先用蓝靛水染成深蓝色，再用相同分量的芦木和杨梅树皮煮水套染。另一种方法是在蓝芽嫩叶水中先浸染，然后再加入青矾、五倍子一块浸泡，但是用这种方法容易使布、丝帛腐烂。

月白、草白色：都是用蓝靛水稍微染一下，现在的方法是用苋蓝水煮到半生半熟的时候染色。

象牙色：用芦木煮水稍微染一下，或者用黄土染。

藕褐色：用苏木水稍微染一下后，再放入莲子壳、青矾略微浸染。

附：包头青色的染法。这种黑色不是用蓝靛来染，而是用栗子壳或者莲子壳用水熬煮一整天，捞出来沥干水，放进锅里面，再加入铁砂、皂矾，再煮一整夜，就会变成深黑色。

附：毛青布色的染法。布青色最初从芜湖流行开来，距今已有近千年的历史了，因为这种颜色的布经过浆碾之后带有青光，边远地区和国外的人都非常珍爱它。但是人们用的时间久了也就不怎么稀罕了。毛青布近代才出现，方法是将松江出产的上等好布先染成深青色，不再浆碾，吹干后，用掺和了胶水和豆浆的水过一遍，再放入预先准备好的装了优质靛蓝的标缸里，稍微渲染一下马上取出。于是布上就会隐隐约约带有红光，这种布曾经大受欢迎。

○蓝淀

凡蓝五种皆可为淀①。茶蓝②即菘蓝，插根活。蓼蓝、马蓝③、吴蓝④等皆撒子生。近又出蓼蓝小叶者，俗名苋蓝，种更佳。

凡种茶蓝法，冬月割获，将叶片片削下，入窖造淀。其身斩去上下，近根留数寸。薰干，埋藏土内。春月烧净山土，使极肥松，然后用锥锄（其锄勾末向身，长八寸许），刺土打斜眼，插入于内，自然活根生叶。其余蓝皆收子撒种畦圃中。暮春生苗，六月采实，七月刈身造淀。

凡造淀，叶者茎多者入窖，少者入桶与缸。水浸七日，其汁自来。每水浆一石下石灰五升，搅冲数十下，淀信即结。水性定时，淀沉于底。近来出产，闽人种山皆茶蓝，其数倍于诸蓝。山中结箬篓⑤输入舟航。其掠出浮沫晒干者，曰靛花。凡靛入缸，必用稻灰水先和，每日手执竹棍搅动，不可计数，其最佳者曰标缸。

[注释]

①淀：蓝靛，简称"靛"，蓝色染料。②茶蓝：菘蓝，十字花科植物。③马蓝：山蓝、大叶冬蓝，爵床科植物。④吴蓝：豆科的木蓝。⑤箬篓（ruò lǒu）：用箬竹编的篓。

[译文]

蓝有五种，都可以用来制作蓝靛染料。茶蓝，也就是菘蓝，只需扦插就能成活。蓼蓝、马蓝、吴蓝等都靠播撒种子种植成长。近年来又出现了一种小叶子的蓼蓝，俗名叫作"莧蓝"，属于质量更好的品种。

种植茶蓝的方法是在立冬的月份（农历十月）收割，此时把茶蓝上的叶子一片一片剥下来，放入窖中制成蓝靛。将剩余茶蓝的茎秆两头切掉，只在靠近根部的地方留下几寸长的一段。熏干后埋进土里贮藏。来年春天（大约农历二月）时，将山上的杂草点火烧干净，使土壤疏松、肥沃，然后用锥锄（这种锄头的锄钩朝向内弯曲，长约八寸）掘土，打出斜眼，将茶蓝茎段插进去，根部自然成活，长出叶子。其余品种的蓝都是把收存的种子撒在园圃里。春末就会出苗，六月采收种子，七月就能收割蓝茎，制造蓝靛。

制作蓝靛的时候，茎和叶长得很多的放进窖里，少的放在桶里或缸里。用水浸泡七天，自然浸出蓝色染液。每一石蓝液加入五升石灰，搅打几十下，就会凝结成蓝靛。蓝靛水静置以后，蓝靛则积沉在底部。近年来出产的蓝靛都是用福建人在山上普遍种植的茶蓝制成，所产茶蓝的数量比其他蓝的总和还要多好几倍。他们在山上将茶蓝装入箬篓里，再装上船运往外地。制作蓝靛时，把漂在染液上面的浮沫撇出晒干，叫作"靛花"。放在缸里的蓝靛一定要先用稻灰水搅拌调匀，每天手持竹棍不计其数地搅拌，其中品质最好的叫作"标缸"。

○红花

红花，场圃撒子种，二月初下种。若太早种者，苗高尺许即生虫如黑蚁，食根立毙。凡种地肥者，苗高二三尺。每路打橛[1]，缚绳横拦，以备狂风拗折。若瘦地，尺五以下者，不必为之。

红花入夏即放绽，花下作梂[2]汇多刺，花出梂上。采花者必侵晨带露摘取。若日高露旰，其花即结闭成实，不可采矣。其朝阴雨无露，放花较少，旰摘无妨，以无日色故也。红花逐日放绽，经月乃尽。入药用者不必制饼。若入染家用者，必以法成饼然后用，则黄汁净尽，而真红乃现也。其子煎压出油，或以银箔贴扇面，用此油一刷，火上照干，立成金色。

[注释]

①每路打橛（jué）：每一行都打上桩子。②梂（qiú）：球状花萼。

[译文]

红花是在田圃里撒播种子种植的，二月初下种。如果种得太早，等到花苗长到一尺高左右的时候，就会生出像黑蚂蚁一样的虫子，咬食花的根部，使花苗很快死亡。种在土壤肥沃地里的红花，花苗能长到二三尺高。这时候就要在每行红花边上打桩子，横拴绳子把红花拦起来，以防被狂风吹断。如果种在贫瘠的土地里，高度在一尺半以下的花苗就不必这样做了。

一入夏，红花就会开花，花下结出球状花托和花苞，上面有很多刺。采花的人必须趁着天刚亮，红花还带着露水的时候摘取。要是等到太阳升起、露水干了的时候，红花则会闭合，无法采摘了。如果遇上下雨天而没有露水的早晨，花开得也比较少，晚点摘也没有关系，因为没有太阳照射，花不会闭合。红花一天天逐渐开放，一个月才能开完。作为药用的红花不必制成花饼。如果要用来制作染料，则必须按照一定的方法制成花饼后再用，黄色的汁液被清除干净，真正的红色才显现出来。红花子经过煎煮压榨后流出油，如果用银箔贴在扇面上，再刷上这种红花子油，放在火上烘干，立刻呈现出金黄色。

○造红花饼法

带露摘红花，捣熟，以水淘，布袋绞去黄汁①。又捣以酸粟或米泔②清又淘，又绞袋去汁，以青蒿③覆一宿，捏成薄饼，阴干收贮。染家得法，"我朱孔阳"④，所谓猩红也（染纸吉礼用，亦必用制饼，不然全无色）。

[注释]

①黄汁：红花中除红色素外，还有黄色素。因黄色素溶于水和酸性溶液，所以可以除去，保留有用成分。红色素溶于碱性溶液。②米泔：淘米水。③青蒿：菊科植物，有抑菌作用。④我朱孔阳：语出《诗经·豳风·七月》："我朱孔阳，为公子裳。"意思是我用鲜红的衣料为公子做衣裳。

[译文]

将带着露水的红花摘取，捣烂，用水淘洗后，装入布袋中拧去黄色汁液。然后取出来再捣，用已发酵的淘洗过粟或米的水再次淘洗，又装入布袋中拧去汁液，用青蒿覆盖在上面一个晚上后，捏成薄饼，阴干收藏好。如果染色的方法得当，就像《诗经》上说的那样染成鲜艳的红色，也就是所谓"猩红色"（染贺帖用的大红纸，也必须用红花饼来染，否则染不出大红色）。

○附：燕脂、槐花

燕脂：

燕脂①古造法以紫矿②染绵者为上，红花汁及山榴③花汁者次之。近济宁路但取染残红花滓为之，值甚贱。其滓干者名曰紫粉，丹青家④或收用，染家则糟粕弃也。

[注释]

①燕脂：也叫燕支、胭脂，红色的染料和化妆品。②紫矿：即紫胶或虫胶，为紫胶虫的分泌物，可作染料。③山榴：石南科植物，花红色。④丹青家：画家。

[译文]

古时候制造燕脂是以能够染丝的紫矿作为上等原料，用红花汁和山榴花汁做的要差一些。近年来，山东济宁一带有人用染剩的红花渣滓来作燕脂，价格很便宜。干的红花渣滓叫作紫粉，画家们有时会用到它，但染坊却把它当作废物扔掉。

槐花：

凡槐树十余年后方生花实。花初试未开者曰槐蕊，绿衣所需，犹红花之成红也。取者张度篾①稠其下而承之。以水煮一沸，漉干捏成饼，入染家用。既放之花色渐入黄，收用者以石灰少许洒拌而藏之。

[注释]

①簌（yú）：喂牛用的圆筐。

[译文]

槐树生长十几年后才会开花结果。含苞待放的槐花叫作槐蕊，染绿色衣料就要用到它，就像用红花染成红色一样。采摘槐花时要用竹筐密布在槐树底下，以便接取。将槐花加水煮开，捞起沥干后捏成饼，提供给染坊用。开过的槐花慢慢变成黄色，采来使用的人必须撒上少量石灰，拌匀后收藏备用。

卷中

五金第八

宋子曰：人有十等，自王、公至于舆、台①，缺一焉而人纪不立矣。大地生五金②以利天下与后世，其义亦犹是也。贵者千里一生，促③亦五六百里而生。贱者舟车稍艰之国，其土必广生焉。黄金美者，其值去黑铁一万六千倍，然使釜④、䰽⑤、斤⑥、斧不呈效于日用之间，即得黄金，值高而无民耳。贸迁有无，货居《周官》泉府⑦，万物司命系焉。其分别美恶而指点重轻，孰开其先，而使相须于不朽焉？

[注释]

①人有十等，自王、公至于舆、台：出自《左传》昭公七年："天有十日（甲至癸），人有十等（王至台）。下所以事上，上所以共神也。故王臣公，公臣大夫，大夫臣士，士臣皂，皂臣舆，舆臣隶，隶臣僚，僚臣仆，仆臣台。"②五金：金、银、铜、铁、锡，泛指金属。③促：近。④釜（fǔ）：古代的炊具，相当于锅。⑤䰽（xín）：大釜。古同"鬵"。⑥斤：斧子一类的工具，比斧小而刃横。⑦泉府：掌管钱币铸造及流通的官府。

[译文]

宋夫子说：人分为十个等级，从地位高贵的王、公到身份低贱的舆、台，缺少其中任何一个，身份等级的基本纲常制度就无法建立起来。大地产生出各种金属，以供当下和以后的人类社会使用，其中的道理和人类身份的贵贱如出一辙。贵金属大概相隔千里才会有一处产地，近的也要相隔五六百里。最普通低贱的金属在交通稍有不便的地方，就会有大量的储藏。上好的黄金价值比黑铁要高一万六千倍，然而，如果没有铁制的锅、斧之类工具在日常生活中供人使用，即使有了黄金，虽然价值很高，但对老百姓毫无用处。金属货币在互通有无的商业贸易中，地位相当于《周礼》中所说的泉府那样重要，牢牢掌控着一切货物流通的命脉。分辨金属品质好坏，确定其价值高低，到底是谁首开先河，使得它们永远成为不可或缺之物呢？

○黄金

凡黄金为五金之长，熔化成形之后，住世永无变更。白银入洪炉虽无折耗，但火候足时，鼓鞴①而金花闪烁，一现即没，再鼓则沉而不现。惟黄金则竭力鼓鞴，一扇一花，愈烈愈现，其质所以贵也②。凡中国产金之区大约百余处，难以枚举。山石中所出，大者名马蹄金，中者名橄榄金、带胯金③，小者名瓜子金。水沙中所出，大者名狗头金，小者名麸麦金、糠金。平地掘井得者名面沙金，大者名豆粒金。皆待先淘洗、后冶炼而成颗块。

金多出西南，取者穴山至十余丈见伴金石，即可见金。其石褐色，一头如火烧黑状。水金多者出云南金沙江（古名丽水），此水源出吐蕃④，绕流丽江府⑤，至于北胜州⑥，回环五百余里，出金者有数截。又川北潼川⑦等州邑与湖广沅陵、溆浦等，皆于江沙水中淘沃取金。千百中间有获狗头金一块者，名曰金母，其余皆麸麦形。

入冶煎炼，初出色浅黄，再炼而后转赤也。儋、崖⑧有金田，金杂沙土之中，不必深求而得。取太频则不复产，经年淘炼，若有则限。然岭南夷獠洞穴中金，初出如黑铁落⑨，深挖数丈得之黑焦石下。初得时咬之柔软，夫匠有吞窃腹中者，亦不伤人。河南蔡、巩等州邑，江西乐平、新建等邑，皆平地掘深井取细沙淘炼成，但酬答人功，所获亦无几耳。大抵赤县之内，隔千里而一生。《岭表录》⑩云："居民有从鹅鸭屎中淘出片屑者，或日得一两，或空无所获。"此恐妄记也。

凡金质至重。每铜方寸重一两者，银照依其则，寸增重三钱。银方寸重一两者，金照依其则，寸增重二钱⑪。凡金性又柔，可屈折如枝柳。其高下色分七青、八黄、九紫、十赤。登试金石⑫（此石广信郡河中甚多，大者如斗，小者如拳，入鹅汤中一煮，光黑如漆）上，立见分明。凡足色金参和伪售者，惟银可入，余物无望焉。欲去银存金，则将其金打成薄片剪碎，每块以土泥裹涂，入坩埚中硼砂⑬熔化，其银即吸入土内，让金流出以成足色。然后入铅少许，另入坩埚中，勾出土内银⑭，亦毫厘具在也。

凡色至于金，为人间华美贵重，故人工成箔而后施之。凡金箔每金七分⑮造方寸金一千片，粘补物面可盖纵横三尺。凡造金箔，既成薄片后，包入乌金纸内，竭力挥椎打成（打金椎短柄，约重八斤）。凡乌金纸由苏、杭造成，其纸用东海巨竹膜⑯为质。用豆油点灯，闭塞周围，只留针孔通气，熏染烟光而成此纸。每纸一张打金箔五十度，然后弃去，为药铺包朱⑰用，尚未破损。盖人巧造成异物也。

凡纸内打成箔后，先用硝熟猫皮绷急为小方板，又铺线香灰撒墁皮上，取出乌金纸内箔覆于其上，钝刀界画成方寸。口中屏息，手执轻杖，唾湿而挑起，夹于小纸之中。以之华物，先以熟漆布地，然后粘贴（贴字者多用楮树浆）。秦中造皮金者，硝扩羊皮使最薄，贴金其上，以便剪裁服饰用，皆煌煌至色存焉。凡金箔粘物，他日敝弃之时，刮削火化，其金仍藏灰内。滴清油数点，伴落聚底，淘洗入炉，毫厘无恙。

凡假借金色者，杭扇以银箔为质，红花子油刷盖，向火熏成。广南货物以蝉蜕壳调水描画，向火一微炙而就，非真金色也。其金成器物，呈分浅淡者，以黄矾涂染，炭火乍[18]炙，即成赤宝色。然风尘逐渐淡去，见火又即还原耳（黄矾详《燔石》卷）。

[注释]

①鼓鞲（gōu）：鞲是古代鼓风吹火器。这里的意思是鼓风。②"惟黄金"四句：意思是黄金在烈火中不易氧化，其他金属会氧化变质。③带胯金：装饰在腰带上的金。④吐蕃：泛指青藏高原地区。⑤丽江府：治通安州（今云南省丽江市），辖区相当于今云南怒江流域以东、兰坪、剑川、鹤庆等县以北地区。⑥北胜州：治所在今云南省永胜县。⑦潼川：今四川梓潼。⑧儋、崖：儋耳、琼崖，即海南岛。⑨铁落：打铁时敲出的铁渣。⑩《岭表录》：应为《岭表录异》，唐人刘恂著，岭南地区的地理杂记之书。⑪这里显示出作者已经有了金属比重的概念。一般在20℃时，金、银、铜的比重分别为19.3、10.5、8.9。⑫试金石：黑色硅岩石，根据金在石上所划痕迹的深浅判定金的纯度，是早期的比色测定法。⑬硼砂：原作"鹏砂"，今改。放入金银中能起助熔作用。⑭"然后入铅"三句：意思是铅与含银泥土熔炼，可将其中的银流出。⑮七分：原文作"七厘"，有误，径改。⑯东海巨竹膜：可能是巨竹纤维。⑰朱：指朱砂。⑱乍：原文作"炸"，径改。

[译文]

黄金在五金中位居首位，熔化成形之后，永远不会发生变化。白银进入熔炉熔化虽然分量没有损失,但当温度足够高时,用风箱鼓风会引起金花闪耀,一出现就消失了,再次鼓风也不会再有金花出现。只有黄金,在极力鼓风时,鼓动一次金花就闪烁一次,火力越猛烈,金花出现的越多,这才是黄金之所以珍贵的原因。中国的产金地区有一百多处,难以列举。山间岩石中出产的黄金,大块的叫"马蹄金",中等的叫"橄榄金"或"带胯金",小的叫"瓜子金"。水沙中所出产的金子,大块的叫"狗头金",小的叫"麦麸金"或"糠金"。平地挖井挖出的金叫"面沙金",大的叫"豆粒金"。它们都要先经过淘洗,然后进行冶炼,才能成为整块的金子。

金多数出产在我国西南部地区,采金人在山中开凿矿井,挖到十多丈深的时候只要见到伴金石,就能找到黄金。伴金石呈褐色,一头仿佛让火烧黑了一样。河流中的沙金多出产于云南的金沙江(古代叫丽水),这条江发源于吐蕃,绕经云南丽江府,流至云南胜州,曲折迂回达五百多里,产金的河段有好几处。此外,四川北部的潼川和湖广的沅陵、溆浦等地,都能在江水的沙中淘取沙金。成百上千次的淘取过程中,偶尔会获得一块狗头金,叫作"金母",其余都是麦麸形状的小金粒。

金在入炉冶炼时,最初呈现浅黄色,再炼才能转化成为赤色。儋耳、琼崖两地区都有砂金矿,金夹杂在沙土中,不用深挖就能获取。但淘取得太过频繁,就不会再有出产了,经过多年挖取、熔炼,即使有金,数量也很有限了。在岭南少数民族地区的洞穴中,刚挖出来的金好像黑铁粉,采这种金往往要挖几丈深,在黑焦石下面才能找到。刚挖出的金拿来咬一下,感觉柔软,有的采金人偷偷把它吞吃进肚子里带走,也不会伤害人的身体。河南汝南、巩县和江西乐平、新建等地,都是在平地上挖掘极深的矿井,获取含金细矿砂加以淘洗、熔炼得到黄金,可是耗费的人工太大,扣除相应费用外,获利很少。大体而言,在我国每隔千里才有一处金矿。《岭表录异》云:"有人从鹅、鸭粪便中淘取金屑,有时候一日能获得一两黄金,有时候一无所获。"这个记载怕是虚妄荒诞的传言。

金是质量最大的金属。假定一寸见方的铜重一两,照此计算,一寸见方的银要增加三钱的重量。假如一寸见方的银重一两,照此计算,一寸见方的金要增加二钱的重量。黄金的另一特性是质地柔软,能像柳枝那样屈折。判断成色的高低,一般是含七成金呈青色,含八成金呈黄色,含九成金呈紫色,十成纯金呈赤色。把金在试金石(这种石头在江西广信郡的河流里有很多,大的像斗那样,小的有拳头大小,把它放进鹅汤里煮一下,表面就变得像上了黑漆那样又亮又黑)上划出条痕,用比色法分辨成色。纯金如果要添加其他金属造假出售,只有添加银,其他金属根本不行。如果想要除去银保留金,要先把这些杂金打成薄片,并且剪碎,每片用泥土包裹涂抹,放入坩埚里加入硼砂熔化,杂金中的银便被吸附进泥土里,让金水流出来凝结成纯金。然后在另外的坩埚里放一点铅,把吸附了银的泥土放进锅内熔化,就能将土里的银吸引出来,分量没有丝毫损耗。

黄金由于其色彩被视为人间的华美之物从而受到珍视,因此人们将黄金加工打造成金箔用于装饰。每七分黄金可以捶打成一千片一寸见方的金箔,如果把它们粘贴在器物的表面,能够覆盖满满三尺见方的面积。制造金箔时,把金打成薄片,再包入乌金纸中,用力挥椎击打(打金箔的椎把手很短,大约八斤重)。乌金纸由苏州、杭州制造,这种纸专门用东海的巨竹纤维做原料。纸做成后,点燃豆油灯,灯周围严密封闭,只留下一个针眼大小的通气孔,再用灯烟将纸熏染成乌金纸。每张乌金纸在捶打金箔五十次后就不再使用,废纸可以给药铺包朱砂用,不容易破损。这完全是凭借人的技巧制造出来的奇妙东西。

夹在乌金纸里的金片被打成金箔后,先把芒硝鞣制过的猫皮绷紧,成为小方形皮板,然后将香灰撒满皮面,再拿出乌金纸里的金箔放置在上面,用钝刀画成一平方寸的方格。此时,制箔人要屏住呼吸,拿一根很轻的木条用唾液沾湿,粘挑起金箔,夹在小纸片里。用金箔装饰物品时,要先用熟漆在物品表面涂刷一遍,然后将金箔粘贴上去(贴字时常使用楮树汁)。陕西制造皮金,则先将鞣过的羊皮拉到非常薄的程度,然后把金箔贴在皮面上,为剪裁服饰时使用,因此都闪现出辉煌夺目的华美色彩。凡用金箔粘贴的物品,如果以后东西破旧不再使用,可以把它刮下来用火烧,金就会留在灰烬里。滴上几滴菜籽油,金质就会积聚沉降在下面,淘洗后再熔炼,可以全部回收而没有损耗。

使器物呈现金色的方法,杭州的扇子用银箔做底,涂上一层红花子油加以覆盖,在火上熏烤一下,成为金色。广东的货物则将蝉蜕壳粉碎后调水来描图,再用火稍微烤一下,做成金色,但这都不是真金的颜色。即使用金做成的器物,如果成色不足导致颜色浅淡时,也可用黄矾涂染表面,在猛烈的炭火中烘一烘,立刻变成赤金色。当然,受外部环境影响又会逐渐褪色,把它拿到火中焙一下,又可以恢复原来的颜色(黄矾详见《燔石》卷)。

○银 附:朱砂银

银:

凡银中国所出,浙江、福建旧有坑场,国初或采或闭。江西饶、信、瑞①三郡有坑从未开。湖广则出辰州②，贵州则出铜仁，河南则宜阳赵保山、永宁秋树坡、卢氏高嘴儿、嵩县马槽山，与四川会川③密勒山、甘肃大黄山等，皆称美矿。其他难以枚举。然生气有限，每逢开采，数不足则括派④以赔偿。法不严则窃争而酿乱，故禁戒不得不苛。燕、齐诸道则地气寒而石骨薄，不产金、银。然合八省所生，不敌云南之半，故开矿、煎银唯滇中可永行也。

凡云南银矿，楚雄、永昌、大理为最盛，曲靖、姚安次之，镇沅又次之。凡石山洞中有矿砂，其上现磊然小石，微带褐色者，分丫成径路。采者穴土十丈或二十丈，工程不可日月计。寻见土内银苗，然后得礁砂⑤所在。凡礁砂藏深土，如枝分派别，各人随苗分径横挖而寻之（图49）。上楷⑥横板架顶以防崩压。采工篝灯逐径施钁⑦，得矿方止。凡土内银苗或有黄色碎石，或土隙石缝有乱丝形状，此即去矿不远矣。

凡成银者曰礁，至碎者曰砂，其面分丫若枝形者曰矿⑧，其外包环石块曰砿⑨。矿石大者如斗，小者如拳，为弃置无用物。其礁砂形如煤炭，底衬石而不甚黑，其高下有数等（商民凿穴得砂，先呈官府验辨，然后定税）。出土以斗量，付与冶工，高者六七两一斗，中者三四两，最下一二两（其礁砂放光甚者，精华泄露，得银偏少）。

凡礁砂入炉，先行拣净淘洗。其炉土筑巨墩，高五尺许，底铺瓷屑、炭灰，每炉受礁砂二石，用栗木炭二百斤，周遭丛架。靠炉砌砖墙一垛，高阔皆丈余。风箱安置墙背，合两三人力带拽透管通风（图50）。用墙以抵炎热，鼓鞲之人方克安身。炭尽之时，以长铁叉添入。风火力到，礁砂熔化成团。此时银隐铅中⑩，尚未出脱。计礁砂二石熔出团约重百斤。

图 49 开采银矿图

图 50 熔矿结银与铅图

冷定取出，另入分金炉（一名虾蟆炉）内，用松木炭匝围，透一门以辨火色。其炉或施风箱，或使交箑[11]。火热功到，铅沉下为底子（其底已成陀僧[12]样，别入炉炼，又成扁担铅）（图51）。频以柳枝从门隙入内燃照，铅气净尽，则世宝[13]凝然成象矣。此初出银亦名生银。倾定无丝纹，即再炼一火，当中止现一点圆星，滇人名曰茶经。逮后入铜少许，重以铅力熔化，然后入槽成丝（丝必倾槽而现，以四围匡住，宝气不横溢走散）。其楚雄所出又异，彼硐砂铅气甚少，向诸郡购铅佐炼。每礁百斤先坐铅二百斤于炉内，然后煽炼成团。其再入虾蟆炉沉铅结银，则同法也。此世宝所生，更无别出。方书、本草，无端妄想、妄注，可厌之甚。

大抵坤元[14]精气，出金之所三百里无银，出银之所三百里无金。

图51　沉铅结银图

图 52　分金炉清锈底

造物之情亦大可见。其贱役扫刷泥尘,入水漂淘而煎者,名曰淘厘锱。一日功劳,轻者所获三分,重者倍之。其银俱日用剪、斧口中委余,或鞋底粘带布于衢市,或院宇扫屑弃于河沿,其中必有焉,非浅浮土面能生此物也。

　　凡银为世用,唯红铜与铅两物可杂入成伪。然当其合琐碎而成钣锭[15],去疵伪而造精纯。高炉火中,坩埚足炼,撒硝少许,而铜、铅尽滞埚底,名曰银锈。其灰池[16]中敲落者,名曰炉底。将锈与底同入分金炉内,填火土甑之中,其铅先化,就低溢流,而铜与粘带余银用铁条逼就分拨,井然不紊(图52)。人工、天工亦见一斑云。炉式并具于左。

[注释]

①饶、信、瑞：今江西鄱阳、上饶及赣州一带。②辰州：今湖南沅陵。③会川：今四川会理。④括派：搜括摊派。⑤礁砂：黑色矿石，即以辉银矿为主要成分的银矿石。⑥榰（zhī）：支撑。⑦钁（jué）：钁头，刨土的工具。⑧矿：这里指呈树枝状的辉银矿。⑨矿：这里指不含银的脉石，是废物，与一般意义上的"矿"含义不同。⑩银隐铅中：意思是银矿中常含有铅。⑪箑（shà）：扇子。⑫陀僧：密陀僧，黄色的氧化铅。⑬世宝：世上作为货币流通的白银。⑭坤元：大地。⑮钣锭：板状或块状的银锭。⑯灰池：铺炭灰的炉底，含铅的银熔化后流到此处。

[译文]

中国出产银的地方在浙江、福建，那里原来就有古老的银矿坑场，到了明初的时候，有些仍在开采，有些已经关闭。江西饶州、广信和瑞州三个地区有些银坑还从来没有开采过。湖广辰州产银，贵州铜仁产银，河南宜阳县赵保山、永宁县秋树坡、卢氏县高嘴儿、嵩县马槽山产银，四川会川密勒山、甘肃大黄山等处都有优质银矿。其余地方难以一一列举。然而，这些银矿储量有限，经营规模不大，导致每次开采的时候，因为采银的数量还达不到最低限额，在管理层的搜刮下，采矿人被迫摊派钱财来赔偿。一旦管理银场的法律执行不严，很容易出现偷窃银矿进而酿成动乱事件，这样银矿禁令随之不得不制定的越来越严苛。河北、山东地区由于地气寒冷，矿层稀薄，不出产金银。将以上八省产银总量合起来还不如云南一省产量的一半，所以开矿、炼银只有在云南可以常年维持下去。

云南的银矿以楚雄、永昌、大理三个地方储量最多，其次是曲靖、姚安，再往下是镇沅。凡是山上岩洞中藏有银矿，上面就会出现一堆堆略带褐色的小石头，矿藏分成树枝状的矿脉。采矿人挖土往往要到一二十丈的深度去寻找矿脉，工程量巨大，不是几天、几月就能完成的。找到土里的银矿苗后，才能知道银矿具体位置。银矿在土中埋藏得很深，并且呈现出树枝的主干、旁枝那样的分布，采矿人依循银矿苗的走向分头挖掘找矿。一边挖一边在上面架设横板支撑坑顶，以防塌方。采矿工拿着灯笼沿着矿脉挥锄挖掘，直到发现矿砂为止。在土里的银矿苗有的伴有黄色碎石，有的在泥隙石缝中呈现出乱丝的形状，发现这些情况都表明银矿不远了。

含银较多的成块矿石叫礁，细碎的叫砂，表面呈树枝状的叫矿，包裹在外面的石块叫矿。围岩大的有斗那么大，小的有拳头般大，都是被抛弃的无用废物。礁砂的形状像煤炭，礁砂下面衬垫的石头倒不是很黑，礁砂的品质分为好几个等级（矿主挖到矿砂后，先要呈交官府检验，确定等级，然后决定税额）。刚挖出的矿土用斗称量后，交给冶炼工炼银，品位高的矿砂一斗能炼出六七两纯银，中等的能炼出三四两，品位最低的只能炼出一二两（那些特别光亮的礁砂，由于精华被泄露得太多，最终得到的纯银反而更少）。

礁砂放入炼炉前，先要选矿、淘洗。炼炉是用土筑成的高大土墩，高度有五尺左右，炉底铺有碎瓷片、炭灰，每个炼炉能容纳二石礁砂，用栗木炭二百斤在矿石周围叠架起来。靠近炉旁还要砌一道砖墙，高和宽各有一丈多。风箱安装在砖墙背面，由两三个人拉动风箱，透过风管送风。这道砖墙挡住了炼炉的高温，拉风箱的人才能安然无恙。等到炉里木炭烧完的时候，就用长铁叉将木炭不断添加。风力、火力足够时，礁砂就会熔化成团块。这时银还混在铅里没有被分离出来。算起来，两石礁砂熔成团块后重约一百斤。

炼炉冷却后取出团块，放入另一个叫作分金炉（一名虾蟆炉）的炉子里，用松木炭在炉内围住熔团，留出一个小门辨别火候。分金炉有的用风箱鼓风，有的用团扇扇风。达到一定的温度时，熔团再度熔化，铅则沉降到炉底（炉底的铅已成为氧化铅的形状，再放进别的熔炉熔炼，又成为扁担铅）。要不断用柳枝从小门缝隙插进去燃烧，待到铅的成分全部炼尽后，就能提炼出为世间所珍视的纯银了。刚炼出的银叫生银。倒出来凝固以后如果表面没有丝纹，就要回炉再熔炼一次，这时可以看到凝固的银块中心出现一点圆星，云南人称为"茶经"。接着加入一点铜，再重新用铅来协助熔化，然后倒入槽里就会现出丝纹（倒进槽里才能出现丝纹，这是因为四周被围了起来，银气不会四处走散的结果）。云南楚雄的银矿有所不同，那里的矿砂中含铅过少，需要向其他地方购买铅来协助炼银。每熔炼一百斤礁砂，先要在炉底里铺垫二百斤铅，然后鼓风将礁砂冶炼成团块。至于转到虾蟆炉里，使铅下沉，分离出银的方法与上面说到的一样。银矿的开采、熔炼都用这种方法，并没有其他方法。炼丹的方术书和本草书中充斥了毫无根据的猜想、乱注，真令人十分厌恶。

金和银都是大地所蕴藏的宝气精华，产金的地方三百里之内没有银矿，产银的地方三百里之内也没有金矿。大自然的巧妙安排从中可以略见一二。有时仆役把扫刷的泥尘放入水中淘洗，再加以熬炼得到银，被称为"淘厘锱"。劳动一整天，少的只能得到三分银，多的能得到六分银。这种银屑都是平常从剪刀、斧子的刃部掉下的残屑，或者是鞋底从街道地面粘带而来的泥土，或者是从院中房舍清扫出来被抛弃在河边的尘土，上述泥尘中必然夹杂着点银屑，但这并不表明浅浅的浮土中能够产银。

世上所用的银，只有红铜和铅两种金属可以掺杂在里面造假。但是把碎银铸成银锭的时候，可以去除杂质提炼出纯银。方法是将杂银放在坩埚里，用高温猛火充分熔炼，撒上少量硝石，掺杂的铜、铅就都沉结在埚底，被称作银锈。那些敲落在灰池里的叫作炉底。将银锈和炉底一起放进分金炉里，用土甑装满木炭点火熔炼，铅会首先熔化，流向低处，剩下的铜和银粘在一起，可以用铁条分离，两者就截然分开，不会相混。人类的冶炼技巧与自然力的作用相辅相成，由此可见一斑。炉的式样图附在下边。

附：朱砂银

凡虚伪方士以炉火惑人者，唯朱砂银愚人①易惑。其法以投铅、朱砂与白银等分，入罐封固，温养三七日后，砂盗银气②，煎成至宝。拣出其银，形有神丧，块然枯物③。入铅煎时，逐火轻折，再经数火，毫忽无存。折去④砂价、炭资，愚者贪惑犹不解，并志于此。

[注释]

①愚人：愚蠢的人。②盗银气：吸收银的成分。③"拣出其银"三句：意思是炼出的银只有银的样子而没有真正的银质，成了废渣。④折去：损失掉。

[译文]

那些虚伪的炼丹术士用炉火术骗人的方法中，只有朱砂银最容易愚弄人。具体骗术是，在罐子里放入等量的铅、朱砂、白银，加以密封，低温加热二十一天后，朱砂会吸入银的成分，炼成珍贵的宝物——"银"。把这种"银"挑出来看，只有银的样子而没有真正的银质，成了废渣。放入铅一起熔炼时，越炼分量越少，再炼几次，竟然一点儿都不剩。白白损失了朱砂、木炭的资本，愚蠢的人受到内心贪婪的驱使始终不了解其中的原理，我一并记录下来。

○铜

凡铜供世用，出山与出炉止有赤铜。以炉甘石①或倭铅②掺和，转色为黄铜③，以砒霜等药制炼为白铜④；矾、硝等药制炼为青铜⑤；广锡掺和为响铜；倭铅和泻为铸铜。初质则一味红铜而已。

凡铜坑所在有之。《山海经》言，出铜之山四百三十七⑥，或有所考据也。今中国供用者，西自四川、贵州为最盛。东南间自海舶来，湖广武昌、江西广信皆饶铜穴。其衡、瑞等郡出最下品，曰蒙山铜者，或入冶铸混入，不堪升炼成坚质也。

凡出铜山夹土带石，穴凿数丈得之（图53），仍有矿⑦包其外，矿状如姜石而有铜星，亦名铜璞⑧，煎炼仍有铜流出，不似银矿之为弃物。凡铜砂⑨在矿内，形状不一，或大或小，或光或暗，或如鍮石⑩，或如姜铁⑪。淘洗去土滓，然后入炉煎炼，其熏蒸旁溢者为自然铜，亦曰石髓铅。

凡铜质有数种。有全体皆铜，不夹铅、银者，洪炉单炼而成。有与铅同体者，其煎炼炉法，旁通高、低二孔，铅质

图53　穴取铜铅

先化从上孔流出,铜质后化从下孔流出(图54)。东夷铜有托体银矿内者,入炉煎炼时,银结于面,铜沉于下。商舶漂入中国,名曰日本铜,其形为方长板条[12]。漳郡人得之,有以炉再炼,取出零银,然后泻成薄饼,如川铜一样货卖者。

凡红铜升黄色为锤锻用者,用自风煤炭(此煤碎如粉,泥糊作饼,不用鼓风,通红则自昼达夜。江西则产袁郡[13]及新喻邑)百斤,灼于炉内。以泥瓦罐载铜十斤,继入炉甘石六斤,坐于炉内,自然熔化。后人因炉甘石烟洪飞损,改用倭铅[14]。每红铜六斤,入倭铅四斤,先后入罐熔化,冷定取出,即成黄铜,唯人打造。

凡用铜造响器,用出山广锡无铅气者入内。钲[15](今名锣)、镯[16](今名铜鼓)之类,皆红铜八斤,入广锡二斤。铙[17]、钹[18],铜

图54　淘砂化铜

与锡更加精炼。凡铸器，低者红铜、倭铅均平分两，甚至铅六铜四。高者名三火黄铜、四火熟铜，则铜七而铅三也。

凡造低伪银者，唯本色红铜可入。一受倭铅、砒、矾等气，则永不和合。然铜入银内，使白质顿成红色，洪炉再鼓，则清浊浮沉立分，至于净尽云。

[注释]

①炉甘石：主要成分是碳酸锌。②倭铅：锌。本书有专章。③黄铜：铜锌合金。④白铜：指含锌、镍的砒石（砷矿石）与铜的合金。⑤青铜：这里指用矾石、硝石等将铜炼成古铜色。⑥四百三十七：《山海经》原文作"四百六十七"。⑦矿：指包裹在铜矿石外面的脉石。⑧铜璞：脉石中品位低的铜矿石。⑨铜砂：含铜矿石。⑩鍮（tōu）石：天然黄铜。⑪姜铁：形状像姜的黑色铜矿石。⑫这种输入到中国的日本铜条也称为"椊铜"。⑬袁郡：治今江西宜春。⑭"后人"二句：意思是说炉甘石遇热分解为二氧化碳和氧化锌，容易挥发带走锌质。改用较稳定的锌（倭铅）与铜炼成黄铜是技术改进。⑮钲（zhēng）：古代打击乐器，形似倒置铜钟，有长柄。用于行军。⑯镯（zhuó）：古代军中乐器，钟状的铃。文中解释为铜鼓，不准确。⑰铙（náo）：古代击打乐器，似铃而大，无舌，有柄，举奏。⑱钹（bó）：铜质圆形的乐器，中心鼓起，两片相击作声。初流行西域，南北朝时传入内地。

[译文]

世间使用的铜，不论是在山上直接开采的，还是经过冶炉熔炼得来的，都只有红铜一种成分。如果加入炉甘石或者倭铅（锌）一同熔炼，就会转为黄铜，如果加入砒霜等药物炼制，可以炼成白铜；加入明矾、硝石等药物炼制，可炼成青铜；铜与广锡混合炼制能得到响铜；和锌一起炼制能得到铸铜。当然最基本的原料只有红铜一种罢了。

铜矿坑到处都有。《山海经》中说全国的铜山有四百三十七处，这可能有事实依据。今天，为中国人使用的铜，西部地区以四川、贵州出产最多。东南地区多是借助海船从国外运输而来，湖广武昌、江西广信都有大量铜矿。衡州、瑞州等地出产的蒙山铜，品位最为低下，也只能在铸造的时候添加，无法单独熔炼成坚实的铜块。

产铜的山总会夹带土石，要挖掘几丈深的坑穴才能得到矿石，矿石外面仍然有脉石包裹，脉石的外形类似姜块那样，表面呈现出铜斑点，这也叫作铜璞，将它放入熔炉冶炼，也能流出一点铜液，不像银矿脉石那样全是废物。铜砂在脉石的包裹下形状不一，有大有小，有光有暗，有的像黄铜矿石，有的则像姜铁。把铜砂里夹带的土渣洗去，然后送入冶炉熔炼，经过熔化后从炉里流出来是自然铜，也称为石髓铅。

铜矿石有几个品种。有的全部是铜，没有夹杂铅、银，送入炉中，一次就可炼成。有的和铅共生在一起，冶炼这种铜矿的方法是在炉旁留高、低两个孔，铅先熔化，从上孔流出，铜后熔化，从下孔流出。日本等处有包在银矿里的铜，放进炉中熔炼时，银会浮在上层，而铜则沉在下面。由商船运入中国的铜，叫作日本铜，它的形状是被铸成长方形的板条。福建漳郡人得到这种铜后，有的会把它回炉再次熔炼，提取出铜条中所含零星的银，然后再铸成薄饼的形状，像四川铜那样出售。

由红铜炼成可以锤锻的黄铜，要使用一百斤自来风煤炭（这是一种粉状的细煤，和泥做成煤饼，燃烧时不需要鼓风，从早到晚炉火通红。出产于江西袁郡、新喻等县）放入炉里燃烧。在泥瓦罐里装上铜矿砂十斤、再装入炉甘石六斤，放进炉内，原料自然熔化。后来人们发现炉甘石挥发得太厉害，损耗过大，就改用锌。每次装红铜六斤，加入锌四斤，先后放入罐里熔化,冷却后取出,就是黄铜,任凭打造成各种器物。

制造乐器用的铜需要出自两广山中,不含铅的锡放进罐里,与铜同熔。制造钲(今名锣)、镯(今名铜鼓)一类的乐器,一般用红铜八斤,加入广锡二斤。制造铙、钹所用铜、锡还需要进一步精炼。铸造铜器的时候,质量差的含各一半的红铜和铅,甚至铅占六成而铜占四成。优质的铜器则需要用经过三次或四次熔炼过的所谓三火黄铜、四火熟铜制成,比例是含铜七成、铅三成。

那些制造质量低劣假银的,只有纯红铜可以混入帮助造假。如果将铅、砒、矾等物质掺入银中,根本无法熔合。然而将铜混进银中,白色的银立刻变成红色,再放入冶炉鼓风熔炼,结果银和铜的清浊、沉浮立刻分离得清清楚楚,彻底分开。

○附:倭铅

凡倭铅古书本无之,乃近世所立名色。其质用炉甘石熬炼而成。繁产山西太行山一带,而荆、衡为次之。每炉甘石十斤,装载入一泥罐内,封裹泥固,以渐砑①干,勿使见火拆裂。然后逐层用煤炭饼垫盛,其底铺薪,发火煅红(图55)。罐中炉甘石熔化成团,冷定毁罐取出。每十耗去其二,即倭铅也。

图55 升炼倭铅

此物无铜收伏,入火即成烟飞去②。以其似铅而性猛,故名之曰倭③云。

[注释]

①研(yà):碾压。②入火即成烟飞去:锌容易挥发,沸点只有907℃。③倭:此处指倭铅。倭铅意思是猛铅,与日本无关,可能是明代沿海遭受倭患之害,才有了此名。

[译文]

倭铅在古书里原本没有记载,只是近代制定了这一名号。它是由炉甘石烧炼得来的。大量产于山西的太行山一带,其次产于荆州、衡州。每次将十斤炉甘石装进泥罐里,外面涂上泥包裹严密,再将表面碾光滑,让它渐渐风干,千万不要用火烤,以免泥罐拆裂。然后用煤饼一层层地把泥罐垫起来,在下面铺上柴火,点燃烧红。最终泥罐里的炉甘石熔化成团块,泥罐冷却以后,将罐子打烂取出。每十斤炉甘石会损耗两斤,这就是倭铅。但是,倭铅如果不和铜结合,见火就会挥发成烟飞走。由于它很像铅,但性质又比铅更加猛烈,所以称之为"倭铅"。

○铁

凡铁场所在有之,其质浅浮土面,不生深穴。繁生平阳岗埠①,不生峻岭高山。质有土锭、碎砂数种。凡土锭铁,土面浮出黑块,形似秤锤。遥望宛然如铁,拈之则碎土。若起冶煎炼,浮者拾之,又乘雨湿之后牛耕起土,拾其数寸土内者(图56)。耕垦之后,其块逐日生长,愈用不穷。西北甘肃、东南泉郡②,皆锭铁之薮也。燕京、遵化与山西平阳则皆砂铁之薮也。凡砂铁,一抛土膜即现其形,取来淘洗(图57),入炉煎炼,熔化之后与锭铁无二也。

图 56　垦土拾锭

图 57　淘洗铁砂

凡铁分生、熟，出炉未炒则生，既炒则熟。生熟相和，炼成则钢。凡铁炉用盐做造，和泥砌成。其炉多傍山穴为之，或用巨木匡围，塑造盐泥，穷月之力不容造次③。盐泥有罅，尽弃全功。凡铁一炉载土二千余斤，或用硬木柴，或用煤炭，或用木炭，南北各从利便。扇炉风箱必用四人、六人带拽。土化成铁之后，从炉腰孔流出。炉孔先用泥塞。每旦昼六时，一时出铁一陀。既出即叉泥塞，鼓风再熔。

凡造生铁为冶铸用者，就此流成长条、圆块，范内取用。若造熟铁，则生铁流出时相连数尺内，低下数寸筑一方塘，短墙抵之。其铁流入塘内，数人执持柳木棍排立墙上，先以污潮泥晒干，舂筛细罗如面，一人疾手撒淹④，众人柳棍疾搅⑤，即时炒成熟铁（图58）。其柳棍每炒一次，烧折二三寸，再用则又更之。炒过稍冷之时，或有就塘内斩划成方块者，或有提出挥椎打圆后货者。若浏阳诸冶，

图 58 生熟炼铁炉

不知出此也。

凡钢铁炼法，用熟铁打成薄片如指头阔，长寸半许，以铁片束包夹⑥紧，生铁安置其上（广南生铁名堕子生铁⑦者，妙甚），又用破草履（粘带泥土者，故不速化）盖其上，泥涂其底下。洪炉鼓鞴，火力到时，生铁先化，渗淋熟铁之中，两情投合，取出加锤。再炼再锤，不一而足。俗名团钢⑧，亦曰灌钢者是也。

其倭夷刀剑有百炼精纯，置日光檐下则满室辉曜者，不用生、熟相和炼，又名此钢为下乘云。夷人又有以地溲⑨（地溲乃石脑油之类，不产中国）淬刀剑者，云钢可切玉，亦未之见也。凡铁内有硬处不可打者，名铁核，以香油涂之即散。凡产铁之阴，其阳出慈石⑩，第有数处不尽然也。

[注释]

①平阳岗埠：平原与丘陵。②泉郡：今福建泉州。③造次：马虎凑合。④撒拨：摊开。⑤用柳棍急速搅拌可以促使生铁水中的碳氧化。⑥原作"尖"，径改。⑦原作"生钢"，径改。⑧团钢：也叫灌钢，即渗碳钢。这种技术在南北朝时已发展，至此已有改进。⑨地溲：原指小便，这里指石脑油（石油），实际上中国早已发现。⑩慈石：磁石。

[译文]

铁矿到处都有，浅藏在地面而没有深埋在地穴里。在平原和丘陵地带出产的最多，高山峻岭上没有出产。铁矿石有土锭铁、砂铁等好几种。土锭铁是浮出地表的黑色块状物，外形像秤锤。从远处看像铁，但用手一捏就成了碎土。如果要进行冶炼，可以把浮在地表的铁矿石捡起来，还可以趁着下雨地湿之后，用牛犁浅耕土表，把埋在几寸深土里的铁矿石都收集起来。犁耕之后，铁矿石还会逐渐生长，用之不竭。西北的甘肃、东南的泉州都有土锭铁聚集。北京、遵化和山西平阳都是砂铁的集中产地。只需挖开表土层就能找到砂铁，取出来淘洗后，再送入熔炉冶炼，熔炼出来的铁与来自土锭铁的铁品质完全相同。

铁分作生铁、熟铁两种，已经出炉还没有炒过的是生铁，炒过以后的是熟铁。生铁和熟铁混合在一起熔炼之后就成了钢。炼铁炉是用掺盐的泥土砌成。熔炉大多是依傍山洞砌成，也有用巨大的木头围成框，用盐泥造成熔炉，非要花一个月的时间不可，不能草率从事。盐泥一旦出现裂缝，则会前功尽弃。炼铁炉一次可装入两千多斤铁矿石，燃料有的用硬木柴，有的用煤炭，还有的用木炭，南北方因地制宜，就地取料。向熔炉鼓风的风箱要由四个人或者六个人一起推拉。矿土熔化成铁水之后，就会从炼铁炉的腰孔中流出。这个孔需要事先用泥塞住。每天白天的六个时辰（十二个小时）中，每一个时辰（两个小时）就能炼出一陀铁。出一次铁后，立即用泥把出铁孔塞住，再次鼓风熔炼。

生产供铸造用的生铁，就要让铁水注入条形或者圆形的铸模里，再从模子里取出使用。如果造熟铁，就要铁水流出几尺远，同时低几寸的地方筑一口方塘，四周砌筑矮墙。让铁水流进塘里，几个人拿着柳木棍并排站在矮墙上，事先将黑色的湿泥晒干，舂成粉状，再用细筛筛成细末，一个人迅速把泥粉撒在铁水中，其他的人拿柳棍急速搅拌，生铁马上就被炒成熟铁。柳木棍每炒一次，便会燃毁二三寸，再炒就得换一根新棍。炒过以后，稍微冷却时，可以就地在塘里把铁水划成方块，也可以拿出来锤打成圆块，然后出售。但是像浏阳等地的冶铁场却不懂得运用这种技术。

冶炼钢铁的方法是先将熟铁打成薄片，有指头那么宽，长一寸半多，然后把薄片包扎紧实，将生铁放在熟铁片上（广东有一种生铁，叫作堕子生铁，最好用），再把破草鞋（要用粘有泥土的破草鞋，才不会被立即烧毁）盖在最上面，熟铁片底下还要涂抹泥浆。再放入熔炉里鼓风熔炼，达到一定的温度时，生铁会率先熔化成铁水，渗入到熟铁里，生铁、熟铁两者相互融合在一起，从炉中取出后加以捶打。再次熔炼，再度捶打，反反复复。俗名叫作团钢，也叫作灌钢的产品就是这样锤炼出来的钢。

日本国出产的刀剑，原料是经过上百次炼制得到的精纯好钢，白天放在屋檐下，反射得整个屋子明亮夺目，这种钢不是用生铁和熟铁混合在一起炼成的，有人说它品质很差。外国人还有用地溲（即石脑油之类的东西，中原地区不出产）来为刀剑淬火,据说这种钢刀锐利得可以切玉，但我没有亲眼见过。打铁时，偶尔会在铁内碰到坚硬的、无法打散的硬块，叫作铁核，如果涂上香油再次捶打，就能打散了。如果铁矿出产在山的背阳坡，山的向阳坡就会产磁铁矿石，但有些地方不符合这一规律。

○锡

凡锡，中国偏出西南郡邑，东北寡生。古书名锡为"贺"者，以临贺郡①产锡最盛而得名也。今衣被天下②者，独广西南丹、河池二州居其十八，衡、永③则次之。大理、楚雄即产锡甚盛，道远难致也。

凡锡有山锡、水锡两种，山锡中又有锡瓜、锡砂两种。锡瓜块大如小瓠，锡砂如豆粒，皆穴土不甚深而得之，间或土中生脉充牣④，致山土自颓，恣人拾取者（图59）。水锡衡、永出溪中，广西则出南丹州河内（图60）。其质黑色，粉碎如重罗面。南丹河出者，居民旬前从南淘至北，旬后又从北淘至南。愈经淘取，其砂日长，百

图59 河池山锡

图60 南丹水锡

年不竭。但一日功劳，淘取煎炼不过一斤。会计炉炭资本，所获不多也。南丹山锡出山之阴，其方无水淘洗，则接连百竹为枧⑤，从山阳枧水淘洗土滓，然后入炉。

凡炼煎亦用洪炉，入砂数百斤，丛架木炭亦数百斤，鼓鞴熔化。火力已到，砂不即熔，用铅少许勾引⑥，方始沛然流注（图61）。或有用人家炒锡剩灰勾引者。其炉底炭末、瓷灰铺

图61　炼锡炉

作平池，旁安铁管小槽道，熔时流出炉外低池。其质初出洁白，然过刚，承锤即拆裂。入铅制柔，方充造器用。售者杂铅太多，欲取净则熔化，入醋淬八九度，铅尽化灰而去⑦。出锡唯此道。方书云马齿苋取草锡者⑧，妄言也。谓砒为锡苗⑨者，亦妄言也。

[注释]

①临贺郡：治在今广西贺州。②衣被天下：广布于天下。③衡、永：今湖南衡阳、永州。④充牣（rèn）：充满，丰足。⑤枧（jiǎn）：同"笕"。引水的竹、木管子。⑥用铅少许勾引：锡在熔化时加少量的铅，可以降低熔点，增加流动性。⑦在含铅的锡里加醋，成为醋酸铅，熔点只有75℃，沸点为280℃；锡的熔点为231.89℃，可加热除铅。⑧《本草纲目》引述称，马齿苋十斤烧后可得水银八两，名曰草汞，没有提到得锡。⑨中国锡矿多数含有砷毒，这种说法是对的。

[译文]

锡在中国主要分布于西南地区，东北地区很少分布。古书中将锡称为"贺"，是由于临贺郡出产锡最多，因此而得名。如今供应全国的锡，仅广西南丹、河池两地就占了十分之八，衡州、永州次之。云南大理、楚雄虽然锡产量很大，可是路途遥远，难以运输供应内地。

锡矿有山锡、水锡两种，山锡又分为锡瓜、锡砂两种。锡瓜的团块形状像小葫芦，锡砂像豆粒，在不用深挖的地层里都能发现它们，有的时候，土层中的锡矿矿脉蕴藏极为丰富，受到风化作用崩解，从山上落下或者露出地表，任凭人们随意拾取。水锡产自衡州、永州的溪流里，在广西则出产于南丹州境内的河里。水锡的质地呈黑色，细碎得像是筛过的面粉。南丹河中生产水锡的情况是采锡人前十天从南部沿河淘到北部，后十天再从北部淘到南部。不断地淘取，锡矿砂却也不停地生长，上百年都取之不尽。但是，劳动一整天，经过淘取、熔炼，获得的锡也不过一斤左右。考虑到所耗费的炉炭成本，获利也不算多。南丹的山锡出产于山的背阳坡，那里缺少水流淘洗矿砂，所以就把大量竹管连接起来作为导水槽，从山的向阳坡引水来淘洗，清除矿砂中的泥沙，然后入炉炼制。

熔炼时也要使用洪炉，每炉装入数百斤锡砂，还要堆架数百斤的木炭一起鼓风熔炼。当火力达到要求时，锡砂还不能马上熔化，这时要加入少量的铅做引子，锡水才开始顺畅地大量流出。还有用别人炼锡残剩的炉渣做引子。洪炉底部先用炭末、瓷灰铺成平池，炉旁安装铁管成为小引流槽，熔化的锡水由此流入熔炉外的低矮池中。锡刚出炉时颜色洁白，可是太脆，一经锤打就会碎裂。需要加入铅，使锡的质地变软，才能用来制造器物。市场上销售的锡掺杂了过多的铅，要想提高锡的纯度，可以把它熔化后,放进醋里淬炼八九次,这样锡里所含的铅全部变成灰渣,从而被除去。生产锡只有这么一种方法。有的方术书说可以从马齿苋中提取草锡,这是信口开河。所谓发现了砒毒就确定有锡矿苗的说法,也是无稽之谈。

○铅

凡产铅山穴,繁于铜、锡。其质有三种:一出银矿中,包孕白银,初炼和银成团,再炼脱银沉底,曰银矿铅①,此铅云南为盛。一出铜矿中,入洪炉炼化,铅先出,铜后随,曰铜山铅,此铅贵州为盛。一出单生铅穴,取者穴山石,挟油灯寻脉,曲折如采银矿,取出淘洗、煎炼,名曰草节铅②,此铅蜀中嘉、利③等州为盛。其余雅州出钓脚铅,形如皂荚子,又如蝌蚪子,生山涧沙中。广信郡上饶、饶郡乐平出杂铜铅,剑州④出阴平铅,难以枚举。

凡银矿中铅,炼铅成底,炼底复成铅。草节铅单入洪炉煎炼,炉旁通管,注入长条土槽内,俗名扁担铅,亦曰出山铅,所以别于凡银炉内频经煎炼者。凡铅物值虽贱,变化殊奇⑤,白粉、黄丹⑥,皆其显象。操银底于⑦精纯,勾锡成其柔软,皆铅力也。

[注释]

①银矿铅:指含银方铅矿。②草节铅:方铅矿。③嘉:嘉州,即嘉定州,今四川乐山;利:利州,即利州卫,今四川广元。④剑州:今四川剑阁。⑤据《本草纲目》载:"铅变化最多,一变而成胡粉,再变而成黄丹,三变而成密陀僧,四变而为白霜。"⑥白粉:又名胡粉、铅粉、定粉,碱式碳酸铅。黄丹:又名铅丹,四氧化三铅。⑦底于:达到。

[译文]

产铅的矿山比出产铜、锡的矿山要多得多。铅矿分为三种：第一种是出自银矿脉石中的铅，首次冶炼时与银熔为一团，再次冶炼时与银分离，进而沉淀在炉底，称为银矿铅，这种铅在云南出产的最多。第二种是夹杂在铜矿脉石里的铅，进入洪炉冶炼时，铅首先熔化流出，铜随后流出，称为铜山铅，这种铅在贵州出产的最多。第三种是在山洞里单独生成的纯铅矿，采矿人在山上开凿矿洞，带着油灯在洞中寻找铅脉，铅矿脉就像银矿脉那样曲折，矿石被采出后经过淘洗、熔炼得到的铅，称为草节铅，这种铅以四川的嘉州和利州等出产的最多。此外，还有四川雅州出产的钓脚铅，形状像皂荚，又像蝌蚪，出自山涧的沙里。广信郡的上饶和饶郡的乐平等地还出产杂铜铅，剑州还出阴平铅，产地众多，难以列举。

从银矿中提炼铅的方法是：首先熔炼银铅矿，铅便沉淀在炉底，再次熔炼，炉底就得到铅。草节铅的制法是一次性放入洪炉里冶炼，炉旁接通一条管子，为的是让铅水通过管道注入长条形的土槽里，这样得到的铅俗名叫扁担铅，也叫出山铅，这是与从银炉里多次熔炼出来的那种铅最大的区别。铅的价值虽然低廉，可是反应却特别奇妙，白粉和黄丹就是明显的例证。它还能促使白银矿的炉底被提炼得更加精纯，使锡变得更加柔软，这都是铅起的作用。

○附：胡粉

凡造胡粉，每铅百斤，熔化，削成薄片，卷作筒，安木甑内。甑下、甑中各安醋一瓶，外以盐泥固济①，纸糊甑缝。安火四两，养之七日。

期足启开，铅片皆生霜粉，扫入水缸内。未生霜者，入甑依旧再养七日，再扫，以质尽为度，其不尽者留作黄丹料。

每扫下霜一斤，入豆粉二两、蛤粉四两，缸内搅匀，澄去清水，用细灰按成沟，纸隔数层，置粉于上。将干，截成瓦定形②，或如磊块，待干收货。此物古因辰、韶诸郡专造，故曰韶粉（俗误朝粉）。今则各省直饶为之矣。其质入丹青，则白不减。擦妇人颊，能使本色转青。胡粉投入炭炉中，仍还熔化为铅，所谓色尽归皂者。③

[注释]

①固济：封牢固。②瓦定形："定"字可能是衍文。③这里是说白色的铅粉经过煅烧，变为氧化铅，再还原为黑灰色的铅。也就是"色尽归皂"。

[译文]

制作胡粉的方法是：每次把一百斤铅熔化之后，削成薄片，卷成筒状，放在木甑里面。木甑下面和中间分别放置一瓶醋，外面用盐泥密封严实，还要用纸把木甑的缝隙糊好。随后用四两左右木炭的火力持续加热七天。时间到了以后打开木盖，能看到铅片上都覆盖着一层霜粉，将粉扫进水缸里。还没有生霜的铅片再次放进木甑里，照原来的方法再次加热七天，再次收扫霜粉，直到铅片用尽为止，剩下的残渣可作为制造黄丹的原料。

每当扫下一斤霜粉，需要加进豆粉二两、蛤粉四两，把它们在水缸里搅拌均匀，澄清以后倒掉清水，将细灰按成一条沟，在沟上平铺几层纸，把湿粉放在上面。等到湿粉快干的时候，把它们切成瓦形或是方形，到完全风干之后才收藏起来。因为古时候只有辰州（今湖南沅陵县）和韶州（今广东韶关）制造这种东西，所以叫作韶粉（民间误称朝粉），现在全国各省都能够制造了。用这种粉做颜料，白色长期保持不褪色。但妇女如果用它来当粉涂擦脸颊，反而会使脸色变青。将胡粉投入炭炉里，仍然会熔化还原为铅,这就是所谓物极必反,颜色白到极致,终究要回归黑色的道理。

○附:黄丹[1]

凡炒铅丹,用铅一斤、土硫黄十两、硝石一两。熔铅成汁,下醋点之。滚沸时下硫一块,少顷入硝少许,沸定再点醋,依前渐下硝、黄。待为末,则成丹矣。其胡粉残剩者,用硝石、矾石炒成丹,不复用醋也。欲丹还铅,用葱白汁拌黄丹慢炒,金汁出时,倾出即还铅矣。

[注释]

[1]这一段内容出自《本草纲目》所引《丹房鉴原》。

[译文]

炼制铅丹的时候,需要用一斤铅、十两土硫黄、一两硝石来配合。具体方法是先把铅熔化成液态,加入一些醋。沸腾时,投入一块硫黄,稍等一会儿再加进一点硝石,停止沸腾后再按照前面的步骤点醋,再加硫黄、硝石。这样重复下去,直到炉里的物料都变成粉末,表明黄丹已经炼制完成。残剩的胡粉再加入硝石、矾石炒炼成黄丹,不必再用醋。如果想把黄丹还原成铅,就将葱白汁拌进黄丹里,用慢火熬炒,等到黄色汁液出现时,倒出来就能得到铅。

冶铸第九

宋子曰：首山之采，肇自轩辕①，源流远矣哉。九牧②贡金，用襄禹鼎，从此火金功用日异而月新矣。夫金之生也，以土为母。及其成形而效用于世也，母模子肖③，亦犹是焉。精粗巨细之间，但见钝者司舂，利者司垦，薄其身以媒合水火而百姓繁，虚其腹以振荡空灵而八音④起。愿者肖仙梵之身，而尘凡有至象。巧者夺上清之魄，而海宇遍流泉⑤，即屈指唱筹，岂能悉数！要之，人力不至于此。

[注释]

①首山：在今河南省襄城县境内。轩辕：黄帝。《史记·孝武本纪》："黄帝采首山铜，铸鼎于荆山下。"②九牧：九州（冀、豫、雍、扬、兖、徐、梁、青、荆）的诸侯。③按五行说，土生金，所以说金"以土为母"；浇铸金属器首先用土做成模范，所以又说"母模子肖"。④八音：八种乐器，也可泛指各类乐器或音乐。⑤上清：铜钱之代称。泉：即钱。

[译文]

宋夫子说：在首山采铜铸鼎，最早由黄帝开始，冶铸的历史可谓源远流长。夏禹时，九州的诸侯都来进贡铜，帮助大禹铸成象征天下王权的大鼎，自此以后，金属冶炼、铸造技术的发展日新月异。金属从泥土中产生出来，土是金的母源。当金属被铸造成器物为世人使用时，它的形状又与土造的母范相同，所以说，"以土为母"和"母模子肖"的道理一样。铸件有的精致，有的粗笨，有的巨大，有的细小，只需要看到钝拙的器物能用来舂捣，锋利的能用来耕地，壁薄的能用来烧水煮食，从而养育百姓，使人丁兴旺，中空的能用来振荡空气、传递声波，美妙的音乐由此响起。信徒们模仿神佛的外形，在人间铸造形态逼真的偶像。能工巧匠受到天上月亮轮廓的启发，铸造了天下四处流通的钱币任凭人们掰着指头、唱着筹码计算，又哪能说得完呢？总之，这些东西仅仅依靠人力是办不到的。

○鼎

凡铸鼎，唐虞以前不可考。唯禹铸九鼎，则因九州贡赋壤则已成，入贡方物岁例已定，疏浚河道已通，《禹贡》业已成书。恐后世人君增赋重敛，后代侯国冒贡奇淫，后日治水之人不由其道，故铸之于鼎。不如书籍之易去，使有所遵守，不可移易，此九鼎所为铸也。

年代久远，末学寡闻，如蠙珠①、鳑鱼②、狐狸、织皮之类，皆其刻画于鼎上者，或漫灭改形亦未可知，陋者遂以为怪物。故《春秋传》有使知神奸、不逢魑魅③之说也。此鼎入秦始亡。而春秋时郜大鼎、莒二方鼎④，皆其列国自造，即有刻画必失《禹贡》初旨。此但存名为古物，后世图籍繁多，百倍上古，亦不复铸鼎，特并志之。

[注释]

①蠙（pín）珠：珍珠。②鳑（jì）鱼：似指白鳍豚。③魑魅（chī mèi）：古代传说中的鬼怪。④郜（gào）大鼎：即郜鼎。指春秋时郜国（今山东成武县）献给周天子的鼎。见《左传·隐公七年》。莒（jǔ）二方鼎：即莒鼎。春秋时，莒国（今山东莒县）赠给郑国公孙侨的方鼎。见《左传·昭

公七年》。

[译文]

铸鼎的具体情况在尧舜以前已经无从考证。至于大禹王铸造九鼎，是因为当时九州各地根据本地区自然条件、经济特点所制定的缴纳赋税条例已经颁布，各地区每年进贡的物品已经有了具体规定，河道疏通工程也已经完工，《禹贡》业已成书。大禹由于担心后世的君王增加赋税，加重搜刮百姓，后代各地诸侯用耗费大量人力物力的东西冒充贡品，以及后来治水的人不再按照原来的办法工作，于是，大禹王把这一切都铸在鼎上。使得这些条例法规原则不像写在书本那样容易丢失，还能使后人有所遵循，不能任意更改，这才是大禹王铸造九鼎的原因。

很长时间过去了，那些学问不深、见识浅薄的人看到铸刻在鼎上的诸如螖珠、鼍鱼、狐狸、毛织物和兽皮之类的图形，或许已经漫漶、脱落而变形，无法识别到底是什么，无知的人就认为这是怪物。因此，《春秋左氏传》中才有了大禹铸鼎是为了让老百姓能识别神怪、避免受到妖魔伤害的说法。实际上，这些鼎到了秦朝时就丢失了。至于春秋时期，郜国的大鼎、莒国的两个方鼎都是诸侯国自行铸造的，即便鼎上有些刻画，也一定丧失了《禹贡》的原意。只不过作为古物保留了名声，后世的图书众多，比上古时期增加了几百倍，也就没有必要再铸鼎记事了，在这里特别提出加以强调。

○钟

凡钟为金乐之首，其声一宣，大者闻十里，小者亦及里之余。故君视朝、官出署必用以集众；而乡饮酒礼[①]必用以和歌；梵宫仙殿必用以明摄谒者之诚，幽起鬼神之敬。

凡铸钟高者铜质，下者铁质。今北极朝钟②，则纯用响铜。每口共费铜四万七千斤、锡四千斤、金五十两、银一百二十两于内。成器亦重二万斤，身高一丈一尺五寸，双龙蒲牢③高二尺七寸，口径八尺，则今朝钟之制也。

凡造万钧钟与铸鼎法同，掘坑深丈几尺，燥筑④其中如房舍，埏泥作模骨⑤，用石灰、三和土⑥筑，不使有丝毫隙拆。干燥之后以牛油、黄蜡附其上数寸。油蜡分两：油居十八，蜡居十二。其上高蔽抵晴雨（夏月不可为，油不冻结）。油蜡墁定，然后雕镂书文、物象，丝发成就（图62）。然后春筛绝细土与炭末为泥，涂墁以渐而加厚至数寸，使其内外透体干坚，外施火力炙化其中油蜡，从口上孔隙熔流净尽，则其中空处即钟鼎托体之区也。

凡油蜡一斤虚位，填铜十斤。塑油时尽油十斤，则备铜百斤以俟之。中既空净，则议熔铜。凡火铜至万钧，非手足所能驱使。四面筑炉，四面泥作槽道，其道上口承接炉中，下口斜低以就钟鼎入铜孔，槽旁一齐红炭炽围（图63）。洪炉熔化时，决开槽梗（先泥土为梗塞住），一齐如水横流，从槽道中枧⑦注而下，钟鼎成矣。凡万钧铁钟与炉、釜，其法皆同，

图62　塑钟模图

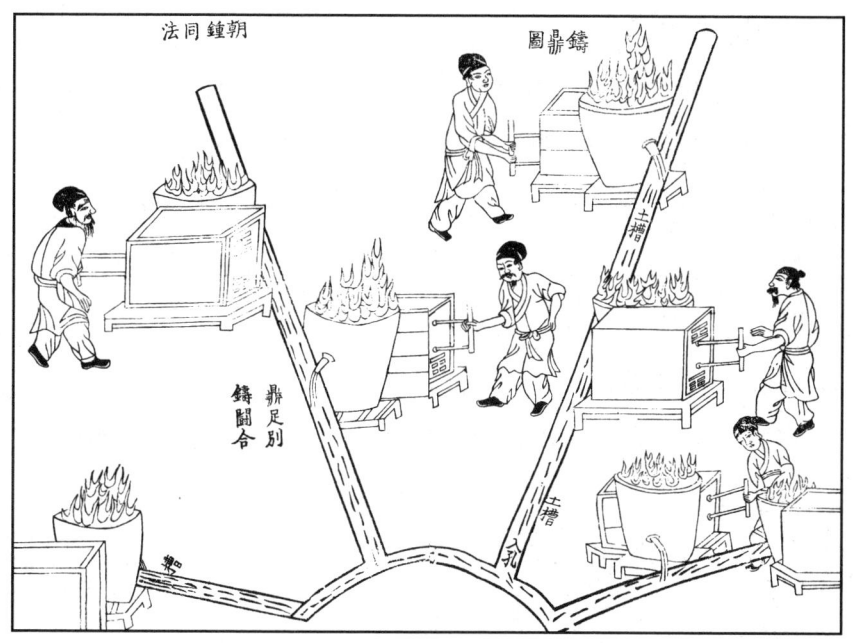

图 63　铸鼎图

图 64　铸千斤钟与仙佛像图

而塑法则由人省啬⑧也。

若千斤以内者，则不须如此劳费，但多捏十数锅炉（图64）。炉形如箕，铁条作骨，附泥做就。其下先以铁片圈筒直透作两孔，以受杠穿。其炉垫于土墩之上，各炉一齐鼓鞲⑨熔化。化后以两杠穿炉下，轻者两人，重者数人抬起，倾注模底孔中。甲炉既倾，乙炉疾继之，丙炉又疾继之，其中自然粘合。若相承迂缓，则先入之质欲冻，后者不粘，衅⑩所由生也。

凡铁钟模不重费油蜡者，先埏土作外模，剖破两边形或为两截，以子口串合，翻刻书文于其上。内模缩小分寸，空其中体，精算而就。外模刻文后，以牛油滑之，使他日器无粘烂。然后盖上，泥合其缝而受铸焉。巨磬、云板，法皆仿此。

[注释]

①乡饮酒礼：根据《仪礼》，古代乡学生卒业后，其中的贤能者被举荐给国君，乡大夫设酒宴送行，就是乡饮酒礼。乡饮酒礼中会敲击钟磬，众人歌唱。也可泛指官方宴会。②北极朝钟：明代宫内北极阁中所悬的朝钟。③蒲牢：传说中吼声巨大的海兽，将它的形象铸在钟上，象征钟声洪大。④燥筑：干燥状态下夯实。⑤埏（shān）：用水和土；和泥。模骨：指失蜡法铸件的内模。⑥三和土：石灰、砂和碎砖加水拌和后，经浇灌夯实而成的建筑材料，干燥后坚硬，可用来打地基或修筑道路。也有用石灰、黏土和砂加水拌和而成的。⑦枧（jiǎn）：同"笕"。引水的竹、木管子。⑧省啬（shěng sè）：节省，简略。⑨鼓鞲（gōu）：鼓风。⑩衅：缝隙。

[译文]

钟在金属乐器中的重要性排第一位，钟声响起时，声音大的十里之内都能听到，声音小的也能传出一里开外。所以，皇帝临朝听政、官府升堂审案，必须要用钟声来召集下属以及民众；地方上举行乡饮酒礼的宴会，也必定会用钟声来伴奏；佛寺仙殿也一定用钟声来打动朝拜者的诚心，唤起对鬼神的敬意。

铸钟的原料以铜为上等，以铁为下等。如今宫内北极阁中所悬的朝钟完全是用响铜铸成。每口钟需耗费四万七千斤铜、四千斤锡、五十两黄金、一百二十两银。铸成的钟重达两万斤，钟高一丈一尺五寸，钟上的双龙蒲牢花纹高二尺七寸，钟的直径有八尺，这就是现今朝钟的规格。

铸造超过万斤的大朝钟和铸鼎的方法相同，要事先挖出一丈多深的地坑，把它构筑成像房舍一样，使坑里保持干燥，和泥做成内模，内模要用石灰、三和土调和成的泥制作，不要留有一丝一毫的裂缝。内模干燥以后，在上面涂抹有几寸厚的牛油和黄蜡。油和蜡的比例是：牛油约十分之八，黄蜡占十分之二。在钟模的上方搭建一个高大的棚子遮蔽，以防日晒雨淋（夏天不能做模子，因为油蜡不容易凝固）。油蜡层凝固并用墁刀刮抹平整以后，就在上面雕刻各种文字或者图案，图案文字的所有细节都要认真做成。然后，再将捣碎和筛选过的极细泥粉和炭末和成泥，一层一层逐步涂铺在油蜡上，要有几寸厚，成为外模，等到外模里里外外都彻底干透变坚固以后，就在外面用火烤炙，熔化里面的油蜡，使油蜡从内外模的接口处熔流干净，这样，内外模之间出现了空腔，成为将来浇铸钟、鼎成型的地方了。

每流出一斤油蜡空出的位置能够灌注十斤铜。所以，塑模时如果用了十斤油蜡，就要预备一百斤铜等待灌注。内外模中间的油蜡流淌干净后，就应着手熔化铜料。熔化的火铜如果重量超过万斤，就无法依靠人的手脚移动浇铸了。那就需要在钟模四周筑起多个熔炉，还要有连接熔炉和钟模的导流铜汁泥制槽道，槽道的上端与熔炉的出口相接，下端倾斜向下接到钟模的浇铸口上，槽道的两旁还要用燃烧通红的炭火包围起来。当熔炉中的铜都已经熔化时，就同时打开铜液出口的塞子（事先用泥土做成塞子塞住），铜液像水一样流出，沿着起引水管作用的泥槽注入钟模之中，这样就铸成钟、鼎了。制作超过万斤的铁钟、香炉和大锅所采用的铸造方法都与此相同，只是塑造模子的细节可由人们根据不同的条件和要求适当省略罢了。

至于铸造千斤以内的器物，就没有这么费劲了，只需要多造出十来个小熔炉就能应付了。这种熔炉膛的形状像簸箕，用铁条作骨架支撑，包裹上泥塑造而成。炉体下部的两侧要穿两个孔，用两根圆筒状的铁管穿过，便于抬杠穿过。这些炉子全都摆放在土墩上，将所有的炉子一起鼓风熔铜。铜熔化后，用两根抬杠穿过炉底，轻的用两个人，重的需几个人，一起抬起炉子，把铜液倾注进模孔中。第一个炉子刚刚倾注完，第二个炉子迅速跟进倾注，第三个炉子再马上继续倾注，这样模子里的铜便自然黏合在一起。如果各炉倾注衔接太慢，那些先注入的铜液逐渐冷凝，就难以和后面注入的铜液黏合在一起，就会导致缝隙出现。

铸造铁钟的模子不需要耗费大量的油蜡，它先用黏土和泥制作外模，把制成的外模要么纵向分割成左、右两半，要么横向截为上、下两段，在剖面边上留下能够接合的子母口，然后将文字和图案反刻在外模的内壁上。内模的尺寸相对外模要缩小一些，使内外模之间留出相应的空间，这一切都要经过精心的计算才能确定。外模刻好文字和图案以后，要用牛油涂抹，让它变得光滑，以免将来浇铸的物件粘连破坏内模。然后把内、外模组合起来，用泥浆把内、外模的接缝封好，下面就可以浇铸了。巨磬、云板的铸造方法与此相类似。

○釜

凡釜储水受火，日用司命系焉。铸用生铁或废铸铁器为质。大小无定式，常用者径口二尺为率，厚约二分。小者径口半之，厚薄不减。其模内外为两层，先塑其内，俟久日干燥，合釜形分寸于上，然后塑外层盖模。此塑匠最精，差之毫厘则无用。

模既成就干燥，然后泥捏冶炉，其中如釜，受生铁于中。其炉背透管通风，炉面捏嘴出铁。一炉所化约十釜、二十釜之料。铁化如水，以泥固纯铁柄勺从嘴受注（图65）。一勺约一釜之料，倾注模底孔内，不俟冷定即揭开盖模，看视罅绽未周①之处。此时釜身尚通红未黑，有不到处即浇少许于上补完，打湿草片按平，若无痕迹。

凡生铁初铸釜，补绽者甚多，唯废破釜铁熔铸，则无复隙漏（朝鲜国俗，破釜必弃之山中，不以还炉）。凡釜既成后，试法以轻杖敲之，响声如木者佳，声有差响，则铁质未熟之故，他日易为损坏。海内丛林大处②，铸有千僧锅者，煮糜受米二石，此直痴物也。

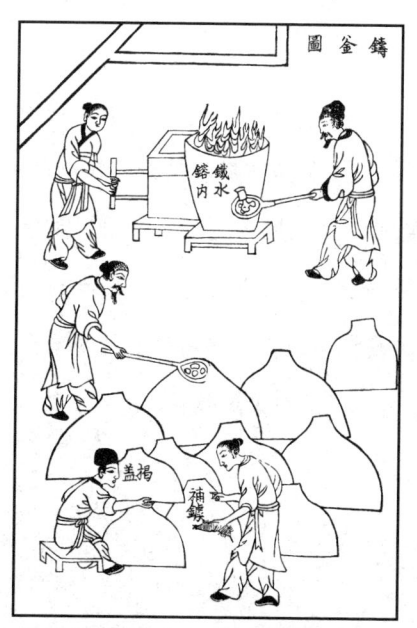

图65 铸釜图

[注释]

①罅（xià）绽未周：有裂隙不完美。②丛林大处：大寺院。

[译文]

铁锅通常用来烧水煮饭，是

人们日常生活中不可或缺之物。铸造锅用生铁或者废坏的旧铸铁器为原料。铸锅的大小没有固定的规格,常用的铸锅直径以二尺为准,厚约二分。小的铸锅直径减半,厚度不减少。铸模分为内、外两层,先塑造内模,放置多日,等它干燥以后,按照锅的大小尺寸计算好,再来塑造覆盖在内模之上的外模。这种铸模方法要求塑匠的手艺必须非常精确,尺寸稍有偏差,模子就没有用了。

模子塑成并且干燥以后,再用泥捏造熔铁炉,炉膛像锅,把生铁和废铁原料装在里面。炉子背面安置连接风箱的通风管,炉子的前面捏一个出铁嘴。每一炉熔化的铁水大约可浇铸十到二十口锅。铁熔化成铁水后,用裹着泥的带手柄的纯铁勺子从出铁嘴盛接铁水。一勺子铁水大约浇铸一口铁锅,将铁水倾注到模子底部的空里,不必等到冷却就要揭开外盖模,查看是否存在裂缝。这时锅身还是通红的没有变黑,如果发现有瑕疵的地方,马上补浇少量的铁水弥补完善,用湿草片按压平整,不让锅留下修补的痕迹。

用生铁首次铸锅时,需要补浇破绽的地方很多,只有用废破铁锅回炉熔铸时,才不会有缝隙漏洞(朝鲜国的习惯是必须将破锅丢弃到山里,不再回炉)。铁锅铸成以后,判定质量的方法是用木棍轻轻敲击,如果发出的响声像敲硬木头那样沉实,就是好锅;如果有其他杂音,就说明铁水的品质不够纯净,这种锅将来容易损坏。国内大寺庙里有的铸有所谓"千僧锅",可以煮两石米的粥,这简直就是粗笨的物件。

○像

凡铸仙佛铜像,塑法与朝钟同。但钟鼎不可接,而像则数接为之,故泻时为力甚易,但接模之法分寸最精云。

[译文]

铸造仙佛铜像的塑模方法与朝钟相同。但是钟、鼎不能由几部分接合铸成,而仙佛铜像却可以先行分铸,再接合铸造,这样在浇注的时候又省力,又容易。不过这种接模铸造的工艺对精度的要求却最高。

○炮

凡铸炮,西洋红夷、佛郎机①等用熟铜②造,信炮、短提铳③等用生、熟铜兼半造,襄阳、盏口、大将军、二将军④等用铁造。

[注释]

①红夷:旧称荷兰。这里是指红夷大炮,原型是欧洲在16世纪晚期发明的长身管、纺锤形结构的火炮。明代后期传入中国,并很快被仿制。所有类似设计的火炮都被中国统称为红夷大炮,也称红衣大炮。佛郎机:外文是Franks,应是法兰克。葡萄牙在明史上被称为佛郎机,明人常将葡萄牙、西班牙混称为佛郎机。这里指15世纪后期至16世纪初期流行于欧洲的一种火炮。佛郎机炮来源于鹰炮,能连续开火,又被称为速射炮。当时是由葡萄牙人传入中国的,所以就将此炮命名为佛郎机炮。②熟铜:可锻铜或铜合金。③信炮、短提铳(chòng):信号炮、短筒铳。④襄阳、盏口、大将军、二将军:明代本土所造四种大炮。襄阳炮事实上是一种加了杠杆配重原理的抛石机,是用于战争攻守的武器,并非火炮。见于元代,明代使用较少。盏口炮口大,炮身短。将军炮也称虎蹲炮。

[译文]

铸炮的方法:西洋红夷炮、佛郎机炮用熟铜铸造,信炮和短提铳等用生铜、熟铜各一半铸造，襄阳炮、盏口炮、大将军炮、二将军炮等则用铁铸造。

○镜

凡铸镜，模用灰沙，铜用锡和（不用倭铅①）。《考工记》亦云："金锡相半，谓之鉴、燧之剂②。"开面成光，则水银附体而成，非铜有光明如许也。唐开元宫中镜尽以白银与铜等分铸成，每口值银数两者以此故。朱砂斑点乃金银精华发现（古炉有入金于内者）。我朝宣炉③亦缘某库偶灾，金银杂铜锡化作一团，命以铸炉（真者错现金色）。唐镜、宣炉皆朝廷盛世物云。

[注释]

①倭铅：即锌。②鉴：照人的镜子。燧：取火的聚光镜。剂：材料。③宣炉：宣德年间所造香炉，非常珍贵。

[译文]

铸镜的模子是用草木灰外加细沙做成，镜子本身的材料是铜、锡的合金（不用锌）。《考工记》中有记载："金（铜）、锡比例各占一半的合金，是铸造鉴和燧的材料。"镜面能够反光，是由于表面镀上了水银，并不是铜本身具有如此这般的光亮。唐朝开元年间，宫中所用的镜子全部是用白银和铜各占一半的配比放在一起铸成，所以每面镜子价格高达几两银子，原因正在于此。镜面上出现一些像朱砂状的红斑点，那是其中夹杂有金银造成的结果（古代铸造香炉，也会渗入金子）。本朝（明朝）铸造的宣德炉也是由于当时(1426—1435年间)某一库房偶然发生火灾，库里存储的金、银夹杂着铜、锡都熔化成一疙瘩，官府下令用它们铸造香炉（所以真正的宣德炉表面上会闪耀金色的斑点）。唐镜和宣炉都是王朝繁荣昌盛时期的产物。

○钱

凡铸铜为钱以利民用，一面刊国号通宝四字，工部分司主之①。凡钱通利者，以十文抵银一分值。其大钱当五、当十，其弊便于私铸，反以害民，故中外行而辄不行也。凡铸钱每十斤，红铜居六七，倭铅（京中名水锡）居三四，此等分大略②。倭铅每见烈火必耗四分之一。我朝行用钱高色者，唯北京宝源局黄钱与广东高州炉青钱③（高州钱行盛漳、泉路），其价一文敌南直江、浙等二文。黄钱又分二等，四火铜④所铸曰金背钱，二火铜所铸曰火漆钱。

凡铸钱熔铜之罐，以绝细土末（打碎干土砖妙）和炭末为之（京炉用牛蹄甲，未详何作用）。罐料十两，土居七而炭居三，以炭灰性暖，佐土使易化物也。罐长八寸，口径二寸五分。一罐约载铜、铅十斤，铜先入化，然后投铅⑤，洪炉扇合，倾入模内。

凡铸钱模⑥以木四条为空框（图66）（木长一尺一寸，阔一寸二分）。土炭末筛令极细，填实框中，微洒杉木炭灰或柳木炭灰于其面上，或熏模则用松香与清油。然后以母钱百文（用锡雕成）或字或背布置其上。又用一框如前法填实合盖之。既合之后，已成面、背两框，随手覆转，则母钱尽落后框之上。又用一框填实，合上后框，如是转覆，只合十余框，然后以绳捆定。其木框上弦原留入铜眼孔，铸工用鹰嘴钳，洪炉提出熔罐，一人以别钳扶抬罐底相助，逐一倾入孔中。冷定解绳开框，则磊落百文，如花果附枝。模中原印空梗，

图 66　铸钱

图 67　锉钱

图 68　倭国造银钱

走铜如树枝样,挟出逐一摘断,以待磨锉成钱。凡钱先锉边沿,以竹木条直贯数百文受锉,后锉平面则逐一为之(图67)。

凡钱高低以铅多寡分,其厚重与薄削则昭然易见。铅贱铜贵,私铸者至对半为之。以之掷阶石上,声如木石者,此低钱也。若高钱铜九铅一,则掷地作金声矣。凡将成器废铜铸钱者,每火十耗其一。盖铅质先走,其铜色渐高,胜于新铜初化者。若琉球诸国银钱,其模即凿锲铁钳头上。银化之时入锅夹取,淬于冷水之中,即落一钱其内。图并具后(图68)。

[注释]

①工部分司主之:明代铸钱归工部,下设宝源局一类机构主管。②中国古代铸钱的原料一般是铜中加铅、锡,成为青铜钱。明嘉靖年间开始加入锌,成为真鍮(tōu)钱。③炉青钱:明朝北京工部所铸为黄钱,铜六锌四。高州府所铸青钱铜占50%,锌占41.5%,铅占6.5%,锡占2%。④四火铜:对铜每加一火,就是熔炼一次,则铜质纯度提高一次。⑤铅:指倭铅,即锌。⑥铸钱模:这里指锡制的钱模,也叫母钱。

[译文]

将铜铸成钱币是为了方便民众贸易往来使用,铜钱的一面铸有年号(国号)"某某通宝"四个字,由工部下属的专门机构主管这项工作。通行的铜钱十文相当于白银一分的价值。一个大钱的面值相当于普通铜钱的五倍或者十倍,发行大钱的弊病是容易导致私人铸钱,反过来会坑害百姓,所以,从中央到地方在发行一阵子大钱后,很快就停止流通。每铸造十斤铜钱,需要用到六七斤红铜和三四斤锌(北京把锌叫作水锡),这是大致的比例。锌每经高温加热一次就要损失四分之一。本朝(明朝)通用的铜钱中成色最好的是北京宝源局铸造的黄钱和广东高州府铸造的青钱（高州钱通行于福建漳州、泉州一带），这两种钱每一文等于南直隶操江局和浙江铸造局铸造的铜钱二文。黄钱又分两等：用四火铜铸造的叫"金背钱"，用二火铜铸造的叫"火漆钱"。

铸钱时用来熔铜的坩埚是用最细的泥土粉（以打碎的干土砖粉最好）和木炭粉混合后制成（北京的坩埚还加入了牛蹄甲，不知道起什么作用）。每十两坩埚配料中，泥土粉占七两，木炭粉占三两，因为炭粉保温性能良好，与泥土粉相配合更容易使铜熔化。坩埚高八寸，口径二寸五分。一个坩埚大约可装入十斤铜、锌；冶炼时，先把铜放进坩埚中熔化，然后再加入锌，鼓风加大火力使它们熔合后，再把熔液倾倒注入模子里。

铸钱的模子是用四根木条构成空框（木条长一尺一寸，宽一寸二分）。用筛选过的极细的泥土面和木炭粉混合后填实在空框里，上面再撒上少许杉木炭粉或柳木炭粉，或者用燃烧松香和菜籽油的烟混合在一起烟熏模子。然后把一百枚母钱（用锡雕刻而成）要么按有字的正面，要么按无字的背面铺排在框面上。再拿一个木框按照上面所说的方法填实泥土面和木炭粉，对准前一个木框合盖上去。合盖好以后，就形成了铸钱的底、面两个框模，接着，随手翻转，揭开前框，全部母钱就脱落在后框上面了。再用另一个已经填实的木框合盖在后框上，照样翻转。如此反复，做成十几套框模，最后把它们叠放在一起，用绳索捆绑固定住。木框的上边缘原来留了灌注铜液的孔眼，铸工用鹰嘴钳把熔铜坩埚从炉里提出来，另一个人用一只铁钳托扶着坩埚底部，两人共同协作把铜液一一注入模子里。冷却以后，解下绳索打开框模，就会看到密密麻麻的上百个铜钱，仿佛结在树枝上的累累果实一样呈现出来。模里原来留出的铜液通路，在经过铜水流过以后已经凝固成树枝状的铜条网络了，把它夹出来，将铜钱逐个摘下，等待进一步磨锉加工。先要锉铜钱的边沿，方法是用竹条或木条将几百个铜钱穿在一起磨锉，然后再逐个锉平铜钱表面不太规整的地方。

铜钱成色的好坏靠含锌量的多少来辨别区分，从外在质量看，只需要弄清楚铜钱的轻重厚薄，而这是显而易见的。由于锌价值低贱但铜价值昂贵，那些私铸铜钱的人甚至将铜、锌对半配比铸造伪钱。将这种钱扔到石头台阶上，发出像木头或石块落地的声响，表明成色很低。如果是成色好的铜钱，铜与锌的比例为九比一，把它扔在地上，会发出清脆的金属声。用废铜器铸造铜钱，每熔化一次会损耗十分之一的分量。因为熔化时，其中的锌会先行挥发掉一些，从而使铜的含量逐渐提高，这样所铸铜钱的成色反而比新铜首次铸成的铜钱要好。至于琉球各国铸造的银币，是把模子直接刻在铁钳头上。银熔化时，把钳子头伸进坩埚夹取银液，提出来在冷水中淬火后，一块银币就落在水里了。可以参见插图。

○附：铁钱

铁质贱甚，从古无铸钱。起于唐藩镇魏博①诸地。铜货不通，始冶为之，盖斯须②之计也。皇家盛时，则冶银为豆③，杂伯④衰时，则铸铁为钱，并志博物者感慨。

[注释]

①魏博：唐末藩镇有魏博节度使，治所在今河北南部大名县。实际上，铁钱的铸造始于汉公孙述，梁武帝时也曾铸造，都早于唐代。②斯须：很短的时间，须臾。③冶银为豆：用白银铸成豆子。宫中将银豆撒在地上，让宫女、宦官争抢，以此取乐。④杂伯：伯即霸，指大大小小的割据政权。

[译文]

铁这种金属价值十分低贱，自古以来没有人用铁来铸钱。铁钱最早出现在唐朝的魏博藩镇地区。由于当时无法买到铜金属，迫不得已只好用铁来铸钱，那只不过是权宜之计罢了。在皇室兴盛的时候，曾经用白银铸成豆子来玩耍取乐；等到藩镇割据、国家衰落的时候，就连低贱的铁也被用来铸钱。把这个掌故一并记在这里来表达博物广识者的感慨吧。

锤锻第十

宋子曰：金木受攻而物象曲成。世无利器，即般、倕①安所施其巧哉？五兵②之内、六乐③之中，微钳锤之奏功也，生杀之机④泯然矣。同出洪炉烈火，大小殊形。重千钧者系巨舰于狂渊，轻一羽者透绣纹于章服。使冶钟铸鼎之巧，束手而让神功焉。莫邪、干将⑤，双龙飞跃⑥，毋其说亦有征焉者乎？

[注释]

①般、倕（chuí）：般：公输般，即鲁班；倕：相传为中国上古尧舜时代的一名巧匠，善于制作弓、耒、耜等。②五兵：一说为矢、殳（shū）、矛、戈、戟。这里泛指兵器。③六乐：一说指六种古代乐器，即钟、镈（bó）、镯、铙、铎、錞，这里泛指金属打击乐器。④生杀之机：生杀是五行相生相克的同义词。这里指金属加工过程中的火烧（生）、淬火（杀）等重要环节。⑤莫邪、干将：干将为春秋时吴国铸剑名师，莫邪是其妻子。二人铸两把宝剑，以干将、莫邪命名。这里泛指宝剑。⑥双龙飞跃：古时有宝剑化龙

或龙化宝剑的传说。

[译文]

宋夫子说：金属、木材经过加工处理之后，就成为各式各样的器物。假如世上没有得力的工具，即使有鲁班、倕这样的能工巧匠，又怎能施展他们的超凡技艺？制造各种各样的兵器和金属乐器，如果没有铁钳、锤子的帮助，根本无法制作成功。各种金属器物经过熔炉的烈火锻造而成，但它们的大小、形状却差异巨大。有重达千钧的大铁锚能够在狂风巨浪中系住大船，有轻如鸿毛的小铁针可以在礼服上绣出美丽的花纹。冶铸钟鼎的技巧与锤锻五金的神奇工艺相比，也相形见绌。古代锻造的莫邪、干将两把名剑，挥舞起来就如同双龙飞跃，这个传说大概有它的依据吧？

〇冶铁

凡冶铁成器，取已炒熟铁为之。先铸铁成砧①，以为受锤之地。谚云"万器以钳为祖"，非无稽之说也。凡出炉熟铁名曰毛铁。受锻之时，十耗其三为铁华、铁落②。若已成废器未锈烂者，名曰劳铁③，改造他器与本器，再经锤煅，十止耗去其一也。凡炉中炽铁用炭，煤炭居十七，木炭居十三。凡山林无煤之处，锻工先择坚硬条木烧成火墨④（俗名火矢，扬烧不闭穴火）。其炎更烈于煤。即用煤炭，也别有铁炭⑤一种，取其火性内攻、焰不虚腾者，与炊炭同形而有分类也。

凡铁性逐节黏合，涂上黄泥于接口之上，入火挥槌，泥滓成枵⑥而去，取其神气为媒合。胶结之后，非灼红斧斩，永不可断也。凡熟铁、钢铁已经炉锤，水火未济，其质未坚。乘其出火时，入清水淬之，名曰健钢、健铁。言乎未健之时，为钢为铁，弱性犹存也。凡焊铁之法，西洋诸国别有奇药。中华小焊用白铜末，大焊则竭力挥锤而强合之，历岁之久终不可坚。故大炮西番有锻成者，中国则唯恃冶铸也。

[注释]

①砧(zhēn)：锤锻铁器使用的底座。②铁华、铁落：锻铁时打出的铁屑。③劳铁：废铁。④火墨：坚硬的木炭。⑤铁炭：火焰低的碎煤。⑥枵(xiāo)：空虚。这里可理解为消失。

[译文]

锻造铁器需要用由生铁炒成的熟铁为原料。先将铁铸成砧子，作为承受锤打的底座。俗话说"万器以钳为祖"，并非无稽之谈。刚出炉的熟铁被称为"毛铁"。锻打时会损耗三成，变成铁花、铁渣。用过的废品还没有生锈烂坏的铁器叫作"劳铁"，可以拿来做成别的器物或者恢复原状，再经过锤锻时只会损耗十分之一。炉中所用的熔铁燃料，煤炭约占十分之七，木炭约占十分之三。山区没有煤的地方，锻工先要选择坚硬的木条烧成火墨（俗名叫作"火矢"，它燃烧时不会变为碎末堵塞通风口）。火焰比煤更加猛烈。即使使用煤炭，也还另有一种铁炭，主要是利用它燃烧起来火焰向内、火势不虚散但温度却很高的特点，它的外形与一般烧饭所用的煤相似，但是用途大不一样。

把铁一节一节接合起来的话，须得在接口处涂上黄泥，再放进火里烧红后立即锤打，将泥渣全部打去，通过黄泥中的"气"作为接合的媒介。经过锤合之后的铁器如果不是烧红再用斧子砍的话，是永远不会断开的。熟铁、钢铁经烧红锤锻后，由于水火的作用还没有完全配合起来，所以质地还不够坚韧。趁它们出炉的时候，将烧红的铁器放进清水里淬火，就成了人们所说的"健钢"和"健铁"。这也就是说，钢铁在淬火之前，它的性质还是软弱的。焊接铁的方法，西洋各国另外使用一些特殊的焊接材料。中国在焊接小件时用白铜粉作为焊粉，进行大件焊接时只有竭尽全力挥锤敲打强行接合焊件，这种方法焊接的铁器使用时间长了，接口终究脱焊而不牢固了。因此，在西方只有部分大炮是锻造的，而在中国，大炮只能靠铸造而成。

○斤、斧

凡铁兵薄者为刀剑，背厚而面薄者为斧斤。刀剑绝美者以百炼钢包裹其外，其中仍用无钢铁为骨。若非钢表铁里，则劲力所施即成折断。其次寻常刀斧，止嵌钢于其面。即重价宝刀，可斩钉截铁者，经数千遭磨砺，则钢尽而铁现也。倭国刀背阔不及二分许，架于手指之上不复欹倒，不知用何锤法，中国未得其传。

凡健刀斧皆嵌钢、包钢，整齐而后入水淬之。其快利则又在砺石成功也。凡匠斧与椎，其中空管受柄处，皆先打冷铁为骨，名曰羊头，然后热铁包裹，冷者不沾，自成空隙。凡攻石椎，日久四面皆空，熔铁补满平填，再用无弊。

[译文]

铁制的兵器之中，厚度薄的是刀、剑，背厚而刃薄的是斧、刀。最好的刀、剑表面包了百炼钢，内部仍然用熟铁做骨架。如果不是钢面铁骨，用力太猛就会折断。再者，平时使用的刀、斧，只需要把钢嵌在刃口上。即使是能够斩钉截铁的昂贵宝刀，经过几千次的磨砺以后，也会把钢磨尽，露出铁来。日本国出产的刀，刀背不到两分宽，架在手指上却不会倾倒，不知道是用什么方法锻造出来的，这种技术目前还没有传入中国。

经过热处理的刀、斧，都嵌钢或者包钢，收拾整齐以后再放进水里淬火。它锋利与否，全靠在磨石上下功夫。锻工使用的斧、铁椎上安装木柄的中空管子，需要先锻打冷铁模作为骨心，这叫作"羊头"，然后将烧红的铁包在这条铁模上敲打，由于冷铁模不会粘住热铁，取出铁模后，自然形成空管。打石用的椎子使用时间长了四面都会凹陷下去，这时只需要用熔铁水补平凹陷处以后，就可以放心使用了。

○锄、镈

凡治地生物，用锄、镈①之属，熟铁锻成，熔化生铁淋口②，入水淬健，即成刚劲。每锹、锄重一斤者，淋生铁三钱为率，少则不坚，多则过刚而折。

[注释]

①镈：古代一种锄草用的农具，宽口锄。②在熟铁件的刃部淋上一层生铁，经过冷锤、淬火后刃部更加坚硬耐磨。这种方法是中国金属加工技术的创举。

[译文]

整治土地、种植庄稼都要使用锄、镈一类的农具，这些农具首先用熟铁锻打成形，再将熔化的生铁水淋在锄口上，入水淬火之后，就变得坚硬、有韧性。锻造的农具最佳比例是每重一斤锹、锄，需淋三钱生铁，生铁淋得少则不够刚硬，淋多了又会过于硬脆反而容易折断。

○锉

凡铁锉①纯钢为之，未健之时钢性亦软。以已健钢錾②划成纵斜纹理，划时斜向入，则纹方成焰③。划后烧红，退微冷，入水健。久用乖平④，入火退去健性，再用錾斩划。凡锉开锯齿用茅叶锉⑤，后用快弦锉⑥。治铜钱用方长牵锉，锁钥之类用方条锉，治骨角用剑面锉（朱注所谓锶锡⑦）。治木末则锥成圆眼，不用纵斜文者，名曰香锉（划锉纹时，用羊角末和盐醋先涂）。

[注释]

①锉（chā）：即锉，使工件平滑的工具。②錾（zàn）：凿金石用的工具。③焰：火焰状花纹。④乖平：磨损。⑤茅叶锉：三角锉。⑥快弦锉：半圆锉。⑦朱熹《大学》注"如切如磋"云："磋以锶锡。"锶锡（lù tāng）：锶是磋磨骨角铜铁等使之光滑的工具；锡是古代磨木使平的石制器具。

[译文]

锉刀是由纯钢制成的，在尚未淬火之前，锉坯的质地仍然比较软。先用经过淬火的硬钢錾子在锉的表面开出一排排的纵纹、斜纹，在刻画锉纹的时候要斜着进刀，使得刻出纹理锋芒呈现出火焰似的形状。刻好纹理后再将锉刀烧红，取出来稍微冷却一下，就要放进水中淬火，锉刀就制成了。锉刀长时间使用后，锉纹便会被磨平，这时应先退火使钢质变软，然后再用錾子开出新的纹沟。各种锉刀用处各异：开锯齿要用茅叶锉，然后再用快弦锉。加工铜钱选用方长牵锉，加工锁头、钥匙之类要用方条锉，加工骨角选用剑面锉（也就是朱熹在《大学》注里提到的所谓"锶锡"）。加工木器则用香锉，香锉面没有纵纹、斜纹，而是锥上许多圆眼（开凿锉纹时，要先将羊角粉、盐、醋拌和，涂上锉面后再凿）。

○锥

凡锥熟铁锤成,不入钢和。治书编之类用圆钻,攻皮革用扁钻。梓人①转索通眼、引钉合木者,用蛇头钻。其制颖②上二分许,一面圆,二面剡入,傍起两棱,以便转索。治铜叶用鸡心钻,其通身三棱者名旋钻,通身四方而末锐者名打钻。

[注释]

①梓人:泛指木工。②颖:尖利的钻头。

[译文]

锥子用熟铁锤打制成,其中不需要掺入钢。装订书籍之类的东西用圆钻,穿缝皮革用扁钻。木工转绳钻孔以便打钉子拼合木板时用的是蛇头钻。蛇头钻的钻尖长二分,一面为圆弧形,两面挖出空位,旁边有两个棱角,在蛇头钻转动时更容易钻入。钻铜片用鸡心钻,钻身上带三条棱的叫作旋钻,钻身带四条棱、末端尖锐的叫作打钻。

○锯

凡锯熟铁锻成薄条,不钢,亦不淬健。出火退烧后,频加冷锤坚性,用鎈开齿。两头衔木为梁,纠篾张开,促紧使直。长者刮木,短者截木,齿最细者截竹。齿钝之时,频加鎈锐而后使之。

[译文]

制作锯条时,先把熟铁锻打成薄铁条,锻造过程中既不掺钢,也不淬火。把薄铁条烧红取出来退火以后,在冷却状态下不断锤打,增强它的坚韧性,然后用锉刀开齿。使用时,锯条两端用短木柄作为锯把,锯的中间连接一条横梁，用竹篾片纠绞撑直锯条。长锯用来剖开木料，短锯用来截断木料，锯齿最细的锯子用来锯断竹子。锯齿磨钝了的时候，不断用锉刀将一个个锯齿锉得锋利，然后可以继续使用。

○刨

凡刨磨砺嵌钢寸铁，露刃秒忽①，斜出木口之面，所以平木，古名曰准。巨者卧准露刃，持木抽削，名曰推刨，圆桶家使之。寻常用者横木为两翅，手执前推。梓人为细功者，有起线刨，刃阔二分许。又刮木使极光者名蜈蚣刨，一木之上，衔十余小刀，如蜈蚣之足。

[注释]

①秒忽：古代以万分之一寸为一秒，十分之一秒为一忽。秒忽即指很短。

[译文]

制作刨子时，将一块一寸宽的嵌钢铁片磨得锋利，斜向插入木制刨口中，露出一点点刃口，用来刨平木料，古代被叫作准。大的刨子是反卧露出点刃口，木工手持在它的刃口上来回推拉抽削，这种刨子叫作推刨，做圆桶的木工经常使用。平常用的刨子则是在刨身穿上一条横木，如同两翼，木工手握横木两端往前推刨。细木工还会使用起线刨，这种刨子的刃口宽二分多。还有一种被叫作蜈蚣刨的刨子，能把木料表面刮得极其光滑，它的刨壳上装有十几个小刨刀，就像蜈蚣的脚。

○凿

凡凿熟铁锻成，嵌钢于口，其本空圆，以受木柄（先打铁骨为模，名曰羊头，杓柄同用）。斧从柄催①，入木透眼，其末粗者阔寸许，细者三分而止。需圆眼者则制成剜凿为之。

[注释]

①催：同"锤"，敲打。

[译文]

凿子是用熟铁锻造制成的，刃口嵌了钢，凿身是一截圆锥形的中空铁管，便于安装进木柄（制造凿子时，要先打一段圆锥形的铁骨做模，这叫羊头，制作铁勺柄的方法与此相同）。用斧头敲击凿柄，凿子的刃头就能很容易地钻入木料，凿透成孔，凿子刃宽的有一寸多，窄的约有三分。如果要凿圆孔，还需另外制造弧形刃口的剜凿才能方便加工。

○锚

凡舟行遇风难泊，则全身系命于锚。战船、海船有重千钧者。锤法先成四爪，依次逐节接身（图69）。其三百斤以内者，用径尺阔砧，安顿炉旁，当其两端皆红，掀去炉炭，铁包木棍夹持上砧。若千斤内外者则架木为棚，多人立其上共持铁链。两接锚身，其末皆带巨铁圈链套，提起捩①转，咸力②锤合。合药不用黄泥，先取陈久壁土筛细，一人频撒接口之中，浑合方无微罅③。盖炉锤之中，此物其最巨者。

图69　锤锚图

[注释]

①捩（liè）：扭转。②咸力：全力，合力。③罅（xià）：缝隙。

[译文]

每当船只在航行遇到大风难以靠岸停泊的时候，船体的安全就完全依靠锚了。战船、海船所用的锚有些重量超过万斤。它的锻造方法是先锤打好四个铁锚爪，再逐个将锚爪接合在锚身上。锻造三百斤以内的铁锚，先在炉旁安放一座直径一尺的砧子，当工件两端的接口都已烧红的时候，就掀去炉炭，用包着铁皮的木棍把它们夹到砧子上锤打接合。如果是一千斤左右的铁锚，则先要搭建一个木棚，让许多人都站在棚上，一齐握住铁链。铁链的另一端套住锚身两端的大铁环，把锚吊举起来，按需要使它转动，众人合力把锚爪逐个锤合上去。黏合锚爪、锚身用的黏合剂不是黄泥，而是细细筛过的旧墙泥土，由一个人将土不断地撒在接口上，一起与工件锤合，接口就不会产生微隙了。在炉锤工序中，只有锚算是最大的锻造物件了。

○针

凡针，先锤铁为细条。用铁尺^①一根，锥成线眼，抽过条铁成线，逐寸剪断为针（图70）。先鎈其末成颖，用小槌敲扁其本，钢锥穿鼻，复鎈其外。然后入釜，慢火炒熬。炒后以土末入松木火矢^②、豆豉三物掩盖^③，下用火蒸。留针二三口插于其外，以试火候。其外针入手捻成粉碎，则其下针火候皆足。然后开封，入水健之。凡

图70　抽线琢针图

引线成衣与刺绣者,其质皆刚。惟马尾刺工④为冠者,则用柳条软针。分别之妙,在于水火健法云。

[注释]

①铁尺:拉丝模具。铁尺上钻出小圆孔,将细铁条通过小孔拉成细铁丝。②松木火矢:松木炭粉。③这里指生铁丝热处理时所用的固体渗碳剂,铁针经过渗碳,成为钢针。④马尾刺工:福建马尾的刺绣工。

[译文]

造针的时候先要将铁片锤打成细铁条。另外在铁尺上钻出小孔作为过线眼,然后将细铁条从线眼中抽出,拉成铁线,再一寸挨一寸地把铁线剪断成为针坯。然后将针坯的一端锉为针尖,用小槌把另一端锤扁,用硬锥钻出针鼻,又把针的周围锉磨平整。这时再把针坯放进锅里,用慢火炒。炒过之后,再拿泥土粉、松木炭粉和豆豉三种混合物掩盖,下面用火蒸烤。留出两三根针插在外面用以观察火候。当留在外面的针已经氧化到能用手捻成粉末之时,表明被盖住的针火候已经到了。然后开封,放入水中淬火,针便做好了。凡是用来缝衣服和刺绣的针,质地都比较硬。只有福建马尾的刺工缝帽子所用的针不一样,用的是柳条软针。区别针的质地软硬的诀窍就是火炒、淬火方法的不同。

○治铜

凡红铜升黄①而后熔化造器,用砒升②者为白铜器,工费倍难,侈者事之。凡黄铜原从炉甘石升者,不退火性受锤。从倭铅升者,出炉退火性,以受冷锤。凡响铜③入锡掺和(法具《五金》卷)成乐器者,必圆成无焊。其余方圆用器,走焊④、炙火粘合。用锡末

图71 锤钲与镯图

者为小焊,用响铜末者为大焊(碎铜为末,用饭粘合打,入水洗去饭,铜末具存,不然则撒散)。若焊银器,则用红铜末。

凡锤乐器,锤钲⑤(俗名锣)不事先铸,熔团即锤。锤镯⑥(俗名铜鼓)与丁宁⑦,则先铸成圆片,然后受锤。凡锤钲、镯皆铺团于地面(图71)。巨者众共挥力,由小阔开,就身起弦声,俱从冷锤点发。其铜鼓中间突起隆泡,而后冷锤开声。声分雌与雄⑧,则在分厘起伏之妙。重数锤者,其声为雄。凡铜经锤之后,色成哑白,受鎈复现黄光。经锤折耗,铁损其十者,铜只去其一。气腥而色美,故锤工亦贵重铁工一等云。

[注释]

①红铜升黄:纯铜(红铜)加炉甘石(含碳酸锌)或者锌之后炼的铜

锌合金是为黄铜。黄，黄铜。②砒（pī）升：加砒霜冶炼。③响铜：制乐器用的铜。④走焊：锻焊。⑤钲（zhēng）：古代乐器，形状像钟，带有长柄，不是锣。但附图中显示的是锣。⑥镯：古代乐器，形似小钟。⑦丁宁：古时行军用的铜钲。⑧声分雌与雄：雌声指高音调，雄声为低音调。铜片打薄了，声音就低。

[译文]

红铜要加炉甘石才能炼成黄铜，再经熔化才能制造成各种器物；如果加入砒霜等配料冶炼，可以制作白铜器，但是白铜制作成本很高，只有奢侈的人家才会用到。凡是由炉甘石升炼而成的黄铜，熔化后要趁热锤敲。如果是加入锌升炼成的黄铜，则要在熔化后经过冷却才能锤打。铜和锡的合金（制法详见本书《五金》卷）是响铜，可以用来制造乐器，但必须要用完整的响铜块加工，不能由几部分工件焊接而成。至于别的方形、圆形的铜器，则可以用走焊或者加热来黏合。小工件用锡粉做焊料焊接，大工件则要用响铜做焊料来焊接（把铜打碎加工为粉末，要用米饭粒黏合后再舂打，打成以后洗掉饭渣，铜粉能留下来，假如不用米饭黏合的话，舂打时铜粉就会四处飞散）。如果焊接银器，则要用红铜粉做焊料。

锻造乐器的时候，锻造的是钲（俗名叫锣）就不必经过铸造，直接将物料熔成一团之后锤打即可。锻造的是镯（俗名叫铜鼓）和丁宁，则要先铸成圆铜片，然后再进行敲打。无论是锤钲还是锤镯，都要把铜料铺在地面上锤打。大的铜料要多人一起锤打，铜料由小逐渐延展开来，冷锤锤打时，会从被锤件那里发出类似于弦乐的声音。在铜鼓中心要打出突起的圆泡，然后再用冷锤定音。声音分为高低两种，关键在于掌握好圆泡的厚薄深浅及锤打力度大小这样一系列细微的差别。重打数锤的声调比较低,而轻打数锤的声调比较高。铜乐器经过敲打以后,表层变成哑白色没有光泽,但是经过锉工加工之后又恢复了黄色,呈现了光泽。锤打铜料时的损耗量,是锤铁损耗量的十分之一。铜有腥味而且色泽美观,所以说铜匠手艺收入要比铁匠高出一等。

陶埏①第十一

宋子曰:水火既济②而土合。万室之国,日勤千人而不足③,民用亦繁矣哉。上栋下室以避风雨④,而瓴建⑤焉。王公设险以守其国,而城垣雉堞⑥,寇来不可上矣。泥瓮坚而醴酒⑦欲清,瓦登⑧洁而醯醢⑨以荐。商周之际,俎豆⑩以木为之,毋亦质重之思耶⑪。后世方土效灵,人工表异,陶成雅器,有素肌、玉骨⑫之象焉。掩映几筵,文明可掬,岂终固哉⑬?

[注释]

①陶埏(shān):指陶人把陶土放入模型中制成陶器。出自《荀子·性恶》:"夫陶人埏埴而生瓦,然则瓦埴岂陶人之性也哉?"②水火既济:出自《易·既济》:"水在火上,既济。"这里的意思是经过水和火的交互作用,黏土凝固成器。③"万室之国"二句:出自《孟子·告子下》:"万室之国一人陶,则可乎?"引用时变一人为千人。意思是说:万户之国,各方面的事务很繁多,就是每天有一千个人在忙碌,也仍然不够用。④上栋下室以避风雨:出自《易·系辞下》:"上古穴居而野处,后世圣人易之以宫室,上栋下宇以待风雨。"这里指屋瓦的功能。⑤瓴建:《史记·高祖本纪》:"譬

犹居高屋之上建瓴水也。"瓴,本指盛水瓦器,这里指瓦。⑥雉堞（dié）:即女儿墙,城墙上突起砖砌的呈锯齿状的矮墙。⑦醴（lǐ）酒:甜酒,酒精含量一般在4%左右,可以说是中国古代的啤酒。⑧瓦登:指古代盛食物的高脚器皿。⑨醯醢（xī hǎi）:醯,即醋;醢,肉鱼所做的酱。这里泛指祭祀时所用的调料和食物。⑩俎（zǔ）豆:盛食物的豆。豆,高脚器皿。⑪毋亦质重之思耶:莫非是考虑到其质地的重厚吗？⑫素肌、玉骨:这里形容瓷器洁白无瑕。⑬文明可掬,岂终固哉:可掬,多得可以用手来捧。这里是说文明不断进步,旧的观念岂是可以永远固守的？意指瓷器取代木器。

[译文]

宋夫子说:通过水与火交互协调作用,泥土可以牢固地结合起来成为各种器物供人使用。在方圆有上万户居住的地方,即使每天有成千人辛勤地制作陶器还是供不应求,表明民间日用的需求量真是太大了。修建各种房屋遮蔽风雨,就要用到砖瓦。王公为了设置险阻保卫国家,就要用砖来建造城墙和女儿墙,使来犯之敌攻不上来。坚实的泥瓮能使存放的甜酒保持清香,洁净的高足器正好用来盛放献祭的醋和肉酱。商周时代祭祀的礼器用木料制造,莫非是考虑到其质地的重厚吗？后来,各个地方都发现了各具特色的陶土和瓷土,技术进步日新月异,制成了优美洁雅的陶瓷器皿取代了木制品,这些瓷器有的颜色洁白如肌肤,有的质地光滑如玉石。摆设在桌子、茶几或宴席上的器物以其美丽的花纹、光亮的色彩交相辉映,让人爱不释手,这难道仅仅是因为它们坚固耐用吗？

○瓦

凡埏泥①造瓦，掘地二尺余，择取无沙粘土而为之。百里之内必产合用土色，供人居室之用。凡民居瓦形皆四合分片。先以圆桶为模骨，外画四条界（图72）。调践熟泥②，叠成高长方条。然后用铁线弦弓，线上空三分，以尺限定，向泥不（dūn）平戛一片，似揭纸而起，周包圆桶之上。待其稍干，脱模而出，自然裂为四片（图73）。凡瓦大小若无定式，大者纵横八九寸，小者缩十之三。室宇合沟中，则必需其最大者，名曰沟瓦，能承受淫雨不溢漏也。

凡坯既成，干燥之后，则堆积窑中，燃薪举火。或一昼夜或二昼夜，视窑中多少为熄火久暂。浇水转釉（音右）与造砖同法。其垂于檐端者有"滴水"，下于脊沿者有"云瓦"，瓦掩覆脊者有"抱同"，

图72 造瓦

图73 瓦坯脱桶

镇脊两头者有鸟兽诸形象。皆人工逐一做成，载于窑内，受水火而成器则一也。

若皇家宫殿所用，大异于是。其制为琉璃瓦③者，或为板片，或为宛筒。以圆竹与斫木为模，逐片成造。其土必取于太平府④（舟运三千里方达京师。参沙之伪，雇役、捹船之扰，害不可极。即承天皇陵⑤亦取于此，无人议正）造成，先装入琉璃窑内，每柴五千斤烧瓦百片。取出，成色以无名异⑥、棕榈⑦毛等煎汁涂染成绿，黛赭石⑧、松香、蒲草⑨等涂染成黄。再入别窑，减杀薪火，逼成琉璃宝色。外省亲王殿与仙佛宫观间亦为之，但色料各有配合，采取不必尽同。民居则有禁也。

[注释]

①埏泥：以水和泥。②调践熟泥：用脚和熟陶泥。③琉璃瓦：施有绿、蓝、黄等色釉料的瓦，专门用于宫殿、寺庙等建筑物。④太平府：今安徽当涂。⑤承天皇陵：明宪宗第四子，明世宗（嘉靖）父亲朱祐杬的坟墓，在今湖北安陆。⑥无名异：含有二氧化锰、氧化钴的矿土，可做釉料。⑦棕榈：棕榈科常绿乔木。⑧黛赭石：也叫作赭石或代赭石，主要成分为三氧化二铁，另含有镁、铝、硅等杂质。⑨蒲草：香蒲科草本香蒲草。

[译文]

揉合黏土制造瓦片，要在地上挖出两尺多深的坑，从中选出不含沙子的黏土作原料。方圆百里的范围内，一定会有适合制造瓦片的黏土，供人们用来建造房屋。一般民房用瓦的瓦坯都是由四片合在一起，再分成单片成型的。先用圆桶做成模子，圆桶外面画出四条等分界线。用脚踩拌黏土，和成熟泥，堆成一定厚度的长方形泥墩。然后用一根铁线制成的弦弓平拉切割泥墩块，铁弦不超过一尺，从泥墩上割出一片三分厚的陶泥，像揭纸张那样把它揭起来，将这块泥片包裹在圆桶的外壁上。等它稍微晾干一些以后，再将模子脱出来，自然裂成四片瓦坯。瓦的大小没有一定之规，大的长宽都有八九寸，小的则缩小十分之三。屋顶的排水沟必须使用被称为"沟瓦"的最大的瓦片，只有这样才能承受连绵的大雨而不会溢漏。

瓦坯造成，完全干燥之后，就把它们堆砌在窑里，点燃柴火烧。有的烧一天一夜，也有的烧两天两夜，这要看瓦窑里瓦坯的具体数量来确定停火时间的早晚。火熄灭后，马上在窑顶浇水使瓦片呈现出蓝黑色的光泽，方法与烧制青砖一样。垂在房檐前端的瓦叫作"滴水"，用在屋脊两边的瓦叫作"云瓦"，覆盖屋脊的瓦叫作"抱同"，装饰屋脊两头的是各种陶鸟陶兽。这些都是靠人工一片一片做成后，放进窑里烧制而成，所用的水和泥，用火烧制成器物与普通瓦一样。

至于皇家宫殿所用瓦的制作方法，与民间日常所用则大不相同。例如制作琉璃瓦，有的是板片形，有的是半圆筒形。其都是先用圆竹筒或木头块做成模型，然后逐片制造而成。造琉璃瓦所用的黏土只能取自太平府（走水路用船运输三千里，才能到达北京。承运的官员有掺沙作伪的，有强雇民工、抢夺民船的，凡此种种扰民，危害极为严重。甚至修建承天皇陵也要用这种土，但是没有人敢提议来纠正），瓦坯造成后，装入琉璃窑内，每烧一百片瓦要用五千斤柴。烧成功后取出来，涂上釉色，用无名异、棕榈毛等熬制的颜料能涂成绿色，用黛赭石、松香和蒲草等颜料能涂成黄色。然后再装入另一座窑中，减少燃料，用较低的窑温慢慢烧成带有琉璃光泽的亮丽色彩。外省的亲王宫殿和佛寺道观，也有用琉璃瓦的，但各地都有自己的色釉配方，制作方法也不一定相同。民间的房屋则禁止用琉璃瓦。

○砖

凡埏泥造砖，亦掘地验辨土色，或蓝或白，或红或黄（闽、广多红泥，蓝者名"善泥"，江浙居多），皆以粘而不散、粉而不沙者为上。汲水滋土，人逐数牛错趾[①]，踏成稠泥。然后填满木框之中，铁线弓戛平其面，而成坯形（图74）。

凡郡邑城雉、民居垣墙所用者，有眠砖[②]、侧砖[③]两色。

图74 泥造砖坯

眠砖方长条，砌城郭与民人饶富家，不惜工费，直叠而上。民居算计[④]者，则一眠之上施侧砖一路，填土砾其中以实之，盖省啬之义也。凡墙砖而外，甃地[⑤]者名曰方墁砖。榱桷[⑥]用以承瓦者曰楻板砖。圆鞠[⑦]小桥梁与圭门[⑧]与窀穸[⑨]墓穴者曰刀砖，又曰鞠砖。凡刀砖削狭一偏面，相靠挤紧，上砌成圆，车马践压不能损陷。造方墁砖，泥入方框中，平板盖面，两人足立其上，研转而坚固之，烧成效用。石工磨斫四沿，然后甃地。刀砖之直视墙砖稍溢一分，楻板砖则积十以当墙砖之一，方墁砖则一以敌墙砖之十也。

凡砖成坯之后，装入窑中，所装百钧[⑩]则火力一昼夜，二百钧则倍时而足。凡烧砖有柴薪窑，有煤炭窑。用薪者出火成青黑色，用煤者出火成白色。凡柴薪窑巅上偏侧，凿三孔以出烟。火足止薪之候[⑪]，泥固塞其孔，然后使水转釉（图75）。凡火候少一两则釉

图 75　砖瓦济水转釉窑　　　　图 76　煤炭烧砖窑

色不光。少三两则名嫩火砖，本色杂现，他日经霜冒雪，则立成解散，仍还土质。火候多一两则砖面有裂纹。多三两则砖形缩小拆裂，屈曲不伸，击之如碎铁然，不适于用。巧用者以之埋藏土内为墙脚，则亦有砖之用也。凡观火候，从窑门透视内壁，土受火精，形神摇荡，若金银熔化之极然，陶长[12]辨之。

凡转釉之法[13]，窑巅作一平田样，四围稍弦起，灌水其上。砖瓦百钧用水四十石。水神透入土膜之下，与火意相感而成。水火既济，其质千秋[14]矣。若煤炭窑视柴窑深欲倍之，其上圆鞠渐小，并不封顶。其内以煤造成尺五径阔饼，每煤一层，隔砖一层，苇薪垫地发火（图 76）。若皇居所用砖，其大者厂在临清，工部分司主之。初名色有副砖、券砖、平身砖、望板砖、斧刃砖、方砖之类，后革去半。运至京师，每漕舫搭[15]四十块，民舟半之。又细料方砖以甃正殿者，则由苏州造解⑯。其琉璃砖色料已载《瓦》款。取薪台基厂⑰，烧由黑窑⑱云。

[注释]

①错趾：足迹相错。②眠砖：平砌的砖。③侧砖：指砖砌体中，砖块条面朝下顶面外露的砖。④算计：考虑节省工本。⑤甃（zhòu）地：以砖铺地。⑥榱桷（cuī jué）：屋顶椽子。⑦圆鞠：即今之券拱。⑧圭门：圆拱门。⑨窀穸（zhūn xī）：即墓穴。⑩百钧：三十斤为一钧。百钧则为三千斤。⑪火足止薪之候：火候已足，停止添柴之时。⑫陶长：掌管砖窑的头目。⑬转釉之法：砖坯在窑内还原状态下烧结，再从窑顶浇水使其迅速变冷，从而形成坚固有釉光的青砖或青瓦。⑭其质千秋：其材质可上千年不坏。⑮漕舫：指运粮的漕船。搭：搭载、捎脚的意思。⑯造解：制造解运。⑰台基厂：在北京崇文门西。⑱黑窑：在北京右安门内，明代专为宫廷烧造砖瓦的官厂。

[译文]

团和泥土制造砖块，也要挖掘地下的黏土，对土的成色进行判别，黏土有蓝、白、红、黄几种土色（福建、广东多为红泥；蓝色土叫"善泥"，在江浙地区比较多），总的标准是以黏着不散，细腻无沙的黏土质量最好。先要打水浸润黏土，驱赶几头牛在泥上践踏，踩成稠泥。然后将稠泥填满木模子，用铁线弓刮平表面，脱去模子成为砖坯。

建筑郡县城墙和民房院墙所使用的砖有眠砖和侧砖两种。眠砖是长方条形，平卧铺砌，建筑郡县城墙和富人家的墙壁，往往不惜工本，全部用眠砖一块一块一直叠砌上去。一般精打细算的老百姓筑墙时，在一层眠砖上面砌两条侧砖，中间用土石瓦砾之类填满，这是为了节约费用。除墙砖以外，还有铺砌地面用的砖，叫方墁砖。铺在屋椽和屋桷斜枋上，用来承瓦的砖，叫楻板砖。砌圆拱形小桥、拱门和墓穴用的砖，叫刀砖，或者又叫鞠砖。刀砖在使用的时候要把一边削窄,相互紧密排列在一起,砌成圆拱形,即使车马践踏碾压也不会损坏坍塌。造方墁砖的时候,要将泥放进木方框中,上面盖一块平板,两个人站在平板上面踏转踩压,把泥压实,烧成后使用。先由石匠磨削方砖的四周,然后就能用来铺地。刀砖的价钱要比墙砖稍微贵一些,楦板砖价格只相当于墙砖的十分之一,方墁砖又要比墙砖贵十倍。

砖坯做好后就可以装入窑里烧制了,每装三千斤砖坯要烧一个昼夜,装六千斤则要烧两昼夜火候才够。烧砖时有的用柴薪窑,有的用煤炭窑。用柴烧成的砖呈青灰色,用煤烧成的砖呈浅白色。柴薪窑窑顶上偏侧面需凿出三个孔,用来出烟。当火候足够不需要继续烧柴时,就用泥封住出烟孔,然后在窑顶浇水,使砖变成青色。烧砖时,如果火力缺少一成,砖就会失去光泽。火力缺少三成,就会烧成嫩火砖,现出坯土的本色,日后一经风霜雪雨的侵蚀,会马上松散,重新变回泥土。如果火烧过了一成,砖面会出现裂纹;火烧过了三成,砖块会缩小拆裂、弯曲不直,一敲就碎,如同一堆烂铁,无法拿来砌墙。头脑灵活、懂得物尽其用的人会把砖渣埋在地里做墙脚,也算起到了砖的作用。烧窑时要注意观察火候,要从窑门一直往里看到内壁,砖坯受到高温的作用,看上去有些晃荡,就像金银熔化时的样子,这要靠有经验的陶工头来辨认掌握。

浇水转釉,使砖变成青灰色的方法,是在窑顶上堆砌一个平台,平台四边应该稍高一点,在上面浇水。每烧三千斤砖瓦要用水四十石。窑顶的水从窑壁里面渗透下来,与窑内的烈火相互作用。借助水火的配合,烧成坚实耐用的砖块。至于煤炭窑要比柴薪窑深一倍,窑顶的圆拱逐渐缩小,但不封顶。窑里面堆放直径一尺五寸的煤饼,每放一层煤饼,就添放一层砖坯,最下层垫上芦苇、柴草来引火烧窑。说到皇宫里使用的砖，生产大砖的工厂设在山东临清县，它是由工部设立主管督造砖块烧制的专门机构管理。最早砖的名色有副砖、券砖、平身砖、望板砖、斧刃砖及方砖等，后来有一半被取消了。将砖运到北京，按规定每只运粮船要搭运四十块，民船减半搭载。用来砌皇宫正殿的细料方砖是在苏州烧成后，再运到北京。琉璃砖的制作和釉料已在《瓦》那一节中记述了。据说，烧造琉璃砖用的是台基厂的柴草，在黑窑中烧制完成。

○罂、瓮①

凡陶家为缶②属，其类百千。大者缸瓮，中者钵盂，小者瓶罐，款制各从方土，悉数之不能。造此者必为圆而不方之器。试土寻泥之后，仍制陶车旋盘。工夫精熟者视器大小掐泥，不甚增多少③，两人扶泥旋转，一捏而就。其朝廷所用龙凤缸（窑在真定曲阳与扬州仪真④）与南直花缸，则厚积其泥⑤，以俟雕镂，作法全不相同。故其值或百倍或五十倍也。

凡罂缶有耳嘴者皆另为合上，以釉水涂粘（图77）。陶器皆有底，无底者则陕以西⑥炊甑用瓦不用木也。凡诸陶器精者中外皆过釉，粗者或釉其半体。惟沙盆、齿钵之类，其

图77 造瓶

中不釉，存其粗涩，以受研擂之功。沙锅、沙罐不釉，利于透火性以熟烹也。凡釉质料随地而生，江、浙、闽、广用者蕨蓝草⑦一味。其草乃居民供灶之薪，长不过三尺，枝叶似杉木，勒而不棘人（其名数十，各地不同）。陶家取来燃灰，布袋灌水澄滤，去其粗者，取其绝细。每灰二碗参以红土泥水一碗，搅令极匀，蘸涂坯上，烧出自成光色。北方未详用何物。苏州黄罐釉亦别有料。惟上用龙凤器则仍用松香与无名异也。

凡瓶窑烧小器，缸窑烧大器。山西、浙江省分缸窑、瓶窑，余省则合一处为之。凡造敞口缸，旋成两截，接合处以木椎内外打紧（图78），匜口⑧坛、瓮亦两截，接合不便用椎，预于别窑烧成瓦圈，如金刚圈形，托印其内，外以木椎打紧，土性自合。

凡缸、瓶窑不于平地，必于斜阜山冈之上，延长者或二三十丈，短者亦十余丈，连接为数十窑，皆一窑高一级（图79）。盖依傍山势，所以驱流水湿滋之患，而火气又循级透上。其数十方成陶者，其中若无重值物⑨，合并众力、众资而为之也。其窑鞠⑩成之后，上铺覆以绝细土，厚三寸许。窑隔五尺许，则透烟窗，窑门两边相向而开。装物以至小器，装载头一低窑，绝大缸瓮装在最末尾高窑。发火先从头一低窑起，两人对面

图78 造缸

图 79 瓶窑连接缸窑

交看火色。大抵陶器一百三十斤费薪百斤。火候足时,掩闭其门,然后次发第二火,以次结竟至尾云。

[注释]

①罂(yīng)、瓮:罂为小口大肚的陶瓷瓶;瓮为腹部较大的盛东西陶器。②缶属:罐状器皿。③不甚增多少:比器皿所用稍多一些。④真定曲阳与扬州仪真:真定曲阳,今河北曲阳县,旧属真定府;扬州仪真,今江苏仪征,旧属扬州府。⑤厚积其泥:其器之外壁多用陶泥加厚。⑥陕以西:陕县以西,即今陕西省地。⑦蕨蓝草:可能是羊齿科蕨属的凤尾草。⑧匝口:口部内缩。⑨重值物:贵重物品。⑩鞠:使弯曲的券造。

[译文]

陶坊制造腹大口小的器皿种类成百上千。大的有缸、瓮,中等的有钵、盂，小的有瓶、罐，各地的式样都不完全一样，难以一一列举。造出的这类陶器都是圆形，而非方形。调查了土质、选定了陶土之后，还要制造陶车旋盘。技术熟练的匠人根据将要制造陶器的大小取泥放上旋盘，不需要增添多少泥。两人配合扶泥、旋转陶车，用手一捏就做成了。朝廷使用的龙凤缸（窑设在真定府的曲阳和扬州府的仪真）和南直隶的花缸，器物的外壁要加泥造的厚实一些，为的是便于在上面雕镂刻花，这种缸的制法跟普通缸的制法完全不同。因此其价钱也要高出五十倍到一百倍。

罂和缶有嘴有耳，都是另外沾釉水粘贴结合上去。陶器都有底，没有底的只有陕县以西地区蒸饭用的甑，它用陶土烧成，而不是用木料制成。各种陶器里，那些制作精良的里外都会上釉，制作较粗的有些只上一半釉。只有沙盆、齿钵之类，里面不上釉，使内壁保持粗涩，方便研磨之用。沙锅、沙罐也不上釉，这样有利于热传导，煮熟食物。作陶釉的原料随处可见，江苏、浙江、福建、广东用的是一种蕨蓝草。这种草原是居民烧饭所用的燃料，长不过三尺，枝叶像杉树，捆缚它不会感到勒手（这种草有几十个名称，各地的叫法也不相同）。陶坊把蕨蓝草烧成灰，装进布袋里，然后灌水过滤澄清，除去粗的颗粒，只取用其中极细的灰末。每两碗灰末掺一碗红泥水，搅拌得十分均匀，成为釉料，将它蘸涂到坯料上，烧出后自然呈现釉的光泽。不知道北方用什么当釉料。苏州黄罐釉也用的是别的原料。只有上供朝廷用的龙凤缸仍然用松香和无名异作为釉料。

瓶窑用来烧制小件陶器，缸窑用来烧制大件陶器。山西、浙江等地将缸窑、瓶窑分开，其他各省的缸窑和瓶窑则合在一处。制造敞口缸时，要先转动陶车把泥坯旋成上下两截，然后再接合起来，接合处用木槌里里外外打紧实；制造小口的坛、瓮也是制成两截，再来接合，只是里面不方便槌打，于是事先在别的窑里烧制像金刚圈那样的瓦圈，用来承托内壁，外面用木椎打紧，两截泥坯自然黏合到一块儿了。

缸窑、瓶窑都没有建在平地上，而是必须建在山冈的斜坡上，长的窑有二三十丈，短的窑也有十多丈，几十个窑连接在一起，一个窑比一个窑高一级。这些窑依傍山势分布，既可以避免积水造成的潮湿危害，又可以使火力逐级向上渗透。几十个窑连接起来烧制的陶器，里面虽然没有什么值钱的器皿，但也是需要集合大量的人力物力才能做到。窑顶的圆拱砌成以后，要在上面铺一层约三寸厚极细的土。窑顶每隔五尺多要开一个透烟窗，窑门在两侧相向而开。小的陶件装入最低的窑，最大的缸、瓮则装在最后面最高的窑。烧窑先从第一个最低的窑烧起，两个人面对面观察火色。大概烧一百三十斤陶器，需要用一百斤柴。当第一窑火候足够之时，关闭窑门，再烧第二窑，就这样逐级烧窑，直到最后一窑为止。

○白瓷　附：青瓷

凡白土曰垩土，为陶家精美器用。中国出惟五六处，北则真定州、平凉华亭、太原平定、开封禹州，南则泉郡德化（土出永定，窑在德化）、徽郡婺源、祁门[①]（他处白土陶范不粘，或以扫壁为墁）。德化窑惟以烧造瓷仙、精巧人物、玩器，不适实用。真、开等郡瓷窑所出，色或黄滞无宝光。合并数郡，不敌江西饶郡[②]产。浙省处州丽水、龙泉两邑烧造过釉杯碗，青黑如漆，名曰处窑。宋、元时龙泉琉华山下，有章氏造窑，出款贵重，古董行所谓哥窑[③]器者即此。

若夫中华四裔驰名猎取者,皆饶郡浮梁景德镇之产也。此镇从古及今为烧器地,然不产白土。土出婺源、祁门两山:一名高梁山[④],出粳米土,其性坚硬;一名开化山[⑤],出糯米土,其性粢[⑥]软。两土和合,瓷器方成。其土作成方块,小舟运至镇。造器者将两土等分入臼舂一日,然后入缸水澄。其上浮者为细料,倾跌过一缸[⑦],其下沉底者为粗料。细料缸中再取上浮者,倾过为最细料,沉底者为中料。既澄之后,以砖砌方长塘,逼靠火窑,以借火力。倾所澄之泥于中吸干,然后重用清水调和造坯。

凡造瓷坯有两种,一曰印器,如方圆不等瓶、瓮、炉、盒之类,御器则有瓷屏风、烛台之类。先以黄泥塑成模印,或两破或两截,亦或囫囵。然后埏白泥印成,以釉水涂合其缝,烧出时自圆成无隙。一曰圆器,凡大小亿万杯、盘之类,乃生人日用必需,造者居十九,而印器则十一。造此器坯先制陶车(图80)。车竖直木一根,埋三尺入土内,使之安稳。上高二尺许,上下列圆盘,盘沿以短竹棍拨运旋转,盘顶正中用檀木刻成盔头帽其上。

凡造杯、盘无有定形模式,以两手捧泥盔帽之上,旋盘使转。拇指剪去甲,按定泥底,就大指薄旋而上,即成一杯碗之形(初学者任从作废,破坯取泥再造)。功多业熟,即千万如出一范。凡盔冒上造小杯者,不必加泥,造中盘、大碗则增泥大其冒,使干燥而后受功。凡手指旋成坯后,覆转用盔冒一印,微晒留滋润,又一印,晒成极白干,入水一汶(图81),漉上盔冒,过利刀二次(过刀时手脉微振,烧出即成雀口[⑧])。然后补整碎缺,就车上旋转打圈。圈后,或画,或书字,画后喷水数口,然后过釉。

凡为碎器[⑨]与千钟粟[⑩]与褐色杯等,不用青料。欲为碎器,利刀

图 80　造圆形瓷及过利

图 81　瓷器汶水

过后，日晒极热，入清水一蘸而起，烧出自成裂纹。千钟粟则釉浆捷点，褐色则老茶叶煎水一抹也（古碎器，日本国极珍重，真者不惜千金。古香炉碎器不知何代造，底有铁钉⑪，其钉掩光色不锈）。

凡饶镇白瓷釉，用小港嘴⑫泥浆和桃竹⑬叶灰调成，似清泔汁（泉郡瓷仙用松毛水调泥浆。处郡青瓷釉未详所出），盛于缸内。凡诸器过釉，先荡其内，外边用指一蘸涂弦，自然流遍（图82）。凡画碗青料总一味无名异（图83）（漆匠煎油，亦用以收火色）。此物不生深土，浮生地面。深者掘下三尺即止，各省直皆有之。亦辨认上料、中料、下料，用时先将炭火丛红煅过。上者出火成翠毛色，中者微青，下者近土褐。上者每斤煅出只得七两，中、下者以次缩减。如上品细料器及御器龙凤等，皆以上料画成。故其价每石值银二十四两，中者半之，下者则十之三而已。

图 82 瓷器过釉

图 83 打圈回青画

凡饶镇所用，以衢、信两郡⑭山中者为上料，名曰浙料。上高⑮诸邑者为中，丰城诸处者为下也。凡使料煅过之后，以乳钵极研（其钵底留粗，不转釉），然后调画水。调研时色如皂，入火则成青碧色。凡将碎器为紫霞色杯者，用胭脂打湿，将铁线纽一兜络，盛碎器其中，炭火炙热，然后以湿胭脂一抹即成。凡宣红器乃烧成之后出火，另施工巧微炙而成者，非世上朱砂能留红质于火内也（宣红元末已失传，正德中历试复造出）。

凡瓷器经画过釉之后，装入匣钵（装时手拿微重，后日烧出即成坳口，不复周正）。钵以粗泥造，其中一泥饼托一器，底空处以沙实之。大器一匣装一个，小器十余共一匣钵。钵佳者装烧十余度，劣者一二次即坏。凡匣钵装器入窑，然后举火。其窑上空十二圆眼，名曰天窗（图84）。火以十二时辰为足。先发门火十个时，火力从下攻上,然后天窗掷柴烧两时,火力从上透下。器在火中,其软如绵絮。以铁叉取一以验火候之足。辨认真足,然后绝薪止火。共计一坯工力,过手七十二方克成器,其中微细节目尚不能尽也。

[注释]

①这一句中的地名分别指:定州,原属真定府;平凉府华亭县;太原府平定州;开封府禹州;泉州府德化县;徽州府婺源县,今属江西;徽州府祁门县。②饶郡:江西饶州府,指浮梁县景德镇。以下简称饶镇。③哥窑:宋代人章生一、章生二兄弟在浙江龙泉所设的瓷窑。④高梁山:即高岭,所产的瓷土称为高岭土,质地坚硬。⑤开化山:在今安徽祁门,所产瓷土质地软而黏。⑥粢(zī):原指小米,泛指谷物。⑦倾跌过一缸:倾斜使缸水倒入另一缸中。⑧雀口:牙边。⑨碎器:即碎瓷,为宋代哥窑创制,是表面带有裂纹的瓷器品种。产生的原理是将坯体烘干,再沾水,涂上热膨胀系数比坯体大的釉。窑温下降,瓷面的釉层比坯体收缩快,于是出现自然的表面裂纹。⑩千钟粟:表面带有米粒状凸起的瓷器品种。⑪铁钉:在瓷器底部放置支撑坯体的底托留下的印迹。⑫小港嘴:景德镇附近的地名。⑬桃竹:可能是猕猴桃藤,亦即杨桃藤。⑭衢、信两郡:浙江衢州府、江西广信府。⑮上高:地名,与下文之丰城均在江西省。

图84 瓷器窑

[译文]

白陶土也叫作垩土，是陶坊用来制造精美瓷器的原料。我国只有五六个地方出产垩土：北方有真定府定州、平凉府华亭县、太原府平定州、开封府禹州；南方有泉州府德化县（垩土出自永定县，窑却设在德化县）、徽州府婺源县和祁门县（拿其他地方出产的白土来造瓷坯不易黏结，但能用来粉刷墙壁）。德化窑专门烧造瓷仙、精巧人物和玩具，但不实用。真定府、开封府瓷窑烧制的瓷器颜色发黄、暗淡，缺少光泽。上述所有地方的瓷器质量都没有江西饶州府出产的瓷器好。浙江丽水、龙泉两县烧制的带釉的杯、碗，色泽青黑如同青漆，被称为处窑瓷器。宋、元时期，龙泉县琉华山山脚下有章氏兄弟建的窑，所产瓷器极为名贵，这就是古董行所说的哥窑瓷器。

说到我国周边远近闻名、争相抢购的瓷器都是江西饶州府浮梁县景德镇的产品。景德镇自古以来都是烧造瓷器的驰名之地，然而当地却不出产白瓷土。白瓷土产自婺源和祁门两地的山上：一座名叫高梁山，出粳米土，土质坚硬；另一座名叫开化山，出糯米土，土质黏软。只有将两种白土配合在一起使用才能做成瓷器。两地将各自出产的白土分别做成方块，用小船运到景德镇。造瓷器的人取同等分量的两种瓷土放入臼里，舂捣一整天，然后再倒进缸内，用水澄清。浮在缸里上面的是细料，把细料倒入另一口缸中；下沉的是粗料。再从细料缸中取出浮在上面的部分倒出来是最细料，沉底的则是中料。澄清以后，先靠近火窑用砖砌成的长方形的塘，将澄过的泥倒入塘内，借助火窑的热力吸干水分。然后重新加入清水调和白土泥，制造瓷坯。

瓷坯有两种，一种叫作"印器"，制作外形有方有圆，如瓶、瓮、香炉、瓷盒之类的瓷器，宫中用的瓷屏风、烛台也属于这一类。先用黄泥塑成模印，模具要么左右对半分开，要么上下两截分开，还有的做成完整模型。将瓷泥放入模印制成瓷坯，再用釉水涂抹接缝处使两部分接合起来，烧出时自然外形圆满、完美无缝。另一种瓷坯叫作"圆器"，大大小小、数不胜数的杯、盘之类的器具都是人们日常生活的必需品，使用圆器制造的瓷器产量占了总量的十分之九，而印器只占十分之一。制造圆器的坯，要先做陶车。陶车上竖立一根直木，并埋入地下三尺，从而使车身稳固。露出地面部分高有二尺多，在上面一上一下安装两个圆盘，用小竹棍拨动盘沿，陶车便会旋转起来，另外用檀木刻成一个盔头戴在上盘的正中间。

塑造杯、盘形状没有固定的模式，用双手捧泥放在盔帽上，拨动圆盘让它转动起来。再用剪去指甲的拇指按住泥团的底部，使瓷泥沿着拇指向上旋转，延展变薄，于是就能捏塑成一个杯、碗的形状（初学者塑不成功就作废，坏了再取陶泥重新塑造）。功夫到家技艺熟练的匠人塑造成千上万个杯、碗都好像是用同一个模子印出来的那样一致。在盔帽上塑造小件瓷坯时，不必加泥，塑造中盘、大碗的时候，则要增加瓷泥扩大盔帽，等到泥坯晾干以后再进一步加工。用手指在陶车上旋成泥坯之后，把它翻过来扣在盔帽压印一下，稍微晾晒一会儿，趁着泥坯还保持湿润时，再压印一次，最后把它晒得非常干燥，表面呈白色，再放入水中沾一下，淬完水搁在盔帽上，用利刀刮修两次（手持利刀加工时必须非常稳定，如果稍有振动，烧成后的瓷器成品就会出现缺口）。瓷坯补齐了破损之处，修好以后，就放在陶车上旋转。随即在瓷坯上绘画、写字，喷上几口水，然后再去过釉。

在制造碎瓷、千钟粟和褐色杯等瓷器时，都不使用青釉料。制造碎瓷，在用利刀修整瓷坯以后，把它放在阳光下晒到极热，放入清水中蘸一下随即提起，涂上釉料，烧成后会自然呈现裂纹。千钟粟的花纹是用釉浆快速点染出来的，褐色杯则是用老茶叶煎的水一抹而成（日本人极为珍视中国古代制作的碎器，他们不惜重金购买真品。古代的香炉碎器，不知从哪个朝代开始制造，炉底有铁钉，钉头光亮不生锈）。

景德镇的白瓷釉是用小港嘴那里的泥浆和桃竹叶灰调和而成的，像澄清的淘米水（泉州府的瓷制仙人是用松毛灰和瓷泥调成的泥浆来上釉的。处州府的青瓷釉不知道用什么作原料），盛在瓦缸里。各种瓷坯上釉时，先要把釉水倒进泥坯里摇荡一遍以便挂釉，外面用手指蘸取釉水涂抹边沿，釉水自然从边沿流遍瓷坯全身。画碗的青花釉料只有无名异一种原料（漆匠熬炼桐油，也用无名异当着色剂）。无名异并没有埋藏在土层深处，而是潜藏在地表。向下挖土最多不超过三尺深就能得到，每个省份都有。也需要辨别上料、中料和下料，使用时要先将无名异用炭火煅烧。上料出火时呈现翠绿色，中料呈现微绿色，下料则接近土褐色。每煅烧无名异一斤，得到的上料只有七两，中料、下料依次减少。制造上等精细瓷器和皇帝御用的龙凤器等，都是用上料绘画烧成的。因此，上料无名异每担价值白银二十四两，中料只值上料的一半，下料只值上料的十分之三罢了。

饶州府景德镇所用的釉料中，以浙江衢州府、江西广信府两地山中出产的为上料，叫作浙料。江西上高等县出产的为中料，江西丰城等地出产的为下料。凡是经过煅烧的青花料要用乳钵研磨得极细（乳钵的内底部保持粗涩，不要上釉），然后再来调和画水。研磨调和画水呈现黑色，入窑经过高温煅烧就变成亮蓝色。要制造紫霞色的碎器杯，则先把胭脂石粉打湿，用铁线编成网兜，里面盛着碎器杯，放到炭火上炙烧，然后用湿胭脂石粉一抹就做好了。宣红瓷器则是烧成以后从窑里取出，另外通过巧妙的技术利用微火烧成，这种红色并不是那种朱砂在火中所留下来的颜色〔宣红器的制作方法在元朝末年已经失传，正德年间（1506—1521年）经过多次反复试验，又重新造了出来〕。

瓷坯经过画彩、上釉之后，装入匣钵之内（装时手拿着瓷坯，如果用力稍重，烧出的瓷器就会出现凹陷，不能复原）。匣钵是用粗泥制成，其中每一块泥饼托住一个瓷坯，底部空出的部分用沙子填满。大件的瓷坯一个匣钵只能装一个，小件的瓷坯一个匣钵能装十几个。质量好的匣钵可以反复装烧十几次，差的匣钵用一两次就坏了。把装满瓷坯的匣钵放入瓷窑后，点火烧窑。窑顶留有十二个圆孔，名叫天窗。窑火烧十二个时辰（二十四个小时）火候就足了。先从窑门点火，烧十个时辰（二十个小时），火力从下向上攻，然后从天窗向窑里投入柴火，再烧两个时辰（四个小时），火力从上往下透。瓷器在高温烈焰中像棉絮那样软。用铁叉取出一个样品，检验火候是否已经足够。经查火候已经足够，就不再添柴，停止烧窑。合计造一个瓷杯所费的工夫，需要经过七十二道工序才能完成，其中许多细节还没有叙述完全呢。

○窑变①、回青②

正德中，内使监造御器。时宣红失传不成，身家俱丧。一人跃入自焚，托梦他人造出，竟传窑变，好异者遂妄传烧出鹿、象诸异物也。又回青乃西域大青，美者亦名佛头青。上料无名异出火似之，非大青能入洪炉存本色也。

[注释]

①窑变：主要是指瓷器在烧制过程中，由于窑内温度发生变化导致其

表面釉色发生的不确定性自然变化，导致窑变的因素很多。②回青：是含钴的釉料，有两种。一种是从西域、南海进口的不含锰的钴矿石。元明时期，烧制宫中御瓷时常常使用。一种是国内出产的含锰的钴矿石，明代中期以后或者单独使用，或者与进口钴矿石混合使用。

[译文]

正德年间，皇宫中派出宦官监督制造御用瓷器。当时宣红瓷的制造工艺已经失传而无法造相应的瓷器来，因此承造瓷器的人都担心无法完成任务而使自己家破人亡。有一个人害怕皇帝治罪，跳入瓷窑自焚而死，他死后托梦教别人如何制造宣红瓷器，终于造成，于是人们竞相传说发生了"窑变"，好事之人更是胡编乱造说窑里烧出了鹿、大象等奇异动物。另外，回青本是产自西域的大青，优质的大青又叫佛头青。用上料无名异为釉料烧出瓷器的颜色与回青烧出的颜色相似，但这并不是说回青入瓷窑经过高温之后还能保持它本来的蓝色。

燔石①第十二

宋子曰：五行②之内，土为万物之母。子之贵者③，岂唯五金④哉？金与火相守而流，功用谓莫尚焉矣。石得燔而咸功⑤，盖愈出而愈奇焉。水浸淫而败物，有隙必攻，所谓不遗丝发者。调和一物以为外拒⑥，漂海则冲洋澜，粘甃则固城雉。不烦历候远涉⑦，而至宝得焉。燔石之功，殆莫之与京矣。至于矾现五色之形，硫为群石之将⑧，皆变化于烈火。巧极丹铅炉火，方士纵焦劳唇舌，何尝肖像天工之万一哉⑨!

[注释]

①燔（fán）石：烧石头。这里指对非金属矿石的烧炼。②五行：中国古代认为世间万物由金、木、水、火、土五种元素构成。③子之贵者：大地中所孕育的最宝贵的东西。④五金：古代以金、银、铜、铁、锡为五金，这里泛指各种金属。⑤石得燔而成功：石头被火烧过之后产生了同样的功用。⑥外拒：抵御外物的渗漏。⑦历候远涉：用了很久的时间长途跋涉。⑧《本草纲目》卷十一称"硫为群石之将"。⑨"巧极"三句：是说在炼鼎烧汞的过程中，炉火与矿石的相互作用已经巧妙到了极致，炼丹方士即使说得天花乱坠，也是无法表述大自然妙用的万分之一。

[译文]

宋夫子说：在水、火、木、金、土五行之中，只有土才是产生万物的根本。从土中产生的贵重物质中，怎能说只有金属这一类呢？金属和火相互作用从而熔化流动，神奇的功用无可比拟。然而非金属矿石经过烈火烧炼以后也同样如此，而且越变化越奇妙。水通过渗透浸湿能够破坏东西，凡有空隙的地方都可以渗入，可以说水连发丝般的细微裂缝都不放过。但是，有了石灰之类的物料填补缝隙，就能够防止渗水，确保大船在海上航行时劈波斩浪，安然无恙，用来砌砖筑城能使城墙垛口坚不可摧。这种宝物并不需要经过耗费时日、长途跋涉的艰苦努力就能得到。因此，烧炼矿石的功用恐怕再大不过了。至于烧炼矾矿石能呈现出五彩斑斓的不同形态，硫能够成为众多非金属矿石中功用最多的代表，都是从烈火焚烧中变化出来的结果。炼丹术已经将丹砂、铅粉与炉火的相互作用展现得淋漓尽致了，尽管炼丹术士鼓动唇舌，吹嘘得天花乱坠，又怎么能够得上自然力作用的万分之一呢！

○石灰

凡石灰经火焚炼为用。成质之后，入水永劫不坏。亿万舟楫，亿万垣墙，窒隙防淫①，是必由之。百里内外，土中必生可燔石②。石以青色为上，黄白次之。石必掩土内二三尺，掘取受燔，土面见风者不用。燔灰火料，煤炭居十九，薪炭居十一。先取煤炭、泥，和做成饼，每煤饼一层，垒石一层，铺薪其底，灼火燔之（图85）。最佳者曰矿灰，最恶者曰窑滓灰。火力到后，烧酥石性，置于风中，久自吹化成粉。急用者以水沃之，亦自解散。

凡灰用以固舟缝，则桐油、鱼油调，厚绢、细罗和油杵千下塞舱③。用以砌墙、石，则筛去石块，水调粘合。墁④则仍用油、灰。用以垩墙壁，则澄过，入纸筋涂墁。用以襄墓⑤及贮水池，则灰一分，入河沙、黄土三分，用糯米糡⑥、杨桃藤⑦汁和匀，轻筑坚固，永不隳⑧坏，名曰三和土。其余造靛、造纸，功用难以枚述。凡温、台、闽、广海滨，石不堪灰者，则天生蛎蚝⑨以代之。

图85 煤饼烧石成灰，烧蛎房法

[注释]

①窒(zhì)隙防淫：堵住缝隙，防止漏水。②石：指石灰石，主要成分为碳酸钙。石灰石焚烧后成为生石灰，也就是氧化钙，再加水成为熟石灰，也就是氢氧化

钙，具有很大的黏结性。③艌（niàn）：用桐油和石灰填补船缝。④墁（màn）：铺地砖，涂墙壁。⑤襄墓：建造坟墓。⑥糨（jiàng）：液体很稠。⑦杨桃藤：猕猴桃科猕猴桃，茎、皮均含有植物黏液。⑧隳（huī）：毁坏，崩毁。⑨蛎蚝（lì háo）：即牡蛎。泛指贝壳。

[译文]

石灰都是石灰石经过烈火煅烧而成的。石灰成形凝固之后，即便遇到水也永远不会变坏。数不清的船只和墙壁，凡是需要做填隙防水处理的，必须用它。方圆百里的土地中，必定会有可供煅烧的石灰石。石灰石呈青色的品质最好，黄白色的要差一些。石灰石一般埋在地下二三尺深的地方，挖掘出来进行煅烧，但表面已经风化的石灰石就不能再用了。煅烧石灰石的燃料中，煤炭占十分之九，木炭占十分之一。先把煤灰和泥做成煤饼，然后每一层煤饼上堆砌一层石灰石，底下铺垫燃料，点火煅烧石灰石。烧出来质量最好的叫矿灰，最差的叫窑滓灰。火力足够之后，石头就被烧脆，放在空气中，时间一长，慢慢风化成粉末。着急使用的时候只需洒上水，也会自动散解成粉。

用石灰填塞船缝的时候，要与桐油、鱼油调和后，加上厚绢、细罗用油拌和，杵捣一千次，再来塞补船缝。用来砌墙、垒石的时候，先要筛去石灰中的石块，用水调匀黏合。用来砌砖铺地面的时候，则仍用油、灰。用来粉刷墙壁的时候，则要先将石灰水澄清，再加入纸筋，然后涂抹粉刷。用来建造坟墓和蓄水池的时候，则用一份石灰加入两份河沙和黄土，再添糯米糊和杨桃藤汁拌匀，轻轻一压就很坚固，永远不会损坏，这叫三和土。此外，石灰还可以用于制造蓝靛、造纸等各方面，用途繁多，不胜枚举。大体上说，在浙江温州、台州，福建福州，广东广州一带的沿海地区，如果石头不能用来煅烧石灰，可以用天然的贝壳充作替代品。

○蛎灰

凡海滨石山傍水处，咸浪积压，生出蛎房①，闽中曰蚝房。经年久者长成数丈，阔则数亩，崎岖如石假山形象。蛤②之类压入岩中，久则消化作肉团，名曰蛎黄，味极珍美。凡燔蛎灰者，执锥与凿，濡足③取来（药铺所货牡蛎，即此碎块）（图86），叠煤架火燔成，与前石灰共法。粘砌城墙、桥梁，调和桐油造舟，功皆相同。有误以蚬④灰（即蛤粉）为蛎灰者，不格物之故也。

图86 凿取蛎房

[注释]

①蛎房：牡蛎长成后聚集在近海岸边的岩石上，死后肉烂留下空壳。新生的牡蛎又依附在空壳上生长。时间长了形成大片的牡蛎壳堆积物，称为蛎房或者蚝房。②蛤（gé）：蛤蜊、文蛤等双壳类软体动物，肉味鲜美。③濡（rú）足：涉水。④蚬（xiǎn）：双壳纲蚬科，既不是蛤蜊，也不是牡蛎，但三者的壳都能烧成氧化钙（石灰）。

[译文]

海滨背靠石山临海的地方，由于海浪长期冲刷激荡，长出了所谓蛎房，福建一带称为蚝房。经过长时间的积累蚝房能够长到几丈高、几亩宽，外形高低不平，就像假石山一样。蛤蜊之类被冲入岩石般的蛎房里面，经过长久消化变成了肉团，名叫"蛎黄"，味道非常鲜美。煅烧蛎灰的人拿着锥子和凿子，蹚过水，将蛎房凿取下来（药铺里卖的牡蛎，就是这种东西的碎块儿），去肉后，将蛎壳和煤饼层叠堆架在一起用火煅烧，与前述烧石灰的方法一样。举凡修砌城墙、桥梁的工程，调和蛎灰、桐油造船，功用与石灰完全相同。有人误以为蚬灰（即蛤蜊粉）是牡蛎灰，那是因为没有认真考察客观事物的缘故。

○煤炭

凡煤炭普天皆生，以供煅炼金、石之用。南方秃山无草木者，下即有煤，北方勿论。煤有三种，有明煤、碎煤、末煤。明煤大块如斗许，燕、齐、秦、晋生之。不用风箱鼓扇，以木炭少许引燃，煨炽[①]达昼夜。其傍夹带碎屑，则用洁净黄土调水作饼而烧之。碎煤有两种，多生吴、楚。炎高者曰饭炭，用以炊烹；炎平者曰铁炭，用以冶锻。入炉先用水沃湿，必用鼓鞴[②]后红，以次增添而用。末煤如面者，名曰自来风。泥水调成饼，入于炉内，既灼之后，与明煤相同，经昼夜不灭，半供炊爨[③]，半供熔铜、化石、升朱[④]。至于燔石为灰与矾、硫，则三煤皆可用也。

凡取煤经历久者，从土面能辨有无之色，然后掘挖，深至五丈许，方始得煤。初见煤端时，毒气[⑤]灼人。有将巨竹凿去中节，尖锐其末，插入炭中，其毒烟从竹中透上，人从其下施䦆[⑥]拾取者（图87）。或一井而下，炭纵横广有，则随其左右阔取。其上支板，以防压崩耳。

图87 南方挖煤

凡煤炭取空而后，以土填实其井，以二三十年后，其下煤复生长，取之不尽⑦。其底及四周石卵，土人名曰铜炭⑧者，取出烧皂矾与硫黄（详后款）。凡石卵单取硫黄者，其气薰甚⑨，名曰臭煤。燕京房山、固安，湖广荆州等处间有之。凡煤炭经焚而后，质随火神化去，总无灰滓。盖金与土石之间，造化别现此种云。凡煤炭不生茂草盛木之乡，以见天心之妙。其炊爨功用所不及者，唯结腐一种而已（结豆腐者，用煤炉则焦苦）。

[注释]

①熯(hàn)炽：猛烈燃烧。②鼓鞲（gōu）：鼓风机。③炊爨（cuàn）：烧火做饭。④升朱：烧制朱砂。⑤毒气：这里说的毒气就是井下瓦斯，含甲烷、一氧化碳、硫化氢等易燃或有毒气体。⑥施镢（jué）：用大锄挖。⑦这种说法不对，煤挖完以后不能再生。⑧铜炭：这里指每层所含的黄铁矿。⑨薰甚：很呛人。因为其中含有硫，燃烧后生成硫化氢或二氧化硫等有臭味的气体。

[译文]

煤炭在全国各地都有出产，用以冶金、烧石。南方不生长草木的秃山底下便藏有煤，北方更不必说。煤分为三种：明煤、碎煤和末煤。明煤块头大，有的像米斗那样大，河北、山东、陕西及山西都有出产。明煤不需要风箱鼓风，只用少量木炭引燃，就能白天黑夜猛烈地燃烧。明煤夹带的碎屑可以用干净的黄土调上水做成煤饼来烧。碎煤有两种，多产自吴、楚等地。碎煤燃烧时，火焰高的叫饭炭，主要用来煮饭；火焰低的叫铁炭，专门用于冶炼。碎煤入炉前先用水浇湿，必须使用风箱鼓风才能烧红，以后不断添煤，保持燃烧。末煤呈粉状，叫作"自来风"。将其与泥、水调和做成饼状放入炉内，点燃之后，能和明煤一样日夜燃烧，不会熄灭，末煤一半用来烧火做饭，一半用来炼铜、熔化矿石、升炼朱砂。至于烧制石灰或者矾、硫，这三种煤都可使用。

采煤经验多的人能从地表土质情况判断地下是否有煤，有煤再往下挖掘，挖到五丈多深的地方才能挖到煤。煤层刚刚出现时，地下毒气冒出伤人。于是有人将大竹竿的中节凿通，削尖竹末端，插入煤层之中，毒气便通过竹筒往上排出，人就可以下到矿井内，用大锄挖煤了。一旦发现井下煤层四处延伸，采矿工人可以随着煤层，横向扩展坑道，挖取煤炭。坑道要用木板支撑，防止崩塌伤人。

煤层挖完以后，用土把矿井填实，这样经过二三十年后，井下又会重新生出煤，根本取不完。煤层底部或者围岩中有石卵，当地人叫铜炭，开掘出来可以烧取皂矾和硫黄（在下面详述）。只能用来烧取硫黄的铜炭，气味特别臭，叫作臭煤。北京的房山、固安，湖广的荆州等地有时还可以采到。煤炭燃烧之后，煤质全部烧净，不会留下灰烬。这是自然界在金属与土石之间神奇变化生出的特殊品种。煤不会藏在草木茂盛的地方，从中可见自然界的安排十分巧妙。如果说煤在炊事方面还有不能发挥作用的地方，那仅仅是它不适合做豆腐而已（在煤炉火上点豆腐，结成的豆腐会有焦苦味）。

○矾石、白矾

凡矾①燔石而成。白矾一种亦所在有之,最盛者山西晋、南直无为等州②,价值低贱,与寒水石③相仿。然煎水极沸,投矾化之,以之染物,则固结肤膜之间,外水永不入,故制糖饯与染画纸、红纸者需之。其末干撒,又能治浸淫恶水,故湿疮家④亦急需之也。

凡白矾,掘土取磊块石,层叠煤炭饼煅炼,如烧石灰样。火候已足,冷定入水。煎水极沸时,盘中有溅溢,如物飞出,俗名蝴蝶矾者,则矾成矣。煎浓之后,入水缸内澄。其上隆结曰吊矾,洁白异常。其沉下者曰缸矾。轻虚如棉絮者曰柳絮矾。烧汁至尽,白如雪者,谓之巴石。方药家⑤煅过用者曰枯矾⑥云。

[注释]

①矾:中国古代将各种金属的硫酸盐统称为矾。按颜色分为五种:白矾又称明矾,白色粉末,主要成分为硫酸钾铝,水解后成为氢氧化铝。在纸加工、食品、医药方面有广泛应用。②山西晋、南直无为等州:山西无晋州,明时晋州即今河北晋州。南直隶无为州,即今安徽无为县。③寒水石:即天然石膏,白色透明晶体,主要成分是硫酸钙。④湿疮家:专治湿疮的医生。前面提到的"恶水",就是湿疮流出的脓水。⑤方药家:专攻方剂、药理的医生。⑥枯矾:明矾受热脱去结晶水的产物。

[译文]

矾由烧制矾石而成。白矾到处都有,出产最多的是山西晋州和南直隶无为州等地,它的价钱非常低廉,同寒水石的价钱差不多。然而当水煮开的时候,将明矾投入沸水中溶化,用溶液来染东西时,它能使颜色固着在所染物品的表面上,永远不怕水洗去,所以做蜜饯、染画纸、染红纸时都要用到明矾。将干燥的明矾粉末撒在外伤患处，能治疗流出臭水的湿疹、疱疮等皮肤病症，因此也是皮肤科治疗急需的药品。

提取明矾时，先要从土里挖取矾石矿石，与煤饼一道逐层垒积，再进行烧炼，烧制的方法与烧石灰相同。火候烧足的时候，让它自然冷却，再放入水中进行溶解。再将水溶液煮沸，就能看见有一些俗名叫作"蝴蝶矾"的东西从盘子里飞溅出来，明矾就算提取出来了。剩下的液体煮浓之后，倒入缸内澄清。上面凝结的一层叫作吊矾，颜色非常洁白。下沉积淀在缸底的叫作缸矾。质地轻虚像棉絮的叫作柳絮矾。溶液蒸发干之后，得到洁白如雪的东西，称为巴石。经炼丹家、药剂师煅制后用来做药的，叫作枯矾。

○青矾、红矾、黄矾、胆矾

［青矾］凡皂、红、黄矾，皆出一种而成[1]，变化其质。取煤炭外矿石（俗名铜炭）子，每五百斤入炉，炉内用煤炭饼［自来风，不用鼓鞴者］千余斤，周围包裹此石。炉外砌筑土墙圈围，炉巅空一圆孔，如茶碗口大，透炎直上，孔旁以矾滓厚掩（此滓不知起自何世，欲作新炉者，非旧滓掩盖则不成）（图88）。然后从底发火，此火度经十日方熄。其孔眼时有金色光直上（取硫，详后款）。

［红矾］煅经十日后，冷定取出。半酥杂碎者另拣出，名曰时矾，为煎矾红用。其中精粹如矿灰形者，取入缸中浸三个时，漉入釜中煎炼。每水十石煎至一石，火候方足。煎干之后，上结者皆佳好皂矾，下者为矾滓（后炉用此盖）。此皂矾染家必需用[2]，中国煎者亦唯五六所。原石五百斤，成皂矾二百斤，其大端也。其拣出时矾（俗

图88 烧皂矾图

又名鸡屎矾），每斤入黄土四两，入罐熬炼，则成矾红，圬墁及油漆家用之。

[黄矾]其黄矾所出又奇甚。乃即炼皂矾炉侧土墙，春夏经受火石精气，至霜降、立冬之交，冷静之时，其墙上自然爆出此种，如淮北砖墙生焰硝③样。刮取下来，名曰黄矾。染家④用之。金色淡者涂炙，立成紫赤也。其黄矾自外国来，打破，中有金丝者，名曰波斯矾⑤，别是一种。

[胆矾]又山、陕烧取硫黄山上，其淬弃地二三年后，雨水浸淋，精液流入沟麓之中，自然结成皂矾⑥。取而货用，不假煎炼。其中色佳者，人取以混石胆⑦云。石胆一名胆矾者，亦出晋、隰⑧等州，乃山石穴中自结成者，故绿色带宝光。烧铁器淬于胆矾水中，即成铜色也⑨。《本草》⑩载矾虽五种，并未分别原委。其昆仑矾状如黑泥，铁矾状如赤石脂⑪者，皆西域产也。

[注释]

①凡皂、红、黄矾，皆出一种而成：皂矾，也叫青矾，蓝绿色，即硫酸亚铁。红矾，即矾红，红色颜料，主要成分为三氧化二铁。黄矾，黄色，即九水硫酸铁。三种都是铁的化合物，因此说"皆出一种而成"。②此皂矾染家必需用：皂矾（青矾）在染坊中充作媒染剂，也可染色。③淮北砖

墙生焰硝：不仅淮北，凡土壤性质有盐碱，墙根都会生出硝土。④染家：染布作坊。⑤波斯矾：波斯即今伊朗。波斯矾是黄矾的一种，内有金丝纹理。中国也有出产，伊朗的品质最好。⑥烧取硫磺的矿渣含有三氧化二铁和硫，经过长时间风雨侵蚀，在酸性条件下会逐步生成皂矾。⑦石胆：又叫胆矾，蓝色，主要成分为五水硫酸铜，外观上有些像皂矾。⑧隰（xí）：隰州，今山西隰县。⑨将铁器放在胆铜液中加热，产生金属置换反应，铁将硫酸铜中的铜置换出来，生成铜。西汉时，中国已发明了这种水法炼铜技术。⑩《本草》：似指李时珍《本草纲目》卷十一所引唐代《新修本草》。⑪赤石脂：含三氧化铁的红色矿土。

[译文]

皂矾、红矾、黄矾全由同一物质变化而来，但性质各不相同。先收取五百斤煤层外围的矿石子（俗称"铜炭"）放入炼炉里，用一千多斤煤饼（也就是"自来风"，那种不必鼓风就能燃烧的煤粉）放在铜炭周围包裹住它们。炉外修筑一道土墙将炼炉圈绕起来，在炉顶留出孔径好像茶碗口大的圆孔，使火焰能够从炉孔中冒出，炉孔旁边要用废矾渣遮盖严实（不知是从什么时候开始用废矾渣盖顶，凡是起新炉子，不用旧的废矾渣遮盖炉孔竟会烧不成功）。然后从炉底点火，预计炉火要连续烧十天才能熄灭。燃烧时，从炉孔中不时冒出金色光焰（像烧硫黄那样，详见下文）。

煅烧十天以后，等待矾石冷却，取出皂矾。其中烧成半酥的散碎块另外挑出，名叫"时矾"，它能用来煎炼红矾。将矾石中矿灰状的精华部分取出来，放进缸里用水浸泡约三个时辰，过滤之后，再放入锅中煎炼。直到将十石水溶液熬成一石，这才说明火候足够。等水溶液干了，上面凝结的都是优质皂矾，下面就是矾渣（以后用这种渣滓遮盖炉孔）。

皂矾是染坊的必需原料，全中国制矾的也不超过五六家。大概每五百斤原矿石可以炼出二百斤皂矾，这是基本情况。另外挑出的"时矾"（俗名又叫"鸡屎矾"），每斤加进四两黄土，再放入罐里熬炼，就成了红矾，泥水匠和油漆匠经常使红矾。

至于黄矾的制造就更加神奇了。它的原料来自炼皂矾的时候炼炉旁边的土墙，土墙在春夏季节烧炼皂矾时受热吸附了矾的蒸气，到霜降、立冬交替的季节，天气寒凉，土墙干冷，矾于是析出，就好像淮北的砖墙上析出的硝石那样。刮取下来，就是黄矾。染坊经常用到它。如果器物上的金色太淡，把黄矾涂上去，放在火上一烤，立刻变成紫红色。从外国传入中国的黄矾，打破以后里面会现出金丝，名叫波斯矾，这是黄矾的另外一个品种。

在山西、陕西等地烧取硫黄的山上，被丢弃在地上的废炼渣经过两三年，受到雨水淋洗溶解后，它的精华部分流入山沟里，蒸发之后自然凝结成皂矾。这种皂矾直接收取使用或拿去出售，不必煎炼。其中成色好的，有人竟拿来冒充石胆。石胆又叫作胆矾，同样产自晋州、隰州等地。胆矾是在山中石洞里自然结晶形成，因此它的绿色呈现宝石般的光泽。将烧红的铁器淬入胆矾水中，铁器立刻现出黄铜的颜色。《本草纲目》中虽然记载了五种矾，但没有辨别清楚它们的来源和关系。昆仑矾的外形像黑泥，铁矾的外形像赤石脂，它们都是产自西北地区。

○硫黄

凡硫黄乃烧石承液①而结就。著书者误以矾石为硫石，遂有矾液之说②。然烧取硫黄石③，半出特生白石，半出煤矿烧矾石，此矾液之说所由混也。又言中国有温泉处必有硫黄④，今东海、广南产硫黄处又无温泉，此因温泉水气似硫黄，故意度言之也。

凡烧硫黄石，与煤矿石同形。掘取其石，用煤炭饼包裹丛架，外筑土作炉。炭与石皆载千斤于内，炉上用烧硫旧滓掩盖，中顶隆起，透一圆孔其中（图89）。火力到时，孔内透出黄焰金光。先教陶家烧一钵盂，其盂当中隆起，边弦卷成鱼袋⑤样，覆于孔上。石精感受火神，化出黄光飞走，遇盂掩住，不能上飞，则化成汁液靠着盂底，其液流入弦袋之中。其弦又透小眼，流入冷道灰槽小池，则凝结而成硫黄矣。

图89　烧取硫黄图

其炭煤矿石烧取皂矾者，当其黄光上走时，仍用此法掩盖，以取硫黄。得硫一斤，则减去皂矾三十余斤，其矾精华已结硫黄，则枯滓遂为弃物。凡火药，硫为纯阳，硝为纯阴，两精逼合，成声成变，此乾坤幻出神物也。硫黄不产北狄⑥，或产而不知炼取亦不可知。至奇炮出于西洋与红夷，则东徂西数万里，皆产硫黄之地也。其琉球土硫黄、广南水硫黄，皆误记也⑦。

[注释]

①承液：承接所流液体。②这句话针对《本草纲目》来说。作者批评

说硫黄不是烧矾石时得到的矾石液,这是对的。③硫黄石:主要指硫铁矿,分为黄铁矿和白铁矿。④这是针对李时珍《本草纲目》中的说法。李时珍认为有温泉的地方必有硫。但有硫的地方不一定有温泉。⑤鱼袋:唐代的官符做成鱼的形状,装在袋子里,佩于腰中,称为鱼袋,分为金、银、玉三种,以此区分官吏等级的高低。⑥北狄:此指满族人的政权后金。⑦琉球土硫黄、广南水硫黄的记载是可信的。

[译文]

硫黄是承接了烧炼矿石时得到的液体,经过冷却后凝结所成。过去写书的人错误地把焚石当作矾石,于是产生了这样一种说法。煅烧硫黄的原料,一半来自当地特产的白石,一半来自煤层中用来煅烧皂矾的那种石头,这就是矾液的说法造成认识混淆的原因。又有人说中国凡是有温泉的地方就一定会有硫黄,可是,福建、广东沿海出产硫黄的地方并没有温泉,这可能是因为温泉水的气味很像硫黄,由此处揣度出这种说法。

烧取硫黄的矿石与煤层卵石的形状相同。煅烧硫黄首先挖取出矿石,用煤饼包裹矿石堆垒起来,外面用泥土建造熔炉。每炉的石料和煤饼各有千斤左右,炉上用烧过硫黄的旧渣掩盖顶部,炉顶中间要高起来,留出一个圆孔。火候足够时,炉孔内冒出金黄色的火焰和气体。预先请陶工烧制一个中部隆起的盂钵,盂钵边缘往内卷成鱼袋形状的凹槽,烧硫黄时,将盂钵覆盖在炉孔上。矿石内的成分受到火力作用,化为黄色蒸气沿着炉孔向上飞升,被盖在孔口的盂钵挡住,无法飞散,于是便冷凝成液体,沿着盂钵的底部流入周边的凹槽。凹槽上也开出了小眼,液体透过小眼沿着冷却管道,流进石灰槽小池子里,最终凝结,变成固体硫黄。

用煤层中的卵石烧取皂矾时,当黄色的蒸气冒上来,也可以用这种方法覆盖顶孔，收取硫黄。每获得硫黄一斤，就要减收皂矾三十多斤，因为皂矾的精华都已经转化为硫黄，剩下的枯渣便成了废物。火药的主要原料是硫黄和硝石，硫黄是纯阳，硝石是纯阴，两种物质结合在一起，相互作用引起爆炸，产生巨大的声响，这真是天地间变化出来的神奇事物。北方少数民族居住的地方不出产硫黄，也有可能是出产硫黄却不知道如何炼取。西洋与荷兰发明了新奇的枪炮，这说明由东方往西方数万里，都有出产硫黄的地方。但是所谓琉球的土硫黄、广东南部的水硫黄，却都是错误的记载。

○砒石①

凡烧砒霜②质料，似土而坚，似石而碎，穴土数尺而取之。江西信郡③、河南信阳州皆有砒井，故名信石。近则出产独盛衡阳④，一厂有造至万钧者。凡砒石井中，其上常有浊绿水，先绞水尽，然后下凿。砒有红、白两种，各因所出原石色烧成。

凡烧砒，下鞠⑤土窑，纳石其上，上砌曲突⑥，以铁釜倒悬覆突口（图90）。其下灼炭举火。其烟气从曲突内熏贴釜上。度其已贴一层，厚结寸许，下复熄火。待前烟冷定，又举次火，

图90　烧砒图

熏贴如前。一釜之内数层已满，然后提下，毁釜而取砒。故今砒底有铁沙，即破釜滓也。凡白砒止此一法。红砒则分金炉内银铜恼气有闪成⑦者。

凡烧砒时，立者必于上风十余丈外。下风所近，草木皆死。烧砒之人经两载即改徙，否则须发尽落。此物生人食过分厘立死。然每岁千万金钱速售不滞者，以晋地菽、麦必用拌种，且驱田中黄鼠害。宁、绍郡⑧稻田必用蘸秧根，则丰收也。不然，火药与染铜需用⑨能几何哉！

[注释]

①砒石：又名信石，砷矿石。常见的有白砒石、红砒石。②砒霜：三氧化二砷，由砒石炼成。③江西信郡：江西广信府，今江西上饶。④衡阳：今湖南衡阳。⑤下鞠：在地上挖砌。⑥曲突：烟筒。⑦分金炉内银铜恼气有闪成：于分金炉内炼银、铜等含砒金属时有偶尔生成的。⑧宁、绍郡：浙江宁波府、绍兴府。⑨火药与染铜需用：宋代以来，中国的火药配方中常加入少量砒霜，制成毒烟火药。另，砒霜等物与铜烧炼成铜合金。

[译文]

烧制砒霜的原料砒石像土却又比土硬，类似石头但又容易碎，掘地几尺深就能够挖到。江西信郡、河南信阳州都有砒井，因此砒石又被称为信石。近年来生产砒霜最多的只有湖广衡阳，一个工厂的年产量甚至能达到上万斤。砒井中，常常积有绿色的浊水，开采时要先将水汲干净，然后再下井挖取。砒霜有红、白两种，分别由原来的红砒石、白砒石烧制而成。

烧制砒霜的时候，先在地下挖个土窑，里面堆放砒石，窑上面砌个弯曲的烟囱，然后把铁锅倒过来扣在烟囱口上。窑下引火燃烧柴炭。烟气顺着烟囱向上升起，熏染贴附在锅的内壁上。估计积结物贴了一层，累计达到约有一寸厚的时候，熄灭炉火。等前面升腾熏贴的烟气完全冷却，再次起火燃烧，像前面那样继续熏贴。这样反复几次，一直到锅内结满了好几层，才把锅拿下来，打碎锅，剥取砒霜。因此接近锅底的砒霜常留有铁渣，那是锅的碎屑。白砒霜的制作方法只有这一种。至于红砒霜还有别的办法，就是在分金炉内冶炼含砷的银铜矿石时，由炉内析出的蒸气冷凝而成。

  烧制砒霜时，操作者必须站在上风向距窑十多丈远的地方。风向下方所触及的地方，草木都会被毒死。所以烧砒霜的人两年后一定要改行，否则头发、胡须就会全部掉光。砒霜有剧毒，人只要吃一点点就会立即死亡。然而，每年的产值成千上万，销售畅通无阻，很受市场欢迎，这是因为山西等地都要用砒霜来给豆和麦子拌种，而且还用它来驱除田中的黄鼠害；浙江宁波、绍兴一带的稻田必须用砒霜来蘸秧根，以确保水稻丰收。不然的话，如果砒霜仅仅是用于制造火药和炼白铜，又能用得了多少呢！

卷下

杀青①第十三

宋子曰：物象精华，乾坤微妙，古传今而华达夷，使后起含生，目授而心识之，承载者以何物哉？君与民通，师将弟命，凭借咕咕②口语，其与几何？持寸符，握半卷，终事诠旨，风行而冰释焉。覆载之间之借有楮先生③也，圣顽咸嘉赖之矣。身为竹骨与木皮，杀其青而白乃见，万卷百家，基从此起。其精在此，而其粗效于障风、护物④之间。事已开于上古，而使汉、晋时人擅名记者，何其陋哉！

[注释]

①杀青：古代在竹简上写字，用火烘干青竹片叫作杀青或汗青。这里的意思是去除竹青来造纸。②咕（chè）咕：附耳小声说话。③楮（chǔ）先生：唐代韩愈著《毛颖传》，以物拟人，称毛笔为毛颖，称纸为楮先生。由于楮皮为优质造纸原料，所以有此名。④障风、护物：糊窗户、包东西。

[译文]

宋夫子说：人世间事物的精华、自然界运行的奥妙，从古代流传到现在，从内地远播边疆，使后来人通过阅读文献了然于心，那这一切又是靠什么东西记载下来的呢？君主与臣民沟通想法，老师向学生授业解惑，如果只是凭借附耳细语，那又能解决多少问题呢？但是只要拿着短短一张文符、半卷书籍，就足以讲明意图和道理，迅速传达政令，疑难困惑如同冰雪融化般消释。天地间全都是依靠了楮先生的作用，上至圣贤，下达愚钝，人人从中受益匪浅。纸是以竹骨和树皮为原料造成的，除去树木的青色外皮就制成了白纸，于是诸子百家的万卷图书便有了记载流传的物质基础。精细的纸用在这方面，而粗糙的纸则用来糊窗挡风、包装物品。造纸术起源于上古时期，但有人认为是汉、晋时某个人的发明，这种认识是多么浅陋啊！

○纸料

凡纸质用楮树①（一名榖树）皮与桑穰②、芙蓉膜③等诸物者为皮纸。用竹麻者为竹纸。精者极其洁白，供书文、印文、柬、启用；粗者为火纸④、包裹纸。所谓"杀青"，以斩竹得名；"汗青"以煮沥得名；"简"即已成纸名⑤，乃煮竹成简。后人遂疑削竹片以纪事，而又误疑"韦编"为皮条穿竹札也。秦火未经时⑥，书籍繁甚，削竹能藏几何？如西番用贝树造成纸叶⑦，中华又疑以贝叶书经典。不知树叶离根即焦，与削竹同一可哂⑧也。

[注释]

①楮树：又称榖或构，桑科，皮可造纸。②桑穰：桑树里面那一层皮，较松软。③芙蓉膜：即锦葵科大本木芙蓉的韧皮。④火纸：做冥钱烧用的纸。⑤"杀青""汗青"都是古代制作竹简的工序。宋应星根据自己的理解，认为都是造纸的工序，而"简"就是纸的别名。这些说法显然是不正确的。⑥秦火未经时：指秦始皇焚书的事。⑦西番用贝树造成纸叶：印度并不是宋应星说的用贝多罗树造纸，而是把文字直接写在贝树叶上。宋应星说法也是错误的。⑧哂（shěn）：讥笑。

[译文]

凡用楮树（一名榖树）、桑树和木芙蓉的第二层皮为原料造出的纸叫作皮纸。用竹纤维造的纸叫作竹纸。制作精良的纸非常洁白，可以用来书写、印刷、作柬帖和官方文书；粗糙的纸则制作纸钱和包装纸。所谓"杀青"就是从砍伐竹子削去青皮而得到的名称；"汗青"则是以煮沥而得到的名称；"简"是已经造成的纸，因为煮竹能成"简"（纸）。于是后人就误认为削竹片可以记事，进而误以为"韦编"都是古代用皮条穿编竹简而成的书册。在秦始皇焚书以前，已经有很多书籍，如果纯用竹简，又能写下多少东西呢？还有，西域国家有用贝多罗树叶造成纸页，中国人士又误以为他们用贝树叶来书写经文。他们不知道树叶离根就会焦枯不能用来书写，这跟削竹记事的说法同样可笑。

○造竹纸

凡造竹纸，事出南方，而闽省独专其盛。当笋生之后，看视山窝深浅，其竹以将生枝叶者为上料。节届芒种①，则登山砍伐。截断五七尺长，就于本山开塘一口，注水其中漂浸（图91）。恐塘水有涸时，则用竹枧②通引，不断瀑流注入。浸至百日之外，加工槌洗，洗去粗壳与青皮（是名杀青）。其中竹穰形同苎麻样，用上好石灰化汁涂浆，入楻桶③下煮，火以八日八夜为率（图92）。

凡煮竹，下锅用径四尺者，锅上泥与石灰捏弦④，高阔如广中⑤煮盐牢盆样，中可载水十余石。上盖楻桶，其围丈五尺，其径四尺余。盖定受煮，八日已足。歇火一日，揭楻取出竹麻，入清水漂塘之内洗净。其塘底面、四维⑥皆用木板合缝砌完，以防泥污（造粗纸者，不须为此）。洗净，用柴灰浆过，再入釜中，其上按平，平铺稻草灰寸许。桶内水滚沸，即取出别桶之中，仍以灰汁淋下。倘水冷，烧滚再淋。

图 91　斩竹漂塘

图 92　煮楻足火

图 93　荡料入帘

图 94　覆帘压纸

如是十余日，自然臭烂。取出入臼受舂（山国[7]皆有水碓），舂至形同泥面，倾入槽内。

凡抄纸槽，上合方斗，尺寸阔狭，槽视帘，帘视纸[8]。竹麻已成，槽内清水浸浮其面三寸许。入纸药[9]水汁于其中（形同桃竹叶，方语无定名），则水干自成洁白。凡抄纸帘，用刮磨绝细竹丝编成。展卷张开时，下有纵横架框。两手持帘入水，荡起竹麻入于帘内（图93）。厚薄由人手法，轻荡则薄，重荡则厚。竹料浮帘之顷，水从四际淋下槽内。然后覆帘，落纸于板上，叠积千万张（图94）。数满则上以板压，俏绳入棍，如榨酒法，使水气净尽流干。然后以轻细铜镊逐张揭起焙干。凡焙纸，先以土砖砌成夹巷，下以砖盖巷地面，数块以往即空一砖。火薪从头穴烧发，火气从砖隙透巷，外砖尽热，

图 95　透火焙干

湿纸逐张贴上焙干，揭起成帙（图95）。

近世阔幅者名大四连，一时书文贵重。其废纸洗去朱墨、污秽，浸烂入槽再造，全省从前煮浸之力，依然成纸，耗亦不多。南方竹贱之国，不以为然。北方即寸条片角在地，随手拾取再造，名曰"还魂纸"。竹与皮⑩，精与粗，皆同之也。若火纸、糙纸，斩竹煮麻、灰浆水淋，皆同前法。唯脱帘之后不用烘焙，压水去湿，日晒成干而已。

盛唐时鬼神事繁，以纸钱代焚帛（北方用切条，名曰板钱），故造此者名曰火纸。荆楚近俗有一焚侈至千斤者。此纸十七供冥烧，十三供日用。其最粗而厚者名曰包裹纸，则竹麻和宿田晚稻稿所为也。若铅山⑪诸邑所造柬纸，则全用细竹料厚质荡成，以射重价⑫。最上者曰官柬，富贵之家通刺⑬用之。其纸敦厚而无筋膜，染红为吉柬，则先以白矾水染过，后上红花汁云。

[注释]

①芒种：二十四节气之一，公历6月5日前后。②竹枧：毛竹做的水管或水槽。③楻（huáng）桶：大木桶，但在这里指连同下面受火的铁锅在内的楻桶。《康熙字典》"楻"读héng。④泥与石灰捏弦：把边缘透气之处用灰泥封死。弦，指锅的边缘。⑤广中：两广一带。⑥四维：四面。⑦山国：此指南方山区。⑧尺寸阔狭，槽视帘，帘视纸：尺寸的规格，纸槽要根据纸帘的大小，纸帘要根据所制之纸的大小。⑨纸药：植物黏液，放在纸槽中作为纸浆的悬浮剂。⑩竹与皮：竹纸与皮纸。⑪铅山：在江西。⑫射重价：谋求重利。⑬刺：名帖，相当于今天的名片，是在拜访别人时通报所用。

[译文]

竹纸主要在南方制造，其中以福建省的产量最多。当竹笋长出以后，先观察山窝里竹林的长势，快要生出枝叶的嫩竹是造纸的上等材料。每年将近芒种时节，便可上山砍竹。把嫩竹截成五到七尺长的竹段，在山里就地挖开一口山塘，塘里灌满水用来浸泡竹料。为了避免塘水干涸，用竹制导管引水，向塘中不断注入滚滚流水。竹子浸沤到一百天开外，从塘内取出，再用木棒捶打洗涤，洗掉粗壳和青色表皮（这道工序叫作"杀青"）。这时候竹纤维的形状就像苎麻一样，再用优质石灰化成乳液，调成灰浆，涂在竹料上，放入楻桶里蒸煮，一般要煮八天八夜。

蒸煮竹料的锅直径四尺，用泥土调和石灰封固锅的边沿，它的高度、宽度类似于广东沿海地区煮盐的牢盆，里面可以盛下十多石水。上面盖上周长约一丈五尺、直径约四尺的楻桶。竹料加入，盖好之后，蒸煮八天，时间就足够了。停止加热一天后，揭开楻桶，取出竹麻，放到清水塘里漂洗干净。漂塘底部和四周都要用木板合缝砌好，以防沾染泥污（造粗纸时不需要这道工序）。竹麻洗净后，用柴灰水浸透，再放入锅内按平，铺一寸左右厚的稻草灰。桶里的水煮沸之后，将竹麻取出放入另一个桶中，仍旧用草木灰水淋洗。如果草木灰水冷却，则要煮沸后再淋洗。这样经过十多天，竹麻自然腐烂发臭。把它拿出来放入臼内捣碎（山区都有水碓），舂成泥糊状，倒入纸槽内。

抄纸槽的形状像个方斗，槽的尺寸宽窄根据抄纸帘的大小确定，抄纸帘的宽窄又根据纸张的尺幅来确定。抄纸槽内放入清水浸泡竹浆，水面高出约三寸。里面加入纸药水汁（这种纸药水的原料是用一种像桃竹叶的植物叶子，每个地方的叫法都不一样），这样脱水后的纸自然极为洁白。抄纸帘是用刮磨得极其细致的竹丝编成。纸帘展开，下面有长方形木框支撑。双手拿着抄纸帘放进水中，荡起竹浆，让竹纤维抄入纸帘中。纸的厚薄由造纸匠人的手法来调控、掌握，轻荡则纸薄，重荡则纸厚。

提起抄纸帘，竹纤维浮在帘上，水便从四边帘眼淋回抄纸槽内。然后翻转帘网，让纸落到木板上，叠积成千上万张。等到数目够了时，就在纸上压一块木板，捆上绳子，插进撬棍，绞紧压榨，用类似榨酒的方法那样把纸中的水分压流干净。然后轻轻地用细小铜镊把纸一张张揭起、烘干。烘焙纸张时，先用土砖砌两堵墙形成夹巷，下面用砖盖住夹巷底部的火道，夹巷里面盖的砖块每隔几块就留出一个砖的空位。火从巷头的火口烧起，热气从留空的砖缝中透过，进而充满整个夹巷，等到夹巷外壁的砖都烧热时，就把湿纸一张张贴上墙面焙干，最后揭下来，放成一叠。

近年来生产一种宽幅的纸，名叫"大四连"，一时间当作贵重的书写用纸。等到它用废以后，便将废纸洗去朱墨、污秽，漂洗、打烂之后放入抄纸槽再造新纸，全部省去了浸竹、煮竹等工序，仍然变成新纸，损耗也不多。南方生长的竹子数量多，价钱低廉，就用不着这样做。但在北方，即使是寸条片角的纸丢弃在地上，都要随手拾起来重新造纸，这种纸叫作"还魂纸"。竹纸与皮纸、精纸与粗纸，都是用相同的方法制造。至于火纸与糙纸，砍截竹段，蒸煮竹麻，用石灰浆、稻草灰水淋洗等工序都和前面讲过的一样。唯独湿纸从竹帘上取下之后，不必进行烘焙，压干水分后放在阳光底下晒干就可以了。

盛唐时期，敬奉鬼神的事情很多，祭祀时用焚烧纸钱取代以前的烧帛（纸钱北方则用切条，名为板钱），因而造出的这种纸叫火纸。湖广一带近来的风俗有奢侈到一次焚烧超过上千斤火纸的程度。这种纸十分之七供祭祀焚烧，十分之三供人日常使用。其中最粗糙的厚纸叫作包裹纸，是用竹麻和隔年晚稻的稻秆制成。江西铅山等县出产的柬纸完全是用细竹料加厚抄制而成，目的是卖出高价。其中最上等的纸称为官柬纸，供富贵人家制作名片使用。这种纸厚实而没有粗筋，如果把它染红用作办喜事的红吉帖，就先要用明矾水浸过，再染上红花汁。

○造皮纸

凡楮树取皮，于春末、夏初剥取。树已老者，就根伐去，以土盖之。来年再长新条，其皮更美。凡皮纸，楮皮六十斤，仍入绝嫩竹麻四十斤，同塘漂浸，同用石灰浆涂，入釜煮糜。近法省啬者，皮、竹十七而外，或入宿田稻稿十三，用药得方，仍成洁白。凡皮料坚固纸，其纵文扯断如绵丝，故曰绵纸，衡断且费力。其最上一等，供用大内糊窗格者，曰棂纱纸。此纸自广信郡造，长过七尺，阔过四尺。五色颜料，先滴色汁槽内和成，不由后染。其次曰连四纸[①]，连四中最白者曰红上纸。皮、竹与稻稿参和而成料者，曰揭帖[②]呈文纸。

芙蓉等皮造者，统曰小皮纸，在江西则曰中夹纸。河南所造，未详何草木为质，北供帝京，产亦甚广。又桑皮造者曰桑穰纸，极其敦厚。东浙所产，三吴[③]收蚕种者必用之。凡糊雨伞与油扇，皆用小皮纸。凡造皮纸长阔者，其盛水槽甚宽，巨帘非一人手力所胜，两人对举荡成。若棂纱，则数人方胜其任。凡皮纸供用画幅，先用矾水荡过[④]，则毛茨不起。纸以逼帘者[⑤]为正面，盖料即成泥浮其上者[⑥]，粗意犹存也。

朝鲜白硾纸不知用何质料[⑦]。倭国有造纸不用帘抄者[⑧]，煮料成糜时，以巨阔青石覆于炕面，其下爇[⑨]火，使石发烧。然后用糊刷蘸糜，薄刷石面，居然顷刻成纸一张，一揭而起。其朝鲜用此法与否，不可得知。中国有用此法者亦不可得知也。永嘉蠲糨纸[⑩]，亦桑穰造。四川薛涛笺[⑪]，亦芙蓉皮为料煮糜，入芙蓉花末汁。或当时薛涛所指，遂留名至今。其美在色,不在质料也。

[注释]

①连四纸:又名连史纸,色白质细,产于江西、福建等地。②揭帖:明朝内阁中凡有密奏及奉谕对答者,都称揭帖。③三吴:说法不一,有的指苏、常、湖三州,有的指苏州(东吴)、润州(中吴)、湖州(西吴)。④纸用明矾处理过后,能改善表面性能,便于工笔设色,这种纸叫熟纸。⑤逼帘者:与帘相接的一面。⑥盖料即成泥浮其上者:盖料即纸的背面,叠纸时朝上,故曰盖料。背面因是纸浆荡浮而成,故较粗糙。⑦朝鲜白硾纸主要以楮皮、桑皮为原料。⑧日本造纸不用帘抄的说法得自传闻。⑨爇(ruò):点燃,焚烧。⑩蠲糨(juān jiàng)纸:为五代时温州(即永嘉)所造,吴越国王钱镠将上贡这种纸的人家蠲免赋税,故名蠲纸。⑪薛涛笺:薛涛(768—831年),字洪度,为唐代女妓、诗人,晚年居于成都浣花溪上,自造粉红长方形小笺纸写诗,号薛涛笺。明清时期仍在仿制,沿用其名。

[译文]

从楮树上取皮,最好在春末夏初剥取。如果树已经老了,就在接近根部的地方将树砍掉,用土盖上,第二年又会生长出新的枝条,这样的树皮更好。制造皮纸,要用去楮树皮六十斤,嫩竹麻四十斤,一起放在塘里漂浸,然后再涂上石灰浆,放到锅里煮烂。近来又出现了节省用料的办法,就是用十分之七的树皮、竹麻原料,外加十分之三的隔年稻草制造,如果纸药水汁下的得当,纸质也会很洁白。结实的皮纸,扯断纵纹就像丝绵一样,因此又叫作绵纸,要想把它横向扯断很不容易。其中最上等的纸叫作"椒纱纸"。其由江西广信府制造,长七尺多,宽四尺多。染成各种颜色的办法是先将色料放进抄纸槽内,与纸浆和匀,而不是成纸后再染。其次是连四纸,其中最洁白的叫作"红上纸"。用树皮、竹子与稻草秆掺和为原料制成的纸,叫作"揭帖呈文纸"。

用木芙蓉等树皮造的纸都叫作"小皮纸",在江西则叫作"中夹纸"。河南造的纸不知道用的是什么原料,这种纸运往北方,供京城人使用,产地十分广泛。还有用桑皮造的纸叫作"桑穰纸",特别厚实。浙江东部出产的桑皮纸,三吴一带收蚕种的人都必定用到它。糊雨伞和油扇则要用小皮纸。制造又长又宽的皮纸,装浆料的水槽也要很宽,纸帘巨大,一个人的手力有限,操作不了,就要靠两个人对举抄帘。如果是制造棍纱纸,则需要好几个人共同举帘才能办到。凡是用作书画的皮纸要先用明矾水浸过,以后才不会起毛。纸以贴近竹帘的一面为正面,因为料泥都浮在上面,所以纸的反面就比较粗糙。

朝鲜的白硾纸不知道用的是什么原料。日本有些地方造纸不用帘抄,而是在纸料煮烂之后,把宽大的青石放在炕上,在下面烧火使石头发热。然后用刷子蘸上纸浆,薄薄地刷在青石面上,居然立刻就做成了一张纸,一下就能揭起。朝鲜是不是用这种方法造纸,我们不得而知。中国有没有用这种方法,也不清楚。永嘉的蠲糨纸也是用桑树皮制造。四川的薛涛笺则是以木芙蓉皮为原料煮烂,然后加入芙蓉花的汁。这种纸的制作方法可能是当时薛涛本人设计出来的,所以"薛涛笺"的名字流传到今天。这种纸的优点是颜色好看,而不是因为它的质料好。

丹青①第十四

宋子曰：斯文千古之不坠②也，注玄尚白③，其功孰与京④哉？离火红而至黑孕其中⑤，水银白而至红呈其变⑥。造化炉锤，思议何所容也！五章遥降⑦，朱临墨而大号彰⑧。万卷横披，墨得朱而天章焕。文房异宝，珠玉何为？至画工肖像万物，或取本姿，或从配合，而色色咸备焉。夫亦依坎附离，而共呈五行变态⑨，非至神孰能于斯哉？

[注释]

①丹青：这里指朱与墨。②斯文：文化，文明。不坠：不断绝。③注玄尚白：典出《汉书·扬雄传》："雄方草《太玄》，用以自守，泊如也。或嘲雄以玄尚白，而雄解之，号曰《解嘲》。"此处变化原意，是在白纸上写黑字的意思。④孰与京：有谁能与之相比？⑤离火红而至黑孕其中：八卦中"离"为火，故称离火。火燃尽则为黑烬，故云"至黑孕其中"。⑥水银白而至红呈其变：水银可以炼成银朱。⑦五章：指青、赤、白、黄、黑五色。这里指朝廷颁下的五色诏敕。⑧朱临墨而大号彰：与下文"墨得朱而天章焕"，都语意双关。一方面说朱、墨等颜料对文化的发展有极大意义，另一方面又以"朱"代指明朝，以"墨"代指文化，说文化在明朝得到极大发展，而明朝也得到文化的支持。⑨依坎附离，而共呈五行变态：坎为水，离为火，水火相济，五行中的金、木、土也发生变化，于是出现了各种朱墨颜色。

[译文]

宋夫子说：古代的文化遗产之所以能够流传千古没有散失，靠的是白纸黑字的文献记载，这种功绩有谁能与之相比？红色的火焰中却孕育着最黑的墨烟，白色的水银却变化出最红的银朱。物质在熔炉中烧炼，变化万千，真是不可思议啊！朝廷颁下的五色诏敕上有了朱笔对墨的御批，使得重大的号令得以传布。批阅成千上万卷图书时，有了红笔对黑字的圈点批注，使得妙文佳作焕发出异彩。因此，朱、墨正是文房中的奇珍异宝，珠玉之类又有什么用处呢？至于画家描摹万物，有的只用墨色勾勒晕染，有的则朱、墨调配其他颜料，如此一来，各种各样的颜色也就齐备了。颜料的调制要依靠水、火的作用，而共同表现在水、火、木、金、土五行的相互磨合变化之中，如果不是巧妙地利用了自然力，又有谁能做到这一切呢？

○朱

凡朱砂、水银、银朱，原同一物①，所以异名者，由精粗、老嫩而分也。上好朱砂出辰、锦②（今名麻阳）与西川者，中即孕汞③，然不以升炼。盖光明、箭镞、镜面等砂④，其价重于水银三倍，故择出为朱砂货鬻。若以升汞⑤，反降贱值。唯粗次朱砂方以升炼水银，而水银又升银朱也。

凡朱砂上品者，穴土十余丈乃得之。始见其苗，磊然白石，谓之朱砂床。近床之砂，有如鸡子大者。其次砂不入药，只为研供画用与升炼水银者。其苗不必白石，其深数丈即得。外床或杂青黄石，或间沙土，土中孕满，则其外沙石多自折裂。此种砂贵州思、印、铜仁⁶等地最繁，而商州、秦州⑦出亦广也。凡次砂取来，其通坑色带白嫩者，则不以研朱，尽以升汞。若砂质即嫩而烁，视欲丹者，则取来时，入巨铁碾槽中，轧碎如微尘（图96），然后入缸，注清水澄浸。过三日夜，跌取其上浮者，倾入别缸，名曰二朱。其下沉结者，晒干即名头朱也。

凡升水银，或用嫩白次砂，或用缸中跌出浮面二朱，水和搓成大盘条，每三十斤入一釜内升汞，其下炭质亦用三十斤。凡升汞，上盖一釜，釜当中留一小孔，釜旁盐泥紧固（图97）。釜上用铁打成一曲弓溜管，其管用麻绳密缠通梢，仍用盐泥涂固。煅火之时，曲溜一头插入釜中通气（插处一丝固密），一头以中罐注水两瓶，插曲溜尾于内，釜中之气达于罐中之水而止。共煅五个时辰，其中砂末尽化成汞，布于满釜。冷定一日，取出扫下。此最妙玄，化全

图96 研砾

图97 升炼水银

部天机也(《本草》胡乱注：凿地一孔，放碗一个盛水)。

凡将水银再升朱用，故名曰银朱。其法或用磬口泥罐，或用上下釜⑧。每水银一斤，入石亭脂⑨(即硫黄制造者)二斤，同研不见星，炒作青砂头，装于罐内。上用铁盏盖定，盏上压一铁尺。铁线兜底捆缚，盐泥固济口缝，下用三钉插地鼎足盛罐(图98)。打火三炷香久，频以废笔蘸水擦盏，则银自成

图98 银复升朱

粉，贴于罐上，其贴口者朱更鲜华。冷定揭出，刮扫取用。其石亭脂沉下罐底，可取再用也。每升水银一斤，得朱十四两，次朱三两五钱⑩，出数借硫质而生。

凡升朱与研朱，功用亦相仿。若皇家、贵家画彩，则即用辰、锦丹砂研成者，不用此朱也。凡朱，文房胶成条块，石砚则显，若磨于锡砚之上，则立成皂汁⑪。即漆工以鲜物彩，唯入桐油调则显，入漆亦晦也。凡水银与朱更无他出，其汞海、草汞之说⑫，无端狂妄，饵食者信之。若水银已升朱，则不可复还为汞，所谓造化之巧已尽也。

[注释]

①朱砂也叫辰砂，是天然硫化汞，银朱是人工硫化汞，两者化学成分一致。但水银是元素汞。②辰、锦：辰州府，治在今湖南沅陵。此辰当指辰州治下之辰溪。锦为今湖南麻阳，在辰溪之西南。③孕汞：含有汞(水

银)。④光明、箭镞(zú)、镜面等砂:都是朱砂,功用不同得名。⑤升汞:提炼水银。⑥思、印、铜仁:贵州思南、印江、铜仁,俱在今贵州东北部。⑦商州、秦州:今陕西商县、甘肃天水。⑧上下釜:一上一下,口径一样的两只锅。⑨石亭脂:天然硫黄。⑩这里提到的升炼法出自《本草纲目》卷九《石部·银朱》条所引胡演《丹药秘诀》。⑪朱在锡砚上研磨,可能会生成褐色的硫化亚锡。⑫汞海、草汞之说:此针对《本草纲目·金石部》所引诸家说,以为可从马齿苋中提炼水银而言。此说不一定是"无端狂妄"之论。

[译文]

朱砂、水银和银朱本来都是同一物质,之所以名称不同,只是由于其中存在着精与粗、老与嫩等差别。上等的朱砂产自辰州、锦州以及四川,里面虽然包含着水银,但不用它来提取水银。这是因为光明砂、箭镞砂、镜面砂等几种朱砂的价格比水银还要贵上三倍,因此要将好朱砂选出来销售。如果把它们炼成水银,反而会降低它们的价值。只有粗糙、低等的朱砂,才会用来提炼水银,再由水银升炼成银朱。

获取上等的朱砂,要挖十多丈深才能找到。发现矿苗时,只有一堆堆白石头,叫作朱砂床。靠近矿床的朱砂有的像鸡蛋那样大块。次等朱砂一般不会用来配药,只供研磨成粉作画或提炼水银用。次等朱砂矿不一定会有白石矿苗,挖到几丈深就能得到。它的矿床外面或者夹杂有青黄色的石块,或者含有沙土,由于土中蕴藏着朱砂,因此外层的石块或沙土大多自行裂开。这种朱砂在贵州思南、印江、铜仁等地最为常见,而陕西商州、甘肃秦州一带也广泛出产。开采次等朱砂矿时,如果整条矿坑都是质地细嫩而颜色发白的矿石,就不用研磨成朱砂,而全部用来炼取水银。如果砂质虽然很嫩,但有红光闪烁,就取来放入大铁槽中碾成尘粉,然后放进缸内,注入清水澄清、浸泡。经过三天三夜,然后摇荡它,把上浮的砂石舀出倒入别的缸里,这名叫二朱。把下沉的取出来晒干,就叫作头朱。

提炼水银要用嫩白的次等朱砂,或者从缸里倒出的浮在水面的二朱为原料,加水拌和,搓成粗条,盘起来放进锅里。每锅共装三十斤盘条用来提炼水银,下面烧火用的炭也要三十斤。炼水银的锅上面还要倒扣另一口锅,锅顶留一个小孔,两口锅的衔接处要用盐泥加固密封。锅顶上的小孔和一支弯曲的铁管相连接,整个弯管通身要用麻绳缠绕紧密,仍然用盐泥涂抹加固。点火提炼时,弯管的一端插入熔炼锅里通气(接口处要密封紧固),另一端则通到装满两瓶水的罐子中,弯管尾部要没入水中,使熔炼锅中的气体只能到达罐里的水中冷却为止。起火加热总共煅烧五个时辰(十个小时)后,朱砂就会全部化为水银布满整个锅壁。冷却一天之后,再取出扫下。这里面的道理最难以捉摸,蕴含了自然界变化的无穷奥秘(《神农本草经》注释中说什么炼水银时要"凿地一孔,放碗一个盛水"等等,那是胡乱批注)!

有的朱砂是用水银再度炼制而成,因此就叫作银朱。具体方法是提炼时,或者使用敞口的泥罐,或者用一上一下两口锅。每斤水银加入石亭脂二斤,放在一起研磨,磨到看不见水银的亮斑为止,用火炒成青黑色,装进罐子里。罐子口要用铁盖盖紧,盖子上压一根铁尺。用铁线兜底把罐子和铁盏一起捆扎结实,再用盐泥封住所有缝隙,将三根铁棍插在地上呈三足鼎立状,架起泥罐。烧火加热时需要约燃完三炷香的时间,在这个过程中要不断地用废毛笔蘸水抹擦铁盖表面,那么水银就会变成银朱粉末,凝结在罐子壁上,贴近罐口的银朱色泽更加鲜艳。冷却之后揭开铁盖封口,把银朱刮扫下来。剩下的石亭脂沉到罐底,还可以取出来再用。每一斤（十六两）水银可炼出银朱十四两、次等朱砂三两五钱，其中多出的重量是从石亭脂的硫质那里得到的。

人工炼制的朱砂跟碾磨成粉的天然朱砂功用差不多。但皇家、贵族绘画使用的是辰州、锦州等地出产的丹砂直接研磨而成的丹砂粉，不用提炼成的银朱粉。书房用的朱砂通常用胶做成条块状，在石砚上研磨，就能显出鲜红色；如果在锡砚上研磨，就会立即变成灰黑色。当漆工用朱砂配成红油彩涂饰器具时，和桐油调在一起就会色彩鲜明，和天然漆调在一起就会色彩灰暗。除此之外，水银和朱砂没有办法从其他途径获得，关于水银海和水银草的说法都是没有根据的无端狂妄之说，只有炼丹家和服食长生丹药的人才会相信。水银在提炼为朱砂之后，再不能还原为水银了，自然界变化万物的巧妙到此已经施展到尽头了。

○墨

凡墨烧烟凝质而为之①。取桐油、清油、猪油烟为者，居十之一，取松烟为者，居十之九。凡造贵重墨者，国朝推重徽郡②人。或以载油之艰，遣人僦居③荆、襄、辰、沅，就其贱值桐油点烟而归。其墨他日登于纸上，日影横射有红光者，则以紫草④汁浸染灯芯而燃炷者也。凡蓺油取烟。每油一斤，得上烟一两余。

图99　燃扫清烟

图 100　烧取松烟

手力捷疾者，一人供事灯盏二百副。若刮取怠缓则烟老，火燃、质料并丧也（图99）。其余寻常用墨，则先将松树流去胶香，然后伐木。凡松香有一毫未净尽，其烟造墨，终有滓结不解之病。凡松树流去香，木根凿一小孔，炷灯缓炙，则通身膏液就暖倾流而出也（图100）。

凡烧松烟，伐松斩成尺寸，鞠篾⑤为圆屋，如舟中雨篷式，接连十余丈。内外与接口皆以纸及席糊固完成。隔位数节，小孔出烟，其下掩土、砌砖先为通烟道路。燃薪数日，歇冷入中扫刮。凡烧松烟，放火通烟，自头彻尾。靠尾一二节者为清烟，取入佳墨为料。中节者为混烟，取为时墨料。若近头一二节，只刮取为烟子，货卖刷印书文家，仍取研细用之。其余则供漆工、垩工之涂玄⑥者。

凡松烟造墨，入水久浸，以浮沉分精悫⑦。其和胶之后，以槌敲多寡分脆坚。其增入珍料与潄金、衔麝⑧，则松烟、油烟增减听人。其余《墨经》⑨、《墨谱》⑩，博物者自详，此不过粗记质料原因而已。

[注释]

①墨是由燃烧松木、桐油等有机含碳物质产生的黑烟制成，这种黑烟就是炭黑。②徽郡：徽州府。今安徽黄山市一带。③僦（jiù）居：指租屋而居。④紫草：紫草科植物，根可作紫色染料。⑤鞠篾：编竹条。⑥涂玄：涂为黑色。⑦悫（què）：此即"确"字。⑧麝：有蹄目鹿科牡麝腹部香囊中的干燥分泌物，为上等香料。⑨《墨经》：宋人晁贯之所著，一卷，叙述墨锭的源流与制造方法。⑩《墨谱》：宋人李孝美所著，三卷，主要讨论采松、烧烟及制墨法。

[译文]

墨是由燃烧后的黑烟（炭黑）与胶凝结之后制成。用桐油、清油、猪油等烧成的烟灰做的墨约占十分之一，用松烟做的墨约占十分之九。制造贵重的墨，在本朝(明朝)首推徽州人。他们有时由于油料运输困难，就直接派人到荆州、襄阳、辰溪、沅陵等地租屋居住，购买当地廉价桐油燃成的烟灰，带回制墨。有一种墨，用它写在纸上一段时间后，放在阳光下斜照，能看到墨色泛着红光，那是用紫草汁浸染灯芯之后，点燃油灯所得的烟灰制成的墨。燃烧桐油取烟，每斤油可获得上等烟一两多。手脚麻利的采烟人，一个人可照管二百多副灯盏。如果刮取烟灰迟慢，烟烧过了头会导致质量下降，白白造成油料、时间的浪费。其余普通用墨都是用松烟制成，先让松树中的松脂流掉，然后砍伐松树。松脂只要有一点点没流干净，制成的墨总会有研磨不开的渣滓这种问题。流掉松脂的方法是在松树根部凿开一个小孔，点灯缓缓燃烧，于是整棵树上的松脂受热就会朝着这个小孔倾流出来。

烧取松烟时，先把砍下的松木截成一定的尺寸，在地上用竹篾搭建一个圆拱篷屋，形状就像小船上的遮雨篷，一节一节连接成十多丈长。篷屋内外和接口处都要用纸和草席糊封得紧实严密。每隔几节需留出一个小孔出烟，竹篷和地面接触的地方要覆盖泥土，篷内砌砖要预先设计好通烟火路。让松木在竹篷里面一连烧上好几天，停止燃烧，冷却之后，人们便可进去扫刮松烟。燃烧松烟时，点燃松木，引导松烟的操作顺序是从篷头开始，逐渐弥散到篷尾。靠近尾部一二节篷中扫出的烟叫作清烟，是制作优质墨的原料。从中部各节中取的烟叫作混烟，用作普通墨料。靠近开头一二节篷中取的烟叫作烟子，只能卖给印刷书籍的作坊，仍要磨细后才能使用。其他的就留给漆工、粉刷工作为黑色颜料使用。

造墨用的松烟放在水中长时间浸泡后，可以根据上浮和下沉的部分区别出墨料品质的好坏。把墨料和胶调在一起固结之后，用槌敲击，通过敲击次数的多少来区别墨的坚脆。至于在墨中加入珍贵的原料，烫上金字、填入麝香的时候，松烟和油烟的添加数量可以由人自行决定。其他有关墨的知识在《墨经》《墨谱》等书中都有记述，想要知道更多相关知识的人可以自行阅读此类书籍，我们这里只不过是简单地概述一下制墨的原料和方法罢了。

○附：诸色颜料

胡粉：至白色，详《五金》卷。

黄丹[①]：红黄色，详《五金》卷。

靛花：至蓝色，详《彰施》卷。

紫粉：缥红色，贵重者用胡粉、银朱对和，粗者用染家红花滓汁为之。

大青：至青色，详《珠玉》卷。

铜绿②：至绿色，黄铜打成板片，醋涂其上，裹藏糠内，微借暖火气，逐日刮取。

石绿：详《珠玉》卷。

代赭石③：殷红色，处处山中有之，以代郡者为最佳。

石黄④：中黄色，外紫色，石皮内黄，一名石中黄子。

[注释]

①黄丹：也叫铅丹，即四氧化三铅，红黄色粉末。②铜绿：铜青，各种碱式醋酸铜的混合物。③代赭石：土朱，赤铁矿矿石，主要成分是三氧化二铁。因为代县出产的质量最好，所以叫作代赭石。④石黄：也叫石中黄子，含有三氧化二铁的黏土。

[译文]

胡粉：颜色最白，详见《五金》章。

黄丹：红黄色，详见《五金》章。

靛花：深蓝色，详见《彰施》章。

紫粉：红色，贵重的用胡粉、银朱相互对和，粗糙的则用染布坊里的红花滓汁制成。

大青：深蓝色，详见《珠玉》章。

铜绿：深绿色，制作方法是将黄铜打成薄片，涂上醋以后，裹藏在米糠里，借助发酵的微热气，每天从铜片上刮取。

石绿：详见《珠玉》章。

代赭石：粉红色，各地山中都有出产，尤其是山西代县一带出产的质量最好。

石黄:中心是黄色,表层是紫色,石头内层是黄色,又叫作"石中黄子"。

舟车第十五

宋子曰:人群分而物异产,来往懋①以成宇宙。若各居而老死,何借有群类哉?人有贵而必出,行畏周行;物有贱而必须,坐穷负贩。四海之内,南资舟而北资车。梯航②万国,能使帝京元气充然。何其始造舟车者不食尸祝之报③也?浮海长年,视万顷波如平地,此与列子所谓御泠风④者无异。传所称奚仲⑤之流,倘所谓神人者非耶?

[注释]

①懋(mào)迁:贸易,运输。②梯航:梯指登山,航指航海。梯航泛指艰难之旅途。③尸祝之报:后代祭祀以报答。④列子所谓御泠(líng)风:《庄子·逍遥游》:"列子御风而行,泠然善也,旬有五日而后反。"泠风,清风。⑤奚仲:姓任,古代传说中的造车者。

[译文]

宋夫子说:人类分散聚居在各地,各地的物产也各有不同,只有通过运输贸易的交往才能构成整个社会。如果大家彼此各居一方,老死不相往来,还拿什么来构成人类社会呢?有地位的人总有出门在外地的时候,他们害怕步行走远路;有些物品虽然价格便宜,却是生活必需品,正因为当地缺乏就需要有人贩运。从全国范围来看,南方依靠的是行船,北方依靠的是车。人们借助车、船,翻山渡海,沟通国内外贸易,使得京都繁荣发展。为什么最早发明创造车、船的人却得不到后人的尊崇报答呢？人们常年驾驶舟船在大海中航行，把穿行于万顷波涛之中视为如履平地，这简直与传说中列子乘风飞行的故事没有什么不同。如果把经典上记载的创造车辆的奚仲等人称为"神人"，又有什么不可以的呢？

○舟

凡舟古名百千，今名亦百千，或以形名（如海鳅、江鳊、山梭之类），或以量名（载物之数），或以质名（各色木料），不可殚述①。游海滨者得见洋船，居江湄②者得见漕舫③。若局趣④山国之中，老死平原之地，所见者一叶扁舟、截流乱筏而已。粗载数舟制度，其余可例推云。

[注释]

①殚述：完全阐述。②江湄：江边。③漕舫：是明代以后将南方大米通过大运河输送到北京的运粮船。④局趣：即局促，局限。

[译文]

船的名称从古到今都有百千种之多，有的根据船的形状来命名（比如海鳅、江鳊、山梭之类的名字），有的按照船的载重量（装载货物的数量）命名，有的依据造船的材质（各种木料）来命名，名称繁多，不胜枚举。在海滨旅行的人能够见到远洋船，在江边居住的人可以看到漕舫。如果总是局限在山区中，老死在平原之上，视野极为有限，那就只能见到独木小舟、截流渡河的筏子罢了。这里简单记载几种船的形制规格，其余的可以自行类推。

○漕舫

凡京师为军民集区,万国水运以供储,漕舫所由兴也。元朝混一[①],以燕京为大都。南方运道由苏州刘家港、海门黄连沙开洋[②],直抵天津,制度用遮洋船。永乐间因[③]之。以风涛多险,后改漕运。平江伯陈某[④]始造平底浅船,则今粮船之制也。

凡船制底为地,枋[⑤]为宫墙,阴阳竹[⑥]为覆瓦。伏狮[⑦]前为阀阅,后为寝堂。桅[⑧]为弓弩,弦篷[⑨]为翼。橹为车马,簹纤[⑩]为履鞋。缂索[⑪]为鹰、雕筋骨。招为先锋,舵为指挥主帅,锚为扎车营寨(图101)。

粮船初制:底长五丈二尺,其板厚二寸,采巨木,楠[⑫]为上,栗[⑬]次之。头长九尺五寸,梢[⑭]长九尺五寸。底阔九尺五寸,底头阔六尺,

图101 漕舫

底梢阔五尺,头伏狮阔八尺,梢伏狮阔七尺,梁头⑮一十四座。龙口梁阔一丈,深四尺⑯,使风梁阔一丈四尺,深三尺八寸。后断水梁阔九尺,深四尺五寸。两廒⑰共阔七尺六寸。此其初制,载米可近二千石(交兑每只止足五百石)。后运军造者私增身长二丈,首尾阔二尺余,其量可受三千石。而运河闸口原阔一丈二尺,差可渡过。凡今官坐船,其制尽同,第窗户之间宽其出径,加以精工彩饰而已。

[注释]

①混一:统一。②开洋:出海。③因:遵循。④平江伯陈某:指陈瑄(1365—1433年),字彦纯,合肥人。1402年,任右军都督佥事,协助朱棣渡江有功,封平江伯,世袭指挥使。永乐元年(1403年),充总兵官,总督漕运。筹划建造平底船2000只。⑤枋:由大方木一条条拼接而成的船体四壁。⑥阴阳竹:船室的上顶棚,由剖成两半,凿空中节的竹子凸凹搭接而成。⑦伏狮:船体首尾横穿两边船枋的大横木。⑧桅:船中间直立的架帆长木杆,也叫桅杆。⑨弦篷:船帆。⑩簟(tán)纤:拉船的绳索。⑪绋(yù)索:系船的粗绳。⑫楠:樟科犬樟属木材。⑬栗:山毛榉科栗属木材。⑭梢:通"艄",船尾。⑮梁头:指横贯船身的大梁,即两侧船壁中间架设的横木。⑯深四尺:是说梁与船底之间的距离为四尺。⑰廒:船舱。

[译文]

京城是军民百姓的汇集之地,通过河道将全国各地的货物运往首都,确保它的物资储备,于是漕船运输制度就发展起来了。元朝一统天下之后确定以燕京为都城。那时南方到北方的航道是从苏州的刘家港、海门县的黄连沙出发,沿海路直达天津,用的是遮洋船。明朝永乐年间(1403—1424年)沿袭了这条航线。后来因为风浪太大,危险过多,因此改为内河航运。平江伯陈某首先提出制造平底浅船从事运输,这就是现在运粮船的形式。

　　漕船的船底相当于房屋的地基，船枋好比房子的四壁，船室上面的阴阳竹棚盖类似屋顶的盖瓦。船头的横木相当于房屋的前门，船尾的横木可以视为寝室。船上的桅杆相当于弓、弩的弓背、弩身，风帆和帆索相当于弓弦和弩翼。船桨相当于拉车的马，拉船的纤绳相当于走路时穿的鞋子。系铁锚的粗缆、绑紧全船的大索很像猛禽鹰、雕的筋骨。船头的大桨是开路先锋，船尾的舵则是指挥航行的主帅，要停船安营扎寨就得使用锚。

　　运粮船起初的规格是这样的：船底长五丈二尺，船底板厚二寸，用大木作原料，其中楠木质量最好，其次是栗木。船头长九尺五寸，船尾长九尺五寸。船底宽九尺五寸，船底前部宽六尺，船尾宽五尺，船头顶部的大横木长八尺，船尾的横木长七尺，整个船上共有大梁十四根。接近船头的龙口梁长一丈，高出船底四尺，支撑桅杆的使风梁长一丈四尺，高出船底三尺八寸。船尾的断水梁长九尺，离船底四尺五寸。船上的两个粮仓宽七尺六寸。这都是漕船最初的尺寸规格，每艘漕船的载米量接近两千石（但每只船每次只需缴五百石便算足额了）。后来漕军造的漕船私自把船身增长了二丈，船头和船尾各加宽了二尺多，便可以载米三千石。运河闸口原来宽一丈二尺，这种船可以勉强通过。现在官员使用的客船，大小规格完全与此相同，只不过是将舱楼的门窗加大一些，精修装饰一番罢了。

　　凡造船先从底起，底面傍靠墙，上承栈[①]，下亲地面。隔位列置者曰梁。两傍峻立者曰墙。盖墙巨木曰正枋，枋上曰弦。梁前竖桅位曰锚坛，坛底横木夹桅本者曰地龙，前后维曰伏狮，其下曰拿狮，伏狮下封头木曰连三枋。船头面中缺一方曰水井（其下藏缆索等物）。头面眉际树两木以系缆者曰将军柱。船尾下斜上者曰草鞋底，后封头下曰短枋，枋下曰挽脚梁。船梢掌舵所居，其上曰野鸡篷（使风时，一人坐篷巅，收守篷索）。

凡舟身将十丈者，立桅必两。树中桅之位，折中过前二位②，头桅又前丈余。粮船中桅，长者以八丈为率，短者缩十之一二。其本入窗内亦丈余，悬篷之位约五六丈。头桅尺寸则不及中桅之半，篷纵横亦不敌三分之一。苏、湖六郡运米，其船多过石瓮桥③下，且无江、汉之险，故桅与篷尺寸全杀。若湖广、江西等舟，则过湖冲江，无端风浪，故锚、缆、篷、桅必极尽制度，而后无患。凡风篷尺寸，其则一视全舟横身，过则有患，不及则力软。

凡船篷，其质乃析篾成片织就，夹维竹条，逐块折叠，以俟悬挂。粮船中桅篷，合并十人力方克凑顶，头篷则两人带之有余。凡度篷索，先系空中寸圆木关捩④于桅巅之上，然后带索腰间，缘木而上，三股交错而度之。凡风篷之力，其末一叶敌其本三叶。调匀和畅，顺风则绝顶张篷，行疾奔马。若风力溅⑤至，则以次减下（遇风鼓急不下，以钩搭扯），狂甚则只带一两叶而已。

[注释]

①栈：甲板。②过前二位：绕过两梁。③瓮桥：拱桥。④关捩（liè）：能转动的机械装置，相当于滑轮。⑤溅（jiàn）：再，一次又一次。

[译文]

建造漕船首先从船底造起，船底的两边立起船壁，船壁支撑上面的栈板，船壁下面紧贴船底。每隔一定的距离在两壁之间架设横贯船身的木头叫梁。船底两旁高高竖立的木板就是船墙。盖在船壁最顶上的粗大方柱形木头叫作正枋，每根正枋上面纵长的木板叫作弦。梁前面竖立桅杆的地方叫作锚坛，锚坛横架固定桅杆根部的横木叫作地龙，船头和船尾各有一根连接船壁的大横木叫作伏狮，在伏狮的两端下面紧靠着船身的一对纵向木叫作拿狮，在伏狮之下还有密封船头的木叫作连三枋。船头中间开一个方形舱口叫作水井（里面用来收储缆索等物品）。船头两边竖起两根系结缆索的木桩叫作将军柱。船尾下面船底两侧倾斜着的船壁叫作草鞋底，船尾封尾木下面的是短枋，短枋下面是挽脚梁。船尾掌舵人所在的地方叫作野鸡篷（漕船扬帆时，一个人坐在篷顶上，操纵帆索）。

将近十丈的漕船船身要竖立两根桅杆。中间的桅杆竖在船中间向朝前过两个梁的部位，从中桅开始，离船头一丈多的地方再立一支船头桅。漕船中桅桅杆长度一般有八丈，短的缩短十分之一二。桅身进入舱楼至舱底的部分长达一丈多，挂帆的地方要占去五六丈。船头桅杆的高度不到中间桅杆的一半，帆的纵横幅度也不到中桅帆的三分之一。苏州、湖州六府一带运米的船，大多都要经过石拱桥，而且没有长江、汉水那样的风险，所以桅杆和帆的尺寸都可以缩减。但是如果行驶到湖广、江西等省的船，由于过湖穿江时会突然遇到风浪，所以锚、缆、帆、桅杆等都必须严格按照符合规定的尺寸来建造，这样才能没有后患。此外，风帆的大小也要与船身的宽度保持一致，太大了会有危险，太小了就会风力不足。

船帆的材质大多都是用破开的竹子篾片编成，每编成一块就要夹进一根带篷缰的篷挡竹做骨干，既可以逐块折叠，又能让帆紧贴着桅杆升起。漕船中间桅杆上所挂的帆，需要十个人用力拖拽才能升到桅杆顶部，而船头帆只要两人操作就足够了。安装帆绳时，先将直径约一寸的中空圆木制成滑轮，固定在桅杆顶上，然后在腰间带着绳索爬上桅杆，把三股绳索交错着穿过滑轮挂绳。风帆承受的风力，顶上的一叶相当下面的三叶。当调节得准确顺当又遇到顺风时，帆能张到最大限度，船前进的速度赶得上快马。但是如果风力不断增大，则要逐渐减少张开的帆叶（遇到很大的风，帆叶鼓得太厉害而降不下来时，就要使用搭钩拽下）；风力很猛时，只带一两叶帆就够了。

凡风从横来，名曰抢风。顺水行舟则挂篷，"之""玄"游走，或一抢向东，止寸平过，甚至却退数十丈。未及岸时，捩舵转篷，一抢向西，借贷水力兼带风力轧下，则顷刻十余里。或湖水平而不流者，亦可缓轧。若上水舟，则一步不可行也。凡船性随水，若草从风，故制舵障水，使不定向流，舵板一转，一泓从之。

凡舵尺寸与船腹切齐。其长一寸，则遇浅之时船腹已过，其梢尾舵使胶住，设风狂力劲，则寸木为难不可言。舵短一寸，则转运力怯，回头不捷。凡舵力所障水，相应及船头而止。其腹底之下，俨若一派急顺流，故船头不约而正，其机妙不可言。舵上所操柄，名曰关门棒，欲船北，则南向捩转；欲船南，则北向捩转。船身太长而风力横劲，舵力不甚应手，则急下一偏披水板①，以抵其势。凡舵用直木一根（粮船用者围三尺，长丈余）为身，上截衡受棒，下截界开衔口，纳板其中如斧形，铁钉固拴以障水。梢后隆起处，亦名曰舵楼。

凡铁锚所以沉水系舟。一粮船计用五六锚，最雄者曰看家锚，重五百斤内外，其余头用二枝，梢用二枝。凡中流遇逆风，不可去又不可泊（或业已近岸，其下有石非沙，亦不可泊，唯打锚深处），则下锚沉水底。其所系绰，缠绕将军柱上。锚爪一遇泥沙，扣底抓住。十分危急，则下看家锚。系此锚者名曰"本身"，盖重言之也。或同行前舟阻滞，恐我舟顺势急去，有撞伤之祸，则急下梢锚提住，使不迅速流行。风息开舟，则以云车②绞缆，提锚使上。

凡船板合隙缝，以白麻斫絮为筋，钝凿扱入，然后筛过细石灰，和桐油春杵成团调舱。温、台、闽、广即用蛎灰。凡舟中带篷索，以火麻秸（一名大麻）绹③绞。粗成径寸以外者，即系万钧不绝。若系锚缆，则破析青篾为之。其篾线入釜煮熟，然后纠绞。拽缱④篝亦煮熟篾线绞成，十丈以往，中作圈为接驱⑤，遇阻碍可以掐断。凡竹性直，篾一线千钧。三峡入川上水舟，不用纠绞缱篝，即破竹阔寸许者，整条以次接长，名曰火杖。盖沿崖石棱如刃，惧破篾易损也。

凡木色桅用端直杉⑥木，长不足则接，其表铁箍逐寸包围。船窗前道，皆当中空阙，以便树桅。凡树中桅，合并数巨舟承载，其末长缆系表而起。梁与枋墙用楠木、槠⑦木、樟⑧木、榆⑨木、槐⑩木（樟木春夏伐者，久则粉蛀）。栈板不拘何木。舵杆用榆木、榔⑪木、槠木。关门棒用椆⑫木、榔木。橹用杉木、桧⑬木、楸⑭木。此具大端云。

[注释]

①披水板：船头上装的可以上下提动的劈水板，共两块，装于左右两侧。②云车：立式的起重绞车。③绹（táo）：用绳索捆。④缱：同"纤"（qiàn），拉船用的绳索。⑤接驱：接环。⑥杉：杉科常绿乔木。⑦槠（zhū）：壳斗科槲属乔木。⑧樟：樟科。⑨榆：榆科。⑩槐：豆科。⑪榔：榆科。⑫椆：古代的一种树名，可能是马鞭草科的柚木，木质坚硬，产于广东、云南南

部。⑬桧（guì）：柏科。⑭楸：紫葳科。

[译文]

　　借助横向吹来的风航行，叫作抢风。如果是顺水行船，就可以升起船帆按"之"字形或者"玄"字形的曲折航线行驶，如果船要抢风向东航行，只能平过对岸，甚至还会后退几十丈。这时趁船还未到达对岸，便应立刻转舵，并把帆调转向另一舷上去，即把船抢向西行驶，借助水势和风力的挤压，船沿着斜向前进，一下子可以航行十多里。如果是在平静不动的湖水中，需要缓慢地借着水力、风力转抢斜行。但如果是逆水行舟，又遇到横风，那就寸步难行了。船顺着水航行，就如同草随着风儿摆动一样，所以要利用舵来挡水，使水不按原来的方向流动，舵板一转就能引起一股水流。

　　舵的尺寸，其下端要同船底平齐。如果舵比船底长出一寸，那么遇到水浅时，船底已经通过，但是船尾的舵却被卡住，假如风力很大的话，这长出一寸的舵木带来的麻烦也就难以形容了。如果舵比船底短了一寸，那么舵的运转力就会太小，船身转动也就不够灵巧。由舵板挡住的水，相应地流到船头为止。船底下的水好像一股湍急的顺流，所以船头按照操纵的方向自然而然地前进，这一切真是妙不可言。舵上的操纵杆叫作关门棒，要让船头向北，就将关门棒推向南；要让船头向南，就将关门棒推向北。如果船身太长而横向吹来的风又太猛，舵力不那么够用，就要赶紧放下吹风一侧的挡水板，用来抵消风势。船舵用一根直木做舵身（漕船上的舵周长三尺，长一丈多），舵的上端凿个横孔插进关门棒，下端锯开个衔口，用来夹紧斧头形状的舵板，然后用铁钉钉牢便可以挡水了。船尾高耸起来的地方，也叫作舵楼。

　　铁锚的作用是在其沉入水底的时候能将船固定住。一艘运粮船上共有五六个铁锚，其中最大的锚叫作看家锚，重达五百斤左右，其余的锚在船头上有两个，在船尾也有两个。船在航行之中如果遇到逆风，既无法前进，又不能靠岸停泊（或者已经接近岸边，但是水底是石头而不是沙土，那也不能停泊，这时只能选择在水深的地方赶紧抛锚），就要将锚抛下，沉入水底。把系锚的缆索缠绕在将军柱上。锚爪子一接触到泥沙，就能陷进泥里抓牢。如果情况十分危急，便要抛下看家锚。系住这个锚的缆索叫作"本身"，这就是说它有多么重要。在同一航向航行的船只，如果遇到前面的船受阻，恐怕自己的船会顺势急冲向前而有导致碰撞的危险，那就要赶快抛下船尾锚拖住船只，降低航行速度。风平浪静要开船时，再用云车绞动缆绳，把锚提起来。

密封船板间的缝隙，要用捣碎的白麻絮结成麻筋，用钝凿把麻筋塞进缝隙里，然后再用筛得很细的石灰拌和桐油，捣成油团封补在麻筋外面。浙江温州、台州，福建及两广等地都用贝壳灰代替石灰。船上系住船帆的绳索用火麻纤维（也叫大麻）纠绞在一起。做成直径达一寸多的粗绳索，即便系住万斤以上的东西也不会拉断。系锚的那种缆绳则是用竹片削成的青篾条制成。这些篾条要先放在锅里煮过后，再纠绞成绳索。拉船的纤索也是用煮过的篾条绞结制成，每当绳长达到十丈以上时，就要在篾条中间结个圈作为接口，为的是碰到障碍时可以将篾条夹断。竹的特性是纵向拉力强，一条竹篾可以承受上千斤的拉力。凡是经由三峡而进入四川的上水船往往不用纠绞的纤索，而是直接把竹子破成一寸多宽的整条竹片，互相连接起来，叫作火杖。因为沿岸的崖石锋利得像刀刃一样，如果用篾绳反而更容易损坏。

造船选择木料时，桅杆用匀称笔直的杉木，如果一根杉木长度不够的话可以接续，在接合部的外面用铁箍一寸寸箍紧。船楼的前面应当空出一块地方，以便竖立桅杆。竖立船中间的桅杆时，要拼合几条大船来共同承载，然后在桅顶的那一端用长缆索系牢，将桅杆拉吊起来。船上的梁、枋、船壁都要选用楠木、楮木、樟木、榆木或者槐木（春夏两季砍伐的樟木，时间放长了会被虫蛀）。船底和甲板用什么木料都可以。舵杆要使用榆木、榔木或者楮木。关门棒要用榈木或者榔木。橹要用杉木、桧木或者楸木。以上所讲的只是关于漕船的大致情况而已。

○海舟

凡海舟，元朝与国初运米者曰遮洋浅船，次者曰钻风船（即海鳅）。所经道里止万里长滩①、黑水洋②、沙门岛③等处，若无大险。与出使琉球、日本暨商贾爪哇、笃泥④等舶制度，工费不及十分之一。凡遮洋运船制，视漕船长一丈六尺，阔二尺五寸，器具皆同。唯舵杆必用铁力木⑤，舱灰用鱼油和桐油，不知何义。凡外国海舶制度，大同小异。闽、广（闽由海澄开洋，广由香山嶴⑥）洋船截竹两破排栅⑦，树于两旁以抵浪。登、莱制度又不然。倭国海舶两旁列橹手栏板抵水，人在其中运力。朝鲜制度又不然。

至其首尾各安罗经盘⑧以定方向，中腰大横梁出头数尺，贯插腰舵，则皆同也。腰舵非与梢舵形同，乃阔板斫成刀形插入水中，亦不捩转，盖夹卫扶倾之义。其上仍横柄拴于梁上，而遇浅则提起。有似乎舵，故名腰舵也。凡海舟以竹筒贮淡水数石，度供舟内人两日之需，遇岛又汲。其何国何岛合用何向，针指示昭然，恐非人力所祖。舵工一群主佐，直是识力造到死生浑忘地⑨，非鼓勇⑩之谓也。

[注释]

①万里长滩:元、明时自长江口至苏北盐城一带的浅水海域。②黑水洋:自苏北盐城东海岸至山东半岛南部之间的海域。③沙门岛:在今山东半岛蓬莱西北海中。④笃泥:可能是渤泥,今印度尼西亚的加里曼丹岛。⑤铁力木:金丝桃科铁力木属,木质极为坚硬。⑥香山墺:即今澳门。⑦竹两破排栅:将竹破成两半立成栅墙。⑧罗经盘:磁罗盘,是测定方位的仪器,由中国发明,十一世纪时已用于航海。⑨识力造到死生浑忘地:其识见超群已经达到将生死全然忘却的地步。⑩鼓勇:光凭勇气。

[译文]

元朝和本朝(明朝)初年用来运米的海船叫作遮洋浅船,小一点儿的海船叫作钻风船(也就是海鳅船)。这些海船经过的航道仅限于长江口以北的万里长滩、黑水洋和沙门岛等地方,似乎没有很大的风险。制造此类海船与出使琉球、日本和到爪哇、笃泥等地经商的海船相比,人工和材料成本不到后者的十分之一。遮洋浅船形状规格与漕船相比,要长出一丈六尺,宽出二尺五寸,其他船上的设备都是一样。只是遮洋浅船的舵杆必须要用铁力木制造,密封船缝的灰浆要用鱼油加桐油拌和,不知道原理是什么。外国海船的规格、外形与遮洋浅船大同小异。福建、广东的远洋船(福建的远洋船由海澄开航,广东的远洋船由香山墺开航)把竹子破成两半编成排栅,竖立在船的两旁抵挡海浪。山东登州和莱州的海船制作方法又有所不同。日本国海船两旁排列的桨起到挡水栏板的作用,人在船的两侧用力划桨挡水。朝鲜国海船的形制又不同。

海船在船头、船尾都安装有罗盘用以辨别航向,船中部的大横梁伸出船外几尺,便于插进腰舵,这些都是海船的共通之处。腰舵的外形跟尾舵不同,它是把宽木板砍削成刀的形状插进水中,本身并不转动,只是起到防止船身倾斜的平衡作用。它上面还有个横把手拴在梁上，遇到水浅时就可以提起来。因为它有点儿像舵，所以就叫作腰舵。海船出海时，用竹筒存储几百斤的淡水，估计可供应船上人两天的用量，只要遇到岛屿，就会再补充淡水。无论航行到什么国家、什么岛屿，需要哪种航向，靠罗盘针的指示都会看得很清楚，这恐怕不是仅仅凭借人的经验就能够轻易掌握了。舵工们相互配合操纵海船，他们的见识和魄力简直到了将生死置之度外的境界，那不是只凭一时的勇气就能做到的。

○杂舟

江汉课船[①]：身甚狭小而长，上列十余仓，每仓容止一人卧息。首尾共桨六把（图102），小桅篷一座。风涛之中恃有多桨挟持。不

图102 六桨课舡

遇逆风，一昼夜顺水行四百余里，逆水亦行百余里。国朝盐课，淮、扬数颇多，故设此运银，名曰课船。行人欲速者亦买之。其船南自章、赣②，西自荆、襄③，达于瓜、仪④而止。

[注释]

①课船：运税银的船。②章、赣：指今赣江流域。③荆、襄：今湖北江陵、襄樊。④瓜、仪：今江苏南京东北和仪征一带。

[译文]

长江、汉水上的课船：船身狭窄修长，船上有十多个舱，每个舱只能容纳一个人休息。从船头到船尾总共有六把桨，另有一座小桅帆。船在风浪当中靠这几把桨推动划行。如果没有遇上逆风，一昼夜就能顺水行船四百多里，逆水行船也有一百多里。本朝（明朝）盐税在淮安、扬州一带征收的数额很大，特地用这种船来运送税银，所以被称为"课船"。旅客想要抢时间办事，也租用这种船。课船的航线南从江西省的章水、赣水，西从湖广省的江陵、襄州等地方出发，到达瓜埠、仪真为止。

三吴浪船：凡浙西、平江纵横七百里内，尽是深沟，小水湾环，浪船（最小者名曰塘船）以万亿计。其舟行人贵贱①来往以代马车、屝屦②。舟即小者，必造窗户堂房，质料多用杉木。人物载其中，不可偏重一石③，偏即欹④侧，故俗名"天平船"。此舟来往七百里内。或好逸便⑤者径买，北达通、津⑥。只有镇江一横渡，俟风静涉过。又渡清江浦⑦，溯黄河浅水二百里，则入闸河安稳路矣。至长江上流风浪，则没世⑧避而不经也。浪船行力在梢后，巨橹一枝，两三人推轧前走，或恃缱簪。至于风篷，则小席如掌，所不恃也。

[注释]

①行人贵贱：有钱和无钱的行人。②扉（fèi）履：步行。③偏重一石：有一石（百斤）左右的偏重。④欹（qī）：倾斜，歪向一边。⑤好逸便：喜欢轻松方便。⑥通、津：通州和天津。⑦清江浦：明代运河入黄河口，今江苏淮安市。⑧没世：永世。

[译文]

三吴浪船：从浙江省西部至平江府之间方圆七百里的范围内，布满幽深的沟谷和曲折的小溪，水上行驶的浪船（最小的叫作塘船）数以十万计。乘客无论身份高低贵贱都搭乘这种船往来各地，代替车马或者步行。这种船即使很小也要装配有窗户的厅房，造船的木料多是杉木。人和货物在船里要保持两边平衡，偏重不能超过一百斤，否则浪船就会倾斜偏倒，因此俗称"天平船"。浪船来往的航程通常在七百里之内。有些追求安逸、贪图方便的人，租用浪船一直往北行驶到通州和天津。沿途只在镇江横渡长江，等到风平浪静才会过江。然后渡过运河上的清江浦，沿着黄河浅水逆行二百里，进入运河闸口以后，就可以在运河航线中安稳航行了。长江上游水急浪大，浪船永远不能驶入。浪船的推动力全在船尾，靠那根巨大的橹由两三个人合力摇动而使船前进，或者是靠人上岸拉纤使船前进。至于船的风帆，不过只有小席大小，船的行进完全不依赖它。

浙西西安船①：浙西自常山至钱塘八百里，水径入海，不通他道，故此舟自常山、开化、遂安②等小河起，至钱塘而止，更无他涉。舟制箬篷③如卷瓮为上盖。缝布为帆，高可二丈许，绵索张带。初为布帆者，原因钱塘有潮涌，急时易于收下。此亦未然，其费似侈于篾席，总不可晓。

[注释]

①原文为"东浙西安船"。实际上是以西安（衢州府治）的地名命名的内河航运，相关地点都在浙江西部，因此改为"浙西西安船"。正文径改。②常山、开化、遂安：在浙江西部，为钱塘江各支流的上游地区。③箬（ruò）篷：用箬叶编的船篷。

[译文]

浙西西安船：从浙江西部的常山到杭州府钱塘之间，钱塘江流经共约八百里，直接流入大海，不通其他航道，因此这种船的航线是从常山、开化、遂安等钱塘江上游的小河起一直航行到钱塘江口为止，跟其他航路没有关系。这种船是用箬竹叶编成瓮状圆拱形篷作为顶盖。用棉布作帆，有两丈多高，帆索也是棉绳制成。当初采用布帆，据说是因为钱塘江口有潮涌，情况危急时布帆更容易收起来。但也不一定出于这个原因，它的造价比起竹篾质地的帆要高得多，总之很难理解为什么要使用棉布船帆。

福建清流、梢篷船①：其船自光泽、崇安②两小河起，达于福州洪塘而止，其下水道皆海矣。清流船以载货物、商客，梢篷船，大差可坐卧，官贵家属用之。其船皆以杉木为地。滩石甚险，破损者其常，遇损则急舣向岸，搬物掩塞。船梢径不用舵，船首列一巨招，捩头使转。每帮五只方行，经一险滩，则四舟之人皆从尾后曳缆，以缓其趋势。长年即寒冬不裹足③，以便频濡。风篷竟悬不用云。

[注释]

①清流、梢篷船：清流船，指以闽西清流县地名命名的客货两用船。梢篷船，航行于闽江的高级客货两用船，客舱在船尾，船工在船首摇桨驱动。②光泽、崇安：在福建北部，为闽江各支流的上游地区。③裹足：穿上鞋袜。

[译文]

福建清流船、梢篷船：这两种船由光泽、崇安两县的小河起航，到达福州洪塘为止，再往下的水道就是海路。清流船用于运载货物、客商，梢篷船船型稍大，正好可供人起居坐卧，全是供达官贵人家使用。这类船都用杉木做船底。航行途中经过的险滩礁石非常危险，时常会使船底破损漏水，一旦遇到这种情况就要立刻设法靠岸，抢卸货物，堵塞漏洞。这种船的尾部没有安装船舵，而是在船头安装一副叫作"招"的大桨来使船调转船头改变方向。为了确保航行安全，每次出航都要联络五只船结队开行，当经过急流险滩时，后面四只船的人都要用缆索拉住第一只船的船尾，减慢它的速度。船工即便是在寒冷的冬季也不穿鞋，为的是方便随时涉水。船的风帆竟然空悬在那里不起作用。

四川八橹等船：凡川水源通江、汉，然川船达荆州而止，此下则更舟矣。逆行而上，自夷陵入峡，挽缱者以巨竹破为四片或六片，麻绳约接，名曰火杖。舟中鸣鼓若竞渡，挽人①山石中间闻鼓声而威力。中夏至中秋，川水封峡，则断绝行舟数月。过此消退，方通往来。其新滩等数极险处，人与货尽盘岸行半里许，只余空舟上下。其舟制，腹圆而首尾尖狭，所以辟滩浪云。

[注释]

①挽人：纤夫。

[译文]

四川八桨船等：四川的水源本来就与长江、汉水相通，但是四川的船只仅仅是航行到荆州就停止了，再往下行驶就必须更换另一种船。逆水航行，从夷陵进入三峡，要靠拉纤，拉纤的人将巨大的竹子破成四片或者六片，用麻绳接长，称之为火杖。船上就像端阳节龙舟竞赛那样击鼓，纤夫在岸上山石之间听到鼓声，就一起使劲拉拽。从中夏到中秋期间，川江水涨，峡谷封闭，会有几个月停止行船。此后水位降低，船只才继续开始往来。这段航道要经过的新滩等几处地方极其危险，这时人与货物都必须上岸，从陆地转运半里多路，只剩下空船在江里行走。四川八桨船的形状是腹部圆，首尾尖长狭窄，便于在险滩处劈波斩浪。

黄河满篷梢：其船自河入淮，自淮溯汴用之。质用楠木，工价颇优。大小不等，巨者载三千石，小者五百石。下水则首颈之际，横压一梁，巨橹两枝，两旁推轧而下。锚、缆、篷、帆制与江、汉相仿云。

[译文]

黄河满篷梢船：从黄河进入淮河，再从淮河逆行进入河南汴水，使用的都是这种满篷梢船。造船的木料用的是楠木，工本费比较高。船的大小不等，大的可以装载三千石，小的只能装载五百石。顺水行驶时，就在船头与船身之间安上一根横梁伸出船的两边，梁上安装两个巨大的桨，人在船两边摇动巨桨使船前进。至于铁锚、缆绳、纤绳、风帆等的规格，与长江、汉水上行驶的船大致相同。

广东黑楼船、盐船:北自南雄,南达会省①。下此惠、潮通漳、泉,则由海汊乘海舟矣。黑楼船为官贵所乘,盐船以载货物。舟制两旁可行走。风帆编蒲②为之,不挂独竿桅,双柱悬帆,不若中原随转。逆流凭借缱力,则与各省直同功云。

[注释]

①会省:即省会广州。②蒲:棕榈科蒲葵,产于闽、广,叶子可作扇,干后的纤维可制绳索。

[译文]

广东黑楼船、盐船:从北面的广东南雄到南面省城广州的河道里都行驶着这两种船。但再往南从广东惠州、潮州前往福建漳州、泉州时,就应该在出海口改乘海船。达官贵人乘坐黑楼船,盐船则用来运载货物。船的两侧有通道供人行走。风帆是用蒲葵编织而成,船上不用单桅杆,而是竖立双桅杆,因此不像内地的船帆那样可以随意转动。至于逆水航行时,要靠纤绳拉拽,这与其他各省一样。

黄河秦船(俗名摆子船):造作多出韩城,巨者载石数万钧,顺流而下,供用淮、徐地面。舟制首尾方阔均等。仓梁平下,不甚隆起,急流顺下,巨橹两旁夹推,来往不凭风力。归舟挽缱多至二十余人,甚有弃舟空返者。

[译文]

黄河秦船(俗名摆子船):这种船多数在陕西省的韩城县制造,大的可以装载数万斤石头的分量,顺流而下,供淮阴、徐州一带使用。这种船的规格是船头、船尾宽度一样,船舱和梁都比较低平,并不怎么凸起。当船顺着黄河急流而下的时候,摇动两旁的巨桨,推动船只前进,船的往返都不依靠风力。逆流返航的时候,往往需要二十多个人拉纤,因此甚至有连船也不要空手返回的情况。

○车

凡车利行平地,古者秦、晋、燕、齐之交,列国战争必用车,故"千乘""万乘"之号起自战国。楚、汉血争而后日辟①。南方则水战用舟,陆战用步、马。北膺胡虏,交使铁骑,战车遂无所用之。但今服马驾车以运重载,则今骡车即同彼时战车之义也。

[注释]

①血争而后日辟:以身相搏而车战渐少。

[译文]

车适合在平地上驾驶,古代秦、晋、燕、齐诸侯国之间交战都要使用战车,因此战国时期(前475—前221年)就有了所谓"千乘之国""万乘之国"的说法。秦末,经过楚、汉(项羽与刘邦)血战之后,战车的使用日渐减少。在南方,水战用船,陆战用步兵、骑兵。向漠北用兵,与游牧民族作战,双方都使用骑兵(铁骑),于是战车再也派不上用场了。然而,如今人们仍旧驭马驾车运载重物,这说明现在的骡马车与过去战车的结构应该是相同的。

凡骡车之制有四轮者(图103),有双轮者,其上承载支架,皆

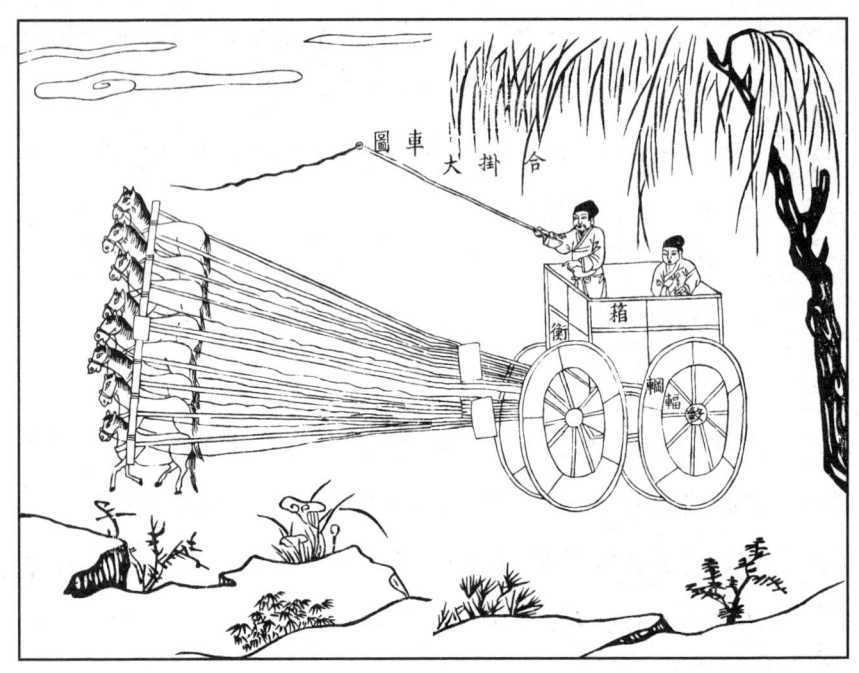

图 103 合挂大车图

从轴上穿斗而起。四轮者前后各横轴一根,轴上短柱起架直梁,梁上载箱。马止脱驾之时,其上平整,如居屋安稳之象。若两轮者,驾马行时,马曳其前,则箱地平正。脱马之时,则以短木从地支撑而住,不然则欹卸也。

凡车轮,一曰辕①(俗名车陀②)。其大车中毂③(俗名车脑),长一尺五寸(见《小戎》朱注④),所谓外受辐⑤、中贯轴者。辐计三十片,其内插毂,其外接辅⑥。车轮之中,内集轮,外接辋⑦,圆转一圈者是曰辅也。辋际尽头则曰轮辕⑧也。凡大车脱时,则诸物星散收藏。驾则先上两轴,然后以次间架。凡轼⑨、衡⑩、轸⑪、轭⑫,皆从轴上受基也。

[注释]

①辕：与轴相连，放置车前驾牲畜的两根直木，并非车轮也。这里用字有误。②车陀：含义不明，可能是"车舵"。③中毂（gǔ）：车轮中央的圆木，中间的圆孔套入车轴，周边连接辐条。④《小戎》朱注：指朱熹对《诗经·秦风·小戎》"文茵畅毂"句的注释。注中说大车轮毂长一尺五寸。⑤辐：车轮内凑集于中心毂上的直木，连接轮圈与轮毂，支撑车轮。⑥辅：原来是指车轮上穿夹毂的两根直木，用来增强轮毂载重力，每轮两根。这里可能是指轮圈内缘，呈圆形。⑦辋（wǎng）：车轮周围的框子。⑧轮辕：应作"轮缘"，即车轮之最外一圈。⑨轼：在车厢前供人凭倚的横木。⑩衡：车辕头上的横木。⑪轸（zhěn）：车厢底部四面的横木。⑫轭（è）：套在牲口颈上的马具。

[译文]

骡马车的样式有四轮，也有双轮，车上面的承载支架都是从车轴上穿孔套接上去。四轮骡马车的前两轮和后两轮各有一根横轴，轴上竖立有短柱，上面架着纵梁，纵梁上承载着车厢。当骡马停车牵走不再驾驭时，车身仍旧保持平稳端正，就像坐在房子里那样安稳。两轮骡马车驾驭行车时，马在前面拉车，车身平稳端正。停车牵走时，则要用短木向前抵住地面支撑车身，否则车就会向前倾倒。

骡马车的车轮也叫作辕（俗名叫作"车陀"）。车轮中心装轴的圆木叫作毂（俗名叫车脑），长约一尺五寸（朱熹在《诗经·秦风·小戎》的注释中是这样说的），它是外沿连接辐条，中间插入车轴的部件。每个轮中的辐条有三十根，辐条内端插进毂中，外端连接辅。车轮中被称作辅的部件内侧集中了辐，外面接的是辋，呈圆形，所以叫辅。辋的最外边叫轮辕。大车收车不用时，一般都把几个大的部件拆卸下来分别收藏。要用车时首先装好两个车轴,然后依次装其余部件。因为轼、衡、轸、轭等部件都是需要在轴上安装起来。

凡四轮大车量可载五十石,骡马多者,或十二挂,或十挂,少亦八挂。执鞭掌御者居箱之中,立足高处。前马分为两班（战车四马一班,分骖、服）,纠黄麻为长索,分系马项,后套总结,收入衡内两旁。掌御者手执长鞭,鞭以麻为绳,长七尺许,竿身亦相等。察视不力①者,鞭及其身。箱内用二人踹绳,须识马性与索性者为之。马行太紧,则急起踹绳,否则翻车之祸从此起也。凡车行时,遇前途行人应避者,则掌御者急以声呼,则群马皆止。凡马索总系透衡入箱处,皆以牛皮束缚,《诗经》所谓"胁驱"②是也。

凡大车饲马,不入肆舍。车上载有柳盘③,解索而野食之。乘车人上下皆缘小梯。凡遇桥梁中高边下者,则十马之中,择一最强力者,系于车后。当其下坂,则九马从前缓曳,一马从后竭力抓住,以杀其驰趋之势,不然则险道也。凡大车行程,遇河亦止,遇山亦止,遇曲径小道亦止。徐、兖、汴梁之交,或达三百里者,无水之国所以济舟楫之穷也。

凡车质,唯先择长者为轴,短者为毂,其木以槐、枣、檀④、榆（用榔榆）为上。檀质太久劳则发烧,有慎用者,合抱枣、槐,其至美也。其余轸、衡、箱、轭⑤,则诸木可为耳。此外,牛车以载刍粮,最盛晋地。路逢隘道,则牛颈系巨铃,名曰"报君知",犹之骡车群马尽系铃声也。

又北方独辕车,人推其后,驴曳其前,行人不耐骑坐者,则雇觅之。

图 104 双缱独辕车

图 105 南方独推车

鞠席其上以蔽风日（图104）。人必两旁对坐，否则欹倒。此车北上长安、济宁，径达帝京。不载人者，载货约重四五石而止。其驾牛为轿车者，独盛中州。两旁双轮，中穿一轴，其分寸平如水。横架短衡，列轿其上，人可安坐，脱驾不欹。其南方独轮推车（图105），则一人之力是视。容载两石，遇坎即止，最远者止达百里而已。其余难以枚述。但生于南方者不见大车，老于北方者不见巨舰，故粗载之。

[注释]

①不力：不肯用力。②胁驱：《诗经·秦风·小戎》："游环胁驱。"意思是用活动的皮圈套在马背上，再用两根皮条绑在车杠前后，拦住马的肋骨。③柳盘：柳条编的筐。④檀：檀香科黄檀。⑤靰：人字形的马具，套在马的颈部。

[译文]

　　四轮大车可以载重五十石，驾车的骡马多的有十二匹或者十匹，少的也有八匹。驾车人站在车厢中间，居高临下手持鞭子驾车。车前的马分为前后两排（战车以四匹马为一排，最外边的两匹叫作骖，居中的两匹叫作服），用黄麻拧成长绳系在马脖子上，套马绳在后面收拢，穿过车前中部横木而进入车厢内部左右两边。驾车人手上拿的长鞭用麻绳做成，长约七尺，鞭竿也有七尺长。看到有的马不卖力气时，就挥动鞭子打到它的身上。车厢内要有两个熟悉马匹性情、懂得控制绳子的人负责踩绳。如果马跑得太快，就要立即踩住缰绳，否则可能发生翻车事故。车在行进时，遇到前面有行人需要避让，驾车人马上发出吆喝声，马就会停下来。马缰绳收拢成束，透过衡（前横木）进入车厢的地方都要用牛皮绑紧，这就是《诗经》中所说的"胁驱"。

　　大车行至中途需要喂马时，不必将马赶进马厩。因为车上带有柳条框，里面装着饲料，将缰绳解开，马可以就地进食。乘车人上下车都要蹬小梯子。车辆经过坡度比较大的桥梁时，要在十匹马中选出最强壮的一匹系在车的后面。当车下坡时，九匹马在前面缓慢拉车，一匹马在后面拼命把车拖住，以此减缓车速，否则就会有危险。大车遇到河流要停止，遇到山岭要停止，遇到曲径小道更要停止。徐州、兖州和汴梁一带方圆三百里的范围内，很少有河流和湖泊，马车正好可以弥补水运的不足。

　　造车选择木料时，首先要选用长木头做车轴，短的做毂，材质应该是槐木、枣木、檀木和榆木（用榔榆）这些上等木材。但是黄檀木使用时间长了会因摩擦而发热，所以在选择时要慎重使用，最好选用两手合抱的枣木、槐木，这才是最好的木料。其他像轸、衡、车厢及轭等部件，无论什么木料都可以使用。此外，用牛车运载粮草在山西最为盛行。途中遇到窄路，会在牛脖子上系个大铃铛，名叫"报君知"，就像骡马车的牲口也都系上铃铛一样。

北方还有独轮车，人在后面推，驴子在前面拉，不能长时间骑坐牲口的旅客常常租用这种车。车上有拱形席棚，可以挡风遮阳。旅客一定要在车的两边对坐，不然车子就会倾倒。这种车子在北方从陕西西安、山东济宁出发，可以直达北京。不载人的时候，车上最多能装载四五石的货物。还有一种用牛拉的轿车，只有河南最为盛行。两旁有双轮，中间穿过一条横轴，轴装得非常平。再架起几根短横木，把轿子装在上面，人可以很安稳地坐在轿中，停车脱驾牵走牛只时，车也不会倾倒。南方的独轮手推车，靠一个人的力量就能推走。这种车的载重量有两石，可是遇到坎坷不平的路段就无法前行，最远也只能走一百里而已。其余各种车辆难以一一列举。只是考虑到南方人没有见过骡马大车，而常年待在北方的人又没有见过大船只，所以在这里粗略介绍一下。

佳兵[①]第十六

宋子曰：兵非圣人之得已也。虞舜[②]在位五十载，而有苗犹弗率[③]。明王圣帝，谁能去兵哉？"弧矢之利，以威天下"[④]，其来尚矣。为老氏[⑤]者，有葛天[⑥]之思焉。其词有曰："佳兵者，不祥之器。"盖言慎[⑦]也。

火药机械之窍，其先凿自西番与南裔，而后乃及于中国[⑧]。变幻百出，日盛月新。中国至今日，则即戎[⑨]者以为第一义，岂其然哉？

虽然，生人纵有巧思，乌⑩能至此极也？

[注释]

①佳兵：出自老子《道德经》第三十一章："夫佳兵者，不祥之器。"这里指武器。②虞舜：传说中的上古帝王，姚姓，有虞氏，字重华，史称虞舜。③而有苗犹弗率：有苗，虞舜时南方部族。弗率，不肯接受统治。《尚书·舜典》载虞舜曾经平定三苗叛乱。④弧矢之利，以威天下：语出《周易·系辞下》。弧矢：即弓箭。这里引申为武器。⑤老氏：即老子。姓李名耳，春秋时期道家哲学家，著有《道德经》。⑥葛天：葛天氏，传说中远古帝王之号。据说他治国不用刑法，一切听凭自然。⑦慎：不轻易用兵。⑧"其先"二句：西番，指西洋各国。南裔，指南洋各国。按：中国在九世纪成书的《真元妙道要略》就有了火药最早的记载，十世纪火药武器已用于实战。火药、火器源出中国，十三四世纪传入西方各国。火药从外部传入中国的说法明显错误。⑨即戎：从事战争。⑩乌：怎能。

[译文]

宋夫子说：对圣人而言，用兵打仗是迫不得已的事。上古圣君舜帝在位五十多年，但是有苗氏仍然作乱不臣服。即使是在贤明帝王的统治下，又有谁能够放弃战争，销毁兵器呢？"武器的作用正在于威慑天下"，这句话由来已久。老子著述的《道德经》被认为与上古葛天氏"无为而治"的思想一脉相承。书中有句话说："兵器是一种不吉祥的东西。"那只是告诫人们对待战争要采取慎重的态度。

制造火药、火器的技术诀窍，最早从西洋和南洋各国发展起来，后来才传入中国。各种变化层出不穷，日新月异。时至今日，中国有些带兵的将领已把火器的发展放在首位，难道就应当这样做吗？不过话说回来，人类即便有着巧妙的构思，如果不加重视，又怎能发展到这样完善的程度呢？

○弧、矢

凡造弓，以竹与牛角为正中干质①（东北夷无竹，以柔木为之），桑枝木为两梢②。弛则竹为内体，角护其外；张则角向内而竹居外。竹一条而角两接③，桑弰则其末刻锲④，以受弦矿⑤，其本则贯插接榫于竹丫⑥，而光削一面以贴角。

凡造弓，先削竹一片（竹宜秋冬伐，春夏则朽蛀），中腰微亚小，两头差大，约长二尺许。一面粘胶靠角，一面铺置牛筋与胶而固之。牛角当中牙接⑦（北边无修长牛角，则以羊角四接而束之。广弓则黄牛明角亦用，不独水牛也），固以筋胶。胶外固以桦⑧皮，名曰暖靶。凡桦木关外产辽阳，北土繁生遵化，西陲繁生临洮郡，闽、广、浙亦皆有之。其皮护物，手握如软绵，故弓靶⑨所必用。即刀柄与枪干，亦需用之。其最薄者，则为刀剑鞘室⑩也。

凡牛脊梁每只生筋一方条，约重三十两。杀取晒干，复浸水中，析破如苎麻丝。北边无蚕丝，弓弦处皆纠合此物为之。中华则以之铺护弓干，与为棉花弹弓弦也。凡胶乃鱼脬⑪、杂肠所为，煎治多属宁国郡⑫，其东海石首鱼⑬，浙中以造白鲞⑭者，取其脬为胶，坚固过于金铁。北边取海鱼脬煎成，坚固与中华无异，种性则别也。天生数物，缺一而良弓不成，非偶然也。

凡造弓，初成坯后，安置室中梁阁上，地面勿离火意⑮。促者旬日，多者两月，透干其津液，然后取下磨光，重加筋、胶与漆，则其弓良甚。货弓之家，不能俟日足者，则他日解释之患因之⑯。

[注释]

①正中干质:这里指弓背中间的主干部分。质,材料。②原文作"稍",改为"梢",是弓背的两端,又作"弰"。③角两接:所用牛角为两截相接。④刻锲(qiè):用刀刻出一个缺口。⑤弦驱:弓弦套在弓背两端的索套。⑥其本则贯插接榫(sǔn)于竹丫:桑弰的根部用榫子与竹片的丫口相衔插。⑦牙接:以牙榫相接。⑧桦:桦木科白桦,落叶乔木,产于东北、华北等地。⑨弓靶:弓把,弓身正中手握部分。⑩鞘室:刀剑之鞘及匣。⑪鱼脬:即鱼鳔,鱼体内的气囊,与鱼肠可以熬成黏性极强的胶。⑫宁国郡:宁国府,今安徽宣城。⑬石首鱼:鱼纲石首鱼科,鳔可制胶,在我国的主要种类是大黄鱼、小黄鱼。⑭白鲞(xiǎng):剖开晾干的黄鱼。⑮地面勿离火意:室内不要间断用火。火意,即火气的熏烤。⑯解释之患因之:松散脱落的毛病就随之而来了。

[译文]

造弓要用竹子和牛角作为弓背中部的主干材料（东北少数民族地区没有竹子,就用柔韧的木料）,用桑树枝木作为弓背两头的弰。没有绷紧弓弦时,竹在内侧,角在外侧起保护作用；绷紧弓弦后,角在内侧,竹在外侧。弓背是用一整条竹子与两截牛角相接,在桑木弰的末端刻出缺口,使弓弦能够套紧,桑木本身靠榫与竹片互相穿插连接,弓的一面削磨光滑贴上牛角。

制造弓时,要先削一根竹片（竹子宜秋、冬砍伐,春、夏砍伐的竹子容易蛀朽）,竹片中间稍窄,两头稍宽,长约两尺。一面用胶粘上牛角,一面用胶粘铺牛筋加固弓身。两段牛角之间要互相咬合（北方少数民族没有长牛角,就用四段羊角相接扎紧。广东一带不单用水牛角,也用半透明的黄牛角）,用牛筋和胶液固定。外面再粘上桦树皮进一步加固,这就叫作"暖靶"。桦树在关外出产于辽阳，华北地区以遵化生长得最多，西北地区以甘肃临洮最多，福建、广东、浙江等地也有出产。用桦树皮作为保护层，把握起来手感到柔软，所以造弓把一定要用它。制作刀柄和枪身也要用到桦树皮。最薄的就可用来作为刀、剑的套子。

每头牛的脊梁里只生长一条长筋，重约三十两。宰杀牛后，取出牛筋晒干，再用水浸泡，然后将它破析成苎麻丝那样的纤维。北方少数民族没有蚕丝，弓弦都是用这种牛筋纤维缠合制成。中原内地则用来保护弓的主干，或者用来制成弹棉花的弓弦。胶是由鱼鳔、杂肠之类的东西制作，大多在宁国县熬炼，东海的石首鱼在浙江往往被人晒成美味的鱼干，用它的鳔熬成的胶比铜铁还要牢固。北方少数民族用其他海鱼鳔熬成的胶，同内地胶一样牢固，只是种类不同而已。这些自然界的天然产物，缺少一种就造不出质量上乘的弓，看来这一切并非偶然。

弓坯子刚刚做成之后，要放在室内屋梁高处，地面不断地生火烘烤。时间短的要十天，时间长的要两个月，等到其中的水分干透后，就拿下来磨光，再次添加牛筋、涂胶和上漆，这样做出来的弓质量就很好了。有的卖弓人不到足够的烘焙时间就把弓卖出，如此一来，日后就可能出现脱胶的毛病。

凡弓弦取食柘叶蚕茧，其丝更坚韧。每条用丝线二十余根作骨，然后用线横缠紧约[①]。缠丝分三停，隔七寸许则空一二分不缠，故弦不张弓时，可折叠三曲而收之。往者北虏弓弦尽以牛筋为质，故夏月雨雾，妨其解脱，不相侵犯。今则丝弦亦广有之。涂弦或用黄蜡，或不用亦无害也。凡弓两弰系驭处，或切最厚牛皮，或削柔木如小棋子，钉粘角端，名曰垫弦，义同琴轸②。放弦归返时，雄力向内，得此而抗止，不然则受损也。

凡造弓，视人力强弱为轻重。上力挽一百二十斤，过此则为虎力，亦不数出。中力减十之二三，下力及其半。彀满③之时皆能中的。但战阵之上，洞胸彻札④，功必归于挽强者。而下力倘能穿杨贯虱⑤，则以巧胜也。凡试弓力，以足踏弦就地，

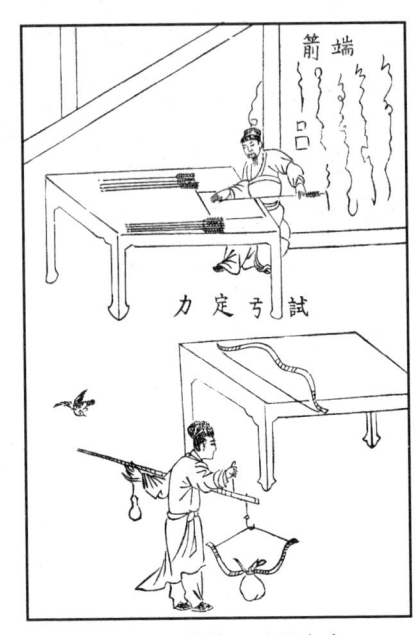

图 106 端箭、试弓定力

称钩搭挂弓腰，弦满之时，推移秤锤所压，则知多少（图106）。其初造料分两，则上力挽强者，角与竹片削就时，约重七两。筋与胶、漆与缠约丝绳，约重八钱，此其大略。中力减十之一二，下力减十之二三也。

凡成弓，藏时最嫌霉湿（霉气先南后北，岭南谷雨时，江南小满，江北六月，燕、齐七月。然淮、扬霉气独盛）。将士家或置烘厨、烘箱，日以炭火置其下（春秋雾雨皆然，不但霉气）。小卒无烘厨，则安顿灶突之上。稍怠不勤，立受朽解之患也（近岁命南方诸省造弓解北⑥，纷纷驳回，不知离火即坏之故，亦无人陈说本章者）。

[注释]

①紧约：紧紧地束缚住。②琴轸：古琴上调弦的转轴。③彀（gòu）满：把弓拉满。④洞胸彻札：射穿胸膛，射透木板。⑤穿杨贯虱：穿杨是

说百步之外可以射穿杨树叶子,典出《北史·隐逸传》。贯虱是说射中虱子,典出《列子·汤问》。这里形容箭法高超。⑥解北:解运至北方。

[译文]

做弓弦用吃柘树叶的蚕茧丝制造,这种丝非常坚韧。每条弓弦用二十多根丝线作骨,再用丝线横向缠紧。缠丝的时候分成三段,每缠七寸左右空出一两分不缠,因此,当弦不上弓时,就可将弦折成三截收起。过去北方少数民族都用牛筋作为弓弦原料,每逢夏季雨雾天气,担心弓弦受潮松脱,竟然不敢贸然出兵进犯。现在到处都有丝弦了。有的人用黄蜡涂弦防潮,不用也不要紧。弓两端系弦的部位,要用最厚的牛皮或软木做成小棋子状的垫子,用胶紧紧粘钉在牛角末端,叫作垫弦,作用跟琴弦的码子近似。放箭时,弓弦向内的回弹力很大,有了垫弦就可以抵消这种力道,否则会使弓身受到损伤。

造弓时,要根据人挽力的强弱大小来确定轻重。最有力气的人能挽一百二十斤,超过这个限度叫作虎力,但这种人非常少见。中等力气的人能挽八九十斤,力气弱小的人只能挽六十斤左右。弓箭拉满弦时,都可射中目标。但在战场上,能射穿敌人的胸膛或透过铠甲的,都要靠力气大的射手。力气弱小的人如果有穿杨贯虱的本领,也能以巧取胜。测定弓力时,用脚将弓弦踩在地上,再用秤钩钩住弓的中点处往上拉,拉满弦时,推移秤锤称平,就能计算出弓力的大小。最初造弓材料的重量,挽力强的上等弓使用的牛角和削好后的竹片约重七两。牛筋、胶、漆、缠丝约重八钱,这是大概情况。中等力气的弓相应减轻十分之一二,下等力气的弓减少十分之二三。

造好的弓在保管收藏时最怕潮湿(阴雨天气的到来先南后北,在岭南是谷雨,在江南是小满,到江北是六月,到河北、山东一带是七月。

尤其以淮河、扬州地区的霉雨天气最多）。军官家里有的准备有烘厨、烘箱，每天都用炭火放在下面烘干（不仅在霉雨季节，春秋下雨、多雾的天气也都这样做）。士兵家中没有烘厨，于是把弓放在灶头烟突上保持干燥。稍有懈怠疏忽，弓就存在朽坏解脱的麻烦（近年来，朝廷命令南方各省造弓运送到北京，纷纷被退回，就是他们不知道弓如果离开温暖干燥的环境就会坏损的道理，也没有人上奏朝廷阐明其中的前因后果）。

凡箭笴①，中国南方竹质，北方萑柳②质，北边桦质，随方不一。杆长二尺，镞长一寸，其大端也。凡竹箭削竹四条或三条，以胶粘合，过刀光削而圆成之。漆、丝缠约两头，名曰"三不齐"箭杆③。浙与广南有生成箭竹④，不破合者。柳与桦杆则取彼圆直枝条而为之，微费刮削而成也。凡竹箭其体自直，不用矫揉。木杆则燥时必曲，削造时以数寸之木，刻槽一条，名曰箭端。将木杆逐寸戛拖而过，其身乃直。即首尾轻重，亦由过端而均停也。

凡箭，其本刻衔口以驾弦⑤，其末受镞。凡镞冶铁为之（《禹贡》砮石⑥乃方物，不适用）。北虏制如桃叶枪尖，广南黎人矢镞如平面铁铲，中国则三棱锥象也。响箭则以寸木空中锥眼为窍，矢过招风而飞鸣，即《庄子》所谓"嚆矢"⑦也。凡箭行端斜与疾慢，窍妙皆系本端翎羽之上。箭本近衔处，剪翎直贴三条，其长三寸，鼎足安顿，粘以胶，名曰箭羽（此胶亦忌霉湿，故将卒勤者，箭亦时以火烘）。

羽以雕⑧膀为上（雕似鹰而大，尾长翅短），角鹰次之，鸱鹞⑨又次之。南方造箭者，雕无望焉，即鹰、鹞亦难得之货，急用塞数，即以雁翎，甚至鹅翎亦为之矣。凡雕翎箭行疾过鹰、鹞翎十余步而端正，能抗风吹。北房羽箭多出此料。鹰、鹞翎作法精工，亦恍惚焉。若鹅、雁之质，则释放之时，手不应心，而遇风斜窜者多矣。南箭不及北，由此分也。

[注释]

①箭笴（gǎn）：即箭杆。②萑（huán）柳：杨柳科水曲柳。③《明会典》卷一百九十二载，明朝的兵仗局造"黑雕翎竹竿三不齐铁箭"。④箭竹：禾本科箭竹。⑤驾弦：扣在弓弦上。⑥《禹贡》砮石：《尚书·禹贡》记载荆州地区上贡作箭头的砮石，是当地特产。这里作者认为此类箭头杀伤力太小，不适用。⑦嚆（hāo）矢：响箭。出自《庄子·在宥》："焉知曾史之不为桀跖嚆矢也。"成玄英疏："嚆，箭镞有吼猛声也。"⑧雕：鸟纲鹰科雕属中各种的通称，主要指产于我国东北地区的大型猛禽。⑨鹞（chī）鹞：鸟纲鹰科鹞属中各种的通称，俗称雀鹰。我国常见的是白尾鹞，广泛分布于东北、西北，迁往南方越冬。角鹰是世界上最大的鹰。

[译文]

制作箭杆的用料在我国南方用竹，北方用水曲柳木，北边的少数民族则用桦木，各地取材不尽相同。箭杆长二尺，箭头长一寸，这是一般的规格。造竹箭杆是削竹三四条，用胶黏合，再用刀削圆刮光。用漆和丝缠紧两头，这叫"三不齐"箭杆。浙江和广东南部有天然生长的箭竹，不必破开、黏合即可做成箭杆。柳木或桦木做的箭杆需要选取圆直的枝条为材料，略微进行削刮就做好了。竹箭杆本身很直，不必加以矫正。木箭杆干燥后则一定会变弯，矫正的办法是用一块几寸长的木头，在上面刻出一条直槽，名叫"箭端"。将木箭杆嵌在槽里一寸寸沿着槽刮拉过去，杆身就会变直。即使原来杆身头尾重量不均匀，通过这种处理也能得到矫正。

箭杆末端要刻出被称作"衔口"的小凹口,以便扣在弦上,另一端安装箭头。箭头用铁铸成(《尚书·禹贡》记载的砮石箭头是进贡的方物,并不适用)。北方少数民族做的像桃叶枪尖,广东黎族人做的像平头铁铲,中原地区做的则是三棱锥形。响箭是以一寸长的小木头,在中间钻出小圆孔,加在箭杆上,射出之后迎着风会发出声响,这就是《庄子》所说的"嚆矢"。箭射出后,飞行轨道的端正还是偏斜,速度是快还是慢,关键的诀窍都在箭杆末端的箭羽上。在箭杆尾部靠近衔口的地方,剪下三只羽翎竖直贴在上面,长度有三寸,呈三足鼎立状安排位置,用胶粘牢,名叫箭羽(这里的胶也怕潮湿,因此勤劳的将士经常用火来烘烤箭只)。

箭羽选用的羽毛以雕的翅羽为最好(雕像鹰,但比鹰大,尾长而翅膀短),其次是角鹰的翎羽,鹞鹰的翎羽更次。南方造箭没有指望能得到雕翎,就是连鹰和鹞子的翎羽也很难得到,急用时就只好用雁翎,甚至用鹅翎来充数。雕翎箭飞得比鹰、鹞翎箭快,飞出十多步后箭身仍旧保持端正,还能抗风吹。北方少数民族的箭羽多数都用雕翎。角鹰或鹞鹰翎箭如果精工制作,效用也跟雕翎箭差不多。鹅翎箭和雁翎箭射出时却手不应心,往往一遇到风吹就会歪向一边。南方的箭比不上北方的箭,原因正在这里。

○弩

凡弩为守营兵器,不利行阵。直者名身,衡者名翼,弩牙发弦者[①]名机。斫木为身,约长二尺许,身之首横拴度翼处,去面刻定一分(稍厚则弦发不应节),去背则不论分数。面上微刻直槽一条以盛箭。其翼以柔木一条为者，名扁担弩，力最雄。或一木之下加以竹片叠承（其竹一片短一片），名三撑弩②，或五撑、七撑而止。身下截刻锲衔弦，其衔傍活钉牙机，上剔发弦。上弦之时，唯力是视。一人以脚踏强弩而弦者，《汉书》名曰蹶张材官③。弦送矢行，其疾无与比数。

凡弩弦以苎麻为质，缠绕以鹅翎，涂以黄蜡。其弦上翼则紧，放下仍松，故鹅翎可抱④首尾于绳内。弩箭羽以箬⑤叶为之。析破箭本，衔于其中而缠约之。其射猛兽药箭，则用草乌⑥一味，熬成浓胶，蘸染矢刃。见血一缕则命即绝，人畜同之。凡弓箭强者行二百余步，弩箭最强者五十步而止，即过咫尺，不能穿鲁缟⑦矣。然其行疾则十倍于弓，而入物之深亦倍之。

国朝军器⑧造神臂弩⑨、克敌弩⑩，皆并发二矢、三矢者（图107）。又有诸葛弩⑪，其上刻直槽，相承函十矢，其翼取最柔木为之。另安机木，随手扳弦而上，发去一矢，槽中又落下一矢，则又扳木上弦而发。机巧虽工，然其力绵甚，所及二十余步而已。此民家防窃具，非军国器。其山人射猛兽者，名曰窝弩⑫，安顿交迹之衢，机旁引线，俟兽过，带发而射之。一发所获，一兽而已。

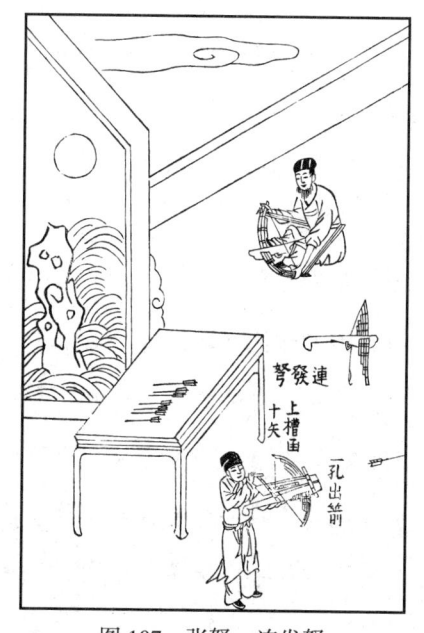

图107　张弩、连发弩

[注释]

①弩牙发弦者：弩上有突牙，用以扣弦以发弩箭。②三撑弩：木条下面叠加三层竹片为两翼的弩叫三撑弩，叠加五层竹片的叫五撑弩。③蹶张材官：出自《汉书·申屠嘉传》："申屠嘉，梁人也。以材官蹶张从高帝击项籍，迁为队率。"材官，即兵士中较强壮者。另，脚踏强弩张之，故曰蹶张。④扱（chā）：插入。⑤箬（ruò）：箬竹，禾本科山白竹。叶大，可供编制器物、包物等用。⑥草乌：毛茛科植物北乌头的干燥块根。⑦不能穿鲁缟（gǎo）：鲁缟，山东产的白色薄丝织品。《史记·韩长孺传》："强弩之极，力不能入鲁缟。"意思是说强弩射出的箭走完射程后，连鲁缟都无力穿过。⑧军器：1380年，明洪武朝廷设置军器局，制造鞍辔和各种兵器。1393年鞍辔独立成局，军器局专造各种火器与冷兵器。1387年，明廷令各地都司卫所设置军器局制造各种兵器。1403—1424年，明永乐朝廷在北京设置军器局，至此，明廷在南京和北京都设置了军器局。⑨神臂弩：宋代发展起来的一种弩，射程240余步。⑩克敌弩：明弘治十七年（1504年）造出的硬弩，可发二矢、三矢，比神臂弩射程远。⑪诸葛弩：能连发十矢的轻巧弩。⑫窝弩：打猎用的弩。

[译文]

弩是防守营地的重要兵器，不适于冲锋陷阵。弩身中直的部件叫身，横的部件叫翼，扣弦发箭的开关叫机。砍下木头做成弩身，长约二尺，弩身的前端横拴上两翼。弩身上穿孔拴翼的位置距离弩面约一分厚（稍微厚一些，弦和箭就会配合不精准），与弩底的距离则没有具体要求。弩面上还要刻一条直槽来安放箭。用一根柔木做成弩翼的叫作扁担弩，这种弩的射杀力最强。还可以在一根柔木下面加上叠加在一起的竹片（竹片依次一片比一片短）撑起弩翼，相应叫作三撑弩、五撑弩、七撑弩。

弩身后端刻一个缺口扣弦，旁边钉上活动扳机，向上推动扳机即可发弦射箭。上弦时全靠人力。由一个人脚踏强弩上弦的在《汉书》中被称为"蹶张"材官。弩弦把箭射出，飞行快速无比。

弩弦的制作以苎麻为材料，缠上鹅翎，涂上黄蜡。弩弦装上弩翼时拉起来很紧，但放下来时仍然是松的，所以鹅翎的头尾都可以纠夹在麻绳里。弩箭的箭羽用箬竹叶制成。把箭尾破开一点，然后把当作箭羽的箬竹叶夹进去并缠紧。射杀猛兽用的毒箭，是用草乌头熬成浓胶，蘸涂在箭头上。这种箭射出后，见到一点血立即致命，不论人、畜都会丧命。强弓能将箭射出二百多步远，而强弩只能射五十步远，再远一点就连鲁缟那样的薄绢也射不穿了。然而，弩射出的箭速度比弓要快十倍，而且射进物体的深度也要加大一倍。

本朝（明朝）军器局制造的神臂弩、克敌弩，都能同时射出两三支箭。还有一种诸葛弩，弩上刻的直槽中能装十支箭，弩翼用最柔韧的木料制成。另外还安装了木制弩机，随手扳机就能上弦，射出一箭，槽中又落下一箭，又可以再次拉动扳机上弦发箭。这种弩结构精巧，但射杀力较弱，射程只有二十来步远。这是民间防盗的用具，不是正规军队使用的兵器。山区的居民用来射杀猛兽的弩叫作"窝弩"，装在野兽出没的地方，弩机拉上引线，野兽走过时触动引线，箭就会自动射出。每射一箭，所得的收获只是一只野兽罢了。

○干

凡"干戈[①]"名最古，干与戈相连得名者，后世战卒、短兵驰骑者更用之。盖右手执短刀，左手执干以蔽敌矢。古者车战之上，则有专司执干,并抵②同人之受矢者。若双手执长戈与持戟③、槊④,则无所用之也。凡干长不过三尺,杞柳⑤织成尺径圈,置于项下,上出五寸,亦锐其端,下则轻竿可执。若盾名"中干",则步卒所持以蔽矢并拒槊者,俗所谓傍牌是也。

[注释]

①干:盾牌。古代士兵用来掩护身体的防卫性武器。戈:杆端有横刃的古代兵器。②抵:抵挡,遮蔽。③戟:古代兵器,在长柄的一端装有青铜或铁制成的枪尖,旁边附有月牙形锋刃。可直刺,又可横击。④槊(shuò):古代兵器,杆比较长的矛。⑤杞柳:杨柳科杞柳,也叫紫柳,分布于黄河流域。

[译文]

"干戈"的名称在兵器中出现的最为古老,是将干和戈相连成为一个词,这是因为后代的战士手握短兵器冲锋作战时经常将干与戈配合使用的缘故。他们右手握着短刀,左手持着盾牌防御敌人的箭。古时候,在战车上有专人负责执掌盾牌来保护同车的人,免于被敌方来箭射中。要是双手拿着长戈、戟、槊这些长杆兵器,就没有办法使用盾牌了。盾牌长度一般不会超过三尺,用杞柳枝条编织成直径约一尺的圆块,放在脖子下面进行防护;盾牌上方有五寸长的尖齿,下端安装一根轻竿可供手握。另有一种盾叫"中干",那是步兵拿着用来挡箭或槊,也就是俗称傍牌的兵器。

○火药料

火药、火器,今时妄想进身博官者,人人张目而道,著书以献,未必尽由试验。然亦粗载数页,附于卷内。凡火药以硝石①、硫黄为主,草木灰②为辅。硝性至阴,硫性至阳,阴阳两神物相遇于无隙可容之中,其出也,人物膺③之,魂散惊而魄齑粉。凡硝性主直,直击者硝九而硫一。硫性主横,爆击者硝七而硫三。其佐使之灰,则青杨、枯杉、桦根、箬叶、蜀葵、毛竹根、茄秸之类④,烧使存性,而其中箬叶为最燥也。

凡火攻有毒火、神火、法火、烂火、喷火⑤。毒火以白砒、硇砂⑥为君,金汁⑦、银锈⑧、人粪和制。神火以朱砂、雄黄、雌黄⑨为君。烂火以硼砂⑩、瓷末、牙皂、秦椒⑪配合。飞火以朱砂、石黄、轻粉⑫、草乌、巴豆⑬配合。劫营火则用桐油、松香。此其大略。其狼粪烟⑭昼黑夜红,迎风直上,与江豚⑮灰能逆风而炽,皆须试见而后详之。

[注释]

①硝石:主要化学成分为硝酸钾。②草木灰:这里应指木炭。③膺:膺受,承受打击。④这里列举的烧木炭材料中,如桦根、箬叶、毛竹根无法烧出木炭,可能有衍文。最好的材料是柳木,柳炭为中国古代传统原料,此处漏记。⑤这里列举的各种火攻材料名目,内容简略,可参阅《武备志》卷一百一十九、一百二十。⑥硇(náo)砂:是氯化铵的天然产物。⑦金汁:粪清,用棉纸过滤后贮藏一年以上的粪汁。⑧银锈:提炼银矿石时遗留在坩埚底的铜、铅质滓。⑨朱砂:硫化汞,红色。雄黄:也叫石黄,二硫化二砷。雌黄:三硫化二砷。⑩硼砂:硼酸钠。⑪牙皂:豆科皂荚属皂荚树的果实。秦椒:花椒,芸香科花椒的果实。⑫轻粉:氯化亚汞。⑬巴豆:大戟科巴豆树的种子,有毒。⑭狼粪烟:即狼烟,中国古代边塞遇有敌情,在烽火台上燃烧狼粪烟以报警。⑮江豚:鱼纲河豚,常见的是弓斑东方鲀。

[译文]

关于火药、火器,当今那些妄图博取高官厚禄的人,个个对此高谈阔论，著书立说，呈献朝廷，但是他们说的那些不一定都经过试验验证。尽管如此，我还是要粗略写几页，附在卷内。火药的成分以硝石、硫黄为主料，木炭为辅料。硝石阴性最强，硫黄阳性最强，这两种至阴至阳的神奇物质放在没有一点空隙的密闭空间中，爆炸起来，不论人还是物遭受的破坏之严重，可以说魂飞魄散、粉身碎骨。硝石纵向的爆发力大，所以用于射击的火药成分是硝占十分之九，硫占十分之一。硫黄横向的爆发威力大，所以用于爆炸的火药成分是硝占十分之七，硫占十分之三。作为辅助剂的炭粉，可以用青杨、枯杉、桦树根、箬竹叶、蜀葵、毛竹根、茄秆之类烧制成炭，其中箬竹叶炭末最为燥烈。

战争中采用火攻的火药有毒火、神火、法火、烂火、喷火等各种名目。毒火主要以白砒、硇砂为主，再加上金汁、银锈、人粪混合配制。神火主要以朱砂、雄黄、雌黄为主。烂火则以硼砂、瓷屑、牙皂、花椒等物配合。飞火以朱砂、雄黄、轻粉、草乌、巴豆配合。劫营火用的是桐油、松香。这些只是个大概情况。至于说到焚烧狼粪的烟白天黑、晚上红，能迎风直上，还有江豚的灰能逆风燃烧，这些都必须经过试验，亲眼所见之后，才能详加说明。

○硝石

凡硝，华夷皆生，中国则专产西北。若东南贩者不给官引[①]，则以为私货而罪之。硝质与盐同母，大地之下潮气蒸成，现于地面。近水而土薄者成盐，近山而土厚者成硝。以其入水即消溶，故名曰"消"。长、淮[②]以北，节过中秋，即居室之中，隔日扫地，可取少许以供煎炼。凡硝三所最多，出蜀中者曰川硝，生山西者俗呼盐硝，生山东者俗呼土硝。

凡硝刮扫取时（墙中亦或进出），入缸内水浸一宿，秽杂之物浮于面上，掠取去时，然后入釜，注水煎炼。硝化水干，倾于器内，经过一宿，即结成硝。其上浮者曰芒硝，芒长者曰马牙硝③（皆从方产本质幻出），其下猥杂者曰朴硝④。欲去杂还纯，再入水煎炼。入莱菔数枚同煮熟，倾入盆中，经宿结成白雪，则呼盆硝。凡制火药，牙硝、盆硝功用皆同。凡取硝制药，少者用新瓦焙，多者用土釜焙，潮气一干，即取研末。凡研硝不以铁碾入石臼，相激火生，则祸不可测。凡硝配定何药分两，入黄⑤同研，木炭则从后增入。凡硝既焙之后，经久潮性复生。使用巨炮多从临期装载也。

[注释]

①官引：由官府发放的专卖许可证。②长、淮：长江、淮河。③马牙硝：指白色较纯的硝石结晶。④朴硝：指含杂质的硝石。⑤黄：硫黄。

[译文]

硝石在中国和外国都有出产，在中国基本产自西北地区。东南地区贩卖硝石的商人如果没有获得官府下发的官引，朝廷会视为走私而将其治罪。硝石和盐在本质上都属于盐类，它们随着地面之下的水气蒸发，出现在地表。靠近水、土层薄的地方形成的是盐，靠近山、土层厚的地方形成的是硝。因为它入水即消融，所以就叫"消"。长江、淮河以北地区每过了中秋节以后，即使在室内隔天扫地，也能扫出少量的粗硝，可供煎炼提纯。我国有三个地方出产的硝石最多，四川出产的叫作川硝，山西出产的俗称盐硝，山东出产的俗称土硝。

把刮扫来的粗硝（土墙中有时也有硝冒出来）放进缸里用水浸一夜，污秽杂质浮出水面，捞去浮渣，然后放进锅中，加水煎煮。直到硝完全溶解，水干充分浓缩时，倒入容器中，经过一晚，便析出硝石的结晶。浮在上面的叫芒硝，芒长的叫马牙硝（这都是各地出产的硝再经过纯化得到的），沉在下面含杂质较多的叫朴硝。要除去杂质把它提纯，还需要加水再煮。加进几块萝卜在锅里一起煮熟后，再倒入盆中，经过一晚，便能析出雪白的结晶，这叫盆硝。牙硝和盆硝制造火药的功用相同。用硝制造火药，量少的可以直接放在新瓦片上焙干，多的就要放在土锅中烘焙，焙干后，立即取出研成粉末。不能用铁碾在石臼里研磨硝，因为铁、石摩擦产生火花，造成的灾祸不堪设想。硝按照配制某种火药所要求的比例而定，与硫一起研磨，木炭末随后才加入。硝焙干后，放久了容易返潮。大炮所用的火药多数是使用时才装上去。

○硫黄

详见《燔石》章。凡硫黄配硝，而后火药成声。北狄无黄之国，空繁硝产①，故中国有严禁。凡燃炮，拈硝与木灰为引线，黄不入内，入黄即不透关。凡碾黄难碎，每黄一两，和硝一钱同碾，则立成微尘细末也。

[注释]

①空繁硝产：白白地生产那么多硝，而不能制火药。

[译文]

详见《燔石》章。硫黄和硝配合好之后，火药才能爆炸。北方少数民族地区不产硫黄，硝石产量虽多，却用不上，所以内地严禁向那里贩运硫黄。大炮点火时，要用硝和木炭末混合搓成引线，不要加入硫黄，加了硫黄引线就会失灵。硫黄很难碾碎，但是如果每一两硫黄加入一钱硝一起碾磨，很快就可以碾成像尘一样的粉末了。

○火器

西洋炮：熟铜铸就，圆形若铜鼓。引放时，半里之内人马受惊死（平地埶引炮有关捩，前行遇坎方止。点引之人反走坠入深坑内，炮声在高头，放者方不丧命）。

红夷炮[①]：铸铁为之，身长丈许，用以守城。中藏铁弹并火药数斗，飞激二里，膺其锋者为齑粉。凡炮埶引内灼时，先往后坐千钧力，其位须墙抵住，墙崩者其常。

大将军、二将军[②]（即红夷之次，在中国为巨物）。

佛郎机[③]（水战舟头用）。

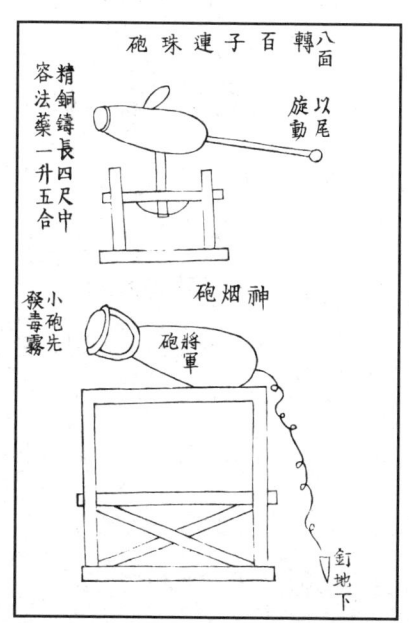

图108 百子连珠炮、神烟炮

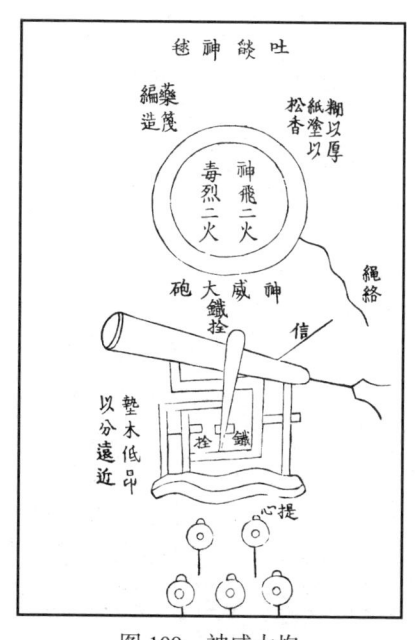

图109 神威大炮

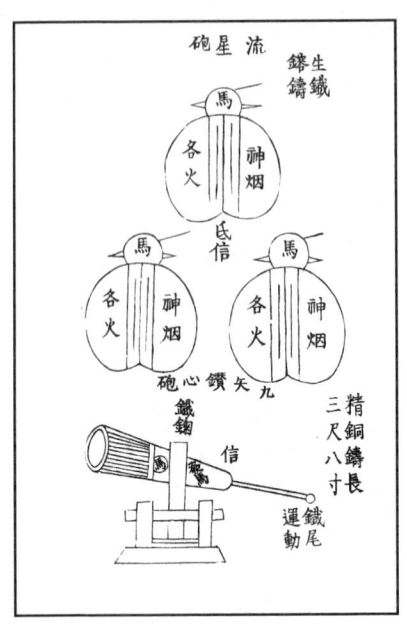

图 110 流星炮

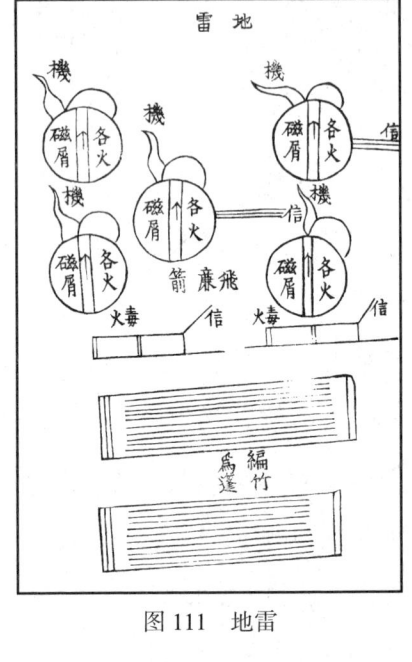

图 111 地雷

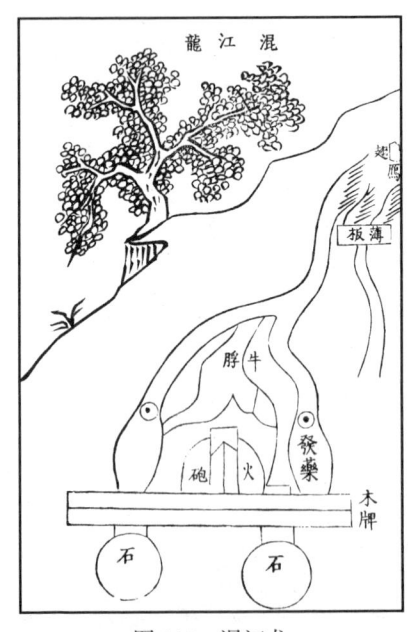

图 112 混江龙

三眼铳、百子连珠炮④（图 108、109、110）。

地雷（图 111）：埋伏土中，竹管通引，冲土起击，其身从其炸裂。所谓横击，用黄多者（引线用矾油，炮口覆以盆）。

混江龙（图 112）：漆固皮囊裹炮沉于水底，岸上带索引机。囊中悬吊火石、火镰，索机一动，其中自发。敌舟行过，遇之则败。然此终痴物也。

[注释]

①红夷炮:荷兰制造的前装式金属火炮,明朝曾经仿制。②大将军、二将军:明代制造的前装式金属巨炮,与后金交战时立功,被封为"大将军""二将军"的称号。③佛郎机:明代西班牙或葡萄牙船上的后装式火炮,有炮弹五个,可轮流发射。④三眼铳:明军常用的三管枪。百子连珠炮:可旋转的金属管炮。

[译文]

西洋炮:这种炮用熟铜铸成,外观呈现铜鼓状圆形。放炮时,半里之内人和马都会受惊吓而死(在平地点燃引线放炮时,要操纵能使炮身转动的机关,将炮身移到有坑的地方停下来。炮手往回跑,跳进深坑里;炮在上面爆响,炮手不至于丧命)。

红夷炮:这种炮用铸铁造成,身长一丈多,用来守城。炮膛里装有几斗铁丸和火药,射程二里,被击中的目标会化为碎粉。大炮引发时,首先会产生很大的后坐力,炮位必须用墙顶住,墙因此而崩塌也是常见的事。

大将军、二将军(比红夷炮小一点,在中国算是巨炮)。

佛郎机(水战时装在船头的火炮)。

三眼铳、百子连珠炮。

地雷:埋藏在地里,引线用竹管套上保护,引爆时冲开泥土起到杀伤作用,地雷本身也同时炸裂。这种现象被称为"横击",是因为火药配方中硫黄用得较多(引线要涂上矾油,引线入口处要用盆覆盖)。

混江龙(水雷):将火药用皮囊包裹,再用漆密封结实,沉入水底,岸上用一条绳索牵引控制。皮囊里挂有火石、火镰,绳子一旦牵动机关,皮囊里的炮药自然会被点燃引爆。敌人的船只行驶经过时,遇上它敌船就会被炸坏。然而它毕竟是个笨重不灵活的家伙。

图113 鸟铳

鸟铳（图113）：凡鸟铳长约三尺，铁管载药，嵌盛木棍之中，以便手握。凡锤鸟铳，先以铁梃一条大如箸者为冷骨，裹红铁锤成。先为三接，接口炽红，竭力撞合。合后以四棱钢锥如箸大者，透转其中，使极光净，则发药无阻滞。其本近身处，管亦大于末，所以容受火药。每铳约载配硝一钱二分，铅铁弹子二钱。发药不用信引（岭南制度，有用引者），孔口通内处露硝分厘，捶熟苎麻点火。左手握铳对敌，右手发铁机逼苎火于硝上，则一发而去。鸟雀遇于三十步内者，羽肉皆粉碎，五十步外方有完形，若百步则铳力竭矣。鸟枪行远过二百步，制方仿佛鸟铳，而身长药多，亦皆倍此也。

万人敌①：凡外郡小邑乘城却敌，有炮力不具者，即有空悬火炮而痴重难使者，则万人敌近制随宜可用，不必拘执一方也。盖硝、黄火力所射，千军万马立时糜烂。其法，用宿干空中②泥团，上留小眼（图114），筑实硝黄火药，参入毒火、神火，由人变通增损。贯药安信而后，外以木架匡围。或有即用木桶，而塑泥实其内郭者，其义亦同。若泥团，必用木框，所以防掷投先碎也。敌攻城时，燃

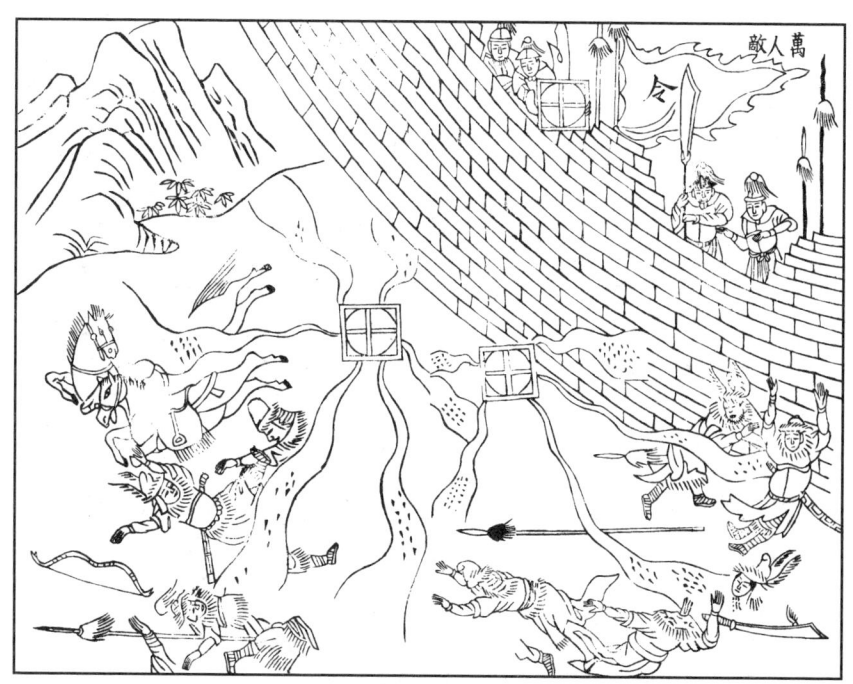

图 114　万人敌

灼引信,抛掷城下。火力出腾,八面旋转。旋向内时,则城墙抵住,不伤我兵;旋向外时,则敌人马皆无幸。此为守城第一器。而能通火药之性、火器之方者,聪明由人。作者不上十年③,守土者留心可也。

[注释]

①万人敌:可旋转的炸弹,原理类似于烟火中的"地老鼠",是地滚式炸弹。②空中:中间是空的。③作者不上十年:这种武器发明还不到十年。

[译文]

鸟铳:约有三尺长,用铁管装火药,铁枪管嵌在木托上便于手握。锤制鸟铳时,先用一根筷子一样粗的铁条作为锤锻的冷模,将烧红的铁包在外面锤打成铁管。先做好三段铁管,把接口处烧红,尽力锤打使之完全接合。接合之后,再用筷子般粗细的四棱钢锥插进枪管里反复转动,使枪管内壁磨得极其圆滑，这样发射时才不会有阻滞。枪管靠近铳身的一端较粗，用来装载火药。每支铳一次大约装火药一钱二分，铅铁弹子二钱。点火时不用引信（岭南的鸟铳使用引信），在枪管另一端通到枪膛的小孔上露出一点硝，用捶烂了的苎麻点火。左手握铳对准目标，右手扣动扳机将苎麻火逼到硝药上，一下子就发射出去了。鸟雀在三十步之内中弹，会被打得羽肉稀烂，五十步以外中弹才能保存原形，到了一百步，铳的火力就消竭了。鸟枪的射程超过二百步，制法跟鸟铳相似，但枪管的长度和装火药的量都增加了一倍。

万人敌：边远地区小城里守城御敌，有的没有火炮，有的空置了火炮却笨重难用，近来制造出的万人敌便是非常适用的武器，不受环境制约。硝石和硫黄配合产生的火力，千军万马能被立刻炸得血肉横飞。它的制法是，把干燥了很长时间的中空泥团，在上边留出小孔，装满由硝和硫黄配成的火药，掺入毒火、神火等药料，添加多少由人灵活掌握。装满药料，安上引信后，泥团外面用木框框住。也可以使用木桶，在木桶的内壁糊上泥做成内壳，填实火药造成，原理一样。如果用泥团，一定要在泥团外加上木框，以防止投掷时，还没爆炸就先破裂了。敌人攻城时，点燃引信，把万人敌抛掷到城下。这时，万人敌的火力不断喷出，向四方八面地旋转起来。当它向内旋转时，由于有城墙挡着，不会伤到自己人；当它向外旋转时，敌军的人马都无法幸免。这是守城的首要武器。凡能通晓火药性能、火器制法的人都可以发挥自己的聪明才智。这种武器的发明还不到十年时间，负责守卫疆土的将士们都应该密切关注其中的技巧原理。

曲糵第十七

宋子曰：狱讼日繁，酒流生祸，其源则何辜？祀天追远，沉吟《商颂》《周雅》之间①，若作酒醴之资曲糵②也，殆圣作而明述矣。惟是五谷菁华变幻，得水而凝，感风而化。供用岐黄者③神其名，而坚固食羞者丹其色。君臣自古配合日新，眉寿介④而宿痼怯，其功不可殚述。自非炎黄⑤作祖，末流聪明，乌能竟其方术哉？

[注释]

①沉吟《商颂》《周雅》之间：《诗》有《商颂》及《大雅》《小雅》，其中多有涉及饮酒或以酒祭神的诗句。②曲糵（niè）：即酒曲。③供用岐黄者：指医生。岐黄，指岐伯、黄帝。岐伯为黄帝时名医，古代医书往往借岐伯与黄帝对话成文，如《灵枢》《素问》等。④眉寿介：《诗·豳风·七月》："十月获稻，为此春酒，以介眉寿。"介，助也。眉寿，人至高寿则眉长。⑤炎黄：指上古传说中中华民族的祖先炎帝神农氏和黄帝轩辕氏。传说神农氏是药物学的始祖，黄帝是医学的始祖。

[译文]

宋夫子说：诉讼案件一天比一天多，这都是酗酒闹事惹的祸，追根溯源的话，酒曲本身又谈得上有什么罪过呢？在祭祀天地、慎终追远，宴会上吟咏《商颂》《周雅》诗篇的时候，都需要有酒助兴；酿酒就得依靠酒曲，对此古代圣人的著作中已经说得明明白白。酒曲原本是五谷的精华经水提炼，又借助风化的作用制作出来。供医药上用的酒曲名叫神曲，保持食物美味并且呈现红色的酒曲叫作丹曲。制作曲蘖的主料和配料的调制方法自古以来就不断改进，它在延年益寿、医治痼疾顽症等方面的功效说也说不完。如果没有我们的祖先炎帝神农氏、黄帝轩辕氏的创造发明和后继者的聪明才智，怎能使酿酒技巧达到这样炉火纯青的地步呢？

○酒母

凡酿酒，必资曲药成信。无曲即佳米珍黍，空造不成。古来曲造酒，蘖①造醴，后世厌醴味薄，遂至失传，则并蘖法亦亡。凡曲，麦、米、面随方土造，南北不同，其义则一。凡麦曲，大、小麦皆可用。造者将麦连皮井水淘净，晒干，时宜盛暑天。磨碎，即以淘麦水和作块，用楮叶包扎，悬风处，或用稻秸罨黄②，经四十九日取用。

造面曲用白面五斤、黄豆五升，以蓼③汁煮烂，再用辣蓼④末五两、杏仁泥十两，和踏成饼，楮叶包悬，与稻秸罨黄，法亦同前。其用糯米粉与自然蓼汁溲和成饼，生黄收用者，罨法与时日亦无不同也。其入诸般君臣⑤与草药，少者数味，多者百味。则各土各法，亦不可殚述。近代燕京，则以薏苡⑥仁为君，入曲造薏酒。浙中宁、绍则以绿豆为君，入曲造豆酒。二酒颇擅天下佳雄（别载《酒经》⑦）。

凡造酒母家，生黄未足，视候不勤，盥拭不洁，则疵药⑧数丸动辄败人石米。故市曲之家必信著名闻，而后不负酿者。凡燕、齐黄酒曲药，多从淮郡⑨造成，载于舟车北市。南方曲酒酿出即成红色者，用曲与淮郡所造相同，统名大曲。但淮郡市者打成砖片，而南方则用饼团。其曲一味，蓼身为气脉⑩，而米、麦为质料，但必用已成曲、酒糟为媒合⑪。此糟不知相承起自何代，犹之烧矾之必用旧矾滓云。

[注释]

①蘖（niè）：本指麦芽，古代用来制造酒曲，酿成醴（甜酒），但到汉代开始用来造饴，也就是麦芽糖。②罨（yǎn）黄：麦发酵后产生霉菌的黄色孢子。③蓼：蓼科蓼属中的水蓼，可入药。④辣蓼：蓼科蓼属中的辣蓼，加蓼的目的在于抑制杂菌生长。⑤君臣：中药讲究君臣配伍，即以某药为君，某药为臣，以区别其在药剂中的主辅关系。此处君臣亦指曲药中各种材料的配伍。⑥薏苡：禾本科薏苡，也叫薏米。⑦《酒经》：宋人朱翼中著，又名《北山酒经》。⑧疵（cī）药：有杂菌的曲蘖。⑨淮郡：淮安府，今江苏北部，治在今淮安市。⑩用麦、米制曲，加入蓼粉可以使曲饼疏松，增加通气性能，便于酵母菌生长。⑪指发酵前加入曲种。

[译文]

酿酒必须要用酒曲作引子。没有酒曲，即便有再好的米、黍也酿不出酒来。古代用曲酿黄酒，用蘖酿醴，后来人们嫌甜酒的酒味不够浓郁，于是酿醴的方法逐渐失传，导致制蘖的方法同时丢失了。制作酒曲可以用麦子、米、面粉作原料，根据当地条件因地制宜，南方和北方各不相同，但原理完全一样。做麦曲，大麦、小麦都可以选用。造曲人将带皮的麦用井水洗净，晒干，最好选在炎热的夏天。把麦粒磨碎，用洗麦水拌和，做成块状，用楮树叶子包扎起来，悬挂在通风的地方，或者用稻草覆盖，使它变黄，经过四十九天之后便可使用了。

制作面曲要用白面五斤、黄豆五升，加入蓼汁一起煮烂，再加辣蓼末五两、杏仁泥十两，混合踏压成饼状，再用楮树叶子包扎悬挂，或用稻草覆盖使它变黄，方法跟制作麦曲相同。使用糯米粉制作，需要加入自然蓼汁浸泡发酵，搓和揉成饼状，等它长出黄毛后可以取用，掩盖的方法和所需时间与前述没有什么不同。在酒曲中加入各种主料、配料和草药，少的只有几种，多的可达上百种。各地的做法各有不同，难以详尽论述。近代，北京用薏米为主要原料，加入酒曲酿造薏酒。浙江的宁波、绍兴则是以绿豆为主料，加入酒曲酿造豆酒。这两种酒在全国名气很大，被列为名酒（《酒经》一书另有记载）。

制作酒曲的人家，如果曲料生出黄毛的时间不够，看管不严谨，手擦洗的不干净，就会导致坏曲出现，几粒坏曲可以轻而易举地糟蹋别人上百斤粮食。所以，卖酒曲的商家必须要守信用、重名誉，这样才不会辜负酿酒人的信任。河北、山东一带酿造黄酒的酒曲，大部分都是在淮安府制造，造好后用车船运到北方贩卖。南方酿造红酒的酒曲跟淮安府制造的相同，都叫作大曲。但淮安府卖的酒曲是打成砖块状，而南方的酒曲则是做成饼团状。每一种酒曲制作时，都要加进辣蓼粉末，以便通风透气，用稻米、麦子作为基本原料，还必须加入已制成的酒曲和酒糟作为媒介。加入酒糟不知道是从哪个年代流传下来的，它的原理就像烧矾时必须用旧矾滓来掩盖炉口一样。

○神曲

凡造神曲①所以入药，乃医家别于酒母者。法起唐时②，其曲不通酿用也。造者专用白面，每百斤入青蒿③自然汁、马蓼④、苍耳⑤自然汁相和作饼，麻叶或楮叶包罨，如造酱黄法。待生黄衣，即晒收之。其用他药配合，则听好医者增入，若无定方也。

[注释]

①神曲：即药曲，用来消食开胃。本节内容出自《本草纲目》卷二十五《谷

部·造酿类》神曲条所引宋人叶梦得的《水云录》，有删减。②法起唐时：实际上在南北朝时期北魏贾思勰《齐民要术》中已经提到了神曲制作法，唐宋以后加以简化、改进。③青蒿：菊科青蒿，又名香蒿，可入药。④马蓼：蓼科马蓼。⑤苍耳：菊科苍耳属植物苍耳，可入药。

[译文]

制作神曲是专供药用，医家把它称为神曲，是为了与酿酒的酒曲区别开来。神曲的制作方法开始于唐代，这种曲不能用来酿酒。制作神曲时只用白面，每百斤白面加入青蒿、马蓼、苍耳的原汁，拌匀制成饼状，再用麻叶或楮叶包藏覆盖，像制作豆酱黄曲的方法一样。等到曲面长出一层黄衣，就晒干收取。至于要用其他什么药配合，则要按医生的不同经验而加以酌定，并没有固定的配方。

○丹曲

凡丹曲①一种，法出近代②。其义臭腐神奇③，其法气精变化。世间鱼肉最朽腐物，而此物薄施涂抹，能固其质于炎暑之中，经历旬日，蛆、蝇不敢近，色味不离初，盖奇药也。

凡造法用籼稻米，不拘早、晚。舂杵极其精细，水浸一七日，其气臭恶不可闻，则取入长流河水漂净（图115）（必用山河

图115　长流漂米

流水，大江者不可用）。漂后恶臭犹不可解，入甑蒸饭，则转成香气，其香芬甚。凡蒸此米成饭，初一蒸半生即止，不及其熟。出离釜中，以冷水一沃，气冷再蒸，则令极熟矣。熟后，数石共积一堆拌信④。

凡曲信必用绝佳红酒糟为料。每糟一斗，入马蓼自然汁三升，明矾水⑤和化。每曲饭一石，入信二斤，乘饭热时，数人捷手拌匀，初热拌至冷。候视曲信入饭久复微温，则信至矣。凡饭拌信后，倾入箩内，过矾水一次，然后分散入篾盘，登架乘风（图116）。后此风力为政，水火无功⑥。

凡曲饭入盘，每盘约载五升。其屋室宜高大，防瓦上暑气侵逼。室面宜向南，防西晒。一个时中翻拌约三次。候视者七日之中，即坐卧盘架之下，眠不敢安，中宵数起。其初时雪白色，经一二日成

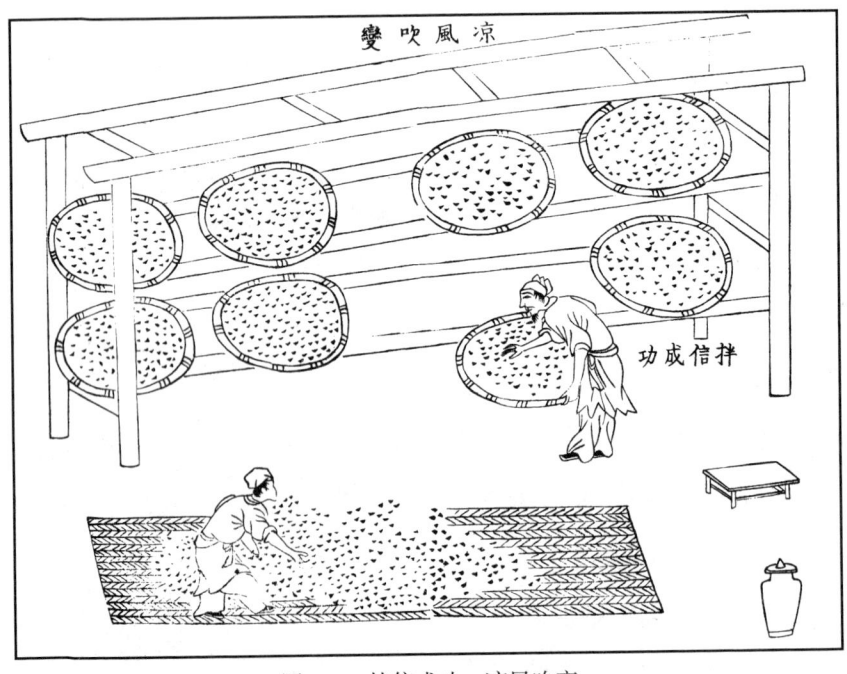

图116 拌信成功、凉风吹变

至黄⑦色。黄转褐,褐转代赭,赭转红,红极复转微黄。目击风中变幻,名曰生黄曲。则其价与人物之力皆倍于凡曲也。凡黄色转褐,褐转红,皆过水一度⑧。红则不复入水。凡造此物,曲工盥手与洗净盘箪,皆令极洁。一毫滓秽,则败乃事也。

[注释]

①丹曲:即红曲,用大米培养的红曲霉制成,可以入药及作防腐剂。②《本草纲目》卷二十五《谷部·造酿类》红曲条载:"红曲本草不载,法出近代"。③本书探讨蜜蜂酿蜜前飞往大小便处,也有类似的说法,出自《庄子·知北游》"臭腐复化为神奇"。④拌信:拌入曲种。⑤明矾水:明矾为硫酸钾铝,明矾水呈微酸性,能抑制杂菌生长,而红曲霉菌耐酸性。⑥风力为政,水火无功:以风干为主,不再用水火加工了。⑦黄:原文作"黑",事实上红曲发酵时不呈黑色,以下径改。⑧过水一度:红曲生长时产生的黄色素可以用水洗去。

[译文]

有一种红曲的制作方法是近代才研究出来的。它的功效在于能"化腐朽为神奇",制造的奇妙之处在于充分利用了空气和白米之间的变化关系。世上鱼和肉是最容易腐烂的东西,但是只要将红曲薄薄地在鱼肉表面涂上一层,即便是在炎热的暑天仍然不会变质,保持原有的鲜美,即使放上十天,蛆、蝇都不敢接近,色泽、味道都继续维持原样,这真是一种神奇的药物。

制造红曲的原料是籼稻米,不管早稻、晚稻都可使用。将米舂捣的极其精细,用水浸泡七天以后,发酵产生的气味真是臭不可闻,这时就把它放到流动的河水中漂洗干净(必须要用山间流动的溪水,大江大河的水不能用)。经过漂洗之后,臭味还不能完全消除,把它放入甑里面蒸成饭，就变得香气四溢了。蒸饭时，先将稻米蒸到半生半熟的状态就马上停止，千万不能蒸熟。离开蒸锅后，饭要用冷水淋浇一次，等到冷却以后再次将稻米蒸到熟透。蒸熟的几石米饭堆放在一起，拌进曲种。

曲种一定要用最好的红酒糟为原料。每一斗酒糟加入马蓼原汁三升，再加入明矾水拌和调匀。每石熟饭中加入曲种二斤，趁熟饭热时，几个人一起迅速拌和调匀，从热饭拌到饭冷。然后注意观察曲种与熟饭相互作用的情况，过一段时间之后，饭的温度又会逐渐上升，这就说明曲种发生作用了。饭拌入曲种后，倒进箩筐里面，用明矾水淋过一次，再分散开放进篾盘中，放到架子上通风。此后做好通风工作才是关键，水火已经派不上什么用场了。

曲饭放入篾盘中，每个篾盘大约盛装五升。安放曲饭的房屋应该高大宽敞，以防屋顶瓦面上的热气袭入屋中。屋子朝向应该向南，防止太阳西晒。每两个小时之中要翻拌三次左右。在七天之内，都要有观察曲饭的人日夜守护在盘架之下，不能睡死，即便深更半夜里也要起来好几次。曲饭最初呈雪白色，经过一两天后就变成深黄色。又由深黄色转为褐色，由褐色转为赤褐色，再由赤褐色转为红色，到了最红的时候再转回微黄色。眼睛看到的曲饭在通风过程中呈现的一系列颜色变化，叫作"生黄曲"。用这种方法制成的红曲，其价值和所耗费的人力物力比一般的曲要高出一倍。当曲饭由黄色变褐色、褐色又变成红色时，都要淋浇一次水。变红以后就不再加水了。造红曲的时候，制曲工必须勤洗手，还要把盛物的篾盘、竹席洗得干干净净。只要有一点儿的渣滓和脏东西落入，都会使制作红曲的工作归于失败。

珠玉第十八

宋子曰：玉韫山辉，珠涵水媚，此理诚然乎哉？抑意逆之说①也？大凡天地生物，光明者昏浊之反，滋润者枯涩之仇，贵在此则贱在彼矣。合浦②、于阗③行程相去二万里，珠雄于此，玉峙于彼，无胫而来，以宠爱人寰之中，而辉煌廊庙之上，使中华无端宝藏折节而推上坐焉。岂中国辉山媚水者萃在人身，而天地菁华止有此数哉？

[注释]

①意逆之说：以意逆之，即主观推测。②合浦：合浦在今广西，古以产珠出名。③于阗（tián）：今新疆和田，产羊脂美玉。

[译文]

宋夫子说：藏蕴玉石的山脉光辉闪耀，涵养珍珠的水体明媚秀丽，这种理论真的有根据吗？还是人们的主观臆测之说？凡是自然界中生成的事物，总是光明与混浊、滋润与枯涩两相对立，在这里被视为贵重稀罕的东西在另一个地方就显得平常普通。合浦与和田相距约两万里，在合浦有珍珠称雄，在和田有玉石傲立，但珠、玉都很快被贩运过来，受到世间芸芸众生的宠爱，在朝堂上熠熠生辉，正是这些珠宝玉器使得全国各地无尽的宝藏都降低了身价，唯独把珠玉推上宝物的首位。难道中国的山光水媚蕴含的珍宝只是佩戴在人身上的珠、玉，而天地之间的精华就只有珠、玉这两种吗？

○珠

凡珍珠[①]必产蚌腹,映月成胎,经年最久乃为至宝。其云蛇腹、龙颔、鲛皮有珠者[②],妄也。凡中国珠必产雷、廉二池[③]。三代以前,淮扬亦南国地,得珠稍近《禹贡》"淮夷蠙珠"[④],或后互市之便,非必责其土产也。金采蒲与路[⑤],元采扬村直沽口[⑥],皆传记相承之妄,何尝得珠?至云忽吕古江[⑦]出珠,则夷地,非中国也。

凡蚌孕珠,乃无质而生质。他物形小,而居水族者,吞噬弘多,寿以不永。蚌则环包坚甲,无隙可投,即吞腹,囫囵不能消化,故独得百年、千年成就无价之宝也。凡蚌孕珠,即千仞水底,一逢圆月中天,即开甲仰照,取月精以成其魄。中秋月明,则老蚌犹喜甚。若彻晓无云,则随月东升西没,转侧其身而映照之。他海滨无珠者,潮汐震撼,蚌无安身静存之地也。

[注释]

①珍珠:生活在浅海底的瓣鳃纲珍珠贝科珠母贝受侵入壳体内外界物的刺激,而分泌成圆球状光亮固体颗粒,呈半透明银白色、黄白、粉红或淡蓝色,质硬而滑,含有碳酸钙和少量有机物,古代用来装饰或者入药。②其云蛇腹、龙颔、鲛皮有珠者:宋人陆佃《埤雅》说:"龙珠在颔,蛇珠在口,鱼珠在眼,鲛珠在皮。"明人谢肇淛《五杂俎》又称"鳖珠在足",并说蜘蛛、蜈蚣之大者皆有珠,雷击之,即龙取珠也。这些都是古人臆度之说,毫无根据。③雷、廉二池:雷州府,治在今广东雷州半岛之海康。廉州府,治在今广西合浦。④淮夷蠙蛛:《尚书·禹贡》载"淮夷蠙珠",蠙即蚌。在中国除了南海珠母贝产珠外,内陆江河淡水中的珠蚌科的珠蚌也产珠。⑤蒲与路:原作"蒲里路",据《金史·地理志》改。治所在今

黑龙江省克东县金城屯，属上京路。金代采珠区。⑥扬村直沽口：即今天津大沽口。元代采珠区。⑦忽吕古江：《元史》卷九十四《食货志》载至元十一年（1274年）在宋阿江、阿爷苦江、忽吕古江采珠。在今东北境内。

[译文]

珍珠一定产自蚌壳里面，它在蚌腹中受到月光映照孕育成形，历经长年累月，最终成了最贵重的宝物。所谓蛇腹内、龙颌（龙的下巴）、鲛皮（鲨鱼皮）中含有珍珠的说法，全都虚妄不可信。中国的珍珠必定产自雷州和廉州两地珠池里。夏、商、周三代以前的淮安、扬州一带对中原而言属于南方地区，得到的珠子比较接近《尚书·禹贡》中所记载的"淮水地区出产的蚌珠"，或许是通过互市交易得来，不一定是当地土产。金代（1115—1226年）在蒲与路采珍珠，元代（1280—1368年）则在大沽口采珍珠，这种种说法只是沿袭了错误的记载，这些地方什么时候采得过珍珠呢？至于说忽吕古江产珍珠，那是东北少数民族地区，而不是中原地区。

蚌中孕育出珍珠是一个从无到有的过程。除蚌以外形体较小的水生动物，多数都被捕食者吞噬掉了，所以寿命都不长。蚌却因为周身包裹着坚硬的外壳，捕食者没有空子可钻，即使被吞到肚子里，也是囫囵吞枣而无法消化，只有蚌能生存百年、千年进而孕育出无价之宝。蚌在极深的水底孕育珍珠，每逢皓月当空，就展开贝壳接受月光照耀，吸取月光的精华，转化为珍珠的形魄。尤其是中秋月明之夜，老蚌格外高兴。如果一夜晴朗无云，它就随着月亮的东升西沉的方向移动身体持续获取月光的映照。其他海滨不产珍珠是因为潮汐涨落、波涛涌动得过于猛烈，蚌没有藏身和静养之地。

凡廉州池自乌泥、独揽沙至于青莺，可百八十里。雷州池自对乐岛斜望石城界，可百五十里。蜑户①采珠，每岁必以三月，时杀牲祭海神，极其虔敬。蜑户生啖海腥，入水能视水色，知蛟龙②所在，则不敢侵犯。凡采珠舶，其制视他舟横阔而圆，多载草荐于上。经过水漩，则掷荐投之，舟乃无恙（图117）。舟中以长绳系没人③腰，携篮投水。

凡没人以锡造弯环空管，其本缺处对掩没人口鼻，令舒透呼吸于中，别以熟皮包络耳项之际。极深者至四五百尺，拾蚌篮中。气逼则撼绳，其上急提引上，无命者或葬鱼腹。凡没人出水，煮热毳④急覆之，缓则寒栗死。宋朝李招讨⑤设法以铁为构，最后木柱扳口，

图117　珠船

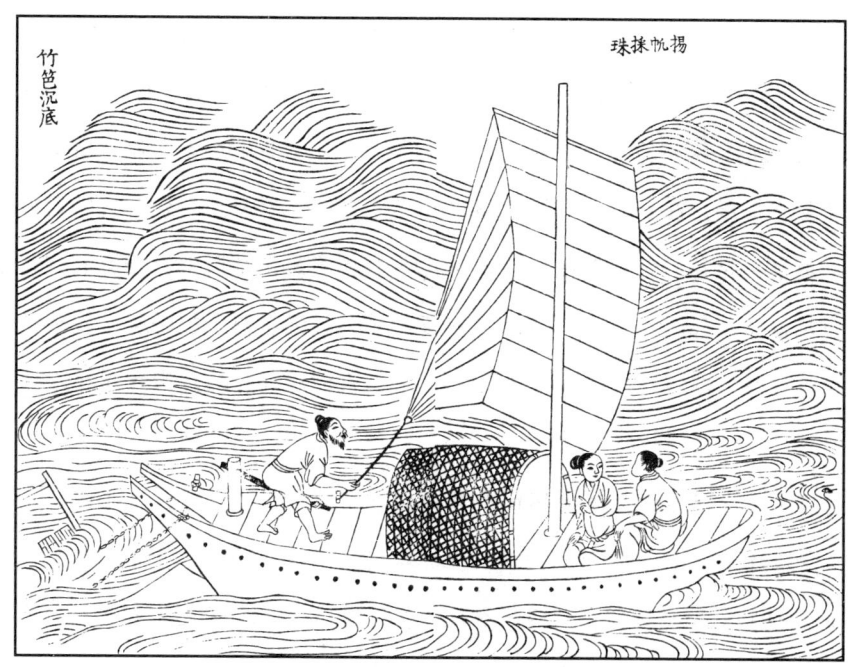

图 118 扬帆采珠

两角坠石,用麻绳作兜如囊状⑥。绳系舶两旁,乘风扬帆而兜取之(图118)。然亦有漂溺之患。今蜑户两法并用之。

[注释]

①蜑(dàn)户:对当时广东、广西、福建沿海以船为家的居民的蔑称。②蛟龙:指鲨鱼、鳄鱼之类。③没人:潜水采珠人。④毳(cuì):鸟兽毛经过加工而制成的毛制品。⑤李招讨:李重诲(946—1013年),应州金城人,宋太宗时曾任广、桂、融、宜、柳州招安捉贼使,听便宜从事。《宋史》卷二百八十有传。⑥日本学者薮内清认为这里提到的水下引网采珠法与美国伊利诺伊州1911年采用的捕鱼、采珠方法相同。

[译文]

广西廉州珠池的范围从乌泥池、独揽沙池延伸到青莺池,大约有一百八十里。广东雷州珠池的范围从乐岛延伸到斜对面的石城界（合浦与廉江边界），约有一百五十里。上述沿海地区的水上居民每年三月间必定下海采珠，到时候还要宰杀牲畜祭祀海神，非常虔诚恭敬。他们习惯生吃海鲜，在水中能看透一切，知道蛟龙的一般藏身之处，有意避开不敢前去招惹。采珠船的形状比其他的船要宽阔，呈圆形，船上装载许多草垫子。船只每当经过有漩涡的海面时，就把草垫子投下去，使船安全地驶过。在船上，用一条长绳绑住采珠人的腰部，然后带着篮子潜入水里。

采珠人潜水时要带着锡制的弯环空管，管的末端开口罩住口鼻，使人能在水中正常呼吸，另将罩子上的软皮带包缠在耳朵脖子中间。潜水最深的采珠人能潜入水下四五百尺，捡回珠蚌放进篮子里。感到呼吸困难时摇动绳子，船上的人急速把他拉上来，命运不好的人也有的会葬身鱼腹。潜水人在出水之后，要立即用煮热了的毛毯盖在身上，动作太慢的话，人会被冻死。宋朝的招讨官李大人曾经发明了一种采珠新方法，即用铁做成齿耙形状的框架，底部横放木棍用以封住网口，两边挂上石坠子沉底，框架四周套上像布袋子那样的麻绳网兜。将其牵绳绑缚在船的两侧，借着风力张开风帆，兜取珠贝。即使采用这种办法也还有漂失和沉没的危险。现在，水上采珠的居民同时采用两种方法。

凡珠在蚌，如玉在璞。初不识其贵贱，剖取而识之。自五分至一寸五分径者为大品。小平似覆釜，一边光采微似镀金者，此名珰珠①，其值一颗千金矣。古来"明月""夜光"，即此便是。白昼晴明，檐下看有光一线闪烁不定。"夜光"乃其美号，非真有昏夜放光之珠也。

次则走珠，置平底盘中，圆转无定歇，价亦与珰珠相仿（化者②之身受含一粒，则不复朽坏，故帝王之家重价购此）。次则滑珠，色光而形不甚圆。次则螺蚵珠，次官、雨珠，次税珠，次葱符珠。幼珠如粱粟，常珠如豌豆。琕③而碎者曰玑。自夜光至于碎玑，譬均一人身，而王公至于氓隶也。

凡珠生止有此数，采取太频，则其生不继。经数十年不采，则蚌乃安其身，繁其子孙而广孕宝质。所谓"珠徙珠还"④，此煞定死谱，非真有清官感召也（我朝弘治中，一采得二万八千两。万历中，一采止得三千两，不偿所费⑤）。

[注释]

①珰（dāng）珠：上品珠。②化者：死者。③琕（pín）：古同"玭"，珍珠。④珠徙珠还：也作"合浦珠还"。《后汉书·孟尝传》载：合浦盛产珍珠，因当地官员滥采，导致珠蚌外迁。后来孟尝就任合浦太守革除弊政，外迁的珠蚌又返回合浦。⑤《明史·食货志》载，明代规定广东珠池一般几十年一采。弘治十二年（1499年）岁歉、珠老，所获最多，费白银一万余两得珠二万八千两。到万历年间再采，只得珠五千一百两。

[译文]

珍珠长在蚌的腹内如同玉生在璞石中一样，不能见其真面目。刚刚采到珠蚌时也不知道是否值钱，剖开蚌壳之后才能知道有没有珍珠。直径五分到一寸五分的珍珠是大珠。有一种珍珠略呈扁圆状，像个倒扣的锅，一边光彩闪耀，有点像镀了金，名叫珰珠，每一颗都价值千金。这便是古代所说的"明月珠"和"夜光珠"。白天天气晴朗，在屋檐下能看见这种珠有一线光芒闪烁不定。"夜光"不过是赞美的说法罢了，并不是说它真是能在夜间发光的珍珠。其次是走珠，放在平底的盘子里，它会滚动不停，价值与珰珠差不多（传说死人口中含上一颗，尸体就不会腐烂，所以帝王之家不惜重金也要购买它）。再次是滑珠，虽然色泽光亮，但是形状不是很圆。往下依次还有螺蚵珠、官珠、雨珠、税珠、葱符珠等。小的珍珠如同米粒儿大，普通的珍珠也就豌豆大小。低劣破碎的珠叫作玑。从夜光珠到碎玑，就好比同样是人，却分成上至王公下到奴隶不同的等级一样。

珍珠的生产有固定的限额，如果采取得过于频繁，珠的生长跟不上便会影响产量。只有保持几十年时间不去采取，那么珠蚌才可以安身生长，繁殖后代，也才能孕育更多的珍珠。所谓"珠蚌离去又回来"的说法，完全是出于不了解珠蚌生长规律的杜撰，并不是真的受到清官感召，出现去而复返的神迹［本朝（明朝）弘治年间，有一年费白银一万余两采得二万八千两；万历年间，有一年仅仅采得三千两，还抵不上采珠的花费］。

○宝

凡宝石①皆出井中，西番诸域最盛，中国唯出云南金齿卫②与丽江两处。凡宝石自大至小，皆有石床包其外，如玉之有璞③。金银必积土其上，蕴结乃成，而宝则不然，从井底直透上空，取日精月华之气而就，故生质有光明。如玉产峻湍，珠孕水底，其义一也。

[注释]

①宝石：硬度大、色泽美、不受大气及化学药品作用而变化的稀少珍贵矿石。②金齿卫：明洪武二十三年（1390年）升金齿卫置军民指挥使司，属云南都司。治所即今云南保山市，辖境约今云南保山市，永平、施甸等

县、怒江傈僳族自治州及香格里拉市。③璞：蕴藏有玉的石头。

[译文]

宝石生在矿井之内，西域各个地区出产最多，在内地，只有云南金齿卫和丽江两个地方出产宝石。宝石不论大小外面都包有石床，如同玉被璞石包裹一样。金银是聚集在土层底下，经过长年累月的变化形成；宝石却不是这样，它从井底直接面对天空，吸取日月的精华之气逐渐形成，因此天生就自带光彩。这跟美玉产自湍急的流水之中，珍珠孕育在水底深渊的道理是相同的。

凡产宝之井，即极深无水，此乾坤派设机关。但其中宝气①如雾，氤氲②井中，人久食其气多致死。故采宝之人或结十数为群，入井者

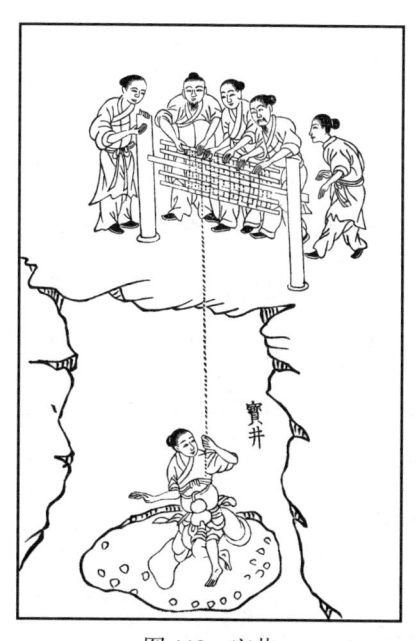

图 119　宝井

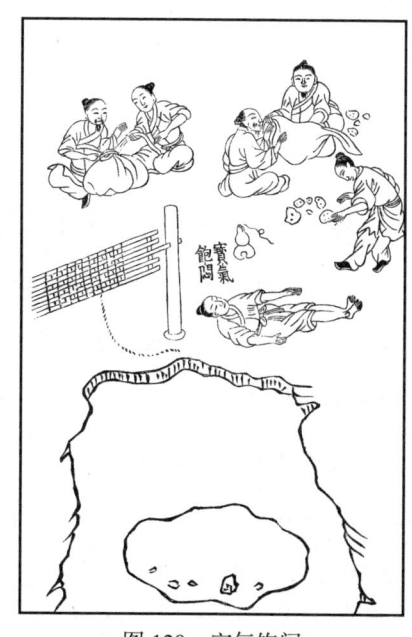

图 120　宝气饱闷

得其半，而井上众人共得其半也。下井人以长绳系腰，腰带叉口袋两条，及泉近宝石，随手疾拾入袋（宝井内不容蛇虫）（图119）。腰带一巨铃，宝气逼不得过，则急摇其铃，井上人引绠[3]提上，其人即无恙，然已昏瞀[4]（图120）。止与白滚汤入口解散，三日之内不得进食粮，然后调理平复。其袋内石，大者如碗，中者如拳，小者如豆，总不晓其中何等色。付与琢工镂[5]错解开，然后知其为何等色也。

[注释]

①宝气：指井下缺氧气，人待的时间长了就会缺氧致死。②氤氲（yīn yūn）：雾气缭绕。③绠（gěng）：粗绳索。④瞀（méng）：视力模糊。⑤镂（lù）：研磨。

[译文]

出产宝石的矿井虽然很深，但是井里没有水，这正是大自然的巧妙安排。但井中的宝气像雾一样到处弥漫，人呼吸宝气的时间长了多数都会死去。因此，采集宝石的人通常是十多个人一起结伴取宝，下井的人分得一半宝石，井上众人分得另一半宝石。下井的人在腰间系上长绳，腰上带两个口袋，下到井底有宝石的地方，随手将宝石赶快装入袋内（宝石井里一般不会藏着蛇、虫之类）。腰间还得拴一个大铃铛，一旦宝气逼得人承受不住的时候，就急忙摇晃铃铛，井上的人立即拉动粗绳提上来，这时的下井人即便没有生命危险，但也已经昏迷不醒了。只能往他嘴里灌一些白开水来解救，三天内都不能吃粮食，然后再慢慢调理康复。口袋里的宝石大得像碗，中等的像拳头，小的像豆子，但从表面上看不出宝石的真正品质怎么样。交给琢工打磨锉开后，才知道是什么成色。

属红黄种类者,为猫精①、靺羯芽②、星汉砂③、琥珀④、木难⑤、酒黄⑥、喇子⑦。猫精黄而微带红。琥珀最贵者名曰瑿⑧(音依,此值黄金五倍价),红而微带黑,然昼见则黑,灯光下则红甚也。木难纯黄色,喇子纯红。前代何妄人,于松树注茯苓,又注琥珀,可笑也。

属青绿种类者,为瑟瑟珠⑨、珇珨绿⑩、鸦鹘石⑪、空青⑫之类(空青既取内质,其膜升打为曾青)。至玫瑰⑬一种,如黄豆、绿豆大者,则红、碧、青、黄数色皆具。宝石有玫瑰,如珠之有玑也。星汉砂以上,犹有煮海金丹⑭。此等皆西番产,其间气出。滇中井所无。时人伪造者,唯琥珀易假。高者煮化硫黄,低者以殷红汁料煮入牛羊明角,映照红赤隐然,今亦最易辨认(琥珀磨之有浆)。至引灯草,原惑人之说,凡物借人气能引拾轻芥也。自来《本草》陋妄,删去毋使灾木⑮。

[注释]

①猫精:猫精石,即金绿宝石,黄绿色正交晶系,主要成分是铝酸铍。②靺羯(mò hé)芽:可能是红玛瑙,红色隐晶质,又名红玉髓,主要成分是二氧化硅。"靺羯"是"靺鞨"的一种写法,隋唐时期中国东北地区的少数民族,宝石以族名命名。③星汉砂:具体不详所指。有人认为是砂金石或者金宝石,也有人认为是蛋白石,恐不确。④琥珀:地质时代的松科植物树脂长时间埋藏地下以后的石化产物,为非晶质有机物,多产于煤层中,呈黄、红至褐等色,摩擦可生静电。⑤木难:又名莫雄,绿宝石中呈黄色的六方晶系,主要成分为硅酸铍铝。⑥酒黄:黄色透明的黄玉,正交晶系柱状结晶,天然氟硅酸铝,属硅氧矿物。⑦喇子:红宝石,红色透明三方晶系的柱状结晶,主要成分是三氧化二铝(含铬)。⑧瑿(yī):黑色的琥珀。⑨瑟瑟珠:又称甸子,即蓝宝石,蓝色的刚玉,三方晶系透明晶体矿物,

主要成分为三氧化二铝。⑩珇蛑绿：祖母绿，纯绿宝石或绿柱石，六方晶系，含铬，呈鲜绿色，有玻璃光泽。⑪鸦鹘石：含钛的一种蓝宝石。⑫空青：绿青，属孔雀石类的一种宝石，绿色。⑬玫瑰：玫瑰石，像黄豆、绿豆大的各种颜色次等宝石。⑭煮海金丹：比星汉砂高一等的黄红色宝石。⑮作者在这一部分多处引用《本草纲目》，但是不少对李时珍的批评是错误的。

[译文]

　　属于红、黄色系的宝石有猫精、靺鞨芽、星汉砂、琥珀、木难、酒黄、喇子等。猫精石黄色稍微带些红。最贵重的琥珀叫瑿（音依，价值是黄金的五倍），红中微带黑色，它在白天看来是黑色，在灯光下看却非常红。木难为纯黄色，喇子为纯红色。从前不知是哪个信口开河的人谈到松树时，加注说能变成茯苓，还注释说能变成琥珀，真是荒唐可笑。

　　属于蓝、绿色系的宝石有瑟瑟珠、祖母绿、鸦鹘石、空青（空青取自矿石内核，外层打磨成粉就是曾青）等。玫瑰石像黄豆或绿豆大小，红色、绿色、蓝色、黄色，各色俱全。宝石中次等的玫瑰石，就像珍珠中有次等的珠玑一样。比星汉砂高一级的还有名为煮海金丹的宝石。这些宝石都产自西域地区，偶尔也会随着宝气出现。云南中部的矿井中并不出产这类宝石。现在的人们伪造宝石，只有琥珀最容易造假。高明的造假者用硫黄熬煮，手段低劣的用黑红色的染料煮熬透明的牛角、羊角胶，光线映照之下隐约可见红色，但现在也最容易辨认出来（琥珀研磨后有浆）。至于说琥珀能够吸引小草，那是骗人的说法，物体只有借助人的气息才能吸引轻微的草芥。《本草》之类的书一直就有荒诞错漏之处传世，这些谬说都应当删去，省得糟蹋雕版刻印书的木料。

○玉

凡玉入中国，贵重用者尽出于阗①（汉时西国名，后代或名别失八里②，或统服赤斤蒙古③，定名未详）。葱岭④所谓蓝田，即葱岭出玉别地名，而后世误以为西安之蓝田⑤也。其岭水发源名阿耨山⑥，至葱岭分界两河，一曰白玉河（图121），一曰绿玉河（图122）。晋人张匡邺作《西域行程记》⑦，载有乌玉河⑧，此节则妄也。

[注释]

①于阗：今新疆西南部的和田，汉、唐至宋称于阗，元代称斡端（Khotan），自古产玉。②别失八里：元代于此地置宣慰司、都元帅府。按：别失（besh）为"五"，八里（balik）为"城"，故别失八里意为"五城"，这里并非于阗。明代亦称亦力把里，即东察合台汗国。③赤斤蒙古：明代于今甘肃玉门一带设赤斤蒙古卫，亦非于阗所属。作者自称没有弄清地名及地点。④葱岭：一般指帕米尔高原。帕米尔高原，波斯语，意为平顶屋。中国古代称葱岭，古丝绸之路在此经过。⑤蓝田：西安附近的蓝田一带古曾产玉，新疆境内并无蓝田之地名。⑥阿耨（nòu）山：即阿耨达山，指昆仑山。张守节《史记正义》引唐李泰等《括地志》："阿耨达山，一名昆仑山，其山为天柱，在雍州西南一万五千三百七十里。"⑦晋人张匡邺作《西域行程记》：原文误。据《新五代史·于阗传》，五代时后晋供奉官张匡邺、判官高居诲于天福三年（938年）使于阗。高居诲作《于阗国行程记》言三河产玉事。此书并非张匡邺作。再者，《西域行程记》为明代大旅行家陈诚出使西域所作，与此无关。《本草纲目》卷八《玉》条误为"晋鸿胪卿张匡邺使于阗，作《行程记》"。《天工开物》引《本草纲目》，误信。潘吉星改为"后晋人高居诲作《于阗国行程记》"。辛德勇认为，"高居诲"

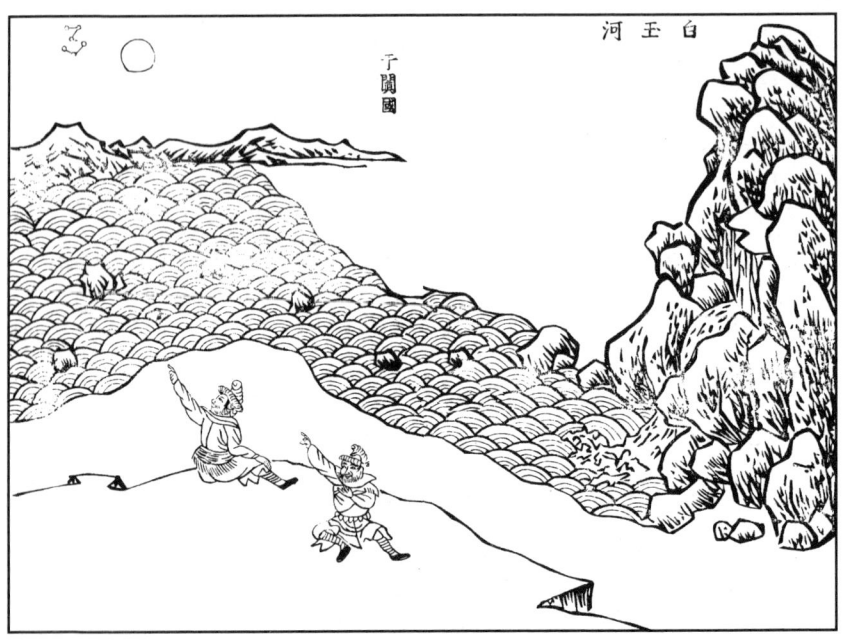

图 121　白玉河

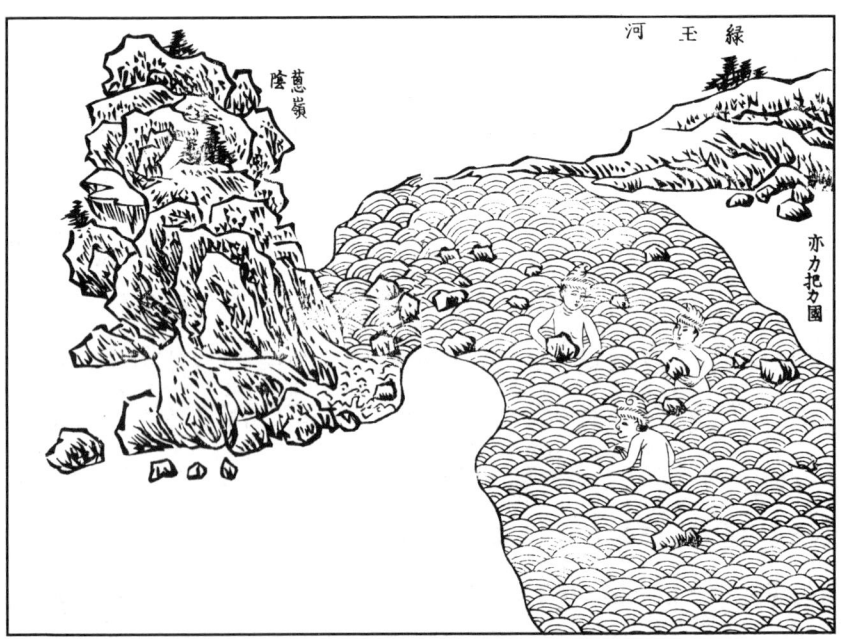

图 122　绿玉河

应为"平居海"(见辛德勇著《历史的空间与空间的历史》,北京师范大学出版社 2005 年,第 267—268 页)。我们暂仍其旧。⑧乌玉河:十世纪时在新疆旅行的高居诲,在《于阗国行程记》中载产玉之河有白玉河(今玉龙喀什河)、乌玉河(今喀拉喀什河)及绿玉河,属正确记载。这些河均为塔里木河支流,发源于昆仑山。《明史》卷三百三十二称于阗东有白玉河,西有绿玉河,再西有乌玉河,均产玉。

[译文]

所有贩运到内地的玉中,最为贵重、为人珍视的品种都来自于阗(汉代时西域的一个小国名,后代也叫作别失八里,有人认为该地附属于赤斤蒙古卫,名称来历和其他情况并不了解)。所谓葱岭的蓝田是葱岭产玉区的别名,但后世误以为是西安附近的蓝田。葱岭的河水发源于阿耨达山,流到葱岭后分为两条河,一条叫白玉河,一条叫绿玉河。五代时期后晋人张匡邺写的《西域行程记》记载有乌玉河,这一段记载有错误。

玉璞不藏深土,源泉峻急激映而生。然取者不于所生处,以急湍无着手。俟其夏月水涨,璞随湍流徙,或百里,或二三百里,取之河中。凡玉映月精光而生,故国人沿河取玉者,多于秋间明月夜,望河候视。玉璞堆积处,其月色倍明亮。凡璞随水流,仍错杂乱石浅流之中,提出辨认而后知也。

白玉河流向东南,绿玉河流向西北①亦力把力②地。其地有名望野者,河水多聚玉。其俗以女人赤身没水而取者,云阴气相召,则玉留不逝,易于捞取。此或夷人之愚也③(夷中不贵此物,更流数百里,途远莫货,则弃而不用)。

[注释]

①实际上乌玉河流向东北,白玉河流向西北,过于阗后向北汇合于于阗河,再流入塔里木河。②亦力把力:《元史》作"亦剌八里"(Ilibalik),《明史》先作"别失八里",后作"亦力把里",系东察合台汗国,辖区包括今新疆大部分地区。③这些说法得自错误传闻,不足信。

[译文]

含玉的石头不会深藏在土里,而是在山中河流发源处的湍急河水中,靠流水激荡、月光映照才产生。但采玉人并不会到原产地采取,因为那里河水流急而无从下手。等到夏天河水上涨时,含玉的石头被急流携带,冲到一百里或二三百里水流平缓处,直接从河水中采玉。玉是在月光照耀下感受了月亮精华产生的宝物,所以当地人沿着河流采取玉石的时间多数是在秋季明月之夜,守在河边等候观察。凡是玉石堆聚的地方,那里的月光显得倍加明亮。含玉的璞石随河水流动,不可避免地要夹杂大量浅滩上的乱石,只有捞出来经过辨认,才能知道是否是玉石。

白玉河流向东南方,绿玉河流向西北方向的亦力把力地区。那里有个地方叫望野,河水中聚集了许多玉石。根据当地的风俗,由妇女赤裸身体下水取玉,据说是因为感受到妇女阴气的招引,河流中的玉石就会沉下来不再随水流动,更加容易捞取。这或许说明当地人不明事理(当地人并不珍视玉石,如果玉石被水流再冲出几百里,路途遥远,玉石又卖不出去,就会弃置不用)。

凡玉唯白与绿两色。绿者中国名菜玉,其赤玉、黄玉之说,皆奇石、琅玕①之类。价即不下于玉,然非玉也②。凡玉璞根系山石流水。

未推出位时,璞中玉软如绵絮③,推出位时则已硬,入尘见风则愈硬。谓世间琢磨有软玉,则又非也。凡璞藏玉,其外者曰玉皮,取为砚托之类,其价无几。璞中之玉,有纵横尺余无瑕玷者,古者帝王取以为玺。所谓连城之璧④,亦不易得。其纵横五六寸无瑕者,治以为杯斝⑤,此已当时重宝也。

[注释]

①琅玕(láng gān):似珠玉的美石。②所谓玉,指湿润而有光泽的美石,虽然多呈白、绿二色,但也不能否定其余呈红、黄、黑、紫等色的美石为玉。③天然产的玉有硬玉、软玉的区别,即使软玉硬度也在5.0以上,没有软如絮的情况。④连城之璧:《史记·廉颇蔺相如列传》载,公元前三世纪赵惠文王得一块宝玉叫和氏璧,秦昭王听说,愿以十五座城换取此璧,故称连城之璧,后用价值连城形容贵重物品。璧,古代玉器,扁平、圆形,中间有孔。⑤斝(jiǎ):古代饮酒器。圆口,平底,三足。

[译文]

玉只有白、绿两种颜色。绿玉在中原地区被称为菜玉,所谓赤玉、黄玉的说法实际上都是指奇石、琅玕之类的东西。虽然价钱不比玉便宜,但归根到底还不是玉。含玉的石头产自山石流水之中,未剖出时,里面包裹的玉像绵絮般柔软,剖出来后就已经变硬,碰到风尘会变得更硬。世间有所谓琢磨软玉的说法,这又错了。玉藏在璞中,它的外层叫玉皮,可以用来作砚的托座,值不了多少钱。如果璞里蕴藏有纵横一尺多而且没有瑕疵的玉,古代的帝王会拿来作玉玺。世间所说的价值连城的璧玉也不容易得到。纵横五六寸大小而且没有瑕疵的玉,拿来加工成酒器,这在当时已经是重宝了。

此外,唯西洋琐里①有异玉,平时白色,晴日下看映出红色,阴雨时又为青色,此可谓之玉妖②,尚方③有之。朝鲜西北太尉山有千年璞,中藏羊脂玉④,与葱岭美者无殊异。其他虽有载志,闻见则未经也。凡玉由彼地缠头回(其俗,人首一岁裹布一层,老则臃肿之甚,故名缠头回子。其国王亦谨不见发。问其故,则云见发则岁凶荒,可笑之甚)或溯河舟,或驾橐驼,经庄浪入嘉峪,而至于甘州与肃州⑤。中国贩玉者,至此互市得之,东入中华,卸萃燕京。玉工辨璞高下定价,而后琢之(良玉虽集京师,工巧则推苏郡)。

[注释]

①西洋琐里:《明史·外国传》载西洋琐里之名,在今印度科罗曼德尔海沿岸。②玉妖:一种异玉,可能指金刚石,成分为碳,等轴晶系,呈八面体晶形,纯者无色透明、折光率强,能呈现不同色泽。③尚方:泛称为宫廷制办和掌管御用之物的官署、部门。④羊脂玉:新疆产的上等白玉,半透明,色如羊脂。⑤从新疆向内地的路线应为:新疆→嘉峪关→肃州(今甘肃酒泉)→甘州(今甘肃张掖)→庄浪(今甘肃永登)→陕西。

[译文]

此外,只有西洋琐里出产特殊的玉,这种玉平时呈现白色,晴天在阳光映照下显出红色,阴雨天又转为青色,可称之为"玉妖",宫廷内才有这种玉。朝鲜西北的太尉山有一种千年璞,里面藏着羊脂玉,与葱岭出产的美玉相比没有什么不同。其余各种玉虽然在书中有记载,但笔者并没有听到看到。玉由新疆当地缠头巾的穆斯林(当地的风俗是男子每经过一年就在头部加裹一层布,年老以后头部显得十分肿大,所以被称为缠头回子。当地的统治者也非常注意不将头发露在外面。询问其中的原因，被告知说头发露出来会导致年成不好，这种习俗很好笑）或者是沿河乘船，或者是赶着骆驼，经庄浪卫运入嘉峪关，进而到达甘州、肃州。内地贩玉的人来到这里经过互市买到玉后，再向东运往内地，会集到北京卸货。玉工辨别玉石品质的好坏，确定价格后开始琢磨（上好美玉虽然集中在北京，但玉石加工的技巧则首推苏州）。

凡玉初剖时，冶铁为圆盘，以盆水盛沙，足踏圆盘使转，添沙①剖玉，逐忽划断（图123）。中国解玉沙出顺天玉田与真定邢台两邑。其沙非出河中，有泉流出精粹如面，借以攻玉，永无耗折。既解之后，别施精巧工夫，得镔铁②刀者，则为利器也（镔铁亦出西番哈密卫砺石中，剖之乃得）。

图123　琢玉

[注释]

①添沙：研磨、琢磨玉的硬沙。一种是石榴石，常用的是铁铝榴石，红色透明，硬度为7，产于河北邢台。另一种为刚玉，天然结晶氧化铝，有蓝、红、灰白等色，硬度为9，产于河北平山。②镔铁：坚硬的精炼钢铁。

[译文]

开始切割玉石时，先用铁做个圆形转盘，将水与沙倒入盆内，用脚踏动圆盘使其旋转，再蘸硬沙切割玉石，一点一点慢慢把玉划断。剖玉所用的硬沙，出自内地的顺天府玉田和真定府邢台两地。这种解玉沙不是出自河水中，而是从泉水中流出像面粉般细腻的细沙，拿它来磨玉，始终不会耗损。玉石切割以后，再用镔铁刀进一步雕琢，这是一种加工玉器的利器（镔铁也产自西域哈密地区类似磨刀石的岩石中，剖开之后就能炼取）。

凡玉器琢余碎，取入钿花①用。又碎不堪者，碾筛和泥涂琴瑟。琴有玉声，以此故也。凡镂刻绝细处，难施锥刃者，以蟾蜍②添画而后镂之。物理制服，殆不可晓。凡假玉以硙碱③充者，如锡之于银，昭然易辨。近则捣舂上料白瓷器，细过微尘，以白蔹④诸汁调成为器，干燥玉色烨然，此伪最巧云。

[注释]

①钿（diàn）花：用金、银、玉、贝等做成的花朵状装饰品。②蟾蜍：俗名癞蛤蟆。这里指蟾蜍科动物耳腺、皮腺的白色分泌物。③硙碱（fū wǔ）：似玉的石。④白蔹（liàn）：葡萄科多年生蔓草植物，根部有黏液。

[译文]

琢磨玉器剩下的碎玉可以取来制作钿花使用。更为细碎无法使用的就碾成粉，过筛后与灰混合，用来涂抹琴瑟。琴有玉器的音色正是这个缘故。雕刻玉器时，在那些极为细微的地方无法使用锥刀之类的工具，就用蟾蜍汁填画在玉上，再用刀雕刻。这种相互制约的原理，还弄不明白。制作假玉如果用硙碱石冒充，就像用锡冒充银，很容易辨别出来。近年来，有人将上等物料造的白瓷器舂捣研磨得极碎，然后用白蔹等植物的汁液调成器物，干燥后能发出玉般的光泽，这种造假方法最为巧妙。

凡珠玉、金银胎性相反。金银受日精，必沉埋深土结成。珠玉、宝石受月华，不受寸土掩盖。宝石在井，上透碧空，珠在重渊，玉在峻滩，但受空明、水色盖上。珠有螺城，螺母居中，龙神守护，人不敢犯。数应入世用者，螺母推出人取。玉初孕处，亦不可得。玉神推徙入河，然后恣取，与珠宫同神异云。

[译文]

珠玉与金银的生成方式完全相反。金银感受到的是太阳精华，所以一定要埋在土层深处才能形成。珠玉、宝石感受到的是月亮精华，不能有一点泥土掩盖。宝石在井中，向上直对着苍穹，珍珠生长在深水里，玉藏在险峻湍急的河滩中，但它们都被明亮的天空或清澈的河水覆盖。珍珠生长的地方有螺城，螺母居住在里面，由龙神加以守护，凡人不敢靠近。那些注定要现身世间为人所用的珍珠被螺母推出，供人取用。玉石最初形成的地方也令人无法接近。玉神将玉石推入河中听凭流水携带时，才能任由人来采取，这与珠宫螺城的神奇有异曲同工之妙。

○附：玛瑙、水晶、琉璃

凡玛瑙[①]非石非玉，中国产处颇多，种类以十余计。得者多为簪篦[②]、钩（音扣）结之类，或为棋子，最大者为屏风及桌面。上品者产宁夏外徼羌地砂碛中，然中国即广有，商贩者亦不远涉也。今京师货者，多是大同蔚州九空山、宣府四角山所产。有夹胎玛瑙[③]、截子玛瑙[④]、锦江玛瑙[⑤]，是不一类。而神木、府谷出浆水玛瑙[⑥]、缠丝玛瑙[⑦]，随方货鬻，此其大端云。试法以砑木不热者为真。伪者虽易为，然真者值原不甚贵，故不乐售其技也。

[注释]

①玛瑙：一种隐晶体石英或石髓，即各种二氧化硅的胶溶体，有色层或云状层。玛瑙用作次等宝石，有许多种类，实际上它既是石又是玉或介于石、玉之间。②笺（dù）：连缀固定衣物或发冠的细竹针。③夹胎玛瑙：正视莹白，侧视血红色的一物二色玛瑙。④截子玛瑙：黑白相间的玛瑙。⑤锦江玛瑙：有锦花的红玛瑙。原文作"锦红玛瑙"，据《本草纲目》卷八《玛脑》条改。⑥浆水玛瑙：有淡水花的玛瑙。⑦缠丝玛瑙：有红、白丝纹的玛瑙。原文为"锦缠玛瑙"，当为"缠丝玛瑙"，据《本草纲目》改。

[译文]

玛瑙既不是石，也不是玉，中国很多地方都有出产，分为十几个种类。采到的玛瑙多数用来做成别在发髻上的簪子以及衣扣之类，或者制成棋子，最大的制品是做成屏风及桌面。上等玛瑙产自宁夏塞外羌族居住的沙漠中，但内地也广泛分布，所以商贩大可不必长途跋涉前去贩运。现在北京售卖的玛瑙多数产自大同府蔚县九空山及宣府的四角山。有夹胎玛瑙、截子玛瑙、锦江玛瑙，种类繁多。而陕西神木与府谷出产的是浆水玛瑙、缠丝玛瑙，就地卖出，这是大致的情况。辨识真伪的方法是用木头在玛瑙上摩擦，不发热的是真品。玛瑙假货虽然容易制造，但真品价钱原本就不很贵，所以人们不愿在伪造玛瑙上多费手脚。

凡中国产水晶①，视玛瑙少杀。今南方用者多福建漳浦产（山名铜山），北方用者多宣府黄尖山产，中土用者多河南信阳州（黑色者最美）与湖广兴国州（潘家山）产。黑色者产北不产南。其他山穴本有之，而采识未到，与已经采识而官司严禁封闭（如广信惧中官开采之类）者，尚多也。凡水晶出深山穴内瀑流石罅之中。其水经晶流出，昼夜不断，流出洞门半里许，其面尚如油珠滚沸。凡水晶未离穴时如绵软，见风方坚硬。琢工得宜者，就山穴成粗坯，然后持归加功，省力十倍云。

[注释]

①水晶：古时又称水精，是由二氧化硅组成的石英或硅石矿物中产生的无色透明晶体，有时含杂质而呈不同颜色，产于岩石晶洞中，硬度为7，并非绵软。

[译文]

中国出产的水晶与玛瑙相比要少一些。现在南方使用的水晶多数产自福建漳浦（当地的山叫铜山），北方使用的水晶多数产自宣府的黄尖山，中原地区使用的多数产自河南信阳（黑色的最美）与湖广兴国（潘家山）。黑色的水晶仅出产于北方，南方没有。其余地方的山洞中本来就有水晶，有的是矿源没被发现、采掘；有的是已经发现并且可以采掘，但是受到官府禁令的限制保持封闭状态（例如江西广信地区担心宦官采掘），这种现象不在少数。水晶产自大山深处洞穴之内的急流石缝中。瀑布昼夜不停地冲刷水晶，河水流出洞口半里左右的时候水面上还有像沸腾的油珠那样的翻花。水晶还在洞穴里时像丝绵般柔软，离开洞穴被风吹过后变得坚硬。加工水晶的工匠为了方便，在山穴里就地凿成粗坯，再带回去进一步加工，可以省力十倍。

凡琉璃石①与中国水精、占城②火齐③，其类相同，同一精光明透之义。然不产中国，产于西域。其石五色皆具，中华人艳之，遂竭人巧以肖之。于是烧瓴甋④，转釉成黄绿色者，曰琉璃瓦。煎化羊角为盛油与笼烛者，为琉璃碗⑤。合化硝、铅泻珠铜线穿合者，为琉璃灯。捏片为琉璃袋⑥（硝用煎炼上结马牙者）。各色颜料汁，任从点染。凡为灯、珠，皆淮北、齐地人，以其地产硝之故。

[注释]

①琉璃石：这里指烧造玻璃及玻璃釉质（琉璃瓦釉）所需的矿石，主要是石英等含二氧化硅的矿石。②占城：占婆（Champa），古称林邑，越南中南部的古地名。③火齐：此处指水晶珠。④瓴甋（líng dì）：陶制容器，似瓶。⑤琉璃碗：指瓶玻璃。瓶玻璃约含75％二氧化硅、17％氧化钠、5％氧化钙及3％氧化镁。其中氧化钙可借煎炼羊角而得，其余原料来自琉璃石。⑥此处实际上讲钾铅玻璃的制造。这种玻璃含14％氧化钾、33％氧化铅及53％二氧化硅。另外，用铜钱的目的是使玻璃呈现色彩。

[译文]

琉璃石与中国的水晶、占城的火齐同属一类，全都呈现光亮透明的共同特征。但中国内地不出产琉璃石，只有西域地区出产。这种矿石各种颜色都有，国内人非常喜爱，所以想尽一切办法进行仿制。于是烧制砖瓦时，挂上琉璃石釉料烧成为黄、绿颜色的砖瓦，称作琉璃瓦。将琉璃石与羊角放在一起煎炼，做成盛油的灯盏或者拢聚烛火的灯罩，就是琉璃碗。将羊角、硝石、铅与用铜线穿起来的火齐珠合在一起炼化，可制成琉璃灯。用上述材料烧炼后还可捏制成薄片，做成琉璃瓶（硝石要使用煎炼时结在上面的马牙硝）。可用各种颜料汁将材料染成任意颜色。制造琉璃灯和琉璃珠的都是淮北人和山东人，因为这些地方出产硝石。

凡硝见火还空，其质本无，而黑铅为重质之物。两物假火为媒，硝欲引铅还空，铅欲留硝住世，和同一釜之中，透出光明形象。此乾坤造化，隐现于容易地面。《天工》卷末，著而出之。

[译文]

硝石经过灼烧便分解消失，它的基本成分也就消失了，而黑铅则是成分稳定沉重的物质。两种物质一起通过火的媒介作用发生变化，硝石吸引黑铅试图共同消失自身，黑铅则纠结硝石试图保留其特质，它们与琉璃石、羊角等在同一个炼锅中烧炼，最终获得通体透明发光的新形象。这是自然界隐含的变化机制在这一简单过程中的再现。趁着《天工开物》结束之际，特地在此记载。